유혹자와 희생양

유혹자와 희생양

초판 1쇄 | 인쇄 2009년 11월 25일
초판 1쇄 | 발행 2009년 11월 30일
지은이 | 노지승
펴낸이 | 이승은
펴낸곳 | 예옥
등록 | 제 2005-64호(등록일 2005년 12월 20일)
주소 | 서울시 마포구 동교동 200-16 101호
전화 | 02.325.4805
팩스 | 02.325.4806

ISBN 978-89-93241-09-2 (93810)

＊ 이 도서의 국립앙도서관 출판시도서목록(CIP)은 e-CIP 홈페이지(http://www.nl.go.kr/cip.php)에서
　이용하실 수 있습니다.

유혹자와 희생양

한국 근대소설의 여성 표상

노지승 지음

예옥

이 책은 박사학위를 받게 해준 논문을 수정하여 펴낸 것이다. 그로부
터 세월이 몇 년 흘러, 시야는 그때보다 넓어진 것 같기는 하지만 논문
을 적극적으로 수정하기에는 애초에 바탕이 된 논문에 어떤 한계가
있었던 듯하다. 공부를 직업으로 삼으면서 '여성'이라는 키워드를 가
진 논문, 그것도 박사 논문을 쓰고 책을 내겠다는 생각을 갖게 된 것은
그다지 오래되지 않았다. 그것은 '여성'이라는 테마에 무관심했기 때
문이어서는 결코 아니었다. 오히려 내 삶은 내적으로 혹은 외적으로
그에 의해 규정되고 있다는 사실을 시시때때로 발견할 수 있었다. 그
럼에도 불구하고 그것을 지속적인 연구 영역으로 끌어들이지 않았던
것은 내게 있었던 어떤 억압 때문이기도 했고 또 어떤 종류의 글이든
여성이 여성에 대해 쓴 글에서 '여성'으로서의 모습을 찾아내려는 시
선에 대한 거부감 때문이기도 했다. 그랬던 내가 이렇게 책을 내다니
새삼 놀랍기만 하다. 그러한 변화에는 '여성'이라는 테마를 더 이상
부담으로 느끼지 않게 해준 많은 연구자들에 빚진 바가 크다.

이 책의 주제는 '여성'이라는 기표(여기에는 상상적 집합체로서의 '여성'

은 물론 '여학생', '가정부인', '기생', '직업여성' 등등의 기표도 포함된다)의 역사적 생성과 그 기표들이 소설을 비롯한 여러 사회적 담론들 속에서 어떠한 표상을 얻게 되는가 하는 것이다. '여성 표상'에 대한 관심은 바로 '여성'이 텍스트 내부에서 표상될 때 작동하는 욕망과 그 표상의 결과로 산출되는 세계상에 있다. 1920, 30년대 신문과 잡지에서 '여학생', '매춘부', '가정부인' 등의 표상이 발견된다면 이 표상들은 언어를 통한 중립적인 묘사가 아니라 어떤 세계상을 당연한 것으로서 제시한 결과다.

특정 집단의 집단 욕망, 즉 계급적으로 '부르주아'이며 젠더적으로 '남성'의 시선과 욕망은 표상을 산출하는 표준으로 인정되어 왔다. 그것을 들춰냄으로써 부르주아 남성의 시선과 욕망에 대항하는 또 다른 표상 체계를 만드는 것이 이 책의 목표는 아니다. 대안적인 표상 체계를 만든다 하더라도 역시 그 체계에 숨겨진 특정한 이데올로기와 욕망이 감춰지고 도달해야 할 목표가 됨으로써 새로운 억압적인 체계가 될 수 있기 때문이다. 따라서 각각의 표상을 두고 '왜곡되었다'라고 지칭하는 것도 옳지 않다. 불편부당하게 표상을 만드는 건전하고 건강한, 자율적인 주체가 어딘가에 존재할 것 같은 환상을 주기 때문이다. 'representation'의 번역어로서 '재현'이라는 용어를 선택하지 않고 '표상'을 선택한 것에는 이러한 의도가 깔려 있다. '재현'이란 말은 재현해야 할 '원전'이 있는 느낌을 주기 때문이다.

최근의 문학 연구 경향으로 보면, '담론discourse'라는 키워드를 '표상'이 대체하고 있는 일정한 추세가 있다고까지 할 수 있다. '담론'의 분석과 연구가 담론을 생산해 내는 특정한 집단의 의도와 욕망을 분석하고 이를 드러내는 데 유효했다는 점에서는 '표상' 연구와 같은 효과를 주고 있다. 그러나 '표상' 연구는 '담론' 연구에 비해 제도로서의 표상 체계를 드러내는 데 초점이 있다. 즉 근대적 미디어─신문, 잡지 등의 미디어로 유통됨으로써 사회적으로 재생산되는 표상의 체계에 표상 연구의 방점이 찍혀 있는 것이다. 특정한 시기에 근대적 미디어에 의해 구축된 표상 체계는 일종의 '제도로서의 표상 체계'라고도 할 수 있다. 이러한 제도로서의 표상 체계는 한 개인 또는 한 집단의 정체성을 이루는 데 매우 결정적인 역할을 한다. 그것은 표상을 통해 개인과 집단이 호출되고 한편으로는 이것을 넘어서려는 욕망들을 갖게 된다는, 이중적인 의미에서 그러하다.

신문, 잡지를 중심으로 한 근대적 미디어들이 여학생, 매춘부, 직업여성, 가정부인 등의 표상 체계를 유통시켰다면 역시 근대적 미디어를 통해 유통되는 '소설' 역시 이러한 표상 체계의 재생산에 참여하고 있다. 다만 소설은 사회적으로 유통되고 있는 표상 체계를 '소설' 내적인 욕망으로 전유하여 그것을 변형시키고 있다는 점에서 소설적 전유라는 표현을 쓸 수 있을 것이다.

소설 내부의 욕망이란 소설의 플롯을 이끌어 나가는 욕망이다. 이 욕망은 등장인물 중의 하나로 인격화될 수 있는 소유자를 갖고 있는 것이 대부분이다. 위에서 언급한 사회적으로 유통되는 여성 표상 체계는 한국 근대소설의 경우 주로 '남성'이라는 젠더적 주체의 시각을 통해 그 패턴을 만들어왔고, 그 결과 여성은 대체로 '유혹자' 아니면 '희생양'으로 표상되었다. 여학생이든, 가정부인이든, 기생이든 여급이든 이들을 표상해 내는 사회적 시각에는 많은 부분 차이가 있었지만 소설적 형상으로서 이들 여성들은 유혹자와 희생양으로 그려져 왔다. 물론 이러한 유형화 자체가 갖는 함정은 존재한다. 하지만 그 일정한 표상의 패턴 속에서 각각의 기표들이 어떻게 위치되는가 하는 점은 연구를 하면서 매우 흥미로웠던 대목이다.

'여성'은 소설 속에서 표상의 대상이 될 뿐인가. 표상의 대상만이 아니라 표상의 주체 또는 서사의 주체가 될 수 있다면 그것은 무엇이며 어떤 방식으로 가능할 것인가. 물론 근대소설에 노동 운동에 참여하는 여성, 지식인 여성, 계몽주의자 여성들도 등장한다. 그러나 이들 여성의 경우 역시 표준적인 남성 지식인의 모습과 닮았다는 점에서 이 책에서 언급하고 있는 표상 체계로부터 멀리 떨어져 있지 않다. 어쨌든 유형화가 갖는 함정과 표상의 주체/대상이라는 도식적인 서술을 극복하려는 것이 요즘의 고민거리다. 그래서 근래에는 여성이 표상의 대상일 뿐만 아니라 표상의 숨겨진 주체일 수도 있다는 점에 대해 연구를 진행하고 있다. 그러자면 여성을 '주체'라고 섣불리 명명하기에 앞서 어떠한 한계와 전제를 가진 주체인가를 설명해 내어야 할 것 같다.

한편으로는 누군가를 '여성'으로 호명해 내는 순간 그 기표가 함의하고 있는 제약으로부터 자유롭지 못하다는 것도 지속적으로 나를 괴롭힌다. 표상의 젠더적 불균등성과 비대칭성을 밝히는 듯하지만 결과적으로는 여성이라는 기표를 해체하기 위해 일단 그 여성을 불러내야 하는 역설을 느꼈기 때문이다. 그러면서 차라리 '여성'이라는 기표를 폐기할 때만이 이러한 역설을 극복하게 될지도 모른다는 생각에 이르기도 했다. '여성'을 키워드로 한 연구는 근대성에 내재된 성적 불평등, 불균형을 밝히는 듯하지만 결국은 그것을 반복적으로 재생산하는 것이 아닌가. 그것을 연구한들 무슨 의미가 남을 것인가. 이러한 질문과 계속 싸우면서 논문을 쓰고 책을 다듬었다.

어떤 한계를 절감하면서도 책을 낼 수밖에 없었던 고민은 이상으로 줄이고 싶다. 부언하자면 이 책은 2004년에 집필해서 2005년 2월에

완결된 논문을 바탕으로 하고 있기 때문에 2005년 이후에 나온 다른 연구자들의 참고문헌을 충분히 반영하지 못한 것도 흠이라 할 수 있다. 그러나 부족하지만 1920년대에서 1930년대 후반까지 나온 많은 잡지, 신문, 소설들을 일정한 방법론으로 분석했고 그 덕에 이렇게 책으로도 낼 수 있었다. 첫 번째 책인 만큼 이 책의 공과功過를 평생의 업보로 짊어지고 갈 각오는 되어 있다.

부족한 책이라 이 자리를 빌어서 감사의 말씀을 전하는 것도 누가 될까 걱정스럽지만, 이때까지 많은 분들의 보살핌을 받은 것은 부정할 수 없다. 지도교수이신 조남현 선생님께서는 일찍이 문학연구의 방향을 내게 일러주시고 헤아리기 어려울 만큼의 많은 은혜를 베풀어 주셨다. 연구자로서 살 수 있도록 많은 가르침과 깨달음을 주셨던 김윤식 선생님, 한계전 선생님, 권영민 선생님께도 감사의 절을 올리고 싶다. 논문을 준비하고 쓰는 과정에서도 많은 선생님들의 은공이 있었다. 세심한 배려와 용기를 주셨던 우한용 선생님, 문학 연구의 새로운 시각에 눈뜨게 해주신 신범순 선생님, 날카로운 안목으로 글의 논리적 허점을 짚어주셨던 방민호 선생님, 끝까지 긴장을 늦추지 않도록 격려해 주셨던 조영복 선생님께도 고개 숙여 감사를 드린다. 안주하지 않고 항상 정진하는 연구자가 되어 그분들의 은혜에 보답하고 싶다.

훌륭한 스승들도 계셨지만 또 한편으로는 좋은 동지들도 있었다. 국문과의 선후배들은 내겐 영감의 원천이었고 훌륭한 스승이자 때로는 나를 지적으로 자극하는 경쟁자들이기도 했다. 특히 연구 공간 위드의 멤버들은 연구자의 고독함을 잊게 해준 고마운 사람들이다. 그들과 함께 밤늦도록 앉아 있었던 위드의 안온함을 잊을 수 없다.

누구보다도 가족은 내게 많은 힘을 주었다. 아이를 둔 연구자들은 내가 두 아이를 각각 친정과 시댁에서 나누어 키우고 있다는 사실을 알게 되면 무척 놀라워한다. 그만큼 양가의 부모님들이 흔치 않은 희생을 하고 계시기 때문일 것이다. 이 책이 양가 부모님들의 정성과 노고에 대한 작은 보답이 되었으면 좋겠다. 항상 너그럽게 돌보아주시는 시부모님과 변함없는 헌신으로 정신적 버팀목이 되어주시는 친정 부모님께 감사와 사랑과 존경을 올린다. 떨어져 있는 아이들과 많은 것을 이해해 주는 남편에게도 항상 미안하고 고맙다.

다른 한편으로는, 이 책이 나올 수 있도록 직접 도와주신 잊을 수 없는 분들이 있다. 예옥 출판사 이승은 대표의 고집과 열정도 내게는 감동이었다. 기꺼이 산파가 되어 내 첫 책의 출산을 도와주신 셈이니 소중한 인연이기도 하다. 부족한 원고를 읽어주시고 우수저작 출판지원 사업에 선정해 주신 연세대 정과리 선생님께도 감사드린다. 마지막으로 이 책에 훌륭한 레퍼런스를 제공해 준 국내외 연구자들께 진심으로 감사드린다. 무언가를 쓰는 과정은 고통스럽지만 지면을 통해 그 분들을 만나는 것은 언제나 내게는 행복이다. 앞으로도 연구자들과 소통하며 살 수 있다면 내 삶은 더 없는 즐거움과 충만함으로 가득 차게 될 것 같다.

2009. 11.
노지승

차 례

1부

근대소설과 '여성'

01

기표로서의 '여성'
– '여성'이란 누구인가

'문학과 여성'이라는 주제는 1990년대 이후 한국 근대문학 연구에서 매우 유용하고 의미 있는 분야 가운데 하나다. 그 주제들은 대체로 세 가지 방향으로 제시될 수 있다. 이를 문학의 생산과 소비 구조로써 설명해 본다면, 문학의 생산자로서 여성(여성 작가)을 다루는 방향[1], 여성이 문학 속에 어떻게 재현되고 있는가를 밝히는 방향[2], 그리고 문학 수용자로서 여성 독자의 의미를 밝히는 방향이 그것이다.

---

1 여성 작가를 연구의 대상으로 삼고 있는 연구는 '여성'을 키워드로 한 연구 중에서 가장 많은 분량을 차지한다. 근대 여성 작가 연구로만 한정해 보았을 때, 대표적인 단행본 저서로는 김미현, 《한국여성소설과 페미니즘》, 신구문화사, 1996; 서정자, 《한국근대여성소설연구》, 국학자료원, 1999; 이상경, 《근대여성문학사론》, 소명출판사, 2002; 최혜실, 《신여성들은 무엇을 꿈꾸었는가》, 생각의 나무, 2000, 학위논문으로는 황수진, 《한국근대소설에 나타난 신여성상 연구》, 건대 박사, 1999; 이승아, 《1930년대 여성 작가의 공간 의식 연구》, 이대 석사, 2000. 이외에 강경애, 박화성, 최정희, 이선희, 김말봉 등의 개별 여성 작가를 다룬 학위 논문과 소논문이 있다.

2 김정자 외, 《한국현대문학의 성과 매춘 연구》, 태학사, 1996; 이혜령, 《한국 근대소설의 섹슈

14

이러한 세 가지 연구의 방향 중에서 한국 근대문학, 특히 소설 연구에 적극적으로 활용된 것은 앞의 두 가지다. 반면 문학의 수용자로서 여성의 존재 의의를 적극적으로 다루고 있는 연구는 아직 없는 상황이지만 한국 근대소설의 눈에 띄는 독자로서, 문학적 감수성의 연원으로서, 소설을 읽는 '국민'으로 포섭되는 여성 독자의 의미에 대해서는 부분적으로 언급되어 있다.[3]

여성 작가와 그의 작품을 대상으로 삼는 경우, 대개 여성 작가들은 남성 작가 중심의 문단에서 정당한 평가를 받지 못했다는 점과 그들의 작품에는 주변부로 밀려난 여성들의 자의식과 주체적 각성이 담겨 있다는 점을 주목하고 있다. 또한 대상 작가나 작품 속 여성 인물의 체험을 여성이 갖는 젠더적 특수성과 정체성을 드러내는 것으로 다룬다. 근대 여성 작가의 경우 나혜석, 김원주, 김명순으로 대표되는 1920년대 1세대 여성작가들과 1930년대에 등단한 강경애, 박화성, 최정희, 이선희, 백신애, 김말봉 등인데 작가 자신의 경험들은 그들의 소설 해석에 매우 유용한 실마리가 된다.

이와는 달리 문학 속에 재현된 여성 인물을 연구하는 경우, 그 재현된 '여성'을 성性 정치학의 단면을 보여주는 상징으로서 다룬다. 이러한 연구에서 텍스트를 산출한 작가의 의미는 축소되었다고 할 수 있다. 생산 주체를 불문하고 여성의 재현 문제는 객관적이고 중립적이기보다는 성性 이데올로기 또는 권력의 문제와 밀접하게 관련되어 있

얼리티 연구》, 성균관대박사, 2000; 심진경, 《1930년대 후반 장편소설의 여성 섹슈얼리티 연구》, 서강대 박사 2002; 신수정, 《한국 근대소설의 형성과 여성의 재현 양상 연구》, 서울대 박사, 2003; 김복순, 《페미니즘 미학과 보편성의 문제》, 소명출판, 2005 등이 이 범주의 연구다.

3 권보드래, 《한국근대소설의 기원》, 소명출판사, 2000; 천정환, 《한국근대소설독자와 소설 수용양상에 대한 연구》, 서울대 박사, 2002.

다. 이 문제를 식민지 조선이라는 역사적 특수성과 근대소설이라는 신문학의 성립이라는 두 가지 자장 안에 놓고 볼 때 다음과 같은 질문을 해볼 수 있다. 남성과 여성이라는 이원화된 젠더적 정체성과 성 정치학이 식민지 조선에서 이전과는 어떻게 다르게 시작되는가, 또 이 새로운 유형의 젠더적 정체성을 기반으로 소설이 어떻게 구성되는가 하는 것이다. 이 책은 이러한 질문에 답하고자 하는 뜻에서 쓰였다.

개화기를 지나서 봇물처럼 밀려드는 자유연애의 흐름은 재래의 성적 억압으로부터의 해방이었다. 여기에 '근대적'이라는 수식어를 추가할 수도 있을 것이다. 학교로 거리로 여성이 나와 '사회' 활동을 시작하게 된 것과 여성 스스로 남편 또는 연애의 대상을 선택할 수 있다는 생각을 갖게 된 것은 거의 동시의 일이다. 이러한 변화는 '해방'이라는 관점에서 보면 긍정적일 수도 있으나 다른 한편으로는 새로운 유형의 억압을 가져다준 것이라 할 수 있다. 1910년대 후반에 제기된 여성 해방 운동은 실은 재래의 가족으로부터 독립된 자율적인 여성들을 탄생시켰지만 그 탄생된 여성들이 새로운 억압에 갇히는 딜레마에 빠지게 되기 때문이다.

이러한 문제의식은 다음과 같은 질문으로 이어진다. '여성'을 키워드로 제시한 소설 연구가 '젠더'를 통한 소설읽기라는 매우 유용한 분석의 시각을 제시해 주고 있음에도 불구하고 여성을 탈역사적이고 초월적인 의미로 사용하고 있지는 않은가 하는 것이다. 즉 작품을 쓴 여성 작가든 작품 속에 등장하는 여성 인물이든 간에 이들은 분명 '여성'으로 환원되어 이해될 수 있는 존재들이지만, 이렇게 환원되어 묶인 여성은 차이를 부정한 추상적인 개념이 되거나 대상에게 초월적인 의미의 여성을 강요하는 규범적인 개념이 될 수밖에 없다는 것이다. 이 시점에서 여성이라는 젠더 개념은 분명 어떤 의도와 기획으로 생성된다는 논의[4]를 토대로 근대 여성이 어떻게 고안되는가를 살펴보고자 한다. 이러한 관점에서는 '여성'이라는 역사적 사회적 실체가 본질적으로 고정되어 존재하는 것이라기보다는 정체성을 만들어내는 '여성'이라는 기표가 역사적이고도 사회적인 기의를 획득한다는 것을 의미한다. 즉 누군가가 스스로를 '여성'이라고 일컫는다든지 누군가에 의해 '여성'으로 호명된다든지 하는 것에는 '여성'이라는 기표를 통해 자신의 정체성을 마련하거나 또는 타자를 규정하려는 사회적이고 역사적인 기획이 담겨져 있다고 할 수 있다.

마찬가지로 문학 연구에서도 여성인 작가나 등장인물을 연구의 대상으로 삼을 때, 그 작가가 살아온 시대나 등장인물을 생성시킨 그 사회의 역사성을 담아야 한다. 즉 작가나 등장인물의 정체성을 역사적으로 상대화하고 그 젠더적 정체성을 가능하게 했던 역사적 사회적 힘들을 다시 소환해야 한다. 그러자면 모든 '여성'은 동일한 여성이 아니며, 특정한 시대에 '여성'으로 불린 그 대상들을 상대화하여 그 역사적 거리를 유지해야 할 것이다. 그렇지 않다면 '여성'이라는 젠더적 정체성은 탈역사화되어 항구적인 것, 본질적인 것으로 규정될 우려가 있다.[5]

'여성'이라는 언어적 범주가 항상 고정적으로 인식되는 것은 '여성' 또는 '여자'라는 어휘 자체의 통시적인 사용 때문이다. 그러나 그 기표

---

4 남성/여성이라는 구별이 안정되고 고정된 실체로 존재하지 않는다는 사실은 많은 이들에 의해 주장되어 왔다. 젠더는 언어의 차원으로 이해되어야 하는데 젠더의 근거로 제시되어 왔던 생물학적 성(sex) 역시도 '사실성'이나 '물질성'의 차원이 아니라 정치적 함의를 담은 것이다. E. Wright, Feminism and Psychoanalysis—A Critical Dictionary, 《페미니즘과 정신분석학 사전》, 박찬부 외 옮김, 1997, 한신문화사, p.231.

5 '여성'을 탈역사적이고 항구적이면서도 보편적 실체로서 취급하는 것은 모든 차이를 '여성'이

의 용례는 역사적으로 결정된다. 여성을 지칭하는 여러 어휘들―조선 시대의 '계집', 개화기의 '여자'와 '부인', 1910년대 후반의 '여자'는 그 나름의 다른 정치적 함의를 가지고 있다.[6] 1910년대 후반의 '여자'라는 어휘 사용은 새로운 사회 운동의 주체 탄생을 의미하는 것이기도 하다. 아울러 이들 '여자'를 집단화한 '여성계'라는 표현은 '여성'이라는 그리고 상대적 개념으로서 '남성'이라는 이원화된 젠더적 구도를 마련하게 함으로써 성性에 관한 새로운 관점을 생성시켰다고 할 수 있다. 즉 '여성'은 기존의 계집을 재래의 구속에서 벗어나게 했을지는 몰라도 새로운 유형의 성적 억압을 내장하고 있는 기표로 해석될 수도 있는 것이다.

이러한 시각에서 볼 때 '여성'은 사회적 실체로서가 아니라 그 기의의 확정이 유보된 기표로서 취급해야 한다. 그것은 여성을 특정한 사적史的 맥락에 따라 '구성된' 지위로서 상대화함으로써 텍스트 속에 등장하는 여성들의 표상representation이 상대화되고 역사화된 '여성' 기표에서 비롯한다는 사실, 나아가 소설의 플롯이 이러한 상대화되고 역사적으로 재구성된 '여성'과 밀접한 관계를 갖고 있다는 점을 드러내기 위한 방법이기도 하다.[7]

라는 젠더로 환원하여 설명할 우려가 있다. '여성'의 의미는 본질적으로 존재하는 것 또는 '남성' 권력이라는 단일한 힘에 의해서만 생성되는 것이 아니라, 중층적인 사회적 역학에 의해 나타나는 것이기 때문에 이러한 본질주의적 시각은 '여성'의 의미를 둘러싼 여러 다양한 사회적 역할을 간과하게 하는 것이다.

6 여성을 지칭하는 어휘가 날라심에 따라 그 새로운 어휘가 내포하는 의미가 달라진다는 발상은 다른 연구자들에게서 지적되었다. 김수진, 〈'신여성', 열려 있는 과거, 멎어 있는 현재로서의 역사쓰기〉, 《여성과 사회》11호, 창작과비평사, 2000; 이임하, 《계집은 어떻게 여성이 되었나》, 서해문집, 2004.

7 이러한 이유로 이 책에서 여성을 지칭할 때 따옴표를 사용하여 '여성'으로 표기함으로써 특수한

'여성'이라는 기표는 남성/여성으로 이루어진 이성애적 구도에서 여러 성적 다양성을 사상시킨, 상상적이며 규범적인 작용을 하는 기표이며, 자연적 성sex을 인용함으로써 인위적인 '여성' 범주를 자연적인 것으로 만들어 어느 시대이거나 '여성'이 동일한 의미로 존재해 있었던 것처럼 보이게 한다. 그러나 성적 차이는 젠더 구분의 근거라기보다는 젠더의 소급적 효과로 존재하는 것이라는 점[8]에서 '여성'이라는 기표는 특정한 역사적 국면에서 구성된 것이다.[9]

　문학과 역사학, 사회학의 선행 연구들은 '여성'이라는 범주를 생물학적 성sex의 범주와 분리시켜 후천적으로 그리고 문화적으로 고안된

맥락에서 '구성된' 기표라는 측면을 강조하고자 하였다. 그러나 본문에서 종종 이 따옴표를 생략하는 경우도 있는데 그것은 편의상의 이유에서다.

8 스코트는 이러한 입장에서 정신 분석 담론에서의 '여성'과 '남근(pallus)'이라는 용어를 비판적으로 바라보고 있다. 이 단어들이 분명 특정한 역사적 국면에서 구축된 것임에도 불구하고 정신분석학은 그것을 어느 사회, 어느 시대에서나 보편적인 의미를 갖고 있는 것인 양 취급함으로써 그 자체로 탈역사적인 이론이 되고 있다는 것이다. J.W.Scott, "Gender:A Useful Category of Historical Analysis", *Feminism and History*, ed. by J.W.Scott, Oxford University Press,1996, pp.152~175.

9 이러한 관점은 일부의 페미니스트 연구가들에 의해 제기된 것이기도 하다. 조앤 스코트(J. Scott)는 여성과 남성이 항상 같은 방식으로 의미가 고정되고 사회가 그 방식을 계속 재생산한다는 식의 생각을 가진 페미니스트들은 오히려 자신들이 비판하고자 하는 대상에 도움을 주는 것이라 말하고 있다. 스코트는 여성이라는 범주를 특정한 역사적 국면마다 다르게 나타나는 것으로 상대화해야 한다고 주장함으로써 본질주의로 환원되는 페미니즘을 비판하고 있다. (J. Scott, "Some More Reflection on Gender and Politics"(「젠더와 정치에 관한 몇 가지 성찰」, 배은경 옮김, 《여성과 사회》13호, 2001, p.215)
주디스 버틀러(J. Butler) 역시 '여성'이 본질적 의미로 환원되는 것을 경계하고 있다는 점에서 스코트와 같은 맥락에 서 있는데 그에 의하면 '여성'은 실체로 존재한다는 믿음의 차원에서민 존재하는 것이다. 즉 젠더는 '남성적인 것', '여성적인 것'이라고 일컫는 원전들을 모방하기 또는 육체를 통해 수행하고 표상하는 것일 뿐 고정된 정체성이 될 수 없다. 모방의 대상이 되는 그 원전들은 실재로 존재하는 것이 아니라 존재한다는 믿음에 의해 원전이 될 뿐이다. J. Butler, *Gender Trouble*, Routledge, 1990, 제1장 Subject of Sex/Gender/Desire 참조.

것, 즉 젠더gender로 이해했지만 그 범주 형성에 작용하고 있는 특수한 역사적 맥락을 부각시키는 데는 의식적이지 못했던 것으로 보인다.[10] 35년에 걸친 식민지 시기는 동일하게 '근대'로 불렸지만 이 시기는 결코 균질화된 공간이 아니며 내부적으로도 끊임없는 변화와 변주가 작용했던 공간이다. 이 책은 소설과 '여성' 간의 문제적인 국면을 보여주는 근대소설들을 분석함으로써 식민지 시기 '여성' 범주 형성에 본질적으로 의미 있는 인식소들을 밝히고자 한다.

---

10 식민지 시기의 여성 연구는 다음의 사회학적, 역사학적 연구들을 통해 축적되었다. 태혜숙 편, 『한국 식민지 근대와 여성 공간』, 여이연, 2004.; 김경일, 『여성의 근대, 근대의 여성』, 푸른역사, 2004.; 문옥표 외, 『신여성』, 청년사, 2003. 이배용 외, 『우리나라 여성들은 어떻게 살았을까』, 성년사, 1999. 이 연구들은 대개 근대성의 출발점인 식민지 시기의 '여성'을 대상으로 삼고 있는데 식민지 시기 내부의 미세한 변화 양상을 읽는 데는 의식적이지 않다는 아쉬움을 남긴다. 이외에도 김진송의 『서울에 딴스홀을 許하라』(현실문화연구, 1999)의 경우는 식민지 대중 문화 속에서 '여성'의 변화를 포착함으로써 비교적 넓은 시야를 확보하고는 있지만 역시 약 몇 십년 간에 걸쳐 일어난, 식민지 시기 내부의 변화에 대해서는 다소 소홀하다.

02

'여성 표상'의 발견

'여성' 범주와 그 표상의 패턴은 어떻게 드러나는가. 그것은 문학 외적 텍스트에 나타난 여성 표상을 분석한 뒤, 문학 외적 텍스트에서 분석한 '여성' 표상과 그 패턴이 개별 소설 분석과 어떤 관련을 갖는가를 점검하는 작업이 될 것이다.

여기에서 말하는 문학 외적 텍스트란 비허구적 텍스트들을 의미한다. 현실과 텍스트의 관계에서 문학 외적 텍스트는 허구의 텍스트인 문학보다는 '비교적' 현실을 객관적으로 기록하거나 현실에 대한 필자의 의견이 투명하게 표명된다고 간주된다. 이와 반대로 허구적인 텍스트는 현실을 있는 그대로, 즉 일대일의 대응관계로 반영한다기보다는 이를 상상으로 변형시킨 가상 공간이다. 일견 상식적으로 보이는 이러한 전제들은 역사적 사실과 허구 간의 엄밀한 구별을 바탕으로 하는 것처럼 보이지만, 그 구별은 표상 작용 자체가 객관적이고 중립적이지 않은 한 유효하지 않다. 특히 기사記事나 수기手記, 일기, 편지와 같은 텍스트들처럼 그 자체로 서사를 갖고 있는 경우에는 비허구성을 보장받을 근거는 희박해진다.

따라서 이 책에서는 소설로 대표되는 허구의 텍스트와 비허구적 텍스트(잡지나 신문 등의 미디어에 실제 사실을 바탕으로 하였거나 글쓴이의 정직한 의견 표명임을 내세우는 텍스트) 사이의 차이를 일단 유보하고, 각각의 텍스트들을 동등하게 취급함으로써 여성의 표상들을 발견하고자 한다. 그러나 분석의 대상으로서 문학 텍스트보다는 비허구적 텍스트(문학 외적 텍스트)가 좀 더 요구될 수 있다. 그것은 비허구적 텍스트에 표상된 '여성'이 문학 텍스트에 비해 더 보편화된 사회적 표상 체계에 근접하고 있기 때문이다.

비허구적 텍스트에 표상된 '여성'

비허구적 텍스트를 다루는 데는 몇 가지의 전제들을 확인할 필요가 있다. 우선 비허구적 담론에서 기술된 내용을 '사실'로 인정하지 않는 것이다.[11] 비허구적 텍스트라 할지라도 그것은 누군가가 '쓴' 텍스트다. 그 텍스트는 현실을 있는 그대로 반영하거나 모방한 것이 아니다. 현실을 어떤 특정한 이념과 관점에 의해 조직한 결과이기 때문에 중립적이고 투명한 텍스트라 할 수 없다. 달리 표현하면 애초에 중립적이고 객관적인 사실이란 존재하지 않는다고도 할 수 있는데, 이러한

---

11 풍속사나 미시사 또는 일상사를 연구함으로써 문학 텍스트 해석의 그 정확한 사적(史的) 맥락을 잃지 않게 하는 데 일조하는 연구들이 많다. 그런데 이렇게 일상사 연구를 문학 연구에 활용할 때 비문학적 텍스트들이 역사적 '사실'을 드러내는 자료처럼 취급되는 경우를 종종 보게 된다. 비허구적 텍스트들은 특정한 입장과 이데올로기를 반영하고 있는 것일 뿐 '사실'을 드러내지 않는다는 점에서 허구인 텍스트와 동일하게 취급될 수 있다.

관점은 언어 자체가 이념성을 가지고 있으며 그러한 비중립적인 이념성이 현실을 재단하기 때문에 언어로 쓰이지 않은 현실은 존재할 수 없다는 입장에 근거한 것이다.[12]

'여성'과 '표상'의 관계 역시 여성은 중립적이고 객관적으로 표상되지 않는다. 이는 중립적이고 객관적으로 표상된 여성이 어딘가에 존재한다는 의미가 아니라 모든 표상이 각각의 세계상을 담고 있듯이 '여성표상'은 그 자체에 특정한 세계상을 담고 있다는 뜻이다.[13]

'표상Vorstellung'은 철학적으로는 차이를 가진 다양함을 일반화시키는 사유작용의 결과[14]로, 어떤 대상이 심적 또는 물리적으로 재현전화한 것[15]이라고 할 수 있다. 표상 작업의 이러한 철학적 정의에는 마치 표상 작업의 이전에 표상되어야 할 원전이 존재한다고 볼 수 있다. 그러나 무엇을 언어로써 표상한다고 했을 때 그 언어가 이미 현실을 재단하고 그 현실에 의미를 부여한다는 점을 상기한다면 표상이 재현전

---

12 기표가 고정된 기의를 가질 수 없으며 기의는 오직 시니피앙의 무한한 미끄러짐을 통해 구축된다고 말하는 라캉(Lacan)의 언어관이나 인간에게 인식되는 현실이란 어떠한 경우에도 이데올로기로부터 벗어날 수 없으며 현실은 경험하는 그 순간에조차 변형, 왜곡되어 있음을 주장하는 알튀세(Althusser) 등의 후기구조주의자들의 논의는 'representation'이란 용어에 대한 기존의 반영론적 입장을 뒤흔들었으며 이러한 후기구조주의자들의 논의는 바로 이러한 중립적인 언어관을 뒤엎고 있음은 물론이다. C. Belsey, *Critical Practice*, London: Methuen, pp.37~55.

13 이러한 의미에서 "여성을 왜곡시켜 왔다" 또는 "왜곡된 여성상"이라는 여성 재현에 관련된 일반적 표현들은 수정되어야 한다. 이러한 일반적 견해는 마치 왜곡되지 않은 이상적 형태의 '여성'이 존재함을 가정하기 때문에 마치 왜곡되지 않은 건전한 형태의 여성이 어딘가에 존재하거나 건강한 형태로만 묘사되어야 하는 것과 같은 강박과 억압을 가져다준다.

14 칸트는 직관에 주어진 다양함을 상상력을 통해 종합함으로써 '표상(vorstellung)'에 도달한다고 말한다. 다양을 종합하는 상상력의 작용을 표상작용이라 할 수 있는데 표상작용은 '종합하는 활동'으로 차이를 동일화, 개념화하는 것이다. 서동욱, 《차이와 타자 ─ 현대 철학과 비표상적 사유의 모험》, 문학과 지성사, 2000. p.11.

15 이효덕, 《표상공간의 근대》, 박성관 옮김, 소명출판, 2002. p.19.

해야 할 원본은 존재하지 않는다.

어원을 통해서도 알 수 있듯이 표상은 대상을 '앞에Vor 세움Stellung', 즉 앞에 있는 대상을 자신(표상하는 자)과의 관련 속에 끌어오는 행위다. 표상 행위를 통해 관계에서 우월한 위치에 선 주체가 되는 것은 이러한 이유에서다. 표상 행위를 통해 인간에게 세계는 하나의 상像, Bild 으로 파악되며, 이것은 세계를 표상 행위를 통해 체계로서 이해한다는 것이다.[16] 그러므로 '표상Vorstellung'의 작업에서 왜곡되지 않은 현실이란 존재하지 않으며 표상된 것 그 자체의 결과가 바로 새로운 의미에서의 현실이라고 할 수 있다.[17] 결국 표상에 대한 연구는 현실이 어떻게 왜곡되고 있으며 왜곡되지 않은 현실은 무엇인가를 밝히는 것이 아니라 표상을 작동시키는 욕망과 표상 속에 드러난 세계상Weltbild의 이데올로기를 분석하는 것이다. 표상의 작업은 곧 그 작업을 통해 특정한 이데올로기를 담은 세계상을 산출하기 때문이다. '쓴' 모든 텍스트에는 욕망이 담겨 있다는[18] 정신분석학적 아이디어 역시 이러한

---

16 M. Heidegger, *Die Zeit des Weltbiles*(《세계상의 시대》), 최상욱 옮김, 서광사, 1995, pp.37~59.) 하이데거는 표상행위가 존재자(Seiende)를 표상하는 자 앞에 세움으로써 대상화하고 지배하는 부정적 행위로 보고 있다. 그러나 이러한 표상 행위를 통해 세계가 하나의 상(像)으로 파악됨으로써 인간이 주체로 서게 되는 것은 근대 자체의 특징임을 지적하고 있다.

17 이러한 이유에서 이 책에서는 'representation'의 번역어로서 '재현'이 아닌, '표상'이란 단어를 선택한 것이다. 재현이라는 단어에 담긴 '재(再)'의 의미 속에는 대상과 언어 사이의 모방적 관계가 함축되어 있다는 판단에서이다. 많은 경우 '재현'과 '표상'은 특별히 구별이 되지 않은 채 혼동하여 쓰여왔다. '재현'이 전통적으로 문학연구에서 상용되어 왔던 용어라면 '표상'이라는 번역어는 분석철학이나 인지심리학이나 철학 등의 분야에서 주로 사용되어 왔다. 특히 철학에서는 '표상'이라는 말을, 차이를 무화하는 동일화 작업인 'Vorstellung'의 번역어로 사용하고 있다.

18 모든 '쓰인' 것에는 욕망이 깃들어 있다. 지젝(Zizek)에 의하면 욕망은 대상에 의미를 부여하여 이것을 자신에게로 끌어오는데 바로 이러한 행위를 가리켜 '쓰여졌다'라고 말한다. S.Zizek,*The sublime object of Ideology*(《이데올로기라는 숭고한 대상》), 이수련 옮김(인간사랑, 2002, p.290.)

표상 작용의 특징과 관련되어 있다고 할 수 있다.

따라서 '여성 표상'에 대한 관심은 바로 '여성'이 텍스트 내부에서 표상될 때 작동하는 욕망과 그 표상의 결과로 산출되는 세계상에 있다. 1920~30년대 신문과 잡지에서 '여학생', '매춘부', '가정부인' 등의 표상이 발견된다면 이 표상들은 언어를 통한 중립적인 묘사가 아니라 어떤 세계상을 그 자체로 드러내는 것으로 다루어져야 한다.

이런 이유로 이 책은 실제 생존했던 여성들에 대한 연구가 아니라 텍스트 속에서 '여성'이 쓰인 방식을 관찰하고 이를 해석하는 젠더 연구Geneder Studien[19]를 필요로 한다. 젠더 연구는 실제의 생물학적 남성/여성 그리고 남성/여성이 어떤 관계인가를 밝히기 위한 것이 아니라 실제의 인간들로 하여금 자기의 주체성으로 받아들이도록 구성된 남성/여성이라는 기표가 '어떻게' 구성되었는가를 밝히는 것이다. 비허구적 텍스트들은 그것이 사실이라서가 아니라 바로 그 기표들이 직접적으로 어떤 맥락에서 구성되는가를 직접적으로 보여준다는 점에서 허구적 텍스트와 다르다.

소설 속에 '표상된 여성'

이제 '표상된 여성'이 내포하고 있는 특정한 세계상과 이데올로기가

---

19 C. Braun, I. Stephan(ed.) *Gender—Studien*(《젠더연구》), 탁선미 외 옮김(나남출판사, 2002 참조). 젠더 연구(Genedr Studien)는 여성 운동과는 차이가 있다. 말하자면 젠더 연구는 텍스트들과 기호들을 관찰하고 해독하는 정신 과학의 일부로, 현실 세계에서의 젠더적 불평등과 차별을 연구하고 이를 개선하기 위해 노력하는 행위(페미니즘 운동)와는 차이가 있다. 물론 젠더 연구가 현실적으로 이루어지는 젠더적 불평등을 개선하는 데 기여할 수는 있겠지만 이는 일단 별개의 영역으로 간주된다.

소설(문학 텍스트)과 어떤 관련을 갖는가, 즉 비허구적 텍스트 속에서 분석된 여성 표상이 소설로서 어떻게 서사화되는가를 주목해야 한다. 비허구적 텍스트, 즉 비문학적 텍스트 속 여성과 소설 속 여성의 가장 큰 차이점은, 전자의 경우 '여성', '여학생', '가정주부' 등으로서 명시적으로 '지시指示' 되지만 후자의 경우에는 구체적인 상황 속의 인물들로 표상되어 있다는 점이다. 소설의 이러한 표상 방식은 플롯을 내장하고 있는 서사narrative 자체의 특징과 결부되어 있는 점이기도 하다.

여기서 소설의 플롯을 추동해가는 개인적인 욕망은, 식민지 조선의 근대소설에 있어서 대체로 남성들의 욕망이라는 점을 주목할 필요가 있다. 이 남성들의 욕망은 소설 속 여성 인물의 표상을 작동시키는 동인動因이라 할 수 있으며, 개별적인 욕망이라기보다는 상상의 공동체인 사회의 욕망을 바탕으로 하고 있다. 개인의 욕망이 사회 전체의 욕망을 바탕으로 한다는 점은 욕망의 기본 속성이기도 하다. 개인적 욕망은 개별화되고 구체화된 욕망이기는 하지만 타자 전체의 욕망으로부터 자유로울 수 없다. 욕망désir 발생의 근원인 결핍un manque은 자율적으로 느끼는 것이 아니라 타자에 의해 지칭되고 그 결핍을 메울 방법조차도 타자에 의해 결정되기 때문이다.[20] 비문학적 텍스트에서 나타나는 사회 공통의 욕망은 바로 개인의 욕망이 기대고 있는 타자들의 욕망이라 할 수 있다. 개인의 욕망이 타자들의 욕망에서 자유롭지 못한 것은 한편으로는 불특정 다수를 대상으로 하는 미디어를 통해 텍스트들이 사회 전체로 침투되는 근대 사회의 특징에서 비롯된 것이기도 하다.[21] 근대적 미디어에 의해 생산되는 텍스트들과 그 텍스트들에 의해

20 강영안, 《주체란 죽었는가—현대 철학의 포스트 모던 경향》(문예출판사, 1996, p.215.)
21 서구 사회에서 18세기 소설의 출현 이후, 다양한 표현매체들이 등장함으로써 이미지와 기호

표상 체계[22]가 유통됨으로써 거기에 실린 이데올로기와 욕망이 개인의 정체성에 깊숙이 개입하게 되는 것이다. 환언하자면, 개인의 욕망은 타자들의 욕망으로부터 외압을 받아 발생되는 것이라고 할 수 있다. 이러한 외압은 표면적으로 기표 체계의 압력이며 내적으로는 기표 그 자체가 함의하고 있는 세계상과 이데올로기의 압력이기도 하다.[23]

이러한 대타자 욕망의 내면화 과정이 있기에 여학생, 기생, 여급, 가정주부라는 기표와 그 기표의 표상 방식에 함의된 세계상 및 욕망은 소설의 세계를 구성하는 기본항이 될 수 있으며 소설 속 개인의 욕망과도 긴밀한 관련을 갖는다. 그러나 한편으로 '소설'은 이러한 사회적 욕망에 기반하고 있으면서도 그것을 일방적으로 수용하거나 반영하는 것만은 아니다. 소설은 때로는 사회적 욕망에 역행하는 것처럼 보인다는 사실을 염두에 둘 필요가 있다.

잘 알려진 근대소설 《무정》의 주인공 '형식'이 여학생인 선형과 기생인 영채 사이에서 갈등할 때 그의 욕망을 구성하는 것은 '여학생'과 '기생'을 표상하게 하는 사회적 이데올로기이자 세계상이다. 형식이 결국 영채가 아닌 선형과 맺어지게 되는 플롯은 여학생과의 결혼이 1910년대 신세대 지식인들에게 하나의 정치적인 이상理想이었다는 것과 동궤

의 범람은 근대사회의 특징을 이루게 되었다. 강내희, 〈재현체계의 근대성—재현의 탈근대적 배치를 위하여〉, 《문화과학》 2000년 겨울, p.19.

22 여기에서 표상체계란 표상을 가능하게 하는 코드의 체계와 그 코드가 사회적으로 유통되고 순환되는 시스템을 의미한다. 이효덕, 앞의 책, pp.19~20.

23 이를 정신분석적으로 환언하여 보면 타자(autre)는 '나'의 거울이다. 자아는 밖에 있는 타자로부터 '나'를 보는 것이다. 이 과정은 다분히 상상적이다. 이러한 상상적 동일시의 과정은 대타자(Autre)의 언어 체계를 받아들임으로써 상징적인 것으로 변화한다. 언어를 받아들임으로써 자아는 대타자의 욕망을 자신의 것으로 수락한다. J. D, Nasio, *Enseignement de 7 cocepts cruciaux le la psychanalyse*(《정신분석학의 7가지 개념》), 표원경 옮김, 백의, 2002, pp.72~87.

에 놓일 수 있다.[24] 그러나 형식의 최종적인 선택은 이러한 특정 집단이 가진 세계상의 일방적인 승리로만 표현되지 않는다. 그것은 신세대 지식인들의 세계상에 충실하면서도 때로는 그것에 역행하는 것처럼 보이는 형식의 우유부단한 모습 때문인데, 그런 우유부단은 형식이라는 남성 인물의 젠더적 정체성이라는 새로운 변수로 인한 것이다. 여학생인 선영과 기생인 영채 사이에서 느끼는 형식의 혼란은 신세대 지식인들이 내세우는 확고한 세계상과는 거리가 멀다.

'여학생'과의 혼인으로 가는 과정에 나타나는 방해물들과 형식의 내면적인 고민은 여학생과의 결혼을 지연시키는 효과를 보인다. 이러한 지연의 원인은 인물의 남성다움을 과시할 수 있는 방향으로 플롯이 전개되고 있기 때문이다. 형식의 남성다움은 세 가지 방식으로 나타난다. 첫째 다른 남성 경쟁자들과의 경쟁에서 우위를 차지하는 것, 둘째 영채와 같이 위기에 빠진 가련한 여성 인물을 구원하려 하는 것, 셋째 남녀간의 애정이나 연애 감정 사이에서 벌어지는 사적인 갈등을 계몽주의라는 공적인 차원에서 무마시키는 것 등이다. 이렇게 남성다움의 과시는 1910년대 지식인의 이상에 역행하는 듯 보이지만 각각의 여성 기표에 부과된 사회적 욕망을 남성성의 과시 욕망을 통해 새롭게 재구성한 차원이라고도 할 수 있다.

《무정》의 '형식'뿐만 아니라 식민지 근대소설 속 남성 인물은 위기에 빠진 여성 인물을 구출함으로써 또는 방종하거나 경박한 여성들을 계도함으로써 남성다움을 보장받는다. 이 남성다움의 과시는 사회적

---

24 사회적으로 이룩된 '여학생'의 표상과 거기에 담긴 사회적 욕망은 2장에서 구체적으로 분석될 것이다. 그러나 본격적인 논의에 앞서 간략하게 설명하자면 '여학생'은 신세대 지식인들에게는 자유연애의 대상이며 새로운 가족 모델을 함께 이룰 이상적인 동반자로 여겨졌다.

인 여성 표상의 패턴을 소설로 전유하여 플롯을 전개하는 동기로 작용한다.

남성다움의 과시 이면에는 근대 정신분석학에서 중요한 개념으로 취급하는 오이디푸스적 갈등 상황이 깔려 있다. 한 여성을 사이에 둔 경쟁, 가부장으로서 권위를 가지려는 욕망, 악녀들과 갈등하는 상황 등은 바로 그러한 오이디푸스적 갈등 상황을 함축하고 있다. 오이디푸스적 갈등 상황은 이미 근대적 젠더 정체성 아래에서 형성된 인간 내부의 드라마[25]로서, 사회적 담론(텍스트) 속의 여성 표상을 근대소설의 형태로 변형시키는 데 핵심적인 역할을 한다고 할 수 있다.

이러한 의미에서 소설의 내적 형식은 두 개의 자장 아래에 놓여 있다. 하나는 사회적 이데올로기와 세계상을 담은 (여성) 표상이며, 다른 하나는 서사의 중심 동력인 (남성적) 욕망이다. 사실 양자는 분리되어 있다기보다는 서로 쌍을 이루고 있다. 많은 근대소설에서 서사

---

25 오이디푸스 콤플렉스와 오이디푸스적 갈등 상황을 중요한 개념으로 다루고 있는 '정신분석학'은 사실 모든 시대의 '성적 욕망'을 설명할 수 있는 담론이 아니다. '정신분석학'은 어디까지나 근대적 성적 억압과 근대적 성적 욕망을 설명할 수 있는 담론이다. 그것은 '정신분석학'이 근대의 이성애적 구도를 통해 인간의 성을 각색하고 있는 담론이라는 점에서 그러하다. 해부학, 심리학, 의학 등의 근대 과학은 남성/여성이라는 이성애적 성별주의를 생산했고 또 근대적 성적 억압을 생산하는 기제이기도 했다. '정신분석학'은 근대 과학이 만들어낸 남성과 여성이란 이성애적 성별주의를 바탕으로 오이디푸스 콤플렉스, 거세 콤플렉스 그리고 가족드라마를 만들어냈고 인간의 성을 각색해 낸 담론 체계다. '정신분석학'은 남성과 여성의 차이를 본질적인 것으로 또는 확정적인 것으로 고정시킨 뒤 남성의 페니스에 대해 과도한 의미부여를 하고 권력 관계를 젠더적 비유를 통해 설명함으로써 남성/여성의 젠더적 관계에서 벌어지는 성차별을 공고하게 하는 담론이다. (J. Weeks, 《섹슈얼리티:성의 정치》, 서동진·채규형 옮김, 현실문화연구, 1999, 제3장 성차의 의미들 참조.) 이 책은 이러한 정신분석학적 담론의 의의와 한계를 충분히 고려함으로써 남성과 여성의 차이를 본질적으로 고정하는 오류를 범하지 않도록 노력할 것이다. 다만 이 책에서 정신분석학적 담론들은 젠더 담론의 구성 방식을 밝히는 데 원용되고 있음을 밝힌다.

의 기본 동력으로서 (여성) 표상이 (남성적) 욕망에 의해 생성되는 원인은 서사의 중심에서 사건들을 경험하거나 상황을 인지하며 자신의 내면을 갖는 주체가 남성이기 때문이다. 이러한 국면을 서로 다른 시대적 맥락을 통해 특징적으로 보여주는 세 부류의 소설에 주목하고자 한다. 첫째는 1920년대 초반의 남성 내면을 보여주는 소설들, 두 번째는 1930년대 모더니즘 소설들, 마지막으로는 1930년대 중후반의 장편소설들이다.

1920년대 초반의 소설들은 여성 표상을 통해 남성 주체의 내면이 어떻게 구성되는지 전형적인 예를 보여준다. 이 시기 소설의 특징 가운데 하나는 '내면'을 소유하거나 보여줄 수 있는 인물이 한정되어 있으며, 내면을 소유하고 그것을 현시하는 데 어떤 위계가 있다는 점이다. 이와는 달리 1930년대 모더니즘 소설들(이상과 박태원의 소설을 정점으로 한 1930년대 중반의 모더니즘 소설들)의 경우 1920년대 초반 소설과는 달리 남성 내면 또는 남성 욕망을 전복시키는 모습을 보인다. 이 경우 '매춘부'의 표상은 이러한 전복과 대응을 이루고 있다. 1920년대 초반의 소설들이 남성 화자를 배반한 또는 애정을 받아주지 않는 여성들을 매도하는 것과는 달리 1930년대 모더니즘 소설에는 무능한 남성들, 즉 가족주의에서 벗어나 있는 남성 화자가 등장한다.

경험과 인지 그리고 행위와 내면을 풍부하게 보여주는 주체는 바로 남성 인물이며, 남성 주체의 내면과 욕망에 대응되는 것이 바로 '여성' 표상이다. 1930년대 장편소설들의 경우 이러한 일면적인 관계를 벗어나 좀 더 다양화된 관계를 보여준다. 가정을 바탕으로 한 사적 영역과 가정 밖의 공적 영역 사이에서 여성 인물과 남성 인물의 관계가 재설정되기 때문이다. 남성 주체와 여성 표상이라는 대응은 이러한 공적/사적 영역 사이의 관계를 통해 새롭게 지정됨으로써 소설의 플롯을 구성하고 있다. 예외적으로 여성 인물이 표상의 대상이 아닌 플롯의 주체로 등장하는 소설들, 즉 여성 인물들이 등장하는 여성 성장소설들도 1930년대 장편소설로 나타난다. 그러나 이러한 여성 성장소설이 남성 주체와 비슷한 또는 등가의 여성 주체를 형성하는가는 의문의 여지가 있다.[26]

---

26 이 점에 대해서는 4장에서 후술하겠지만 여성 성장소설의 주인공들인 1930년대 '여학생' 역시 남성적 시선에 의해 대상화되어 있다. 여성 정체성은 남성 정체성과 달리 내면을 통해 얻어지는 것이 아니라 시각적으로 보여짐으로써 그리고 다른 경쟁자 여성들과의 차이를 통해 얻어진다. 이러한 정체성의 형상화 방식을 토대로 볼 때 여성 성장소설의 여성 인물들은 남성 주체와 동일한 또는 동등한 형식으로 형상화된 것이 아니라 여전히 표상되는 자의 지위에서 벗어나지 못하고 있음을 알 수 있다.

2부

'여성, 범주의 역사적 성립

01

'여성'이라는 상상적 범주와
젠더 정체성

'여성'이라는 범주와 의미의 변화를 추적하기 위해서는 여성을 사회적으로 지칭하는 데 사용된 기표와 기의의 변화를 추적할 필요가 있다. 새로운 기표의 출현과 유포는 곧 그 기표에 담긴 새로운 의미들의 출현과 통용을 의미하는 것으로, 의미가 재구성된 재래 어휘의 변형 역시 여기에 포함된다. 이러한 새로운 의미의 생성은, 불특정 다수를 대상으로 유포되는 근대적 문자 미디어의 존재를 전제로 한다. 근대적 미디어는 기표들을 사회적으로 유통시킴으로써 기표들의 생성과 변형을 유도하며, 특정한 기표를 확정적으로 널리 유포하는 기능을 하기 때문이다. 즉 이렇게 기표가 유포됨으로써 공동체 내부에서 인식적 패러다임의 변화가 일어날 수 있게 된다.

사회의 일원으로서 '여성'을 지칭하는 말은 처음에는 '녀즈'였고, 그 다음에는 '신녀자'로, 그 다음은 '신여성'으로 통용되다가 점차 '여성'이라는 기표로 사용되었음을 여러 문자 미디어를 통해 확인할 수 있다. 이러한 각각의 기표들은 서로를 대체하는 기능을 갖기는 했지만 등가의 의미를 가진 것은 아니었다. 각각의 용어들은 개화기와 1910년대 그리고 1920년대를 거치면서 여성에게 부과된 시대적인 사명과 사회적 의미를 드러냄으로써 그 기표의 맥락적 의미가 다르게 사용되었음을 알 수 있게 한다.

개화기의 문명개화 담론에서는 문명사회로의 도약이라는 시대적 사명과 연결하여 여성의 사회적 책무를 부각시키면서 '녀ᄌ' 들의 교육과 각성을 강조한다. 일등국 또는 문명사회로 도약하는 데에 '녀ᄌ' 의 교육은 필수적인 것으로 강조되는데, 이 점은 1908년에 발간된 《녀자지남女子指南》[27]의 발행인 윤치오의 〈녀ᄌ지남 월보 취지서〉에서뿐만 아니라 개화기 계몽담론에서 공통적으로 발견된다.

어진 어만이와 착한 아내의 큰 관계가 안이면 결단코 일등국과 일등인을 짓지 못하지는지라. 이러함으로 그 여ᄌ의 학식과 도덕이 잇고 없는 것으로 곳 그 국가의 문명과 야만을 가히 판단할 지어늘…[28]

근일의 시무롤 안다는 선배들은 대한의 약홈이 남ᄌ의 실학공부 아니홈으로 말미암아 그러흔 일이라. 작년에 경성 사는 모모 부인들이 녀인의 무식홈이 남ᄌ의 하슈가 됨을 끼닷고 분히 녁여 녀학도의 교육홈을 ᄌ긔의

---

27 《여자지남》은 《여자지남월보》 또는 《여자보학원월보》라고도 지칭된다. 1908년 4월 간행을 시작하여 3호까지 간행되었다고 하나 지금은 제1호만이 전해진다. 윤치오의 간행 취지서에서도 알 수 있듯이 이 월보는 "여자의 학식도덕을 발달하기 위해 여자의 교육에 필요가 될 만한" 계몽적 역할을 염두에 두고 만들어졌다고 그 창간 의의를 설명하고 있다. 《여자지남》에 대해서는 박용옥, 〈1920년대 신여성 연구〉, 《여성연구논총》제2집, 성신여대 한국여성연구소, 2001, 2. 참조.

28 윤치오, 〈녀ᄌ지남 월보 취지서〉, 《녀ᄌ지남》, 1908.4. 인용은 이화여자대학교 한국여성연구회 편, 《한국여성관계자료집》, 이화여대 출판부, 1988, p.19.

담칙으로 알고 좌우 쥬션주야 녀학당을 창설후랴 후엿스니 대한 녀인이 다 이런 부인의 수업을 본밧아서 나라의 리익른 일을 남주와 갓치 만히 주면 엇지 나라의 흥왕치 아니홈을 근심후리로[29]

어린으해의 성품을 구르치는 거시 전혀 그 어머니의게 잇슨즉 어머니 된 이는 맛당히 뎍당한 학문을 뵈호우어야 홀터힌고로 져 문명를 태서 모든 나라들이 녀인의 권세를 놉혀주며 고등혼 학문덩도로 녀학교를 만히 설립후여[30]

이러한 여자 교육의 강조는 재래의 맥락과 완전히 절연되어 있다고 는 볼 수 없다. 어머니로서 아내로서의 부덕婦德을 강조하는 유교 사상 을 재구성한 것이며, 당대 계몽 담론에서 흔히 보이는 문명과 야만의 이원적 인식구도 아래 국가의 기본 단위인 '가정'의 의미를 강조하는 맥락이 보이기 때문이다. 이 점은 위의 인용된 구절들에서 '녀주'를 지 칭하는 단어들로도 확인될 수 있다. 이들 개화기 담론에서 여성은 '녀 주'라고도 불렸지만 이보다는 어머니, 안해, 부녀, 부인 등 여성을 부모 와 남편과 자녀와의 관계 속에서 지칭한 용어들이 더 일반적으로 사용 되었다. '부婦'는 남편의 관계 속에서 아내됨을 표시하고, '여女'는 부모 와의 관계 속에서 자식임을 표시하는 어휘소[31]라는 점을 상기해볼 때 이러한 기표들은 여성을 독립적인 사회적 존재로서 파악하는 것이 아

29 《제국신문》, 1899. 4. 27.

30 김락영, 〈녀주교육〉, 《태극학보》, 1906. 8.

31 김수진, 〈'신여성', 열려 있는 과거, 멎어 있는 현재로서의 역사쓰기〉, 《《여성과 사회》11호, 창작과비평사, 2000, p. 15. 김수진은 부(婦)나 녀(女)의 의미가 남편과 부모의 관계를 중심으 로 생성되는 것이라 보고 있다. 아울러 중국 근대 여성의 기표들을 둘러싼 논쟁의 역사를 참

니라 가족관계 속에서 파악되는 종속적인 존재로서 규정하고 있음이 특징적이다. 따라서 개화기 담론에서의 '녀즈'는 아직 독립된 젠더 범주로서의 '여성'이 아니라 아내와 어머니라는 가족관계 속에서의 여성을 강조하는 식으로 사용되고 있다.[32]

비록 독립적인 사회적 존재로서의 의미는 다소 미약하지만 사회를 계몽하고 근대적 국가를 세우기 위해 아내와 어머니 그리고 부인을 계몽적 대상으로 불러들인다는 점[33]에서 '녀즈'는 균질화된 어떤 대상을 설정하고 있는 셈이다. 여성 사회와 국가의 기본 단위로서 가정과 그 가정의 담당자로서 어머니와 아내를 불러내는 이러한 방식은 1910년대에 와서도 지속된다.

나라가잇으면 사회社會가잇고 사회가잇으면 가뎡家庭이잇서요 밧구어말하면 가뎡이모혀서 사회가되고사회가모혀서 나라가되는 것이올시다……대저가뎡에왕은누구시오 즉귀부인이시오[34]

조로 하면서, 청조(淸朝)로부터 1920년대까지 쓰이던 부녀(婦女)라는 기표를 여성(女性)이라는 기표가 대체한 현상을 주목하고 있다. 즉 부녀가 유교적 사상의 틀 안에서 여성을 규정하려는 기표였다면 '여성'이라는 기표는 반봉건, 반식민적 이념을 지닌 중국 신지식인들 사이에 유통된 새로운 의미의 기표였다는 것이다.

32 이 시기의 '녀즈'가 아직 사회적으로 독립된 개체로서 파악되지 못했다는 사실을 강조하고 싶다. 개화기의 담론에서 여성을 호출하는 방식과 1910년대 후반 신지식인 담론 속에서 여성을 호출하는 방식은, 여성을 사회적으로 독립된 개체로 파악하는가 하는 차이 속에서 변별될 수 있다.

33 고미숙은 이러한 개화기의 담론이 여성을 '국민'으로 만드는 기획이라고 말하고 있다. 모든 구성원을 '국민'으로 재구성하는 계몽 담론은 중세 체제하에서 타자화되었던 여성, 어린이, 천민 등의 주변부를 재조직한다는 것이다. 1907년의 국채보상운동은 여성들을 민족적 주체로 자각시켰던 사건이며 풍속의 개량, 지식과 교육에 대한 담론들은 여성을 국민으로 만드는 기획이라고 말한다. 고미숙, 《한국의 근대성, 그 기원을 찾아서─민족·섹슈얼리티·병리학》, 책세상, 2001. 참조

34 〈권두에 쓴 말〉, 《우리의 가뎡》, 1913. 12.

가정→사회→국가라는 상식적이고 유용해 보이는 도식은, 서구의 근대 이행기에 이룩된 가정과 사회의 관계에서도 발견되듯이[35] 국가와 가정을 유비적analogical 관계로 설정했을 때 가능하다. 위의 인용문은 서구 사회에서처럼 가정의 왕王을 가부장으로 지목하는 것이 아니라 귀부인, 즉 아내로 지목하고 있다. 그러나 이러한 설정에서 '왕'은 가정의 소유자를 지칭하는 것이 아니라 사적 영역에서의 아내 역할의 중요성을 강조하기 위한 수사修辭로 기능함으로써, 아내를 거대한 가정인 사회나 국가 내부의 중대한 역할자로 지목하고 있다. 국가가 잘되고 사회가 잘 되려면 가정이 잘 되어야 한다는 국가와 사회 그리고 가정간의 유비적 관계에 대한 이해는 20세기 초에 유행하던 사회진화론과 국가유기체설[36]에 바탕을 두고 있다. 이러한 인식은 개화기의 계몽 담론을 넘어 1910년대 일본 유학생들 사이에도 널리 통용되고 있었다. 그러나 1910년대 일본 유학생들의 경우 가정과 결혼에 대해 개

---

35 가정이 사회와 국가의 기본 단위가 된다는 이 도식은 언뜻 보면 자연스러운 것처럼 보이지만 어떤 특정한 이데올로기를 통해 이룩된 것이다. 공적 사회(국가, 사회)와 사적 공간(가정)의 관계에 있어서 이 양자가 유비적인 것으로 파악되기 시작한 것은 군주의 역할이 강화된 근대 이행기에 이르러서이다. 이 시기에 국가에 군주를 세움으로써 근대 국가가 성립되듯이 가부장이라는 군주를 내세움으로써 근대적 가정이 세워진다는 의식이 생겨나게 되었다. 프랑스의 경우 14세기부터 아내는 자신의 독립적 지위를 잃어가고 그 대신 강화된 남편의 힘에 종속되는 현상을 보인다. 국가와 가정의 이러한 유비적 관계는 마치 국가와 가정 간의 긴밀한 관계를 자연스러운 것으로 보이게 만드는 효과가 있음은 물론이다. P.Ariés, 《아동의 탄생》, 문지영 옮김, 새물결, 2003, p.562.

36 약육강식, 적자생존 등의 표어로 요약되는 사회진화론은 19세기와 20세기 초의 서구 제국들에게는 식민지 찬탈을 합리화시켰고 일본, 중국, 조선 등의 국가에게는 근대화, 서구화를 뒷받침하는 논리가 되었다. 여기에 국가를 하나의 유기체로 보고 국가를 구성하는 요소로서 개인의 의미를 부각시킨 국가유기체설이 결합되어 계몽적 요구를 시대적 사명으로 정당화하는 근거로 작용한다. 전복희, 《사회진화론과 국가사상》, 한울 아카데미, 1996, 제5장 애국 계몽기의 사회 진화론의 기능 참조.

화기의 계몽 담론과 미묘하면서도 중요한 차이를 보이고 있다. 이들은 스스로를 개화기 계몽 담론의 주창자들과 세대적으로 구분 지었으며, 가정 개혁에 대해서도 차별화된 인식을 갖고 있었기 때문이다. 그리고 이러한 차별화된 지점에서 바로 새로운 범주로서의 '여성'이 출현한다.

　일본에서 간행된 유학생 잡지《학지광學之光》을 통해 알 수 있듯이 사상사적으로 '신지식층'으로 지칭되는 1910년대 유학생들은 세대적 차별성을 강렬하게 내보인 새로운 세대다.[37] 이들 신지식층은 1906년 이후 우후죽순으로 만들어진 사립학교에서 교육을 받고 이른바 '실력주의'의 분위기 속에서 일본으로 건너간 이들로, 장차 사회를 구제하고 신문명을 개발할 사명을 스스로에게 부과하고 있었다.[38] 이들에게 '개혁'이란 구세대와의 차별성을 내보이는 행위였고, 특히 가정 개혁은 이러한 차별성을 구체화하는 대표적인 지점이었다. 그들이 가정의 의미를 강조하고 개혁하고자 하는 계몽 담론의 특징은 '개인성의 자각'이라는 점이다. 이들이 내세우는 개혁의 내용은《학지광》[39]에 실린 〈思想改革論〉[40]을 통해 살펴볼 수 있다.

---

37 〈일본유학생사〉,《학지광》, 6호 1915. 6. 필자 미상의 이 글에서는《학지광》간행 주체가 되는 유학생들을 제3기의 유학생으로 지칭하면서, 이들을 뚜렷한 목적 의식을 가지고 면학하고 있는 세대로서 평가하고 있다. 한편 이 글에 의하면 제1세대의 유학생은 주로 망명 정치인이 주류를 이루었고 제2세대 유학생들은 일본 유학의 바람을 타고 유학을 온 세대로 이렇다 할 성과를 내지 못했다고 평가하고 있다.

38 이 1910년대 유학생 또는 신지식층의 형성 배경과 사상적 특징에 대해서는 박찬승,《한국근대정치사상사연구―민족주의 우파 실력양성론》, 역사비평사, 1991, 제2장 1910년대 실력양성론과 구사상·구관습 개혁론 참조.

39 1910년대 동경에서 간행된 일본 유학생들의 잡지 《학지광》은 1914년부터 간행된 《청춘》과 더불어 이들 '신지식층'의 사상을 반영하고 있는 주요한 잡지다.

40 송진우, 〈사상개혁론〉,《학지광》, 1915. 5.

一. 孔敎打破와 國粹發揮

二. 家族制의 打破와 個人自立

三. 强制戀愛의 打破와 自由戀愛의 鼓吹

四. 虛榮敎育의 打破와 實利敎育의 主將

　이러한 개혁의 내용은 당대 지식의 최전선에 있던 유학생들이 대체로 동의하는 내용을 반영한 것이라 할 수 있다. 이것을 보면 '개인' 과 '자유연애' 가 강조되어 있으며, 가족제의 타파와 개인의 자립 그리고 자유연애의 문제는 서로 긴밀한 내적 연관을 맺고 있음을 알 수 있다. 《학지광》에서 자주 보이는 '천재론', '새도덕론', '인격론' 역시 개인성의 자각과 신장을 인식한 결과다.[41] 이들 1910년대 유학생층의 새로운 가정에 대한 이상은 '개인성' 에 대한 자각과 더불어 이상적 여성, 즉 새로운 개념으로서 균질화되고 추상화된 여성의 의미를 배태함으로써 큰 변화를 예고하고 있다.

　'녀주' 가 가족관계의 호칭에서 벗어나 처음으로 사회적으로 독립적인 '개인' 의 의미로 사용되기 시작한 것도 바로 1910년대 지식인층에 의해서인데, 이러한 용례는 이전의 계몽 담론과는 구분되는 새로운 기의의 출현을 보여준다.

　單히 良妻賢母라하야 理想을 定험도 必取할바안인가허노라. 다만 此를

---

41 《학지광》에 실린 다음의 글들에서 이러한 자아인식의 흔적을 찾을 수 있다. 최승구, 〈감정적 생활의 요구(나의 갱생)〉, 《학지광》1; 이용주, 〈人보다 己를 知함이 必要함〉, 《학지광》1,; 최승구, 〈너를 혁명하라〉, 《학지광》4; 이상옥, 〈새도덕론〉, 《학지광》4; 김천경, 〈인격권을 권함〉, 《학지광》10; 이광수, 〈천재야! 천재야〉, 《학지광》12; 순성, 〈부르지짐〉, 《학지광》12; 소성, 〈자기 표장과 문명〉, 《학지광》14; 김익우, 〈인격형성의 삼요소〉, 《학지광》18.

主張하는者는 現在敎育家의 商賣적 一好策이안인가허노라. 男子는 夫요
父라. 良夫賢父의 교육법은 아즉도 듯지못하얏스니, 다만 女子에 限하야
附屬物된 敎育主義라 精神修養上으로 言허드래도 滋味읍는 말이다. 또
婦人의 溫良溫順으로만 理想이라험도 必取할바가 안인가허노니, 云허면
女子의 奴隷맨들기 爲하야, 此主義로 婦德의 獎勵가 必要하엿섯도다.
(…인용자 중략…) 然하면 如何히 各自適한 女子가 될가. 無論 지식을 處
理헐 實力이 잇지 안이허면 안이되겟도다. 一定헌 目的으로 有意義하게
自己個性을 발휘코저허는 自覺을 가진 婦人으로서 現代를 理解헌 思想,
知識上及品性에 대하야 其時代의 先覺者가 되여 實力과 權力으로 社交
又하야 神秘上 內的光明의 理想的 婦人이 되지 안이허면 不可헌줄 生覺
허는바라.[42](밑줄은 인용자−이하 생략)

"자기 개성을 발휘하고자 하는 자각을 가진 부인"으로 표현되고 있
듯이 여성을 가족관계로부터 벗어난 한 개인으로서 강조하는 것은 비
단 여성에만 국한된 것이 아니다. 이들 유학생들의 개성과 자유에 대
한 갈망은 '자유연애'라는 시대적 유행으로 대변된다. 자유연애는 이
들에게 개인의 자율성을 상징하는 것인 동시에 자기 세대를 앞세대와
구별짓는 뚜렷한 지표다. 이러한 자유연애에 대한 갈망은 부모 중심의
가정이 아닌 자녀 중심의 가정이라는, 가정의 새로운 패러다임 구축으
로 귀결된다. 가정의 새로운 패러다임 구축에 대해 가장 뚜렷한 목소
리를 내었던 이광수는 〈자녀중심론〉, 〈혼인론〉, 〈조혼의 악습〉 등의
글을 통해 1910년대 후반 신지식층이 지닌 가정 개혁의 문제를 세대
의 문제로까지 확대시킨 대표적인 인물이다. 소설 〈어린 벗에게〉《《청

42 나혜석, 〈이상적 부인〉,《학지광》1, 1914.12, pp.15~16.

춘》, 1917)에서 그는 "담뱃대 하나를 사도 여럿 중에서 고르고 골라 제 맘에 드는 것을 사거늘 하물며 일생의 반려를 정하는 때를 당하여서 어찌 강요당할 수 있겠느냐"라는 생생한 자신의 목소리를 끼워 넣는다. 배우자 선택을 상품 고르는 것에 비유하고 있듯이 이 '자유'는 분명 선택의 자유다. 선택의 범위는 명시되어 있지 않지만, 그 대상이 이들 남성들과 신지식을 공유한 신지식층 여성이라는 점은 어렵지 않게 추측할 수 있다.

이러한 흐름은 나혜석과 김원주로 대표되는 여성 신지식층이 새로운 여성 범주를 제창하는 것과 동시기적이다. 나혜석을 비롯한 동경 여자 유학생이 주축이 되어 만든 잡지 《여자계》나 김원주가 간행한 《신여자》에 실린 글들은 '여자'를 재래의 가족관계로부터 독립적인 존재로 해방시킬 것을 주장함으로써 유학생들의 공유된 문제의식을 여성의 문제로 바꾸어낸다. 나혜석, 김원주를 비롯한 여성 신지식층들의 일차적 관심은 자유연애를 통한 새로운 가정의 성립이 아니라 재래의 가정에서 핍박 받는 어머니, 아내, 딸 등을 가정 밖으로 끌어내어 자율성을 가진 개인으로 서게 하는 데 있었다. 이때 주로 사용된 기표인 '여자'는 일종의 상상적 범주이자 공동체로서, 사회적으로 독립된 여성을 적극적으로 지칭하는 호칭임을 알 수 있다. 이러한 새로운 의미 부여는 여성의 해방이면서 동시에 해방될 여성을 탄생시키는 이중의 기능을 하고 있다. 즉 여성을 가정으로부터 분리된 존재, 사회적으로 독립된 존재로 만들기 위해 우선 이들을 '여자'[43]라는 이름으로 다시 태어나게 해야 했던 것이다. 《여자계》라는 제호에서도 알 수 있

---

43 '여자'라는 기표는 앞서 언급했듯이 원래는 부모의 관계에서 설정되는 자식의 의미를 강조한 것이지만 이 시기에 있어서는 이러한 유교적 맥락을 벗어나 새로운 의미로 변화된다.

듯이 '계界' 로 지칭되는 범주화는 일단 이 범주에 속할 생물학적인 의미의 여성들에게서 모든 사회적 차이들을 없애 하나의 추상적인 개념으로 묶는다.

《여자계》,《신여자》,《여자시론》 등 1910년대 후반부터 1920년대 초에 간행되기 시작한 이들 여성지들은 여성 범주와 해방이라는 목표를 가장 잘 보여준다. 이 여성지들은 독자 대상을 '여자'[43]로 상정함으로써 상상적 공동체로서의 '여자계' 를 구성하는데, 독자를 '누이' 로 부르는 방식으로 독자로 하여금 그 일원으로 느끼게 하는 전략을 보인다.

> 아… 여러형님끠서도 이갓치 生覺하십닛가? … …저 또 엇던 男子의 말을 들으니 現在日本留學하는 女子는 공부하러감이 아니요. 남의 夫婦사이에 이혼이나 식히고 或은 남의 妾이되여갈 工夫하러간다하더이다. 나는 이말을 드를때 내맘은 압흐지안을수없었고슯흐지 안을수업엇나이다.
> 여러 형님들이시여 형들님께서는 이런 말듯지안토록 努力하여 주시오. 튼튼히 나가줏시오. 모르는일이잇이면 서로 뭇고 잘못함이 잇스면 서로 가르치며 新學問을 바호러온 우리는 新生活의 길을 努力하며 된장국와 김치세쪽이 우리에게 큰힘과 희망의 목적을 達케할것이라고 생각하고… …[44]

> 아 불상한 兄님!! 可憐ᄒᆞᆫ 兄님!! 그는 길고 긴겨울밤 휘잉ᄒᆞ게 브인房에 외로이 잇슬때에 恨만코 怨만흔 더운눈물노 얼마나 바느질감을 적시엿겟슴닛가.[45]

---

44 이양선, 〈새로오신여러형님에게〉, 《여자계》6,1921.7, p.2.
45 月桂, 〈婚姻哀話—犧牲된 處女〉,《신여자》1,1920.3, p.29.

누님들아! 울지를 말어라 깃거운 소식이 잇는 이때에! 멀지안어 만족의 노래가 잇슬 누님들의 처디로! 분홈에 얼크러져 혼갓 우름만으로 관을 차릴 것이안이다. 누임들의 팔뚝이 그러케 약ᄒ얏슴은 안이며 떡딱떡딱 ᄒᄂ 심쟝의 고동이 그러토록 무의미ᄒ 가운데 죽어가는 신셰로 읍조릴 형편이 안이다.[46]

　독자로서 상정되는 불특정한 여성을 형 또는 누이라 지칭하는 이 언술방식은 여성들을 자매애sisterhood로써 결속시키는 기능을 한다. 형이나 누이로 지칭되는 불특정한 여성들은 신학문을 익혀 개혁에 참여할 여성 동지이거나 재래의 악습에 고통받고 있는 이들을 모두 포함한다.[47] 이들을 누이로 지칭하는 데에는 부모 세대, 즉 전 세대에 대항하고자 하는 새로운 자녀 세대의 연대의식이 감지된다. 즉 이들 신지식층들은 구습으로부터 벗어나 부모 세대와의 수직적 관계를 끊고 평등한 수평적 관계를 정립하고자 하는 세대의식을 드러내고 있는 것이다. 또한 친밀하고 사적인 소통방식을 사용함으로써 독자로 하여금 자신이 호명되는 듯한 착각을 안겨준다. 그러한 언술 방식으로 사용된 것이 바로 편지글 형식이다.

　사십년의 묵은 歷史를 가진 朝鮮社會에는 언니와 갓치 쓸쓸한 슬픔 속에서 흐업는 怨恨을 품고 漠漠히 북망으로 도라간슴이 을마나 만흐리릿가

---

46 최영택, 〈누님들아 울지를 말어라〉, 《여자시론》, 1920.1, p.2.
47 이러한 자매애는 재래의 가정에서 고통 받는 누이들에 대한 동정을 표현할 때도 드러나지만 여자의 자각을 촉구하는 여자 지식인들 사이에서 빈번하게 드러나고 있다. 나혜석의 다음과 같은 편지 형식의 글을 보자. "언니! 우리 조선 여자도 이 무대상에 참석할 욕심을 가져야 하오! (…) 언니! 어서 공부해가지고 사업합시다!" (나혜석, 〈잡감〉, 《학지광》, 1917.7.)

(…인용자 중략…) 우리 女子도 堂堂흔 人格者로 사라가자면 웃지 男子에게만 依賴ᄒ는 卑劣흔 행동으로 自甘ᄒ리잇가. 獨力獨行으로 社會에 立脚地를 셰우고 高尙흔 事業에 貢獻ᄒ야 覺醒흔 女子界에 標準的 人物이 되면 自然 男子의 反省과 認識을 엇게 될것이로소이다.[48]

이러한 편지글 형식은 감성에 호소하는 사적인 소통방식이라는 측면에서 '여자계'라는 상상적 공동체를 실체로 느끼게 한다. 작가와 독자가 서로 언니 또는 아우의 입장이 되어 감정을 이입하기에 적합한 형식이기 때문이다. 이들 자매들은 대개 재래의 가정에서 핍박받는 위치에 처해 있는 것으로 묘사된다. '자매'들은 "아부지는 明細옷을 닙고 아달은 무명옷을 닙히고 어머니는 더운데서 자고 딸은 찬데서 자고 며나리는 불도 안대는방에서"[49] 떨어야 하는, 가족 위계 속에서 가장 학대받는 자로 규정된다. 동등한 인간임에도 불구하고 동등하게 대우받지 못하는 이러한 폐단을 고치기 위해 교육이 강조됨은 물론, 교육과 자각을 통해 독립된 개인으로 설 것이 요청된다. 이러한 탈출과 자유의 쟁취를 이 시기의 여성지들은 '여자 해방'이라고 일컫는 것이다.[50] 독자 여성을 '누이'로 지칭함으로써 강조되는 자매애는 독자들로 하여금 '신' 여자와 핍박받는 여성 중 어느 한쪽에 자신의 정체성을 걸도록 유도하는 기능을 한다. 그리고 어느 쪽에 자신의 정체성을 걸든 간에 그들은 사회적으로 새롭게 주목받게 된 '여자'라는 상상적 공동체의 일원이 되는 효과를 느끼게 된다.

---

48 一葉, 〈K언니에게〉, 《신여자》2, 1920.4. pp.10~13.
49 秋湖, 〈家族制度를 改革하라〉, 《여자계》, 1920.9 p.9.
50 '해방'은 '개혁'이라는 단어와 마찬가지로 이 시기에 있어서 '여자해방' '과부해방' 등의 어법에서 자주 보이는 단어 중의 하나이다.

정리하자면, '여자' 라는 기표는 이러한 부정적인 의미를 걸어내고 긍정적이고 이상적인 의미로 탈바꿈한 새로운 여성을 의미한다. 개화기 계몽 담론에서의 '녀즈' 가 계몽의 일방적인 대상이라면, 1920년 전후의 '여자' 는 《여자계》와 《신여자》로 대표되는 여성지의 대두와 그 여성지를 통해 유포된 담론으로 확인되듯이 재래 가정의 구습으로 인해 핍박받는 '누이' 들의 변신, 즉 구습으로부터 탈출하여 새 시대에 맞는 새로운 존재로 변신할 기대가 담긴 기표다. 앞의 인용문에서도 "각성한 여자계에 표준적 인물" 이라는 표현이 이러한 '(신)여자' 가 갖는 기의를 잘 드러내고 있다. '여자' 앞에 '신' 이라는 접두사가 있어도 실질적인 의미의 변화가 거의 없는 것은 1920년 전후의 여성 대상의 잡지들은 이미 '여자' 라는 말로 '신여자' 를 표현하고 있기 때문이다.

'여자' 라는 범주의 성립은 상대적으로 '남자' 라는 범주의 성립을 의미하는 것이기도 하다. 여성/남성이라는 범주들의 성립은 성적 이분법을 통해 모든 인간을 동질화하여 이해하는 젠더적 정체성의 토대다. 이러한 정체성을 토대로 한 젠더적 주체는 이성異性과 '연애' 라는 사회적 관계를 가질 수 있게 된다. 앞의 여성지들이 이러한 사회적 관계로서의 '연애' 에 적극적으로 관심을 표명하고 있는 것은 자연스러운 귀결이다. 〈양성의 지위와 정조의 도덕적 가치〉《여자계》6호), 〈여자의 자각과 남자의 반성을 규함〉《여자계》6호), 〈여자가 본 현대 남자〉《신여자》3호), 〈청년남자에게〉《신여자》3호), 〈엇더한 남편을 엇을가〉《신여자》4호) 등의 글들은 여자와 남자라는 이분화된 젠더적 구도 속에서 '연애' 라는 관계를 어떻게 맺을 것인가에 대한 성찰이 담겨 있다.

愛를 基礎흔 結合은 어데꼬지 贊成이외다. 그러나 現代男人中 名實이

相符하지 못홈이도 더러 잇습니다. 戀愛를 一種의 娛樂物로 卽露骨的으로 말슴ᄒ면 女子를 玩弄ᄒᄂ 분도 적지 아니홈니다. 남자만 愛를 開封ᄒᄂ 特權이 잇ᄂ줄노 想覺ᄒ시와 眞的의 愛는 업시면서 일부러 愛를 製造ᄒᄂ 분도 잇서 軟弱홈 女子의게 그 愛를 卽開封홈 愛를 求홈니다. 天眞홈 女子는 前後를 不顧ᄒ고 그 愛를 可納홈니다. 그리ᄒ야 全靈을 드립니다. 그러나 얼마 時日이 지난후에 女子는 그 假面의 愛人을 發見ᄒ엿습니다. 그러나 때가 느졋습니다. 破滅은 오즉 그 女子의게만 ᄂ렷습니다.[51]

부녀 또는 부인과는 달리 '여자'라는 기표에는 이러한 연애의 가능성, 즉 선택의 자율성을 가진 한 개인이라는 의미가 부각되어 있다. 선택과 행위의 자율성에 관하여 윗글은 형식적으로는 여자와 남자를 대등한 존재로 묘사한다. 기존의 결혼 방식에서 벗어나 연애를 하는 남녀들에게 남자는 여자의 마음을 사로잡기 위해 노력하게 되고 여자는 남성을 선택하거나 좋아하는 남자에게 자신을 맞추어 나가야 함을 강조하고 있지만, 여기에는 남성 지식인과 여성 지식인 사이에 미묘한 관점의 차이를 보인다. 이광수, 전영택 등의 남성 지식인의 경우 여성 해방에 관한 인식은 대체적으로 여성 지식인들과 대동소이하지만, 자세히 살펴보면 가정 내에서의 어머니나 아내된 책무를 아울러 강조하거나 사회와 가정의 의무를 방기하지 말 것을 말하고 있다. 이것은 '여자'라는 새로운 젠더적 정체성을 독립적인 개인성의 강조로 이해했던 여성 지식인들과 차이를 보이는 지점이다. 그러나 1910년대 후반 무렵, 이러한 미묘한 입장 차이는 논쟁으로 비화되지 않고 매끄럽

51 계뫼, 〈女子가 본 現代男子〉,《신여자》3, 1920. 5. p.11.

게 봉합된다.[52] 이것은 여성 지식인들의 여성 해방론이 발전적으로 나아가지 못하고 남성 중심의 연애, 결혼 문제로 수렴되는 결과와 무관하지 않다. 이들 신지식층 여성들이 제창한 여성 해방 문제는 이후 그들의 사생활과 결부되어 다분히 사회적 흥밋거리 또는 조롱거리로까지 취급되는 양상을 보이기도 한다.

이러한 한계에도 불구하고 1920년 전후의 젠더 담론들이 함축하는 변화는 매우 크다. 그것은 '남자'와 '여자'라는 이분화된 젠더의 새로운 인식에는 성(性)에 대한 관점의 변화가 암시되어 있기 때문이다. 여성과 남성의 탄생은 스스로를 남성 또는 여성으로서 자각하고 이러한 정체성을 바탕으로 사회적 관계로서의 연애를 수행할 수 있는 주체의 탄생이기도 하다. 이러한 새로운 인간상의 변화는 그들의 개인성에 대한 관심이 새로운 유행인 '연애'라는 코드 속에 긴밀히 녹아듦으로써 암시된다. 또한 1920년대 전후에 표현되는 '여자'에는 개화기의 계몽 담론에서 쓰인 '부인'과 '어머니'에 포함될 수 없는 함의들이 담겨 있다. 그러나 '여자'라는 기표 속에 녹아 있는 신지식층의 이상은 1920년대를 거치면서 대중화 또는 통속화의 일로를 겪게 된다. 그 과정에서 '(신)여자'라는 어휘가 '(신)여성'이라는 어휘로 대체되고, 그 대체된 기표는 여성의 이상화되고 규준적인 형상을 표상하기보다는 서구적 문물과 사상을 분별없이 추수한, 다소 부정적인 현상으로서의 여성을 표상하게 된다. 최초의 사용 맥락과 다르게 변형되는 '(신)여

---

52 《여자계》나 《신여자》에는 전영택을 비롯한 남성 지식인들의 글과 김원주, 나혜석 등의 여성 지식인의 글들이 나란히 실려 있다. 이들 여성 지식인과 남성 지식인들의 사이의 미묘한 관점의 차이는 겉보기에는 별 갈등 없이 융화되어 있는 것으로 보이며 남성 지식인 견해 쪽으로 그 간극을 좁혀 나간다. 이러한 융화는 1920년대에 들어 여성 해방론이 통속화되는 데 일조한다고 할 수 있다.

성' 의 의미는 양가적이라고 할 수 있다. 한편으로는 자율적 개인이라는 이상을 내포하면서도 다른 한편으로는 현상적이고 부정적인 의미를 가짐으로써 서로 모순적인 의미를 동시에 품은 문제적 기표가 되기 때문이다.

02

'여학생'의 탄생과 새로운 여성성

1920년을 전후로 발간된 《여자계》, 《신여자》, 《여자시론》이 '여자 해방'이라는 모토를 내세워 여자의 각성을 촉구하면서부터 다양한 여성지가 급격히 창간되기 시작한다. 《신가정》(1921), 《가정잡지》(1922), 《신여성》(1923)으로 제호가 바뀐 개벽사의 《부인》, 《신여성》(1923), 《부녀지광》(1924), 《활부녀活婦女》(1926), 《백합화白合花》(1927), 《부녀세계》 등이 그것이다. 대부분 이 잡지들은 오래 간행되지는 못했지만 1920년대 이래로 '여자 해방'을 세계적 추세로 인식하고 이를 조선에 실천하고자 한 지식인층의 존재를 입증하는 것이었다.[53] 여성을 대상으로 한 잡지 이외에도 다양한 잡지들을 통해 공론장이 팽창되고, 이들의 계몽운동이 대중화되는 흐름 속에서 '여자 해방'이라는

---

53 세계적 추세로서의 여성 해방 문제에 대한 인식은 여성 지식인들뿐만 아니라 남성 지식인들에게도 공감대를 형성하고 있었던 것이다. 《개벽》2호에 실린 김기전의 글, 〈세계삼대문제의 파급과 조선인의 각오여하〉에서는 '부인문제'를 시대적 당면 과제이자 세계적으로 부각된 문제라고 지적하고 있다.

계몽적 모토는 일부분 유지된다. 그런 한편 이렇게 팽창한 공론장은 '신여성'의 대표격으로 '여학생'을 지목하고, 이러한 사회적 대상들을 끊임없이 표상의 대상으로 삼음으로써 계몽운동은 통속화되고 섹슈얼화한다.

여성지 또는 부인지의 다양성은 대중문화와 공론장이 양적으로 팽창되었던 1930년대보다 1920년대에 더욱 뚜렷하고 특징적인 현상을 보인다.[54] 이런 여성지의 발간은 일본 다이쇼大正 시대(1912~1926)의 여성지 유행과 무관하지 않은 것으로 추측된다. 일본의 경우 다이쇼 중기(1910년대 중반) 이후에 특히 여성지가 많이 창간되었는데, 그 중 《주부의 벗主婦之友》, 《부녀계》, 《부인세계》, 《부인공론》, 《부인클럽》 등은 다이쇼 말기 들어 10만 단위의 발행부수를 유지할 정도로 인기 있었다.[55] 일본에서 여성지가 유행한 것은 중등 이상의 교육을 받은 신중간층 여성들이 있었기에 가능했다. 잡지의 수요 계층이 충분히 형성되었던 일본에 비해 1920년대 조선에서는 이러한 사회적 집단이 아직 형성되지 않았으며, 이로 인해 1920년대 여성지들이 단명한 것으로 보인다. 조선의 여성 중등교육 수혜자들의 수효를 추리해볼 때 여학생들이 신중간층 여성들로 성장하여 잡지의 소비자로 등장하는 시기는 적어도 1930년대로 접어들어서다.

주요섭은 《신가정》 34년 4월호에 〈조선여자교육사〉라는 글을 통해 중등교육의 시대적 추이를 알려주는 글을 남기고 있다. 주요섭의 글

---

54 1930년대에도 여성잡지는 꾸준히 간행되었지만 잡지의 창간 빈도 그 자체로는 1920년대를 능가하지 못한다. 1920년대는 여성잡지가 대부분 단명한 잡지로 끝났다 하더라도 그 간행 시도 자체는 분명 특징적인 현상이다.

55 마에다 아이(前田愛), 《日本近代讀者の成立(일본근대독자의 성립)》, 유은경·이원희 옮김, 이룸, 2003, 다이쇼 후기 통속소설의 전대—부인잡지의 독자층 참조

에 의하면 이화梨花나 정신貞信 학교가 설립되기 시작한 것은 1880년대 후반이며, 진명·숙명 등의 사립 여고보가 설립된 것은 1906년, 최초의 공립학교로서 여고보는 경성여자공립이 설립된 1908년, 개성·평양·진주·대구 등의 지방 도시에 여고보가 설립된 것은 1910년대 들어서의 일이다. 이러한 여고보의 설립 증가에 따라 여학생의 수는 꾸준한 증가 추세를 이루다가[56] 1920년대 초반에는 비약적으로 증가하였다. 1910년대 후반에는 1년에 100여 명 정도씩 증가하던 것이 1920년대에 들어서는 매년 200~300명의 증가량을 보이기 때문이다. 특히 1925~1927년 사이에는 600명 정도의 증가량을 보인다. 이처럼 중등교육을 받는 여학생 수가 많아졌다는 사실은 확실하지만 1920년대에 교육받은 그들은 아직 경제적으로 자립한 소비자 그룹이 아니라는 점, 즉 학생 신분임을 확인하는 것이기도 하다. 여학생의 수적 팽창과 더불어 '여자 해방'이라는 계몽적 모토 그리고 개화기 이후 지속적으로 제기되는 가정에서의 부인 역할[57]에 대한 담론들은 이 '여학생' 집단을 독자로 상정하여 계몽적인 훈시로 변화하거나 이들 집단을 성적인 대상으로 바라보는 담론으로 변질된다.

'여학생'이 표상의 대상으로서 공론의 장에 나타나기 시작한 것은 그들이 사회적 실체로서 급속히 가시화되기 시작한 1920년대 초부터다. 《신여자》, 《여자계》의 집필진이자 독자들이기도 했던 여성 지식인들 또는 여성 동경 유학생들도 물론 여자 학생이라는 의미에서 '여학

---

56 주요섭이 제시한 여학생 수의 증가 추이표는 다음과 같다. 주요섭, 〈조선여자교육사〉, 《신가정》, 1934. 4.

연도	1916	1917	1918	1919	1920	1921	1922	1923	1924	1925	1926	1927
생도수	527	528	632	687	705	1065	1322	1518	1710	2021	2630	3243

생'의 범주에 포함되겠지만 이들은 1920년대의 여학생들보다는 10년 정도 선배격인 1세대 여학생이다. 이들 1세대 여학생들은 '여학생'이라는 집단으로 인식되었다기보다는 여성 '선각자'의 의미로서 부각된다는 점에서 1920년대 여학생들과는 구별된다. 반면 1920년대에 팽창한 여학생들은 근대적 소비의 주체로서 사회적으로 비난받거나 추앙받으면서 사회적 통제의 대상으로 표상되기 시작한다.

1920년대의 이러한 '여학생' 표상의 양상을 잘 보여주는 대표적인 여성지는 1923년부터 간행되기 시작한 《신여성》이다. 이 여성지는 1920년 개벽사에서 창간된 천도교 기관지 《개벽》의 자매지 성격을 띠고 있었고, 1922~1923년까지 간행되었던 《부인》을 전신前身으로 하고 있다. 《부인》은 독립된 개인으로서 여자의 각성이라는 '여자 해방론'을 일부분 포함하고 있으나 주로 유교적이며 보수적 입장에서 근대적 가정 개혁론을 재해석하는 경향을 띤다. 이 점은 《부인》의 창간사에 잘 드러나 있다.

이 시대에 합당치못한 것은 이것을 개량하고 증보하야 신구의 사상충돌을 조화하며 로소의 분쟁을 화해하고 가뎡교육과 학교교육을 련락하야

---

57 식민지 근대의 여성사를 연구한 선행 논문들은 개화기 이후에 지속적으로 제기되었던 '어머니'로서 여성의 역할을 강조한 가정 개혁의 담론이, 일본의 메이지 시기에 제기된 '양처현모(良妻賢母)'론의 영향을 받은 것으로 지적하고 있다. (박정애, 〈1910~1920년대 초반 여자일본유학생 연구〉, 숙명여대 석사논문, 1999; 전은정, 〈일제하 '신여성' 담론에 관한 분석〉, 서강대 석사논문, 1999 참조) 이러한 지적은 분명 타당한 것이나 일본식 양처현모론에 입각한 가정 내 주부의 역할을 강조하는 담론은 개화기로부터 1940년대에 이르기까지 모든 식민지 시기에서 공통적으로 등장하고 있기 때문에 이들 선행 연구들은 '양처현모론'의 존재 여부를 밝히는 데서 그치지 말고 오히려 '양처현모론'이 각 시대에서 재맥락화되는 양상을 간과하는 데 초점이 맞추어졌어야 한다는 아쉬움을 남긴다.

부모된이로하야금 자녀 가르키는 길을 알게 하고 자녀로 하야금 부모의
시킴을 바들줄 알게하며 시부모로하야금 며느리 거나리는 법도가 잇고
며느리로하야금 시부모섬기는 도리를 알며 남편이 안해를 사랑하는 길
수를알고 안해가 남편따르는 본정을알아 시모로써는자애로 그 며느리
를 거나리고 안해로써는 그남편을절조잇게따르며 며느리로써는 그 시
부모를 효로써 섬기고 주부로써는 그 가뎡을 규모잇게 다스리며[58]

이러한《부인》의 창간 의도를《신여성》과 비교해 보면, 전신과 후신
의 관계라 해도 확연한 차이를 지닌다. 《부인》이 불특정한 다수 또는
여성 일반을 독자로 상정하고 있다면《신여성》은 점점 증가하는 여학
생층을 주요 독자로 상정하고 있다는 점에서 편집 의도와 잡지의 성
격은 이미 명확한 차이를 보인다.[59]《신여성》지는 창간호부터 '여학교
통신'을 다루거나 각 여학교의 여교원에 대한 소개, 중등 여학교 학생
들의 관심사를 적극적으로 다룸으로써 여학생 집단에 초점을 맞추고
있다. 당시 여학생들은 거리에서 가장 눈에 띄는 존재로서 시각화된
그들의 육체나 몸가짐 및 패션 등으로 주목받고 있었다.

이에 따라 '여학생'이라는 기표 또는 그 기표가 가리키는 대상은
1910년대 후반의 '녀즈', '여성'이 내포한 계몽적 의미가 상대적으로
탈색되어 있다고 할 수 있다. 이러한 현상은 계몽주의의 통속화 또는
대중화의 시대적 추세로도 설명될 수 있다. '신여성'이라는 어휘는

---

58 〈창간사〉, 《부인》1. 개벽사, 1922. 6, p.7.
59 박용옥에 의하면 《부인》의 종간호인 1923년 8월호와 《신여성》의 창간호인 23년 9월호는 많
은 차이를 내보이고 있다. 《부인》이 소부르주아적 입장에서 개정 개혁과 여성 권리 향상에 관련
된 글을 많이 실었지만 새로운 시대에 걸맞는 여성문제를 감당할 수 없는 한계를 보였다는 것이
다. 박용옥, 앞의 글, pp.19~20.

점차 '신여자'라는 말로 대체되는데, 'modern girl'로 번역되는 '신여성'은 선각자로서의 '(신)여자'보다는, 대중적인 현상으로서의 새로운 여성 존재를 함의하고 있다. '신여자'의 '新'은 긍정적 가치를 실은, 아직 도래하지 않은 미래적 기대를 포함한 것이기도 하다.[60] 그러나 '신여성'의 '신'은 미래적인 기대보다는 새로운 문화적·사회적 현상으로서 시각화되는 새로움을 의미하는 기표에 가깝다. 아울러 '신여성'이라는 이러한 의미 변화 속에서 여학생은 신여성을 대표하는 주요한 표상의 대상이자 표상의 결과로 떠오르게 된다.

자매지였던《개벽》이 정치·사회적 사건을 다룬 논평, 종교 및 철학적 논고 등을 실었다면《신여성》은 여학생들의 심리 토로, 그들의 비화秘話, 여학교 소식, 결혼과 가정 운영에 대한 정보 등을 싣고 있다.[61] 이들 담론에서 여학생은 합법적으로 가정 밖으로 나선 여성이자 도시적 문물을 육체적으로 체현하는 시각적 대상이다. 다른 한편으로는 여학생은 근대적 가정의 이상적 모델인 예비 주부로서, 사랑과 연애

---

60 이 글에서 말하는 '새로운 여자'는 현재태의 모습이 아니라 존재하길 바라는 미래적인 모습이라는 데 그 특징이 있다. 이 기대치들은 매우 추상적이다. 물론 중학 정도의 여학교를 졸업하였을 것이라는 구체적인 기준도 있지만 대개는 '건강할 것' '의지가 박약하지 않을 것' '의뢰성이 없는, 노예적 근성이 없는 여자' 등 희망사항의 열거이다.《신여자》 필진 스스로가 말하는 '새로운 여자'들 역시 이상적인 모델 미래형의 인간형을 제시하는 데 그치고 있는데 이 이상적인 모델이 '개조(改造)' '변개(變改)' 등의 수사들과 결합되고 있다.〈현대의 남자는 엇더흔 여자를 요구하는가〉,《신여자》, 1920. 3.

61 이러한 사실은 '가정'과 '결혼', '연애' 등의 사적인 것과 관련된 영역들을 정치, 사상, 철학 등의 영역과는 구별되는, '여성적인' 영역으로 확정짓는 듯한 인상을 줌은 말할 것도 없다.《신여성》에 실린 구체적인 글들은 다음과 같다.〈미혼의 젊은 남녀들에게—당신들은 이렇게 배우를 골르라〉(1924.5.);〈여학생과 신문잡지〉(1924.11.);〈아내에게 월급을 주라〉(1925.1.);〈그의 남편은 왜 죽엇나(사실애화)〉(1925.2.);〈신여성이란 하오〉(1925.5.);〈결혼 때문의 교육〉(1925.6.);〈문란해 가는 남녀학생풍기 선도책〉(1925.6.);〈하기휴가에 귀향하는 7여학교 학생의 포부〉(1925.8);〈결혼이냐 매음이냐〉(1925.10.)

로써 비롯된 소가정을 이룩할 새로운 여성세대로 여겨졌다.[62] 이러한 이상적 가정의 모습은 《신여자》의 필진으로 대표되는 제1세대 '신여자(신여성)' 들에 의해서 제기되기도 했으나 '운동'의 차원에 그쳤을 뿐이다. 이후 '여학생' 세대는 근대적 가정이라는 이상적 모습을 성적 모럴과 감수성의 차원으로 이해함으로써 다른 면모를 보인다. 《신여성》으로 대표되는 여성지 독서를 통해 여학생들은 바로 이러한 성적 모럴의 내면화와 연애 감수성을 훈련받았던 것이다.

여학생들에게 사랑을 통해 일부일처 가정을 이룬다는 근대적 가정 모델은 지켜야 할 일종의 윤리다. 이 윤리에 의하면 일부일처제의 가장 큰 적인 '첩妾'은 사회적으로 단죄되어야 할 대상이다. 그러므로 여학생 출신으로서 첩이 된다는 사실은 여학생들에게 가장 치욕적인 일로 여겨졌다.[63] '첩'이 된 여학생을 가십거리로 다루고 이 사항을 담론으로 삼아 징벌함으로써[64] 일부일처제는 여학생들에게 강력한 윤리적 힘을 행사하게 되었다. 이처럼 윤리에 어긋난 사건들은 '애화', '야

---

62 주요섭은 연애를 통해 이룩된 소가정을 이상적인 결혼으로 설정하고 있다. 이러한 결혼관은 당대의 사상적 유행이었던 엘렌 케이의 연애론에 기대어 있다. 주요섭, 〈결혼에 요하는 삼대 조건〉, 《신여성》, 1924.5. 참조.

63 새로운 '가정'의 모델에서 가장 먼저 축출되어야 하는 대상은 바로 '첩'이다. 새로운 가정을 구가정과 차별화하는 것이 바로 일부일처제라면 '첩'의 존재는 이러한 일부일처제를 확립하기 위해서 척결되어야 한다. 여학생이 '첩'이 된다는 것은 '타락' 그 자체다. "첩이란 버려질 때까지의 생활비용과 정조를 바꾸는 일종의 정기매음이다"(三淸洞人, 〈여학교를 졸업하고 첩이 되어가는 사람들〉, 《신여성》, 1924.4.)라는 말은 비록 독설이기는 하나 매우 자주 등장하는 유의 언급이다.

64 '첩'이 되었다는 사례들은 '여학생' 들의 최고의 타락으로 치부되었다. '일즉이 첩이 되얏든 몸으로' 라는 식의 제목으로 첩이 되었다는 사실을 고해성사한다든지, 어느 학교에서 첩이 된 졸업생에게 증명서를 발급하지 않았다는 사실을 소개한다든지, 윤심덕이 장안의 부잣집 아들의 첩이 되었다는 스캔들을 다루면서 야유를 보내는 담론들은 바로 '첩'에 대한 도덕적 단죄를 보여주고 있다.

화' '비화' 등의 실제 사건임을 강조하는 제목으로 소개되는데, 이 글들은 '이상적 연애와 결혼' 이라는 정상적 궤도에서 이탈한 특정한 사실들을 사건화하고 부정적인 평가를 붙임으로써 독자인 여학생들로 하여금 '일부일처제' 라는 윤리를 내면화하게 하는 계기로 작용했다. 잘못된 연애 또는 뭇 남성의 유혹으로 인해 타락하게 된 사연들은 '애화' , '비화' 로 소개됨으로써 여학생에게는 도덕적 경종을 울리는 기능을 했기 때문이다.

> 여러분독자언니들─저는 이글을쓰는 것이물론대담한줄도알고 붓그러운 줄도 압니다. 지금와서는 다만후회의눈물이눈에서 마를날이거의 업나이다.마름으로해서는 언제까지고 내의 사정을 비밀히가슴에 품고 혼자자그를 원망이나하겟지만 감히이것을공개하야 여러분 압헤 내여노랴함은결코 여러분의호기심이나 흥미를 끌고저함이아니라 <u>저의 그릇된 력사가 여러분의 거울이되는동시에 자그의 뉘우치는 마음을다소라도피로코저함이외다.</u>[65]

여학생들에게 강조되던 윤리란 자유연애를 하되, 결코 타락하지 말라는 주문으로 압축될 수 있다. 이러한 주문을 통해 당시 여학생에 대한 사회적 통제가 필요했음을 짐작할 수 있다. 이것은 여학생의 주변에 성적인 위험이 있었으며, 그녀들이 사회적으로 형성된 관음증적 시선에 노출되어 있다는 사실을 유추하게 한다. 여학생이 처한 성적 위험에 대해서는, 학비를 보조해 주겠다는 유부남들에게 유혹당할 수 있으며 병원에서 치료를 받거나 운동 선생에게 운동을 배우다가도 유혹

---

65 혜란, 〈일즉이 꽃이 되얏든 몸으로〉,《신여성》, 1925.5.

당할 수 있다는 식으로 통속적으로 묘사된다.[66] 이러한 사건들이 실제로 벌어졌던 것인가를 밝히는 것은 무의미한데, 사실 여부와는 관계없이 이러한 담론 자체가 사회적으로 여학생에 대해 성적인 시선과 집착이 형성되었음을 의미하기 때문이다.

잡지라는 공론장은 대상에 대한 중립적 시선을 가장하고 있지만, 실은 여학생의 행실에 대한 도덕적 비난과 동시에 여학생을 향한 관음증적 시선을 노출하고 있다. 이 관음증적 시선을 입증하는 것은 끊이지 않는 여학생의 패션에 관한 시비다. 여학생의 패션은 항상 세간의 관심거리였다. 여학생들은 새로운 패션의 입안자로서 단발, 목도리, 벨트 등 여학생 사이에 유행하는 패션은 개인적인 취향의 표현이라기보다는 '여학생'임을 표시하는 집단적 기호였다. 그리고 그들이 단발을 하거나 목도리를 길게 늘어뜨리거나 벨트를 꽉 조이는 등의 모든 패션행위는 사회적인 이슈로 취급되었을 뿐만 아니라[67] 때로는 의복 안에 숨겨진 여학생의 육체를 상상하는 시선으로 비약되기도 한다.

女學生衣服은 比較的 前日보다 훨씬나허젓다. 한창 엉덩이에올너오른 치마가 지금은알마치다시나려왔다 저고리도 좀나허젓스나너무또기러 저서엇개하고다리에는업는것갓다.그리고소매가妓生을본을뗏는지너무 널너서뒤로보면팔업는木製人形에저고리만씨운것가티 뒤잔등이가 양

---

66 무명초, 〈여학생을 탈내는 일곱가지 대함정〉, 《별건곤》, 1931.5.

67 여학생들이 허리를 꽉 조이는 벨트에 대해서는 〈여학생 신유행 혁대 시비〉(《신여성》, 1924.11)를, 길게 늘어뜨린 여학생들의 목도리에 대한 논란으로는 염상섭, 변영로, 나도향 등의 문사들이 각자의 의견을 개진한 〈여학생 목도리 시비〉(《신여성》,1924.4)를 들 수 있다. 이

편은칼로어여낸것갓고두팔은 몸이움즉이는대로 소매만근덩거리는것 갓다.[68]

이와 같이 여학생 패션에 대한 탐색의 시선은 육체에 대한 구체적 인 묘사로까지 이어진다. 이러한 시선은 여학생이 시각적인 완상물로 취급되었음을 의미한다. 이 점은 여학생들이 '탕녀'라고 지칭되는 기 생이나 창녀 등과 외양상 차이가 없다는 비판에서 잘 드러난다. 거리 에 나선 여학생들이 자신들을 대중의 시선에 당당하게 노출시키고 '여성답게' 보이고자 몸치장에 열심이었으므로[69] 이러한 비판적 시각 이 생겨난 것이다.[70]

물론 기생과 여학생의 몸치장은 그 의도에 차이가 있을뿐더러 양자 의 사회적 지위 역시 차이가 있다. 특히 '여학생'은 연애의 대상으로 이상적인 자유연애 결혼을 '할 수 있'기 때문에 근대적 교육을 받은 남성들의 눈에 이들과 기생은 분명 다른 존재다. 그러나 의복과 헤어 스타일 등 그들의 외양을 감싸고 있는 시각적인 기호들이 '유행'이라 는 이름으로 물신화됨에 따라 여학생들은 그들의 외적 치장으로 인해 '기생'들보다 높은 강도의 풍자와 비판의 대상이 되곤 했다.

에 비해 여학생들의 단발(斷髮)에 대해서는 사회 인사들의 비교적 긍정적인 견해가 두드러진 다. '단발'은 개화기의 남성들이 상투를 자른 것에 비견될 정도로 '개혁'의 이미지를 갖고 있 었기 때문이라 추측된다. 즉 물의를 일으킨 벨트나 목도리와 같은 패션과는 달리, 단발은 개 조 또는 개량이라는 계몽주의적 흔적을 갖고 있었기 때문일 것이다.(〈여자의 단발!〉, 《신여 성》, 1925.8)

68 안석주, 〈의복문제―미관상으로 보아서〉, 《신여성》, 1924.11.

69 《신여성》1924년 여름 특별호에 실린 〈신여자백태〉라는 제목의 만화는 여학생들이 자신들의 몸치장에 공을 들이는 모습을 풍자하고 있다.

70 권보드래 역시 '기생'과 '여학생'은 서로를 의식하고 서로를 모방하는 관계에 있었다고 파악 한다. 권보드래, 《연애의 시대》, 현실문화연구, 2003, pp.43~47.

化粧品에는 고개가 들어가지만 서점에는 女學生이 그다지 들어가지 안는다. 運動場에서는 女學生을 많이 보았지마는 圖書館에서는 女學生을 別로히 보지 못하였다. 각금 朝鮮女學生이 보이면 얼마나 반가운지 몰랐다 (…인용자 중략…) 女學生은 智慧스럽다. 不知中에 그리하는 것이지마는 씨는 女學生이 심어놓고 그뒤는 남학생에게 責任을 돌리는 것이다. 언제나 男學生들은 멍텅구리로 허덕거리며 女學生의 奴隷가 되는 것이다.[71]

이러한 유의 여학생에 대한 비판은 1920년대 중반에서 1930년대에 이르기까지 흔히 볼 수 있다. 이 비판들의 초점은 여학생이 물질적인 것들을 추종하는 행위에 대해서다. 도서관, 서점과 같은 정신적인 것과는 반대의 지점에 있는 화장품, 운동장이라는 유행으로 물신화된 시각적인 기호들을 여학생들이 맹목적으로 추구하고 있다고 본 것이다. 또한 남학생들과의 관계에서도 여학생이 남학생을 유혹하고는 그 책임을 남학생들에게 전가하는 부도덕한 모습을 보인다고 비판한다.

이러한 비판들을 통해 여학생에 대한 사회적 시선이 그들의 표층에만 한정되어 있음을 알 수 있는데, 말하자면 그 시선은 여학생을 내면이 없거나 적어도 내면을 알 수 없는 어떤 존재로 만들어버린다는 점에서 여학생 자체는 또 다른 물신物神이 되어버린다. 담론 속에서, 여학생들이 내면을 소유하지 않은 채 철저하게 일방적인 표상의 대상이 되고 있다는 점은 이러한 물신화의 결과이기도 하다. 《신여성》 등의 잡지에 등장하는 많은 비화나 애화들은 얼핏 그들의 내면을 그려내고 있는 듯하지만 이들은 모두 잘못을 뉘우치며 참회의 눈물을 흘릴 뿐,

---

71 방인근, 〈여학생론〉, 《동명》, 1931. 2.

정형화되지 않은 다양한 내면을 지닌 유형은 찾아보기 힘들다. 염상섭의 소설《제야》의 주인공 '정인'이 방탕한 지난날을 참회하듯, 스스로의 잘못을 뉘우치고 참회하는 여학생들의 심경만이 토로되어 있는 것이다.

이렇게 물신화된 여학생들은 남성들에게 '유혹자'로 비춰진다. 물론 이러한 남성들의 시선은 공론장을 지배하고 있는 일반의 사회적 시선을 대표하고 있다. 여학생들은 "男學生을 롱락하는 재조가 不知中 잇으며" 이 재주로 남학생을 유혹하는 대상으로 그려지는데, 여학생들의 행위의 의도가 유혹으로 수렴된다는 점에서 결국 여학생들은 모두 유혹자가 되는 셈이다. 그러나 뒤집어보면 여학생이 남학생을 유혹한다기보다는 여학생을 바라보는 관음증적인 시선이 유혹의 혐의를 씌우고 있는 것이라고 할 수 있다. 즉, 이미 여학생을 성적인 시선으로 바라보고 있기 때문에 여학생의 모든 행위를 남성을 유혹하는 행위로 오해하거나 착각하는 것이다. 음탕한 여학생들로 인해 남성 화자가 번민하고 그녀들을 증오하게 되는 내용이 담겨 있는 1920년대 초반의 소설들이 바로 이러한 시선에 의해 생산된다.

여학생에 대한 성적인 시선과 쌍을 이루어 여학생들에게 강조되는 것은 신체적 규율이다. 자유연애의 시대에서 여학생에게 강조되는 신체의 규율은 결혼에 '선택될' 가능성을 높이는 덕목, 즉 '여성다움'으로 포장되어 있다. 여학생은 군밤이나 호떡과 같은 음식을 함부로 사서는 안 되고,[72] 음식을 마구 먹고 방귀를 뀌어서도 안 되며, 말馬처럼

---

72 네눈이, 〈전차 안에서 군밤 줍던 이야기〉,《신여성》,1924.12. 이 글에서는 한 여학생이 군밤을 몰래 사서 가다가 전차 안에서 군밤을 와르르 떨어뜨려 주변의 웃음거리가 된 사연을 소개하고 있다.

살찐 궁둥이나 일꾼처럼 검은 얼굴을 지니는 것은 웃음거리가 되는 일이다.[73] '여학생'에게 부과되는 신체 규율은 자유연애 시대에 새로운 여성성으로 부각되는 덕목들을 강조한다. 이러한 새로운 여성성이 여학생에게 어떤 억압의 방식으로 기능했음은 잡지《신여성》에 잘 드러나 있다. 이들이 여성답지 못할 경우는 물론이거니와 모순적이거나 이중적인 태도를 보이는 것도 비난받는다. 그리하여 이러한 '여학생'에게 가해지는 신체적 규율을 통해 여성 아비투스habitus[74]라고 불릴 법한 사회적 관습이 형성됨을 알 수 있다.

타율성, 이상적 신체, 상냥한 태도 등으로 드러나는 이러한 여성 아비투스는 여성이 집 밖으로 나오기 이전의 전근대적 사회에서 강조되던 여성성과는 다른 맥락이다. 결혼의 가능성을 높이는 것으로서의 이러한 '여성성'은 여학생이 갖추어야 할 새로운 덕목으로 추앙되기도 하지만 다른 한편으로는 기생이나 매춘부처럼 보이게도 하는 이중성을 갖고 있기 때문에 건전한 성적 모럴에 의해 적절히 통제되어야 한다. 남성에게 농락되어 몸을 망치거나, 아니면 수치스럽게 첩이 될 수 있기 때문이다. 여학생 집단과 새로운 지식인들의 이념이었던 자

---

73 잡지《신여성》에서 이러한 행위와 외모로 웃음거리가 되었던 여학생은 '까마중이'라는 별명으로 불리는 테니스 선수다. 까마중이는 여학생이 자기에 창피스러운 호떡 심부름을 동료에게 시키고 자는 중에는 내내 방귀를 뀐다. 까마중이를《신여성》에 소개하고 있는 쌍S(방정환의 필명)는 이러한 까마중이를 희화적으로 묘사하면서 '까마중이가 어떻게 시집을 갈까' 하는 주위 사람들의 걱정도 아울러 서술하고 있다.

74 부르디외에 의하면 젠더의 아비투스(habitus)는 차별화된 신체를 통해 드러난다. 이 차별화된 신체는 여성의 경우, 타인의 시선을 의식해 상냥하고 매력적이며 항상 대기 중인 태도를 취하는 타율성(hétéronomie)을 보여야 한다. 이러한 신체의 규율은 '이상적 신체'라는 것을 내포하고 있기 때문에 여성으로 하여금 이상적 신체와 실제 자신과의 괴리를 지속적으로 느끼게 할 정도로 억압적인 것이다. P. Bourdieu, *La Domination Masculine*《남성지배》, 김용숙 옮김, 동문선, 2003, pp.91~98.

유연애, 근대적 가정, 일부일처제는 사실상 이러한 의미에서 여학생들에게 새로운 유형의 억압을 가져다준 것이다.

이러한 점에서 1910년대 후반부터 제기되어 온 자유연애와 일부일처제라는 결혼 이데올로기의 결합은 여성의 해방에 복무했다기보다는 결과적으로 여성들에게 새로운 유형의 남성 지배를 내면화하는 작용을 했다고 평가할 수 있다. 미혼의 처녀들은 연애와 결혼의 가능성을 높이기 위해 이러한 규율과 모럴을 자신의 내부로 가져와 작동시키게 되며, 이러한 내면화는 재래의 가정을 부정하는 데 일조함으로써 '아버지'의 권력을 부정하는 한편 새롭게 '남편'의 권력에 스스로 복종하는 결과를 낳은 것으로[75] 볼 수 있기 때문이다. 이러한 결과는 《여자계》, 《신여자》의 집필진으로 대표되는 1세대 여성 지식인들이 주장한 여성 해방의 논리적 허점을 그대로 드러낸 것이기도 하다. '연애결혼'이란 아버지라는 권력으로부터의 해방을 의미할지는 모르지만 '남편'의 권력에 자발적으로 복종하게 하는 이데올로기이기도 하다. 여성 스스로가 자신을 여성성으로 포장함으로써 선택의 가능성을 높여야 하는 연애결혼의 메커니즘 때문이다.

1920년대 여학생은 이념적 지향을 상실하기 시작하여 사회적으로 통속화된 '신여자'이기도 하다. 자유연애, 일부일처제, 새로운 소가정 모델 등의 계몽적 모토가 통속화되고 대중화되면서 애초에 존재했던 진정성은 사라진다. 이러한 진정성의 상실은 사회적으로 여학생에 대한 비난을 통해 표면화되는데, 1920년대에 여학생들이 양적으로 팽

---

75 우에노 치즈코(前野鶴子)는 '연애 결혼'의 이데올로기가 여성 스스로 가부장제의 근대적 형태를 자발적으로 선택하게 하는 기제라고 평가하고 있다. 우에노 치즈코(前野鶴子), 《가부장제와 자본주의》, 이승희 옮김, 녹두, 1994, p.66.

창하면서 여성 해방을 통속적으로 받아들인 바로 그 여학생들이 주범으로 지목된 것이다. 공론장에서 드러난 여학생의 행실과 패션에 대한 혹독한 비판은 계몽주의의 통속화에 대한 비난을 함축하며 아울러 여학생에 대한 사회적 또는 남성적인 욕망을 무의식중에 드러낸다. '여학생'과의 연애를 갈망하면서도 진정성을 잃어버린 '그녀'들을 비난하는 사회적 이중성은 1920년대 전후의 소설을 질적으로 다르게 변화시키는 힘이기도 하다. 이 점이 1920년대 초반 소설에서 어떻게 드러나는가는 다음 장에서 자세히 다룰 것이다.

다른 한편, 자유연애 결혼 이데올로기는 여학생들에게도 매우 억압적인 요소를 내면화시켰으나 정작 당사자들은 그것을 억압으로 느끼지 못했는데, 그 이유는 자유연애의 '자유'라는 기표가 자신의 행위를 '자발적인' 선택이라 믿게 했기 때문이다. 즉 새로운 유형의 억압이 억압으로 느껴지지 않는 데에는 자율적인 선택권을 가졌다는 근대인의 환상과 관련되어 있다.

03

매춘부 또는 메타포로서의 여성 타자

'여자'나 '여학생'이라는 기표가 이념을 담은 새로운 개념이었다면 '매춘부'는 근대화가 시작됨으로써 처음 생겨난 사회적 기표가 아니다. 재래로부터 존재해 왔던 이 기표는 새로운 사회적 환경의 변화에 따라 그 의미와 용례가 변화된 경우다.

　'매춘부'의 의미를 변화시킨 중요한 사회적 환경은, 자유연애를 바탕으로 한 일부일처제 이데올로기와 사회적 시스템으로서의 자본주의의 확장이다. 지식인층에게 결혼의 전제조건으로서 자유연애가 이상적 형태로 제시된 것과, 교환에 바탕을 둔 자본주의가 사회 전체로 확장된 것은 식민지 조선에서 거의 동시적인 현상이다. 자본주의가 근대의 한 콘텐츠였던 것과 마찬가지로 자유연애가 일종의 제도나 이데올로기로서 도입되었던 '근대'의 프로젝트 중 하나라는 점에서 이러한 시기상의 일치를 설명할 수도 있다. 중요한 것은 근대의 내용들이 갖는 논리가 조선 지식인들의 내면에 자리 잡는 방식이다. 자본주의, 자유연애, 일부일처제 등 '근대'임을 표방하는 당위들은 겉보기에는 모두 '문명개화' 라는 근대의 프로젝트로서 서로 매끈하게 봉합되어 지식인들에게 내면화한 듯이 보인다. 그러나 사실 각각의 이데올로기, 사회적 시스템들은 그 자체적으로 서로 충돌할 논리와 모순을 내장하고 있었고, 이를 당위로서 한꺼번에 받아들이기에는 오해의 여지가 있었다.

 '교환가치' 에 기반한 자본주의적 관계가 확장될수록 '돈' 을 배제한 '순수한' 관계에 대한 열망이 커지게 된다. 어딘가에 '돈' 과는 무관한 '순수한' 관계가 있다고 확신하게 되고 그 순수성에 대한 동경이 커지는 것이다. 그 순수한 관계를 '사랑' 이라 한다면 그것을 사회적 관계로서 확장시킨 것은 '연애' 라 말할 수 있다. 그리고 '자유연애' 이데올로기는 교환을 통해 이룩되는 자본주의적 관계를 배제하고 있다는 환상에 의해 뒷받침되고 부풀려진다. 즉 교환의 논리와 사랑의 논리는 철저하게 구분된다는 믿음 아래 자유연애 이데올로기가 유지되는 것이다. 따라서 '자유연애' 라고 했을 때 '자유' 는 바로 돈, 권력, 제도와 같은 외부의 억압으로부터의 자유를 의미한다. 이러한 전제에 의해 돈을 이유로 누군가와 결혼하는 것은 가장 경계해야 할 행위로 취급되고, 그 행위자는 도덕적으로 징벌받아 마땅하다. 이러한 사회적 믿음은 식민지 조선의 공론장에서 누누이 확인된다.

 한편으로 사랑과 연애에 관한 이러한 전제는 '매춘부' 표상과 그 표상을 드러내는 담론을 추동하는 근본적인 힘이기도 하다. 사랑 없이 자신의 육체를 현물과 교환하는 매춘부에 대한 혐오는 서구사회 역시 마찬가지지만 식민지 조선사회에서는 더욱 강화된다. 그것은 여성의 사회활동과 참여가 미약하여 그들의 경제력이 취약했거나 종속적이었기 때문이다. 즉 1920년대와 1930년대를 거쳐 교육받은 여학생들은 늘어나고 이들은 새로운 서구적 문화상품을 소비하지만 이러한 문화적 소비를 뒷받침할 경제적 기반은 취약했다. 그녀들이 경제력을 갖는 길은 대부분 중간 계층 이상의 남성과 결혼하는 것이었다. 이보다 더욱 열악한 상황은 교육받지 못한 하층민 여성들의 경우다. 그들은 가족을 부양하기 위해 기생과 같은 윤락여성이 되기도 했다. 교육을 받은 여학생이나 교육받지 못한 하층민 여성들이나 지속적으로 그리고 정당한 방식으로 경제력을 갖지 못했다는 점에서는 공통적이었다.

돈 많은 남성을 통해 경제력을 얻는 이러한 현실은 여러 담론을 통해 '자유연애'의 논리에 위배되는 것으로 취급된다. 여성 독자를 대상으로 한 많은 담론들은 사랑이냐 돈이냐 하는 양자택일의 구도에서 돈을 선택한 여성들을 비난하고 있는 것이다. 이러한 비난들은 '자유연애'의 균열과 모순을 책임질 누군가를 언급함으로써 연애의 자유로운 선택이 온전히 '자율적이라는' 환상을 유지하려는 일종의 사회적 방어기제다. 누군가의 행위를 '매춘적' 또는 '매춘'으로 지목함으로써 그 여성에 대한 도덕적 징벌은 물론이고 다른 여성에게 경각심을 줄 수 있는 것이다. 즉 여성에게 '매춘부'란 자신의 건전한 아이덴티티 구축을 위해 또는 건전한 여성으로 승인받기 위해 부정해야 하는 타자인 것이다. 기생이나 유곽의 윤락녀들은 물론이고 부유한 남자의 '첩' 역시 이러한 타자로 취급된다.

앞장에서도 말했듯이 《신여성》 등의 여성지에서 가장 경멸스럽게 취급되는 부류는 바로 '첩'이다. 신식 교육을 받은 여성들이 신성한 사랑과 연애의 의무를 저버리고 돈 많은 유부남의 첩이 되는 것은 여학생들에게 가장 모욕적인 일이다. 일부일처제 결혼 이데올로기는 새로운 성 모럴을 성립시킴과 동시에 '가정'이라는 사적 영역을 공적으로 표준화하는 이데올로기이다. 이 표준화 작업을 통해 정상적인 것

과 비정상적인 것이 규정된다. 이전의 전근대적 사회에서는 자연스러
웠던 축첩蓄妾 행위가 일부일처제 결혼 이데올로기에서는 비정상적
인 행위가 된다. 이 경우 축첩을 하는 남성보다 더 큰 비난을 받는 대
상은 첩이 된 여성이다. 자신의 정조를 돈과 바꾸었기 때문에 첩이 된
다는 것은 바로 '매음' 행위와 동등하게 취급된다.

엇더메 잘생겼던지 리화학당데일의미인이라하야 남학생들이 칼을품고
쫓아단기는 통에 딥에도 나오지못하고 리화학당긔숙사속에 깁히숨어남
젓다든김영숙이라는색씨 그 말이 신녀성색상자에낫다고쨍알쨍알하더
니 긔어코서대문밧어느정미소하는사람아들의첩이되여갓다나요 그런
데 혼인날 색씨의뒤를쫓아가면서여러사람들이 쫓아가면서 여러사람들
이욕을퍼부엇다고애오개에서는 그날욕잔치를하엿대서 유명하다고요[76]

콧대 높던 미모의 이화학당 여학생이 결국은 정미소 집 아들의 첩
이 되자 사람들이 욕을 퍼부었다는 기사다. 첩에 대한 멸시는 식민 시
기에 들어와 처음으로 생겨난 것은 아니다.[77] 조선조에도 첩妾은 처妻에
비해 가정 내에서 차등적인 대우를 받았다. 그러나 이것은 대개 본처
보다 낮은 계급 출신인 첩을 견제함으로써 가정 내 위계질서를 공고

---

76 〈색상자〉, 《신여성》, 1924.11.
77 20세기 이전부터 처(妻)와 첩(妾) 간의 신분적 위계질서가 존재했다. 조선 후기 17세기의
   대표적인 가정소설 중의 하나인 《사씨남정기》나 《창선감의록》 등을 통해서도 알 수 있듯이,
   첩은 고선소설에서 수로 악인으로 등장하여 선인인 처와 대립하곤 한다. 처는 선인으로 묘사
   된 반면 '첩'은 악인으로 묘사된 것으로 보아 첩에 대한 부정적 시선은 이미 존재해 있었다.
   이러한 대립 구도에서 종국에 가서는 선인인 처가 승리하게 되는 것에는 일부다처제 하에서
   첩에게 남편의 애정을 빼앗긴 처의 심리적 보상의 성격이 강하다. 이승복, 《妻妾葛藤을 통해
   본 家庭小說과 家門小說의 關聯樣相》, 서울대 박사 논문, 1995. p.159.

히 하기 위해서였다. 물론 첩에 대한 차등 대우는 본처의 심리적인 질투나 위기감에도 일부 이유가 있겠지만 무엇보다 조선사회의 신분질서가 가정 내의 위계질서로 반영된 데에서 비롯된 것이다.[78]

식민지 시기의 '첩'에 대한 멸시는 이러한 조선조의 관념과도 유사하지만 분명한 차이가 있다. 첩에 대한 비난의 근거는 바로 '사랑이 없는 결혼은 매음'이라는 모토[79]로 대표될 수 있는 결혼 이데올로기 때문이다. 이러한 모토는 연애와 사랑이라는 정신적인 가치이자 새로운 인간성의 기준이 '돈'이라는 교환적 가치와 배타적인 관계에 놓여 있음을 전제로 한다. 그러므로 사랑은 돈을 배제함으로써만 그 진실함을 입증할 수 있다는 생각, 즉 돈에 대한 유혹을 이겨내야만 진실한 사랑에 도달할 수 있다는 관념을 파생시킨다. 잡지 《신여성》에서 소개되고 있는 여러 사례 중 여학생에게 가해지는 '유혹'이란 말은 향락, 사치, 허영으로 인해 남자에게 몸을 망치는 것을 의미한다. 향락, 사치, 허영은 바로 '돈'이라는 물질적 가치에 대한 탐욕이며 이러한 타락 또는 타락의 가능성을 가리켜 '유혹'이라고 할 수 있는 것이

---

78 조선시대 첩에 대한 멸시는 자신보다 계급이 낮은 여성이 한 사람의 남편을 공유하면서 처의 지위를 압박하고 있다는 데 대해 사대부 여성들이 갖고 있던 심리적 불안감의 표현일 수도 있다. 실제로 조선사회는 경국대전 등의 조선조 법전 등에도 명시되어 있는 바와 같이, 첩은 처와 경제적으로나 상징적으로 동등한 지위를 결코 가질 수 없었고 첩에 있어서도 양민 출신의 양첩과 천민 출신의 천첩을 구분하여 조선조 사대부의 신분 질서를 가정 내에서도 그대로 재현함으로써 첩에 대한 차별을 제도화시켰다. 이러한 첩에 대한 차등적 대우는 조선조 사회의 신분 질서가 반영된 것이면서 처첩 간에 벌어지기 쉬운 갈등과 분쟁에 가부장적인 입장에서 질서를 부여하는 측면을 갖고 있다. 박경, 〈조선전기 처첩질서 확립에 대한 고찰〉, 《이대사학연구》vol. 27, 2000. 참조.

79 1920년대 잡지와 소설에 자주 등장하는 이 모토는 1922년 일본에서 발간된 구리야가와 하쿠손(廚川白村)의 《근대의 연애관》에서 보인 '연애 없는 결혼은 사람으로 하여금 자신의 존재를 무의미하게 한다'는 류의 주장과 역시 1920년대 초에 소개된 베벨(Auguat Bebel)의 《부인론 (원제: Die Frau und der Socialimus)》의 결합으로 보인다. 사회주의적 입장에서 베벨은 결

다.[80] 이러한 표현의 바탕에는 사랑이 있어야 결혼할 수 있다는 전제가 깔려 있다. 첩이 된다는 것은 돈 때문에 사랑하지 않는 남성에게 몸을 파는 행위다. 이와는 반대로 '가난한' 남자와 결혼하는 것은 사랑의 진정성을 증명하는 것이 되기도 한다.

> 그들의 결혼한 경향을 보면 동경유학생은 마음에밧는이면 다시말해서 사랑을 본위로 결혼을 했고 경도 내량 출신은 대개가 생활여유와지위를 생각하는 경향 그리고 경성 리전 출신들은 미국서 도라온이나 교회계통 인과 많이 결혼하였다 (…인용자 중략…) 같은 녀고사출신의 최의순崔義順 씨도 동경고사출신의 진상섭씨와 사랑으로 결혼하였다가 부득이한 사정으로 리혼을 했다하드래도 아—모다른 야심이 없는 것은 사실이다. 제국음악출신의 김원복씨도 동창인 홍성유씨와 사랑속에 스위—트홈을 이루고 있고 동료 출신의 정훈모씨도 감형량씨와 연애결혼을 한 이다. <u>어떤이는 김형량씨가 부자니만치 돈따라 결혼했다고도 하지만 김씨는 아즉이름이나지못한 바이올리니스트인 것을 독자가 안다면 이 오해는 살아질것이다.</u>[81]

위의 인용된 부분에서 사랑으로 맺어졌다고 평가하는 부부들은 대개 남성의 경제적 지위가 낮은 상황에서 맺어진 경우다. 이러한 언급 속에서 순수한 '참사랑'의 수호자인 동시에 그것을 훼손할 가능성을

혼을 매음이라고 보고 있는데 이러한 베벨의 주장과 하쿠손의 주장은 사랑이 없는(또는 연애가 없는) 결혼은 매음이라는 모토로서 결합된다.

80 그 대표적 사례를 보여주고 있는 글로는 《신여성》 1925년 5월에 실린 팔봉산인(김기진)의 〈여자의 유혹되는 원인〉 등이 있다.

81 들러리生, 〈결혼은 신성하다 신전 앞에 맹서한 이들—인테리 여성의 결혼교향악〉, 《조광》, 1935.12.

지닌 자는 바로 여학생이라는 사실을 알 수 있다. 근대교육의 수혜자이자 온갖 근대문화의 소비자인 여학생은 가난한 남성을 선택함으로써 참사랑을 지킬 수도 있고, 돈에 팔려 결혼하거나 첩이 됨으로써 자유연애의 이념을 훼손할 수도 있는 문제적인 존재이기 때문이다.

여학생에게 부과된 참사랑의 책임은 한편으로는 일부일처제 결혼 이데올로기와 자본주의적 가부장제[82] 사이의 충돌과 균열을 봉합하는 기능을 한다. 개인의 자율적 선택을 통해 소가족을 구성해 낸다고 했을 때 이 소가정은 가문家門 또는 부모로부터 독립된 가정을 의미한다. 이러한 소가정에서 가부장의 권력은 더 이상 '부모'로 대표되는 '가문'의 지위를 가질 수 없다. 가부장의 '임금賃金'이라는 경제력이 바로 이 새로운 권력의 원천이 되는 것이다. 그러나 '임금'이라는 가부장 권력의 원천은 아이러니하게도 일부일처제 이념을 위협하는 요소가 될 수 있다. 일부일처제가 모든 남성이 한 명의 여성과 결혼할 수 있는 권리를 부여함으로써 남성 평등화를 가능하게 하는 장치라고 본다면[83] 이 장치는 자본주의 시스템과 일정 부분 충돌을 예비하고 있다. 경제적으로 취약한 남성이 자칫 아내를 얻지 못할 위험에 처할 수 있기 때문이다. 이는 식민지 조선의 취약한 경제적 생산성을 고려해볼 때 돈

---

82 가부장제(patriarch)는 역사적으로 단일한 형태를 유지하며 진행되지 않는다. 근대에 이르러 가부장제는 자본주의라는 경제 시스템 속에서 변형된다. 자본주의 하에서 '남성'의 가부장 적인 권력의 원천은 변화되는데 이전의 가부장제와는 달리 자본주의 하에서 남성의 권력 원천은 노동력을 소유한 임금 노동자라는 특성에서 나오게 되는 것이다. 그 결과 경제력을 소유지 못한 남성 다시 말해 돈을 벌지 못하는 남성은 가부장의 권력으로부터 배제되는 결과를 초래하게 된다. S. Walby, Theorizing Patriarch(《가부장제 이론》), 유희정 옮김, 이대출판부, 1996, 제8장 '사적 가부장제에서 공적 가부장으로' 참조.

83 일부일처제가 종종 여성들에게 혜택을 주거나 여성의 지위를 신장시키는 제도라도 생각할 수 있지만 그 반대로 일부일처제는 실은 남성 평등화 장치로 해석할 수 있다. 일부다처제가 권력을 가졌거나 능력을 가진 남성들이 1명 이상의 짝을 독점하는 것이라면 일부일처제는

을 벌지 못하는 많은 남성들을 위협하는 논리가 될 수 있다. 더구나 자율적 선택을 강조하는 자유연애의 이념 속에서 '여성'들이 스스로 배우자를 선택할 권리를 지닌 상황이라는 점 또한 간과할 수 없다. 실상 대개의 여성들이 경제적으로 종속되어 있어 사회적 독립 주체의 기반을 갖추지 못했다 하더라도 형식적으로는 자유연애의 권리가 확보되어 있기 때문에, 필연적으로 남성 역시 선택하는 주체가 아닌 선택받는 입장이 될 '위험성'을 내포하게 된다. 자유롭게 배우자를 선택할 권리가 있다고 말하지만 실은 경제적으로 무능한 남성이 그 선택의 자유를 누리지 못하는 모순이 바로 그것이다.[84]

남성의 지배 형식인 자본주의적 가부장제와 자유연애 이데올로기는 이러한 논리적 충돌 또는 균열을 야기하고, 이것은 일부일처제 결혼 이데올로기에 포섭되지 않는 외부의 타자를 이용해 봉합된다. '외부의 타자'란 바로 '매춘부'를 뜻한다. '매춘부' 낙인을 도덕적 단죄의 도구로 활용함으로써 자본주의적 가부장제와 자유연애 이데올로기 사이의 모순과 균열을 메우는 방식이다. 위의 인용문과 같은 글들

성공하지 못한 중산층 남성이나 하층계급 남성들에게도 짝을 가질 수 있는 기회를 제공하는 장치이다. (D. Barash and J. Lipton, 《일부일처제의 신화》, 이한음 옮김, 해냄, 2002, 제5장 도대체 일부일처제는 왜 나타난 것인가 참조) 따라서 경제력을 가부장의 원천으로 삼는 자본주의적 가부장제는 그 자체적인 논리에 일부일처제와 모순점을 안고 있다.

84 이러한 의미에서 선택의 자유는 여성은 물론 남성에게도 동등하게 누릴 수 있는 권리는 아니었다. 그러나 여성보다는 남성이 경제력을 가질 수 있는 가능성이 높다는 점에서는 남성이 선택의 권리를 가질 가능성은 상대적으로 높다고 할 수 있다. 1910년대 후반 여성의 자각과 해방에 대한 글을 남겼던 나혜석, 김원주, 김명순 등이 혼외 정사나 뭇 남성들과의 스캔들로 인해 매우 불행하게 살았던 것도 자유로운 삶의 선택과 연애를 추구하는 그들의 신념과 경제력이 없는 그들의 상황이 서로 모순을 일으킨 결과라 할 수 있다. 결과적으로는 남성(남편)의 경제력에 의존했던 이들 여성 지식인들이 남성들로부터 버림받음으로 해서 궁핍한 처지가 되고 이러한 경제적 파산이 그녀들에 대한 도덕적 징벌에 더욱 힘을 실어준 것이 되고 말았다.

은 '경제력'을 이유로 결혼하거나 첩이 된 여성들을 손가락질하고 담론상의 징벌을 가함으로써 그러한 결혼을 수치스럽게 여기도록 만든다. '매춘부'란 낙인은 돈으로 인해 타락한 여성들에게도 붙여졌는데, 특히 자유연애라는 이데올로기를 신봉하는 여학생들에게는 가장 큰 징벌이다.[85] 이로써 매춘부는 남성은 물론 여성에게도 공적公敵이 된다.

---

85 '매춘부'의 존재 또는 '매춘부'라는 기표는 품위 있는 순결한 여성과 그렇지 못한 여성과의 분할 구도를 갖게 하는 것이다. 서구 사회에서 '매춘부'들이 공론화됨으로써 성적 억압이 강화되었던 시기는 19세기이다. 남성들은 위생과 인종의 순결이라는 이름 아래 공창과 가정 사이에 철저한 경계를 마련하여 하였다. 19세기 말에 이르면, 품위 있는 여자와 그렇지 않은 여자들이 완벽하게 분리됨으로써 '순결'이 여성들 사이에 가장 큰 이슈가 되는 결과를 낳았다. D. Duby and M. Perrot, 《여성의 역사4─페미니즘의 등장: 프랑스 대혁명부터 제1차세계대전까지》, 권기돈 · 정나원 옮김, 새물결, 1998, p.518.

04

함량 미달의 여성들, 기생과 여배우

매춘부란 가정의 내부와 외부에서 남성들에게 성적인 위락을 제공하고 그 대가로 경제적 혜택을 받는 여성으로서, 가정 내에서는 '첩'이며 가정 밖으로는 '기생', '여급', '여배우' 등이다. 그러나 이러한 여성들을 바라보는 시선에는 미묘한 차이가 있다. 권번의 '기생'이나 유곽의 '창기'들이 돈을 대가로 정조를 제공하는 협소한 의미의 매춘부라면, '여급'이나 '여배우'는 매춘의 혐의를 지닌 의심스러운 존재이다. 또한 가정 내부의 '첩'은 비유적으로 매춘부 같은 행위를 보인 여성이다.

이상적이며 규준화된 '여성' 범주에 속하지는 않으면서 매춘부처럼 타자화된 여성으로서 '구여성'이 있다. 물론 구여성의 타자성은 매춘부 여성이 타자성과는 분명히 구별된다. 그러나 이상적인 여성 주체의 바깥에 놓여 있다는 의미에서는 동등한 '타자'다. 구여성은 근대적 소비 주체인 신여성과 여러 모로 변별되는 타자다. 예를 들어 신여성은 부모에게서 돈 한 푼을 타내면 그 돈을 기어코 써버리지만 구여성은 그 돈을 헝겊으로 싸서 깊이 감추어둔다고 하거나, 남편이 꽃구경 가자고 하면 신여성은 좋아하며 따라 나서지만 구여성은 혼자 다녀오라는 식이다.[86] 이렇듯 신여성과 구여성 사이의 대조점을 말할 때, 구여성에게는 근대적 삶을 향유하려는 의식 또는 소비에 대한 욕구가 부족하다는 식으로 묘사된다. 담론상에서 '구여성'이라 지칭되는 여성들은 대개 일찍 결혼하여 학교를 다니지 못한 '아내'들이거나 '시골 여자'를 뜻하는 말과 등가였으며[87] 근대적(이상적) 여성 범주에서 '신여성' 일반과 대조된다.

'매춘부'는 근대적 여성 정체성의 외부에 놓여 있으면서도 성 모럴과 여성의 아이덴티티에 있어서 여성 일반에게 근본적 영향을 주는 존재들이다. 매춘부의 대표적인 부류라 할 수 있는 기생은[88] 1920년대에 종종 여학생과 비교됨으로써 여학생들의 정체성에 가장 큰 영향을 미치는 인물들이다. 왜냐하면 사회적으로 또는 물리적으로 '기생'과 '여학생'은 시각화되는 방식이 동일했고 또 동일하게 거리를 활보함으로써 종종 동등한 비교 대상이 되곤 했기 때문이다.

---

86 팔면경, 〈신여성, 구여성〉, 《신여성》, 1925. 5.

87 당시에 '서울'과 '시골'과의 삶의 격차도 '신여성'과 '구여성'의 대립적 의미 구도에 영향을 주고 있다. '구여성'은 종종 '농촌 부인', '촌색시', '시골부인' 등의 말과 등가로 사용되었거나 취급되었기 때문이다.

88 '기생'과 마찬가지로 성적인 서비스업을 대표하는 유형으로는 '여급'이 있다. 그러나 '기생'과 '여급'은 여러 가지 이유로 다른 의미가 부여될 수 있다. 1920년대에 있어서 여급의 존재는 공론상에서 기생만큼이나 이슈화되지 않는다. '기생'이 자주 철폐의 대상이자 구시대적인 매춘업 종사자로 취급되었던 반면 '여급'의 경우 '기생'과는 달리 도시의 퇴폐적 유흥 문화의 일부로 취급된다는 점에서도 양자는 차이를 보인다. '여급'은 특히 도시의 소비문화가 번성하게 되는 1930년대에 새롭게 부각되는 관심거리이며 일부의 인텔리 '여급'들의 경우 이들은 당당히 직업여성으로 인정받기도 한다. 이러한 점에서 기생과 여급은 서로 다른 성격을 가진 매춘부이며 다른 맥락에서 의미 부여되어야 할 대상이다.

일반적으로 기생이 된 여성은 생계를 유지해야 하는 소녀들로서 여공 아니면 기생을 선택할 수밖에 없는, 사회경제적으로 낮은 계급 출신이거나 몰락한 집안 출신이다.[89] 이에 비해 여학생은 비교적 근대 교육의 수혜자로서 이상적인 여성 범주에 가장 근접한 대상이라는 점에서 양자의 차이는 분명하다. 담론상으로도 여학생과는 달리 기생은 새로운 시대에 척결되어야 하는 구시대적 인물로 그려진다.

지금 朝鮮 妓生界의 일반 정신이 이러하다. 그 중에 총명한 자면 자일수록 자기의 그 奴隷的 생활, 非人道的 생활에서 躍出하여 다른 사람과 같은 사람다운 생활을 해 보려는 理想이 있고 실행을 하려 든다. 그리하여 머리 올리고 구두 신은 女學生만 보면 다 善이고 다 美이며 一夫一婦의 新家庭 생활을 볼 때는 재미가 깨가 쏟아질 듯싶고 행복이 無限量할 듯싶게 보인다. 그러할 때 자기 몸을 돌보면서 모든 것이 악이요, 醜이며 지옥불에 떨어져 허덕허덕하는 듯싶다.(…인용자 중략…) 康씨의 금번 자살의 원인도 확실히 여기 있는 것이다. 즉 個人的 生의 尊嚴과 그 생을 展開하여 갈 役割의 풍부한 것을 자신하면서 어디까지 할 수 있는 대로 살려고 하는 것이 現代人의 理想이요, 그 生의 全部를 展開하려고 노력하는 一切 행위가 幸福이요, 滿足인 것을 일찍이 자각하였던들 종종 있는 抵抗力이 缺乏한 자들이 경우의 壓迫에 不堪하여 생활 의지의 强慾을 失하고 一身의 純潔을 保存키 위하여 스스로 死를 촉박하는데 不陷하였을 뿐

---

89 기생은 가난한 소녀들이 선택하게 되는 경제적 탈출구이다. 기생은 여전히 천한 직업으로 인식되었지만 기생의 임금은 1920년대 후반을 기준으로 여공의 수입(시간당 6전 정도)에 비해 높았다는 점, 또한 성공한 일류기생의 경우 중류 이상의 생활을 수준을 유지할 수 있었다는 점에서 가난한 계급의 소녀들에게는 꽤 경쟁력 있는 직종이었다. 가와무라 미나토, 《말하는 꽃─기생》, 유재순 옮김, 소담출판사, 2001 제4장 기생의 생활과 사회 중 기생의 경제학 참조.

아니라 炎熱的 생존욕, 분투, 노력심이 尤甚尤加하였을 것이다.[90]

서울 갑부의 아들과 사랑을 이루지 못하고 정사情死하여 장안을 떠들썩하게 했던 기생 강명화康明花에 대한 나혜석의 논평은 '(신)여성'이라는 범주와 관련해서 '기생'의 존재가 어떻게 처리되고 있는지를 잘 보여준다. 위의 글은 기생이 구두 신고 머리 올린 여학생을 부러워하고 일부일처제의 신가정을 선망한 나머지 자신의 존재를 긍정하지 못하는 열패감에 빠졌다는 맥락으로 강명화의 자살을 평가하고 있다.

이러한 논평은 근대적 연애 담론의 효과 또는 권력 안에서 척결의 대상으로 부각되어 존립 근거가 점점 희박해지는 기생의 문제를 개인적인 각성과 의지 문제로 돌리는 듯한 인상을 준다. 기생의 존재가 문제적인 것은 그들이 근대의 규율들을 세우는 데 외부의 적으로 표상된다는 점이다. 여학생의 위치를 선망하는 것은 문제의 원인이라기보다는 단지 근대적 규율 속에서 기생이 처한 현실에 의해 생겨난 표면적인 결과일 뿐이다.

기생을 척결 대상으로 삼는 담론으로는 '기생 철폐론'이 대표적이다. 1920년대는 물론 1930년대까지 논란거리였던 '기생 철폐론'은 보건, 위생, 가족생활의 적敵으로서 기생은 이상적 가정제도 구축을 위하여 반드시 철폐되어야 한다는 내용이다.[91]

妓生의 存在는 不斷으로 家庭平和에 대한 威脅을 주는 것도 사실이다.
기생제도의 存在는 男性의 放蕩, 淫逸의 風을 助長하야 다른 모든 男性

---

90 羅晶月, 〈강명화 자살에 대하여〉, 《동아일보》, 1923. 7.8.
91 諸氏, 〈理想的 家庭制 妓生撤廢〉, 《동광》, 1931.12.

本位의 性道德과 마찬가지로 現代의 家庭을 一片의 허수아비로 化하고 안해에게서 平和를 빼앗는 한 器具가 된다. 이것은 蓄妾制와 强制結婚과 離婚의 不自由와 片務的 情操觀과 公娼制度와 마찬가지로 家庭을 破滅에서 救하야 斷然 切開手術을 해야 할 물건中의 하나이다.[92]

위의 인용문에서 기생은 육체를 돈과 교환함으로써 가정의 평화를 빼앗고 남성의 방탕을 초래할 뿐만 아니라 처첩제, 이혼의 부자유, 여성에게만 정조가 강조되는 편무적 정조관, 공창제도와 함께 가정을 파멸로 치닫게 하는 해악을 끼친다고 말하고 있다. 이처럼 기생이 해악을 끼치는 존재로 부각된 데에는 개항 이후 매춘업의 판도가 변화되었기 때문이기도 하다. 조선시대의 기생은 비록 후기로 오면서 사창화된 천민 집단으로 변질되기는 했지만 남성 사대부를 성적으로 견제하고 신분 상승을 도모할 수 있는 집단이었다.[93] 그러나 개항 이후 일본의 유곽 문화가 유입되어 매매춘이 확산됨에 따라 기생은 '창기娼妓'와 다름없는 매매춘업의 대표격으로서 표상되기 시작한다.[94] 이렇게 매춘녀로서 기생의 의미가 변질된 데에는 조선 기생에 대한 일본인들의 관심이 일조한 면이 있다. 예컨대 식민지 본국에서 온 일본인

---

92 韓靑山, 〈妓生撤廢論〉, 《동광》, 1931.2, p.58.
93 박종성, 《기생과 백정》, 서울대학교출판부, 2003, p.256.
94 이능화의 《조선해어화사》(동문선, 1992)에는 식민 통치 이후의 달라진 기생의 모습에 대한 한탄이 드러나 있다. 이러한 한탄은 '기생'의 근대적 변형은 재래의 기생 특유의 '문화'를 잃고 단순한 창부의 모습으로 전락한 데 따른 것이다. 1916년에 만들어진 경무 총감 부령에 따르면 예기/기생/창기의 개념은 원래 엄격하게 구분이 되어 있다. 기예를 업으로 하는 여성 중 일본인을 예기(藝妓)라 부르고 조선인을 기생(妓生)으로 정하고 있는 반면 '창기'는 성을 제공하고 대가를 받는 여성으로 규정된다. 그러나 이러한 구분은 매춘업이 확장됨에 따라 구분 자체가 의미가 없어지고 일반적으로 기생이 '창기'로 편입되게 된다. 손정목, 《일제강점기 도시사회상연구》일지사, 1996. 7장 매춘업—사창과 공창 참조.

들은 조선 기생에 대해 성적인 관심과 의미만을 가졌다. 1918년 경성 신문사의 아오야나기 고타로青柳綱太郎가 발행한 《朝鮮美人寶鑑》이라는 제목의 '기생사집첩'에는 각 권번(기생조합)에 소속되어 있는 기생들의 사진과 함께 신상 및 특기 사항이 적혀 있다.[95] 1929년(책에는 소화4년으로 표기) 매일신보사에서 발행한 《대경성》에는 조선에 오는 일본인들을 대상으로 조선의 근대적 시설 및 조선의 회사와 상점을 소개하면서, 요릿집들에 대한 자세한 안내와 함께 신마치新町 유곽들의 전화번호와 윤락녀들에게 지불하는 화대에 대한 정보를 제공하고 있다.[96] 식민지 조선을 바라보는 일본인들의 이러한 성적인 시선이 매춘업의 번창을 가속화했다고 짐작할 수 있다. 일본인들이 기생을 '성적 봉사'의 대상으로 파악하는 이러한 태도는 식민지를 성적 위안의 대상으로서 파악하는 제국주의적 무의식과도 무관하지 않다. 조선의 지식인들에 의해 주도된 '기생 철폐론'은 이러한 제국주의적 무의식에 의해 변질된 '기생'의 의미를 토대로 하면서 위생과 보건의 논리를 내세운 근대적 규율화의 한 과정이라 할 수 있다.

이렇듯 척결의 대상으로 몰린 기생들은 스스로에 대해 분열된 태도를 취하는데, 문인 최서해가 주간이었던 기생 잡지 《장한長恨》(1927.1)에서 그 모습을 엿볼 수 있다. 《장한》은 2회로 종간되기는 했으나 '신여성(여학생)' 중심의 공론장에서 소외된 기생들이 자신들의 목소리를 내기 위해 만든, 자기 혁신을 도모한 잡지로 평가할 수 있다. 그러나 이 잡지에 실린 글들은 기생 스스로가 '기생 폐지'를 주장하거나 여성 해

---

95 가와무라 미나토, 앞의 책, p.171.

96 《대경성》, 매일신보사, 1929년. 이 책은 일본인을 상대로 경성의 위락시설을 중심으로 경성에 대한 이해와 관광의 편의를 돕는 가이드북으로서 제작되었다.

방을 주장하는 한편 '조선적 정서'를 구현하는 자로서 기생의 의미를 긍정하는 등의 모순을 드러내고 있다.[97] 기생으로서의 자신의 존재를 인정하면서 여성 해방을 주장하는 이러한 모순은, 근대적 자각을 하는 순간 스스로를 부정할 수밖에 없는 '기생'의 딜레마를 잘 보여준다.

이상적 '여성' 범주의 타자로서 '기생'이 스스로를 변호할 수 있는 길은 기생이 된 과정이나 동기를 고백함으로써 자신은 본래부터 타락한 존재가 아니라는 사실을 알리는 것이다.[98] 이러한 종류의 고백은 기생에 씌워진 타락녀의 이미지를 벗겨내어 매춘을 둘러싼 사회적 비난과 멸시에 의문을 표함으로써 윤리적 문제를 불러일으킨다. 그러나 매춘을 불결한 것, 척결해야 할 것으로 치부하는 논리를 근본적으로 전복하는 데까지 영향을 미치지는 못한다.

기생을 근대적이고 이상적인 여성의 범주에서 배제시키는 논리 중 하나는 매춘을 성병의 온상지로 지목하는 담론[99]이다. 이러한 논리를

---

97 정혜영은 《長恨》의 이러한 서로 모순적인 태도들을 두고 여학생의 외형 모방은 가능했지만 그 내면까지는 따라갈 수 없었던 기생들의 한계를 내보이고 있다고 평가하고 있다. 즉 근대적 세계에서 존립이 불가능한 기생들의 존재적 모순을 드러낸 것이라 평가한다. 정혜영, 〈근대를 향한 왜곡된 시선―《장한》연구〉, 《한국현대문학연구》9, 한국현대문학회, 2001.

98 다음의 글은 그 진위 여부를 파악하기 어렵지만 이러한 항변의 대표적인 예를 보여준다. "저 ○○여자고등보통학교를 오년 전에 마치고 졸업하던 해 다음다음 해 봄, 열 아홉 살 먹던 해부터 대동권번에 입석해 가지고 지금은 저 혼자서 관철동에서 영업을 하고 있습니다. <u>그것을 제가 결코 타락하여 賣笑婦―아니 買笑婦가 된 것이 아니오라 각오한 바가 있어서 그리한 것이 올시다.</u> 말하고 보면 제게는 異蹟이라 할만 하지요(…중략…) 저로 말하면 이 위에 말한 것과 같이 남부럽지 않은 양반이올시다. 제 맏종형은 ○○은행 이사로 몇 만을 가진 큰 실업가이고 둘째 종형 우리 어머니 상속인인 이는 ○○○사문관으로 계시고 외숙은 ○○도 참여관으로 계시고 (…중략…) 그러하니 선생님 제가 인습의 포로가 되고, 관례의 표본 노릇을 하여 그들의 말대로 시집이라고 갔더라면 어떤 집 귀부인의 탈을 쓴 活人形이 되고 말 것이 아니오니까." (화중선, 〈기생생활도 신성하다면 신성합니다.〉, 《시사평론》, 1923.3. 밑줄은 인용자.)

99 '기생 철폐'를 주장하는 대부분의 글들이 그 근거로 성병을 들고 있다. 이러한 주장이 병에

잘 보여주는 예는 일본의 다이쇼 시대 여권 운동가 히라츠카 라이초平塚雷鳥에 의해 제기되었던 '화류병 남자 결혼 제한법' 청원 운동이다. 사회적으로 팽배해 있던 위생 사상에 근거를 두고 화류병에 걸린 남자들을 결혼하지 못하게 함으로써 여성으로 하여금 건강한 아이를 낳을 수 있는 권리를 보장하라는 발상은 여성의 건강과 인권을 지키려는 주장이라고 할 수 있지만, 실제로는 화류병이 큰 해악을 가진 병이라는 믿음을 토대로 위생을 강조하는 근대적 규율의 논리를 여성적 입장에서 재구성한 것으로 볼 수 있다.[100] 이러한 믿음과 성병에 대한 불안은 식민지 조선에서도 마찬가지였다. 이태준의 소설〈아무 일 없소〉(1931)와 박태원의 소설 〈악마〉(1936)에서 성병에 대한 두려움과 매춘부의 괴물스러움이 서로 상통하는 것으로 표현되어 있듯, 매춘부와 성병은 소설 속에서 환유적인 관계를 맺고 있다.

타자화된 매춘부라는 의미에서 기생과 비교될 수 있는 유형은 '여배우'다. 활동사진(영화)이 대중화되기 시작하면서 몇몇 조선 여배우

대한 은유와 결합되어 배제의 수사를 발휘하는 것은 서구의 경우를 통해서도 입증된다. 매독과 같은 역병의 경우, 이 병은 서구에 있어서 항상 '타자'에서 흘러 들어오는 질병으로 여겨졌다. 즉 우리가 아닌 자(타자)로부터 흘러 들어오는 병으로 취급되었던 것인데 이렇게 외부 또는 타자의 이물스러움을 '병'으로 표현함으로써 타자에 대한 배제의 수사학으로 이용되고 있다. S. Sontag, *Illness as Metaphor*(《은유으로서의 질병》), 이재원 옮김, 이후, 2002. pp.179~185.

100 히라츠카의 이 견해는 청탑사 동인들 간의 논쟁을 불러일으킨 만큼, 일본 신여성 운동에서 합의된 견해라 보기는 어렵다. 그런데 이 견해는 모성 보호의 차원에서 화류병을 가진 남자들에게 우생학적 책임을 묻고 이것을 법률적 차원으로까지 확대하려 했다는 데서 신여성 운동이 근대적 배제의 논리와 동궤에 있으면서 젠더적으로 뒤바뀐 도덕주의적 억압을 보여준다고 할 수 있다. 히라츠카의 '화류병 남자 결혼 금지법' 청원 운동에 대해서는 요네타 사요코(米田佐代子)·이시자키 쇼오코(石岐昇子), 〈《청탑》 이후의 새로운 여자들—히라츠카 라이초우와 '신부인협회'의 운동을 중심으로〉,《신여성》, 문옥표 외, 청년사, 2003 참조.

들이 스타덤에 오르기도 하지만 대개 극단의 무명 여배우들은 생계유지조차 어려워 매춘의 유혹에 빠져들곤 했다. 박태원의 소설 〈여관주인과 여배우〉(1937)는 이러한 이동극단 여배우의 매춘 실상을 묘사하고 있다. 이처럼 사실 여부와는 상관없이 여배우들이 매춘 혐의를 받는다는 점, 그리고 유명 여배우의 경우 늘 남성과의 스캔들과 루머에 시달린다는 점을 짐작할 수 있다. 다음의 인용문은 당시의 사람들이 여배우에 대해 가졌던 편견과 의심을 잘 보여준다.

우리녀배우들이 연극만 파하면 자동차 인력거에 실녀서 인육의 시장으로 출몰하야 돈이나 모화드리는줄노 아는 의미의 수작을내놋는친고들을 가끔 만난다.

흥 말말게 호강이 무슨 호강인가 동경 대판만 가도 일류녀배우들은 매삭 옷해입는데만 수백원 수천원식드린다네 그게 무슨 사치인가 비단양말 한커레를엇어신으라면 그네들이 몃칠이나 고심을 하는지 아는가.

이가튼 대답을 한다. 정말이지 조선의 녀배우들갓치 가엽슨 사람은 업스며 조선의 녀배우만한 숙녀들은 가시 업을 것이다. 이것만이 조선의 극단이 가지고 잇는 자랑거리의 하나이다.

멀 녀배우년들이 서방질이야 우습게 알테이지 이가튼폭언을 하는 사람이 잇다. 서방질안하는녀배우가어듸잇담 이가튼 방자스러운 소리를 하는 기생도 잇다. (…인용자 중략…) 극단의 선배 노릇을 해야할 리월화 복혜숙 량군이 기생 노릇을 한것만 이 불명예라 하겟스나 어쟀든 기생노릇을 공명정당히 한만큼 문제삼을 여지가 업다. (…인용자 중략…) 녀배우는 잡년 이라는 폭언만은 삼가는게 좃타. 내가 연극시장에 관계할 때 십륙세된 소녀가 가튼 극단에잇는 청년에게 엽서를 보냇다 그야말노 순정에 넘치는 사랑편지이다. 그러나 그 음악사에게는 임이처자가잇다 그것을 모르고 그 소녀는 혼자속을 태웠든 것이다. 이사실을 안간부들은 즉시 극단의 규률을 어즈럽게하고 처녀의신성을 욕되게하얏다는 리유로 그 소녀에게 퇴단을명하얏섯다. 그 소녀는 지금 시내 모카페에서 술을 따르고 있다.[101]

여배우의 사생활에 대한 남성들의 관심은 곧 그녀들의 성에 대한 관심이다. 스크린이나 무대를 통해 무작위적인 시선에 노출된 여배우들의 육체는 대중의 눈[102]에 시각적인 완상물이 되고 관음증적 욕망의 대상이 되는 것이다. 각종 담론에서 보여주듯이 그녀들에 대한 대중의 관심은 주로 육체 또는 내밀한 사생활에 관련된 것이며, 불특정 대중들의 성적 욕망 역시 거리낌 없이 표현된다. 이러한 이유로 여배우의 염문설과 사생활은 항상 대중적 관심의 초점에 놓여 있다. 이 점은 시각적으로 노출되는 대중 스타들에게 공통으로 적용되는 사실이다.

1920년대 초반에서 중반까지 가수이자 배우인 윤심덕은 대중에게 가장 널리 알려진 스타였다. 그녀의 사생활 전체에 대한 대중의 관심은 항상 수위 높은 성적 관심으로 귀결되었다. 그녀의 육체에 대해

---

101 이서구, 〈여배우의 정조와 사랑〉, 《삼천리》, 1932.2.
102 이때 말하는 대중의 시선은 사실 이전의 연구에서는 '남성'의 시선이라고 일컬어지던 것이다. 이 책에서 이 시선을 '남성'의 시선이라고 부르지 않는 이유는 그 시선의 소유자를 '남성'이라고 부름으로써 의인화 또는 인격화시키지 않으려는 의도에서이다. 담론의 주체는 인격화된 생산자가 아니라 외부의 규제 또는 구조들이다. '남성적' 시선'이라고 했을 때는 인격화된, 또는 어느 일정한 집단을 상기시킬 수 있는 위험이 있다. '여성'이 고안된 것이고 구성된 것이라면 그 상대적 개념인 '남성'도 구성된 지위를 가질 수밖에 없다. 이 책에서 '대중'은 이러한 인격화의 위험을 벗어나기 위해 사용되었다. 담론의 생산에 대해서는 S. Mills의 저서 *Discourse*(《담론》), 김부용 옮김, 인간사랑, 2001, p.117 참조하였다.

"豊艶한 嬌態에 끗없는 肉聲美"라는 수식어[103]를 붙이거나 그녀의 성적인 비밀에 대해서도 노골적으로 언급하고 있기[104] 때문이다. 윤심덕의 육체와 사생활에 대한 관심은 곧 그녀의 사생활에 대한 지탄으로 이어지는데 《동아일보》와 같은 일간지는 물론 《신여성》과 같은 여성지에 실린 내용은 주로 누구와 스캔들이 있다거나 첩이 되었다거나 하는 사실 무근의 소문을 근거로 한 것이었다.[105] 1926년 윤심덕이 극작가 김우진과 정사情死하자 이제까지의 사회적 관심이나 비난은 동정의 시선으로 변했다. 그녀가 죽은 원인이 방탕한 생활 때문이라는 시선[106] 또는 극단적으로 '됴선인에서 제명하라'는 강조 높은 비난[107]도 있었지만, 대체로는 그녀가 불렀던 노래 〈사死의 찬미〉의 우울한 가사를 의문의 죽음과 연결하여 비운의 여가수를 애도하는 입장[108]으로 변화한 것이다. 그 이후 윤심덕을 다룬 담론들은 그녀를 신화의 주인공으로 만들어낸다. 그녀가 죽은 지 몇 년이 지나서도 이태리 생존설, 레코드 회사의 음모설[109]이 나돈 사실은 윤심덕의 신화화가 어느 정도인지를 보여준다.

일반적으로 여배우에 대한 사회적 편견을 고려해볼 때 당대 최고 스타였던 윤심덕에 대한 관심은 여성 '스타'를 향한 것이라기보다는

---

103 〈풍염한 교태에 끗없는 육성미〉, 《동아일보》, 1925.8.5.

104 그녀가 남성을 유혹적으로 대하는 태도를 자세히 설명하거나 그녀가 겁탈당할 뻔했던 사건들을 서술하는 것이 그 예다. 〈釜山 旅館에서 深夜에 愛人을 峻責〉, 《동아일보》, 1925.8.6.

105 윤심덕에 대해서 잡지 《신여성》은 각별한 관심을 갖는다. 주로 그녀를 둘러싼 스캔들—이 아무개의 첩이 뇌었다는 능—이 지면에 소개된다. 《신여성》, 25년 2월호, 24년 11월호 참조.

106 CK生, 〈윤심덕이 죽게 된 세 가지 원인〉, 《동아일보》, 1926.8.13.

107 C生, 〈됴선인에서 제명하라〉, 《동아일보》, 1926. 8.9.

108 東恩, 〈윤심덕의 一生〉, 《신민》, 1926.9.

109 金乙漢, 〈不生不死의 樂壇의 女王 尹心德孃〉, 《삼천리》, 1931.1.

1920년대를 대표하는 엘리트 여성에 대한 사회적 관심이라는 성격을 띠고 있기도 하다.

일반적으로 연극이나 영화에 출현하는 여배우들에 대한 사회적 시각은 윤심덕의 경우보다 훨씬 더 부정적이었다. 이러한 부정적 시선 때문에 여배우가 되는 것은 일종의 모험이었다. 토월회가 결성되고 나서 여배우를 물색하게 되었을 때 동경의 여학생들은 출연을 거부했고, 이에 토월회 내부에서는 기생이나 창녀들을 대상으로 섭외했으나 이 것도 여의치 않았다.[110] 여성작가 김명순이 1927년, 이경손 감독의 〈광랑〉에 출연하게 되었을 때 주목을 받았던 이유는 그녀가 독서량이 많으며 예술적 상식을 지닌 여류 문사라는 점 때문이었다. 초기 '여배우'의 낮은 지적 수준이나 사생활이 문제로 제기되었기 때문에 여성작가의 영화 출연을 이례적으로 판단한 것이다.[111]

여기에는 여러 가지 원인이 작용한다. 연극이나 영화가 근대적 예술의 한 장르이기는 하지만 조선사회에서 '예술'로 인정받기에는 상당한 시간이 필요했다는 점, 여배우들은 남성 배우들이나 연출가 또는 제작자와는 달리 극단이나 영화사 내부의 종속적인 존재로 대접받았다는 점,[112] 가정을 뛰쳐나오거나 버림을 받은 경우가 많아 가정의 보호를 받지 못한 채 성적 위험에 쉽게 노출되었다는 점 등이다. 여배우들에 대한 관심을 다룬 글들이 대개 뭇 남성들의 희롱과 유혹 그리고 스캔들 중심이었던 것도 이러한 환경적 조건 때문이었다. 그러나

---

110 김남석, 〈여배우 이월화 연구〉, 《어문논집》50, 민족어문학회, 2004, p.214.

111 김수남, 〈조선영화 최초 여배우에 대한 논의〉, 《영화연구》17, 2005, p.68.

112 안종화, 《한국영화측면비사》, 현대미학사, 1998. 한국 초기 영화사의 숨은 이야기들을 다루고 있는 이 책에서는 여배우들이 영화사 내부적으로 어떤 성적 위험에 시달려야 했는지를 증언하고 있다.

무엇보다도 당시 대중들 앞에 시각적으로 육체를 노출시키는 영화나 연극의 요소가 매춘적인 행위와 유사하게 전달되었기 때문이다. 그녀들의 행각은 종종 대중의 관음증적 상상력 속에서 부풀려졌고, 실제로도 이러한 상상력을 뒷받침하듯 일부 여배우들은 은퇴 후 기생과 댄서 등의 직업을 전전하기도 하였다.[113]

이와 같이 사회적으로 '사랑'이라는 정신적 가치는 반동적으로 성 sexuality에 대한 상상을 부풀리고, 이 부풀려진 상상은 사회적 관음증으로 이어짐으로써 거리로 나온 (여학생을 포함한) 모든 여성들에게 매춘부적 혐의를 부과하게 된다. 기생이 매춘부 자체로 취급되었다면 여배우들은 매춘의 혐의를 가졌거나 가능성이 있는 의심스러운 존재다. 또한 여학생은 매춘부와는 분명 사회 계층적으로는 구분되지만 이들이 유혹적인 패션과 연애에 대한 갈망을 가지고 있는 한 성적인 시선으로부터 자유롭지 못한 존재다.

이에 따라 기생과 여배우 등 '매춘부'로 지목되는 이들이 여성 정체성에 미치는 영향을 알 수 있다. 매춘부는 이상적인 여성 범주를 구성하게 하는 외부의 타자다. 거리로 나온 모든 '여성'(생물학적 의미)이 근대적 기표인 '여성'(사회학적 젠더)으로 재편될 때 이 기표는 사실상 상상적이면서도 이상적인 규준들을 바탕으로 하고 있다. 이 규준에 가장 근접할 수 있는 대상은 여학생뿐이다. 그러나 그 실제의 여학생은 통

---

113 김남석,《조선의 여배우들》, 새미, 2006. 이 책에서 다루고 있는 초기 여배우들 중에서 이러한 이력을 사진 여배우는 '이월화'이다. 그러나 기생이 되었다거나, 상해에서 댄서가 되었다는 그녀의 이력은 연예계의 풍문으로 떠돌았다는 것도 당시의 여배우들의 사생활이 지나칠 정도로 세간의 주목을 받았다는 점을 방증한다. 이 밖에도 이 책에서는 다루고 있지 않지만 〈아리랑〉의 주연배우 신월선도 기생이 되었다거나 누군가의 첩이 되었다는 루머가 나돌기도 했다.

속화됨으로써 이상적인 규준들로부터 멀어지고 있으며 구여성, 기생, 여배우 등은 애초에 이러한 상상적 규준에서 제외된 부류들이다. 이러한 의미에서 '(신)여성'이라는 주체적인 여성을 나타내는 기표는 여성 일반을 상상적 공동체로서 결속시키는 포섭의 논리를 가진 것이면서도 누구도 그 안에 속하지 않게 되는 배제의 효과를 내포한다.

1920년대 잡지나 신문 등은 이상적 여성이 가지는 이러한 역설적 원리를 전파시킨다. 공론장에서도 여성지들은 여성 독자들에게 이러한 규준을 내면화하게 하는 기능이 있었다. 여학생은 이상적 규준에서 어긋나지 말 것을 부단히 요구받는 한편, 기생은 이 규준에 함량 미달인 채로 스스로의 정체성을 부정해야 한다. 이상적 규준에서 탈락되는 여성은 물론 매춘부라는 혐의를 받게 된다. 이러한 의미에서 매춘부는 역설적으로 '여성'으로 지칭된 모든 생물학적 여성들을 이상적 규준에 따르도록 위협하거나 종용하는 외부의 타자로 기능한다.

05

직업여성의 등장
─숍프걸, 여급, 마담

여학생 숫자가 늘어남에 따라 '여학생'이 사회의 새로운 문제적 기표로 떠오른 것은 1920년대적인 현상이라 할 수 있다. 1930년대에 들어서도 '여학생'은 공론의 장에서 지속적으로 언급되었지만 새로운 관심을 일으키는 대상은 아니다. 1930년대의 의미 있는 대립 구도는 '가정부인'과 '직업여성'이다. 1930년대에 들어 도시의 소비문화가 활발해짐에 따라 새롭게 주목되는 대상은 '직업여성'이라는 기표로 통칭되는 가정 밖의 여성이다. 또한 이러한 '직업여성'과 대응되어 또한 부각되는 존재들은 '가정부인'이다.

가정 내에서 가정부인의 역할을 강조하는 담론들이 1930년대에 새롭게 나타난 것은 아니다. 앞서 분석했던 개화기의 계몽 담론에서도 '가정부인'의 지위와 역할은 강조되었으며, 그것은 주로 사회와 국가라는 공동체 속에서의 역할이었다. 그러나 1930년대의 사적 영역(가정)에 관한 담론은 '스위트 홈(단란한 가정)'을 이상형으로 하는 가족 중심주의 또는 가족 이기주의와 관련되어 있다는 점에서 개화기의 계몽 담론과 차이를 보인다.

한편 '가정부인'이라는 기표의 대응으로서 '직업여성'이란 용어도 1930년대에 새롭게 주목된다. '직업여성'이란 용어는 1920년대에는 거의 쓰이지 않았으며, 그 범주에 포함되는 실제 수효도 충분치 않은 상태였다. 그러나 1920년대 말부터 '직업여성'이라는 용어가 사용되고 뻐스걸, 전화 교환수, 여급, 공원工員, 기생 등이 직업여성(직업부인)이라는 범주[114]에 포함되기 시작한다. 직업여성들은 그 존재 자체가 새로운 이슈로서 대중들의 주목을 끄는 존재이기도 했다. 여성이 직업을 갖는다는 낯섦 때문이다. 〈조선녀성들은 남성을 어떠케 보나〉라는 제목으로 일간지에 연재된 글을 보면 여의사, 산파, 간호부, 교환수, 여직공은 물론 카페 여급, 기생, 배우, 무용가 들이 만나본 남성들에 대한 견해를 표명하고 있다.[115] 인텔리 여성으로 취급되는 '여의사'와 나이가 지긋한 중년여성으로 취급된 '산파'의 경우를 제외하면[116] 전화 교환수, 뻐스걸, 기생, 여급 등의 직업이 대부분 서비스 업종이라는 점에서, 전 세계적으로 여성 노동력의 편입 과정에서 보

---

114 '직업여성'이란 말은 용례가 조금씩 다름으로 해서 혼란을 줄 수 있다. 이 시대의 용례에 따르면 '직업여성'의 '직업'에는 모든 종류의 직업이 포함되지 않는다. 일반적으로는 서비스 업종에 종사하는 '여성'을 중심으로 여기에 '직공' 등의 생산업에 종사하는 여성도 포함된다. 그러나 여의사, 약제사, 여교원 등의 비교적 높은 교육 수준을 요구하는 직업은 여기에 잘 포함되지 않는다. 어떤 글(김남천, 〈女性의職業問題〉,《여성》,1940.12)에 의하면 '직업여성'에 교원이나 의사, 기자 등의 직종을 포함시키기도 하지만 1930년대의 보편적인 용례에 의하면 이들 전문직 여성은 '인텔리 여성'이라는 칭호로 불리는 것이 일반적이다.

115 〈조선녀성들은 남성을 어떠케 보나〉,《동아일보》,1929.10.25~11.9.

116 '여의사'의 경우 전문학교 출신의 인텔리라는 점에서 그리고 '산파'는 전통적인 여성의 일인데다가 출산의 경험이 있는 나이든 부인이라는 점에서 여급, 기생, 버스걸 등등의 서비스 업종의 여성들과는 달리 취급되고 있다. 인용된 동아일보 기사는 이들에게 '여사(女史)'라는 호칭을 사용함으로써 후자의 직업여성과 다르게 취급하고 있다.

이는 섹슈얼리티 정치학의 일면이 드러나고 있다.[117] 또한 이러한 직업여성들이 새로운 풍경, 호기심의 대상으로서 전시되고 있는 측면 또한 간과할 수 없다.

"참을성은 없지만 연구성이 풍부한덤에는 여자로서 따를수업겠다" (간호부의 평가), "쾌활하기로는데일그러나 넘우 괄괄한 것이 탈"(교환수의 평가), "긔운만흔그것이그들의자랑할만한자본그러나저축성이부실해서낭패"(여직공의 평가), "용감하기는하나말성부리기를조하해"(뻐스껄의 평가), "돈잘쓰는대장 화낌술낌에는똑가티비루해"(카페여급의 평가), "남자는참무서워순진한녀성에겐더웃그릴듯 못미들 사랑을 천연스럽게도하지"(기생의 평가) 등의 남성에 대한 평가는 사회가 이들에게 가졌던 호기심을 역으로 드러낸다. 즉, 직업여성들의 이러한 평가는 상호적 시선[118]의 작용이라기보다는 오히려 그녀들을 사회에 노출시키는 역할을 하기 때문이다.

직업여성은 사회적 센세이션을 불러일으킨 한편 부정적인 이미지도 있었다. 특히 스스로 돈을 벌지 않으면 생계가 곤란한 하층민 여성으로 보는 시선도 있었다. 직업여성들을 불우한 사연이 있는 존재로

---

117 1차 세계대전 이후 자본주의 체제 내로 여성 노동력이 편입하게 된 것은 세계적인 현상이다. 그러나 결혼하지 않은 미혼의 여성에게만 직업이 한정되었고 그것도 '생산의 영역'이 아닌 가정에서의 여성의 역할과 같은 사회적 재생산의 영역에 한정된다는 점이 여성 노동력 편입의 특징이다. 일본의 경우 이러한 현상은 대정기(1910년대)에 들어서 두드러진다. 吉見俊哉, 〈帝都東京とモタンニテイの文化政治〉, 《擴大するモタンニテイ》, 岩波書店, 2002, pp.25~26.

118 존 버거에 의하면 '시선의 상호성'은 바로 타인을 자신의 눈으로 바라봄과 타인의 눈에 자신이 보일 수 있다는 사실을 알게 되는 것이다. 또한 이러한 시선의 상호성은 대화의 상호성보다 선행하는 것이며 대화의 상호성보다 근본적으로 현실을 구성하는 힘이다. J. Berger, *Ways of Seeing*(《이미지—시각과 미디어》), 편집부 옮김, 동문선, 1990, p.28.

취급한다거나, 이들이 직업을 갖게 된 사연을 관심거리 또는 이야깃거리로 삼는 경우다. 병든 남편을 위해 카페 여급이 된 사연, 어머니가 부잣집 음탕한 남자에게 딸을 팔려고 했기 때문에 집을 나와 버스걸이 된 사연, 감옥 간 남편을 기다리며 막노동을 하는 사연, 일찍 고아가 되어서 여직공이 된 사연들[119]을 통해서 이들의 대부분이 하층 계급 출신이거나 적어도 스스로 생활비를 벌지 않으면 안 되는 몰락한 집안의 딸들임이 드러난다.[120] '직업이 있다'는 사실을 "꽃다운 시절을 직장 속에서 썩이다"라고 표현했던 것[121]은 종종 이들에게 직업이 경제적 주체성의 표징이라기보다는 종종 불우함의 상징이었기 때문이다. 식민지 조선사회에서 교육 수준이 절대적으로 낮고 허락된 직업조차 거의 없는 하위 계급의 여성들은 실제로 화류계를 택할 수밖에 없었다. '직업소개소'가 실연녀失戀女나 가출 여학생 등의 갈 곳 없는 여성들 또는 사적인 비밀을 간직한 여성들의 집합소로 취급[122]되는 것도 이러한 이유에서 비롯된다.

비교적 뒤늦게 직업여성 군에 포함되어 이목을 집중시켰던 존재는

119 직업여성이 된 이 사연들은 〈직업부인이되기까지〉, 《동아일보》, 1929. 10.10—11.30 참조.

120 이러한 의미에서 '직업여성'은 불우했고 그래서 안락하고 풍족하게 살아가는 부르주아 가정의 딸과 대비되었다. 《사랑의 수족관》(김남천), 《찔레꽃》(김말봉), 《여인성장》(박태원), 《화상보》(유진오) 1930년대 장편소설은 내적으로 성숙한 직업여성과 철없는 부르주아 가정의 딸을 대비시키고 있다.

121 이태준·박순녀 양씨 대담, 〈現代女性의苦悶을말한다〉, 《여성》, 1940.8.

122 이 '직업소개소'는 사실 모던 걸에서 시골에서 갓 상경한 처녀들까지 다양한 색채의 여성들이 직업을 구하러 드나든다. 그들의 자격과 능력이 다르기 때문에 이곳에서 구해주는 직업도 여사무원이나 타이피스트에서 침모나 유모까지 다양하다. 이 중에는 남편의 월급만으로 살기에 생활에 아무런 자극이 없다는 '유한부인'도 끼어 있다. 그러나 유한부인의 경우는 다른 여성들과는 다른 처지에 있음으로 해서 풍자의 대상이 된다. 정규철, 〈職業紹介所 窓口에 비친 女性風景〉, 《여성》, 1940.2.

백화점의 여직원이다.[123] 백화점 여직원은 앞에서 열거한 직업여성들과는 조금 다른 취급을 받는다. 다른 직업여성들의 경우 생계를 위해 직업전선에 나선 듯한 불우한 이미지 때문에 연애와 결혼에 제한이 생기는 것과는 대조적으로, 백화점의 여직원은 여학생들처럼 미혼의 남성들에게 선망의 대상으로 인식되었기 때문이다.

「조혼 신랑감을 구하려고」

「조혼 색시감을 구하려고」

이리하야 문이 메여지게 모러드는곳이 백화점이다. 누구든지 종로네거리 화신백화점의 출입구나 정자옥, 미쓰고시, 히라다, 미나까이 가튼 큰 백화점으로 다리를 옴겨 보면 도색桃色의 꿈을 가슴속 기피감춘 스마―트한청년들이 물건보기보다 거기서 나비가치 경쾌하게 써―비스하는 쑵프껄을 바라보기에 정신업는 광경을 본다.

아츰부터 밤까지 수천수만으로 해는 손님 그중에도 이십이삼세―학교를 가즈마추었거나 겨우 직업을 어더 살라리맨이된 젊은 청년들이 모아들어 은근히 제배필을 구하는 이 광경! 이것이야말로 남녀교제의 관문이 꽉 막힌 밀폐密閉된 결혼시장의 문을 열어주는 귀여운 존재라 아니할수업다.[124]

백화점의 여직원 '숍프껄Shop girl'이 미혼의 남성들에게 선망의 대상

---

123 이 사실은 일본의 경우를 통해 간접적으로 추측해 볼 수 있다. 일본의 경우 백화점 등의 대형 상점에 여성을 고용하기 시작한 것은 일본에서도 1925년 이후의 일이다. 이 시기에 백화점의 불황 타개책의 하나로 임금이 저렴한 여성판매자의 수를 늘여 나가기 시작했다.(吉見俊哉, 앞의 글, p.29.) 조선의 경우는 일본보다 더 이후에 숍프 걸이 눈에 띄었으리라 추측할 수 있다. 앞서 인용한 1927년의 동아일보 기사에는 숍프 걸이 아직 등장하고 있지 않다.

124 〈結婚市場을 차저서―百貨店의 美人市場〉,《삼천리》, 1934.5.

이 된 것은 숍프걸이 대부분 여고보 이상의 학력을 갖춘 여학생 출신 이라는 점 때문이다. 숍프걸들을 바라보는 도시 청년들의 욕망은 상품에 대한 욕망과 관련되어 있는데, 그것은 쇼윈도에 진열되어 행인들의 시선을 받는 상품과 동일한 형식으로 숍프걸이 노출된다는 점 때문이다. 언제라도 동일한 공간에 상품과 같이 전시되어 있는 그녀들에 대한 욕망은 상품에 대한 욕망과 등가다. 도시인들에게 미츠코시三越나 조지아丁子屋 백화점에 진열된 상품이 유혹의 대상이듯, 그곳의 숍프걸들 역시 동일한 메커니즘으로 도시 청년들에게 욕망의 대상이 된다.

여학생과 마찬가지로 역시 숍프걸도 유혹의 위험에 노출되어 있었고, 여학생이 유혹에 빠져 타락하게 된 이야기가 '실화'나 '애화'의 형식으로 소개되듯 숍프걸들의 타락한 사연 역시 소개된다.[125] 그러나 1920년대 여학생들에게 쏟아졌던 허영이나 사치에 대한 비난과는 달랐다. 그 이유는 직업과 수입이 있었던 숍프걸들은 순수한 소비의 주체였던 여학생들과 입장이 달랐기 때문이고, 스스로 돈을 벌지 않으면 안 되는 처지에 대한 사회적 연민 때문이라 할 수 있다. 여성들의 소비에 대한 사회적 비난이 다소 누그러진 더욱 근본적인 이유는 1930년대 들어 더욱 확장된 근대적 공간 구축에 있다.

은행, 관공서, 회사, 극장, 빌딩, 백화점 등의 근대적 업무를 담당하는 건물과 공간들이 도시를 중심으로 확장되었고, 1930년대에 들어서 안착된 상황[126]은 확실히 1920년대에 보였던 기호체계의 혼란을 안정

125 金公珠, 〈男性!〉, 《여성》, 1937.1.
126 이 현상을 경성에만 한정지어 말하자면 1920년대부터 1930년대 초까지 경성에는 옛 건물

적으로 만드는 역할을 했다. 1920년대에 특히 새로운 소비 주체로서 부각되었던 여성의 패션을 사치와 허영으로 본 것은 주로 재래적인 기호체계가 교란되는 데 따른 사회적 불안감의 표현이었다. 개화기 이전 조선시대를 지배했던 재래적인 기호체계 중 시각적인 기호에 있어서 패션은 물론 탈것의 등급에도 계급적 구분이 있었다.[127] 이러한 재래의 계급적 구분은 개화기 이후 외래 문물이 들어오면서 흔들리고 허물어진다. 재래적인 복식 기호체계에서 양가의 부인과 규수 그리고 기생과 상민의 복식이 엄격히 구분되었던 계급 간의 구별이 '유행'이라는 이름으로 사라지게 되는 것이다. 이전의 신분사회에서 양가의 규수와 기생은 엄연히 구분된 신분이기 때문에 복장으로써 그 신분을 드러내어야 한다. 신분사회에서 복장은 그들의 신분을 드러내는 고정된 기호이기 때문이다. 그러나 거리로 나온 여성들(여학생, 기생, 가정부인)은 복장이 가졌던 기존의 신분적 기호 표시 기능을 '유행'이라는 이름으로 무너뜨린다. 이들은 서로의 옷차림을 모방함으로써 모방의 연쇄작용을 일으켰으며, 그것이 유행을 만들었다. 그리고 유행하는 '패션'은 이전 시대처럼 신분을 표시하지 못한다. 말하자면 복장은 사람의 정체성을 가시적으로 보여주는 것이 아니라 자의적인 기호記號, 즉 그 안에 담긴 의미가 고정되지 않는 기호로 변화하게 되는 것이다.

보들리야르에 따르면 유행은 고정된 사회위계 속에서 상대적으로

들을 헐고 병원, 은행, 회사, 관공서, 극장, 빌딩 등의 근대적 건물들이 등장했다. 구체적으로는 서울역사(驛舍)는 1925년, 경성 부청은 1926년, 미츠코시 백화점은 1930년, 전화국 건물은 1935년, 극장 단성사는 1934년에 각각 준공되었다. 손정목, 《일제강점기 도시사회상 연구》, 일지사, 1996, pp.100~101 참조. 이를 참조해 보면 1930년대 중반이면 주요한 근대적 업무를 담당하는 건물이 거의 완비된 상태라 할 수 있다.

127 정연식, 《(일상으로 본) 조선시대 이야기》, 청년사, 2001, p.80.

안정적 지위를 누렸던 기호들이 불안정하고 유동적인 것으로 끊임없이 변화하는 '근대성'의 한 현상이다.[128] 즉 유행을 좇는 사치와 허영이라는 비난은 곧 기호의 전근대적 위계질서를 무너뜨린 데 대한 비난이며, 고정적인 의미를 교란시키는 유동적인 근대적 기호들에 대한 사회적 불안감의 표현이라 할 수 있다. 다음의 인용문은 1925년에 발표된 염상섭의 소설 〈검사국 대합실〉의 일부로, 더 이상 신분을 의미하지 않는 새로운 복장 기호가 가져온 해프닝을 잘 보여주고 있다.

> 유록빛치마에 흰옥양목저고리를입고 자지빗 겨울「숄」을 걸친 뒤ㅅ모양이 수수한것으로보면 녀학생은 면하얏고 더구나 좀밝은듯한 노랑목다리 구두뒤축에 흙이무든 것을 그대로신은것을보면 여염집녀편네라는것보다는 소학교교원이거나 유치원보모가타얏다. 그러나 저러나 벌서어른꼴이박인 것은 분명하다고혼자생각하얏다. (…인용자 중략…)
>
> 그후에 리경옥이가 본정서 구류장에서 고름업는 치마저고리를입고 콩밥에 허를빨며머어젓섯는지 여전히 청료리ㅅ맛에 또어떤놈을 끼고 누엇섯는지? 그러치안흐면 지금 K학원삼년급인가에 가서 얌전을 빼이고 칠판미테안젓는지? 고소사건도 흐지부지되고 C나에 다시 무러볼긔회도 업시 지금까지 지내오지만, 요사이에도 길거리에서 죽은깨잇는 트레머리 ─유록치마입은 녀학생! 남자를 보면 고개를 금시로 다소곳하고 지나치는 신녀자를보면 나는 얼빠진사람처럼 한참 바라보고섯는버릇이 생기엇다.[129]

---

128 J. Crary, *Techniques of the Observe*(《관찰자의 기술―19세기의 시각과 근대성》), 임동근·오성훈 옮김, 문화과학사, 2001, p.27.

129 염상섭, 〈검사국대합실〉, 《개벽》, 1925.7.

검사국 대합실에서 마주친 그녀는 여학생인 듯도 하고 아닌 듯도 하여 그녀를 관찰하는 서술자를 혼란에 빠트린다. 그녀의 정체를 짐작할 수 있게 하는 단서는 신체를 감싼 '유록빛 치마', '숄', '트레머리', '구두' 등으로, 서술자는 추리를 동원하여 그녀의 정체를 짐작해 보지만 알아내지 못한다. 결국 폭로된 그녀의 정체는 여학생으로 가장하여 남자의 돈을 갈취하는 '매음녀'였다. 여기에서 '유록빛 치마', '숄', '트레머리'는 그녀를 여학생으로 보이게 하기 위한 기만적인 위장술인 것이다. 이러한 해프닝에서 알 수 있듯 패션은 그 자의성으로 인해 자신의 정체를 명확하게 하는 표지가 아니라 자신의 정체를 감추는 가면으로 기능하게 된다.

이러한 불안정한 기호체계에 대한 불안감은 1930년대에 이르러 교통, 소비시설, 위락시설, 관공서, 은행 등의 근대적 업무공간과 제도가 확장되면서 일정 부분 사라진다. 이미 '유행'이라는 사회적 코드가 완전히 기존의 신분질서를 무너뜨려 일종의 평준화를 이루었기 때문이다. 이제는 신분이 아닌, 그가 소속되어 있는 공간과 집단이 그의 정체성을 보장해 주게 된다. 즉 근대적 시설물에 의한 공간 구축이 신분을 대체할 수 있는 '직업'이라는 새로운 기호들을 마련해 주기 때문이다. 여성들의 패션을 화제로 도덕성을 문제삼는 일은 1930년대적인 현상과는 거리가 멀다. 비난이 있다면 옷차림 자체보다도 화려한 패션 속에 감추어진 경제적 파탄과 예속에 초점을 맞춘 것이다.

그들의 손가락에 이삼백원 천여원의 백금반지는 어듸서 난것이고 그들의 목에 걸린 그 갑빗싼 목거리를 아러주는 사람이 잇어야 말이지 그들의 애수哀愁는 꼭 사랑에만 있는 것이 아니라 여기에도 있을 것이다. 전문학교를 나와도 거들떠 보지 않는 세상, 다만 얼골이 입브고 살결만 윤택하면 그만인 세상. 적이 지식여성의 한탄이 여기에 있다.

「지식녀성에게는 미인이 어듸잇서요」

이것은 내가 어느때 어느 지식녀성에게서 드른 솔직한 그들의 고백이다. 마음은 놉다. 그러나 어느때던 그들은 「우리는 얼마나 고민하는줄 아서요? 결혼하려도 어렵고 다만 갈길은....」그럴수밧게 없을 것이다. 아모리 지식이있어도 지식이 있기 때문에 고민하는 때는 자포자기가 될 수밧게 없다.

그 사나회의 첩─흘러다니는 여자─허영의 도시의 시민이된다. 이것이 「모던껄」이다. 가장 깬 이고 가장 세계인의 호흡을 먼저 호흡하는 녀성이 모던껄이다. 그들의 가상 무대假想舞臺를 영화관의 「스크린」이라 하자. 그러면 너무나 안타가운 그들의 환락이 아니랴.[130]

1920년대보다 지식층 여성이 많아진 1930년대는 여성이 "전문학교를 나와도 누구도 거들떠 보지도 않는 세상"으로서, 고학력 여성들은 경제력을 갖기 위해 모두 '숍프걸'이 될 수는 없었다. 숍프걸도 마찬가지지만, 중등학교 정도의 학력을 요하는 직업들은 그들에게 걸맞지 않았기 때문이다. 근대성이 심화 확장됨에 따라 '유행'이 기존의 기호체계를 대체하고 '직업'이 신분을 대체하게 되었지만 모든 여성들이 생산의 주체가 될 수는 없었던 것이다. 실업의 문제는 비단 여성만의 문제가 아닌, 남성 지식인들에게도 큰 문제였다. 이러한 현실에서 여성의 경제적 예속성에 대한 비난의 강도는 1920년대에 비해 약화된 편이었지만 경제력이 없으면서 화려한 패션을 유지하는 그들에 대한 비난과 풍자는 그대로 유지되었다.

---

130 안석영, 〈女性 八態─ 모던껄〉, 《조광》, 1937. 5.

슙프걸만큼 특징적인 직업여성은 '여급' 이다. 1930년대 확장하는 소비공간 중에서 가장 눈에 띄는 것이 바로 카페와 다방이기 때문이다.[131] 카페의 여급은 기생과는 달리 이국적인 섹슈얼리티를 상징한다. '카페' 라는 외국어 명칭이 이국적 일탈의 분위기를 풍기며, 카페의 '여급' 에게 붙여진 서구식이나 일본식 가명假名[132]도 이러한 분위기를 배가시킨다. 한편으로 서구식 또는 일본식 여급들의 가명은 성적인 죄의식으로부터 자유롭게 해주는 장치이기도 하다.[133] 이들의 이국적인 이름들은 조선식 이름이 상기시키는 동족의 이미지, 나아가 가족의 이미지를 없앰으로써 성욕에 대한 죄의식이나 억압을 털어버릴 수 있게 하는 기제라고 할 수 있다.

카페의 여급들은 또한 근대적 교육을 받은 여성들이 접근할 수 있는 직업으로 취급되기도 한다. 여급 중에는 "훌륭한 직업의식을 가지

131 1920년대 후반부터 가장 첨단적인 도시 공간 중의 하나는 '카페' 였다. 일단 외국어로 된 이 술집은 서민들의 술집과는 거리가 멀었고 이국적 분위기의 가장 근대적 공간이어서 '돈있는 사람들의 위안처' (조용만, 《경성야화》, 창출판사, 1992,p.213)라고 불릴 수 있을 정도였다. '다방' 의 경우 1920년대 초부터 조선에 생겨났으나 조선인들에 의한 다방 개업은 1920년대 후반부터 본격적으로 이루어졌는데 주로 예술가들 중심의 동아리를 형성하는 공간이었다고 할 수 있다. 이 시절의 카페에 대해서는 김진송, 《서울에 딴스홀을 허하라》, 현실문화사, 1999, 제6장 도시의 꿈과 도시의 삶을 참조할 수 있다. 다방에 대해서는 노지승,〈1930년대 작가적 자기인식과 그 문학적 생산력에 관한 고찰〉(《현대문학연구》7, 1999)을 참조.

132 1930년대 주요 여성지 중의 하나인 《여성》에 소개된 여급들은 '후미꼬', '미도리' '유리꼬' 등의 일본식 이름이나 '안나' '프로라' '메리' 등의 서구식 이름을 사용하였다.

133 이들의 외국식 이름은 여급들에게 드리워졌을 '가족' 의 이미지를 벗기는 데 그 목적이 있는 것으로 보인다. 유진오의 소설 〈나비〉(1936)의 여주인공인 여급 '프로라' 는 본명이 '최명순' 이다. '최명순' 이란 이름은 서술자에 의해 그녀가 김대진의 '처' 임을 밝히는 과정에서 드러난다. 그러나 카페를 출입하는 사내들에게 그녀는 '최명순' 이 아닌 여급 '프로라' 일 뿐, '프로라' 라는 가명은 그녀가 소속되어 있을 가정 내에서의 정체성을 폐기하고 다른 페르소나를 갖기 위한 장치로 기능한다.

고 철저하게 모순된 자본주의사회와 대항하는 猛將도 있다고" 소개되기도 하고, "나는 워트레쓰나 自體를 조곰도붓그러워하지안는다. 다른직업도잇겟지만 현재의 내입장으로서 다른직업보다 이직업이 제일적당하기 때문이닛까. 돈이 필요치안은때 하고저하는일을 해보겟다", "직업의식을 파악치못하고 다만워트레쓰란 것이 천한 물건이라고 인식햇든 소양은 자기 자체를 비열하게 보앗다."[134] 라는 등의 여급들의 주체적인 발언도 소개된다. 그러나 이러한 주체적 발언이 당시 여급들의 보편적인 모습이라 할 수는 없다. 카페는 일반적으로 퇴폐적인 에로 서비스를 제공하는 곳이라는 의식이 있었고,[135] 더욱이 지식인 출신 카페 여급들의 당당해 보이는 주체성은 아이러니하게도 그들의 섹슈얼리티를 강화하기도 했다. 이들이 받은 근대교육은 역으로 그녀들의 성적 매력을 특화시키는 기능을 하기 때문이다.[136]

카페 여급과 종종 비교가 되는 다방 또는 끽다점喫茶店의 '마담'은 카페의 여급보다는 훨씬 성적 서비스의 혐의로부터 자유로웠다. 다방이 차를 제공하는 곳이라면 카페는 술을 서비스하는 공간이라는 점이 두드러지게 특징화되었기 때문이다. 물론 다방과 카페를 겸한 곳은 있었지만 그럴 경우 다방이라기보다는 카페의 성격이 강했다. 다방은

134 〈인테리─여급애사〉,《삼천리》, 32.9, pp.72~78. 이 글에서는 카페 '엔젤', '낙원', '태평양'의 여급들 중에서 여자고보 출신의 여급들을 소개하고 있다,
135 女記者, 〈남자의 환락경 카페 답파기〉,《별건곤》,1932. 7 참조.
136 이상(李箱)의 소설 〈환시기〉(1938)에는 고리키 전집을 독파한 카페 여급 '순영'이 등장한다. 그녀를 좋아하는 두 명의 청년은 순영의 '마음'을 얻고 싶어 하지만 결국 한 사람의 양보로 순영은 다른 한 청년의 아내가 된다. 여기에서 여급 순영이 보이는 인텔리적인 면모는 그녀의 매력을 강화시키는 요인이 된다. 순영이 읽은 고리키 전집은 노예적인 '매춘부'가 아닌, 당당한 주체로서 그녀를 취급하게 만들기 때문이다. 다른 카페의 매춘부들과는 분명 '구별되는' 그녀의 매력을 더욱 높이고 있는 것이다.

유흥공간이라기보다는 약속 장소 또는 지식인이나 예술가들의 사교 공간이었으며, 이들이 개인 작업을 할 수 있는 공간이었다. 모든 다방들이 지식인과 예술가들의 아지트였다고 할 수는 없지만 대중적인 다방이라 하더라도 '마담'이 성적 유흥과 관련되는 경우는 비교적 드물었다.[137]

어떤 특정한 다방은 지식인과 예술가들의 아지트 역할을 하여 예술가들의 다방 예찬을 찾아볼 수 있다.[138] 다방이 지식인, 예술가 집단의 사교 공간 역할을 수행할 때 다방 '마담'은 이들의 구심점 역할을 한다. 이런 경우의 다방 마담은 적어도 연극이나 영화에 출연했던 적이 있는 '예술가'이거나, 아니면 전문학교 정도의 높은 학력을 가진 신여성이었다.[139] 이들 다방 마담들은 남성 중심의 공론장(다방)에 초대받은 또는 이 공간을 실질적으로 기능하게 하는 인물이라 평가할 수 있으

---

137 경성 시내에 있는 모든 다방이 지식인들과 예술가들의 사교장이 되었던 것은 아니다. '다방'에도 질적 차이가 있다. 대중적인 다방의 경우 소년이 급사일을 보고 고전음악보다는 대중가요를 틀고 찻값이 비교적 싸다. 이런 곳은 다소 서민적이면서 대중적인 다방이다. 그러나 이에 비해 비교적 찻값이 비싸고 고전음악을 들려주며 고답적인 분위기의 다방이 바로 지식인들의 사교장이 된 다방이다. 유진오, 〈현대적 다방이란?〉, 《조광》1938.6 참조.

138 문인들의 다방 예찬에 관한 글로는 이태준, 〈구인회 난해 기타〉,《조선일보》,1935.8.1; 채만식, 〈다방찬〉,《조광》,39.7; 김기림, 〈오후의 무명작가들〉,《조선일보》,1930. 4.28~5.3; 박영희, 〈다방산보〉,《신동아》34.9. 이들은 대개가 다방에서 만나는 문우들과의 사교와 개인석 휴식을 할 수 있다는 점에서 다방 예찬론을 펴고 있다. 때로는 이들 문인들이 다방에서 작품 구상이나 집필을 하기도 함으로써 다방은 이들에게 집필실이 되기도 한다.

139 다방 '낙랑(樂浪)'의 마담 김연실은 영화 〈홍길동전〉(1936) 등에 출연한 바 있는 1930년대 최고의 인기 배우였다. 다방 '비너스'의 마담 복혜숙 역시 영화 〈역습〉(1936) 등에 출현한 경력을 갖고 있다. '靚爺'의 마담 장봉순은 북경 제국대학 출신의 인텔리이며 또한 이화여전 교수 출신의 여성이 다방 마담이 되어 세간의 화제가 되기도 했다. 이상은 정종화의 《자료로 본 한국 영화사1》,열화당, 1997;〈다방 마담에게 懺悔를 듣는다〉,《조광》, 37.1;〈이전(梨專) 여교수 다방 진출〉,《삼천리》, 39.7 참조.

며, 여성으로서 남성 지식인들 사이의 인맥을 형성하게 한다는 점[140]에서 여성성을 무기로 남성 집단에 틈입되는 인물이라 할 수 있다. 그렇다고 해서 유럽의 살롱 여주인처럼 문단 권력을 행사할 정도는 아니었고, 다만 관계를 형성하는 데 도움을 주는 매개자였을 뿐이다. 이러한 역할의 한계에도 불구하고 마담은 여급, 여사무원, 전화 교환수, 숍 걸과 더불어 남성 중심의 공적인 세계에 틈입하여 들어온 직업여성군 중의 하나이며, 비록 소수의 인텔리 출신 마담의 경우이지만 다른 직업여성들과는 달리 비교적 긍정적인 정체성과 역할을 부여받을 수 있었던 직업여성이었다.

---

140 다방의 대표격인 마담이 남성 지식인의 시선을 집중시켜 이들을 끌어 모았고, 사교와 친목 이외에도 마담을 둘러싼 남성들 사이의 연애 갈등을 불러일으키는 등 다양한 관계의 스펙트럼을 가져왔다.

06

가정부인,
스위트 홈이라는 이상

1930년대 여사무원, 교환수, 숍프걸, 여급, 다방 마담 등의 가정 밖 직업여성과는 대비되는 존재는 '가정부인'이다. 전자의 '직업여성'이 공적 영역에 참여하는 인물들이라면 후자의 '가정부인'은 전통적으로 여성의 영역으로 인정돼온 가정에서 가정의 운영을 담당하는 주부다. 가정부인과 직업여성 간의 이분화된 구도는 1930년대 들어 공고해진 공적 영역과 사적 영역 간의 경계를 반영하는 것이기도 하다.

1930년대에 사적 영역으로서의 가정은 1910년대 후반~1920년대 초반에 성행했던 자유연애와 일부일처제 담론의 가시적인 결실로서 제시되곤 하였다. 1920년대에 이상적 가정 형태로 제시되었던 부부 중심의 소가족 모델이 1930년대에 구체적인 사회적 실체로서 공론장에 등장하게 된 것이다. 조선일보사에서 간행되었던 《여성》지에는 〈그분들의 가정 풍경〉 또는 〈행복된 가정을 찾아서〉라는 제목 아래 은행가, 교수, 의사, 예술가 등의 가정을 지속적으로 소개하고 있다. 여기서 부부와 열 살 안팎의 아이들이 함께 찍은 '가족사진'은 행복하고 단란한 가정의 모습을 시각적으로 보여주는 기능을 한다. 연출된 것이 아니라 실제의 자연스러운 가족의 모습이라고 상정되는 그 특유의 사실성으로 인해 1910년대 신지식층이 이상적 가족의 모습으로 상정했던 소가족의 모습을 실체화시키는 데 매우 유효했다.[141] 또한 가족사진을 통해 사실적으로 제시되는 가정의 모습은 외부로부터 격리된 안락한 공간이며 가족 중심의 스위트 홈으로 예찬된다.

나는 웨 저녁때가 되면 견딜수없이 내집이 그리운 것이다. 다른 사람들은 술? 마짱? 이렇게 노리터를 고르고있을 때이다. 혹은 찻집순례로, 그렇지 않으면 빠에서 빠ー로 피로한몸을 옮기며 그날의 위안을 찾는 것이 아닐까? 그러다가 밤이 깊어서야 술취한몸을 가누지못하며 집을 찾아간다는 친구가 손을 꼽자면 얼마든지다.

그러나 나는 집에만 오면 편안하다. 하로종일 회사일에 시달린 몸도 편하지마는 보기싫은 사람 아니껍고, 메스꺼운일이 없는 내집 아닌가ー. 또는 그 한가로운 맛이란. 나 하로중에 가장 즐거운 타임을 내게주는 것이다.

내 안해는 언제보아도 시선하다. 그는 천하지 않은 엷은 화장으로 사듯히 차릴줄을 안다. 그뿐인가. 내 귀여운 아이들은 옥토끼같이 나를 기쁘게 마저준다.

나는 언제나 그들이 좋아하는 군밤과 사과를 사가지고 집엘 간다. 그래서 그 온 집안이 기쁘게 둘러앉고 먹는 맛이란 참말 유쾌하다.[142]

---

141 사진은 실제적인 사건의 '사실성'을 보여주는 양식으로서 사실주의적 전통을 강하게 내포하고 있다. 이러한 전통은 사진에만 한정된 전통은 아니지만 사진에 있어서 더욱 강화되었다. A.D. Coleman, 〈연출적인 양식〉,《사진의 의미와 사진의 구조》, 김철권 편옮김, 도서출판ONE&ONE, 2004. p.14.

142 李英, 〈家庭은 나의 樂園〉,《여성》, 1938.12.

인용문에서는 "엷은 화장"을 한 아내와 "옥토끼 같은 아이"가 직장에서 돌아온 가장을 맞는 단란한 모습이 그려져 있다. 이러한 가정 예찬은《여성》이나《신가정》과 같은 1930년대 대표적인 여성지에 자주 게재됨으로써 독자들로 하여금 스위트 홈에 대한 열망을 부추긴다. 서구사회에서 이러한 스위트 홈이 하나의 이상으로 제시되기 시작한 것은 프랑스 혁명 이후, 부르주아적 가치관이 보편화되었을 때부터다. 부르주아들은 성실한 가장과 모범적인 어머니의 모습에 대한 예찬을 귀족들의 문란한 성생활과 변별되는 부르주아 가치 확산을 합리화시키는 데 효과적인 전략으로 삼았다.[143]

서구 사회와 유사하게 1930년대 조선에서의 가정 예찬은 그 역사적 맥락이 다를 뿐 내용면에서는 거의 일치한다. 1930년대 여성지들은 근대적 지식인 가정을 중심으로 그들의 가정 경영과 소비생활을 가시적으로 보여줌으로써 1910년대 이래 지식층들이 주장해 왔던 소가정이 추상적인 것이 아니라 구체적 실체가 있으며 실현 가능한 것으로 인지하게끔 하고 있다.[144]

실제로 1920년대에 여학생이었던 여성들이 1930년대 들어 가정의 영역으로 편입되고 이전보다 훨씬 강화된 소비 주체가 됨에 따라 이들 여성지들은 새로운 가정부인들의 소비 성향을 적극 반영하고 있다. 1930년대에 새로운 의미로 등장한 가정부인은 세대적으로 보면 1920년대 중반의 급속도로 팽창했던 여학생 집단에서 그 뿌리를 찾을

---

143 M. Perrot ed., *Histoire de la vie privée: de la Révolution á la Grande Guerre*(《사생활의 역사》), 전수연 옮김, 새물결, 2002.

144 1930년대에 들어서 이러한 스위트 홈에 대한 열망은 특히 장편소설의 플롯을 추동해 나가는 원동력이다. 여성들은 물론 남성들에게도 가정으로의 안착은 중요한 의미로 등장한다. 이에 대해서는 이 책의 4부에서 분석하기로 한다.

수 있다. 연애와 결혼에 대한 환상을 부풀리던 1920년대에 이러한 이데올로기와 그에 수반하는 모럴을 내면화했던 여학생들이 약 10년 후 가정부인으로 담론 내부에서 모습을 드러낸다. 여성지들이 주요 타깃으로 삼은 가정부인들은 근대교육을 받은 여학생 출신으로서, 남편으로부터 버림받았던 1920년대의 구식 '안해'들과는 근본적으로 차이를 지닌다. 1920년대 중반과 초반의 '안해'가 주로 조혼한 구여성을 의미하는 것이라면 1930년대의 '안해'들은 근대적인 화장술, 요리법, 재봉술, 의학지식과 육아지식 등의 근대적 지식으로 무장한, 가정의 관리자다.[145]

한편 가정이라는 사적 영역은 주부, 즉 가정부인이 보호해야 할 영역으로서 때때로 가정 밖의 직업여성 등에 의해 침해당할 우려가 있는 공간이기도 하다. 남편들은 미혼의 직업여성에게 현혹되어 가정으로부터 멀어지거나 파탄이 날 수도 있기 때문이다. 결국 이들 외부의 침입자들로부터 가정을 지킬 의무가 있는 가정부인은 직업여성을 질투하면서 일종의 '히스테리'[146]를 발산한다. 한편 그 갈등은 가정이라는 사적 영역이 가지는 폐쇄성을 반증하기는 것이기도 하다.

가정부인은 한 사람의 자율적인 개인 또는 여성이라기보다는 '어머니'이자 '아내'라는 이름으로 비非성적인desexualized 대상으로 표상되기

---

145 1930년대 여성지는 이러한 가정 관리에 필요한 상식을 게재하는 데 몰두했다. 〈오월의 화장은〉, 〈부인과 여학생의 부라우쓰〉, 〈남녀아동덧옷제법〉, 〈요즘 입맛에 맞는 중국요리법〉, 〈의학상으로 본 신여성〉, 〈완전무결한해산법〉 등의 제목은 이러한 사실을 잘 말해준다.

146 '가정부인'의 히스테리는 소설에서 구체적으로 묘사된다. 장덕조의 소설 〈안해〉(《신가정》, 1934.2.)의 두 여주인공은 가정부인인 '경숙'과 직업여성(타이피스트)인 '인애'이다. 경숙은 자기 남편이 인애에게 호감을 갖는 것을 눈치 채고 남편을 미행하고 거리에서 큰소리로 남편과 인애를 윽박지르는 등의 당혹스러운 행동을 한다. 경숙의 행동은 남편과 인애의 입장에서 '히스테리'라는 용어로 표현된다.

도 하였다. 가정부인에게는 사적 영역 이외의 다른 영역, 특히 공적 영역에서 갖는 사회적 관계가 없기 때문이다. 반면 직업여성의 경우에는 서비스 직종을 중심으로 한 한정된 직업이지만 남성들과 공적 영역을 공유할 수 있었기 때문에 가정부인과는 달리 다른 유형의 사회적 관계를 가질 수 있었다.[147]

한편 가정부인은 식민지 권력에 의해 효과적으로 이용될 수 있는 존재이기도 하다. 특히 중일전쟁 이후 일본과 조선이 전시 체제로 접어들면서 가정부인은 성공적인 전쟁의 수행과 황국신민화에 중요한 역할을 요구받는다. 가정이 전시동원 체제의 정치 단위로 재조직되는 데에는 일본 천황제 파시즘의 가족 국가주의적 특성이 주요하게 작용하기 때문이다.[148] 전쟁기에 여성들은 출정 군인의 어머니와 아내와 딸로서 전쟁에 협조해야 하므로 가정의 관리에서도 적극적인 관리와 충성을 요구받는다.[149] 10전으로 반찬을 해 먹을 수 있는 방법[150]이나 공중 폭격에 불을 끄는 방법[151]을 소개하거나 국방부인회, 애국부인회에서 내지內地 부인과 교류할 것을 독려하는 글, 미나미南 총독의 부인 남희구자南嘉久子가 직접 나서서 '시국하의 조선부인'들에 대해 취침 전 봉공奉公의 수를 반성할 것, 가정을 명랑히 하고 제2의 국민이 될 자녀 양육에 힘쓸 것, 의식주를 간소하게 할 것을 당부[152]하기도 하는 등 전

---

147 이러한 사회적 관계는 '직업여성'들이 남성들의 성적(性的) 시선에 갇히는 결과를 낳기도 한다. 직업여성을 다루는 거의 모든 소설들에서 그녀들은 직장 내에서 성희롱, 성폭력을 당하는 것으로 그려진다.

148 권명아, 〈총후부인, 신여성 그리고 스파이—전시 동원체제하 총후 부인 담론 연구〉, 《상허학보》12집, 2004. 2, pp.261~266.

149 노좌근, 〈가정에서 가두로!〉, 《여성》, 1939.12.

150 방신영, 〈한끼에 십전으로 되는 반찬〉, 《여성》, 1939.12.

151 〈공중폭격과 부인의 임무〉, 《여성》, 1937.11.

152 南嘉久子, 〈朝鮮婦人에게 전하는 書〉, 《삼천리》, 1941. 4.

시 체제에서 가정부인의 역할은 특별히 강조된다. 이러한 글들은 가정부인이라는 이름으로 파시즘에 의해 호명되는 순간을 보여주며 가정이 파시즘 체제에 가장 효과적인 사회 통제 단위라는 사실을 드러내고 있다.

사적 영역에서의 가정부인과 공적 영역에 등장한 직업여성이라는 이원화된 구도에서 그 의미가 퇴색하는 존재는 여학생이다. 물론 여학생에 대한 사회적 관심은 1930년대 꾸준히 지속된다. 여학생의 생활상이나 여학교 등이 간헐적이지만 꾸준히 담론상의 화제가 되고 있기 때문이다. 그러나 10대 후반의 여학생은 어느 영역에도 소속되지 않은, 즉 '장래의 희망'을 물어야 하는 '미완'의 존재들[153]로 취급되면서 1920년대와 같이 강렬한 사회적 현상으로 받아들여지지 않으며, 그들이 받는 중등교육도 인텔리 여성에 비해 높게 평가되지 않는다. 1930년대에는 교육을 받은 '신여성'이라는 표현을 점차 '지식 여성'이나 '인텔리 여성'이라는 말이 대체해 나갔는데, 이러한 이름으로 지칭되는 여성은 전문학교 이상의 학력을 가진 계층을 의미한다.[154] 여자

---

153 좌절을 겪음으로써 성숙한 존재로 거듭나야 하는 '여학생'은 이태준의 소설들 속에서 여성 성장소설의 주인공으로 자주 등장한다.

154 《여성》지의 좌담회는 여자고보 '여학생'들의 사회적 입지에 관련된 저간의 상황을 짐작할 수 있게 한다. 40년 6월호에는 두 번의 좌담회가 나란히 게재되었다. 하나는 〈이십대 아가씨들의 이상을 듣는 좌담회〉이고 다른 하나는 〈제복 입은 아가씨들은 무엇을 생각하는가〉이다. 모두 동일하게 비평가 이헌구의 진행으로 이루어졌는데 20대 아가씨들로 초대된 사람들은 전문학교 출신의 교원, 기자, 사서 등인 반면, '제복 입은 아가씨'란 여자고보의 여학생들이었다. 전문학교 출신의 '인텔리 여성'들이 새로운 사회적 트렌드의 중심에 서게 됨을 어렵지 않게 짐작해 볼 수 있다. 이에 비해 여자고보 여학생들은 사회적인 트렌드를 주도할 만한 주목을 받지 못하게 되며 학교에서 주어진 과정을 성실히 수행함으로써 장래의 희망을 이루고자 노력해야 하는 미완의 존재로 취급된다. 이 대담의 제목에서 '제복'은 성인이 되기 위해 훈육 받는 존재로서의 '여학생'의 처지를 단적으로 말해주고 있다.

고보 정도의 학력이 1930년대에 그다지 희소한 가치를 갖지 못하게
된 것으로도 볼 수 있다.[155]

이를 종합해 보면 1930년대 여성의 범주 또는 표상체계는 삼분화되
어 있었다고 할 수 있다. 가정의 관리자이며 수호자로서의 가정부인,
남성 중심의 공적 영역으로 들어간 직업여성, 아직 어느 영역에도 속
하지 않은 여학생이라는 세 부류로 나눌 수 있다. 그 중에서 여학생의
범주는 미완의 존재, 과도적인 존재이므로 전체적으로는 가정부인과
직업여성의 이원적 구도로 볼 수 있으며, 이를 근대사회의 두 개의 영
역, 즉 공적 영역과 사적 영역으로 영역화하면 공적 영역 내부의 여성
과 사적 영역 내부의 여성으로 대별할 수 있다.

이러한 이원적 구도 속에서 가정은 여성이 진입해야 하는 최종의
영역으로 간주된다. '결혼'은 사적 영역의 관리자인 가정부인의 지위
에 오르는 의례이며, '결혼'을 통해 이룩되는 안락한 가정의 모습은
미혼의 남녀, 특히 여성에게는 목표이자 이상이 되었다. 또 여성지에
서 부각되는 스위트 홈의 가시적 모습들은 이러한 이상이 실현 가능
한 것으로 인식하게 한다. 공적 영역에 속하는 직업여성 역시 직업은
지속적인 삶의 목표가 아닐뿐더러 사회는 이들에게 스위트 홈으로의
진입 욕구를 부추기고 있었다. 1930년대에 여성지를 통해 구체적으
로 시각화되는 스위트 홈의 모습은 여성 일반에게 결혼과 안락한 가
정에 대한 욕구를 불러일으키기 때문이다. 숍프걸이 도시 청년들의

---

155 여자고보 졸업의 학력이 당시로서는 낮은 것은 아니지만 전문적인 역할을 수행할 수 있는
정도의 학력으로 인정받지 못했다. 여자고보 출신들이 할 수 있는 직업은 백화점, 호텔, 은
행에서의 여사무원 정도였다. 〈일류 은행, 회사에서는 어떠 사무원을 구하는가〉,《여성》,
1940년 2월호에 실린 설문지 참조.

선망의 대상이고, 여급은 이국적인 섹슈얼리티를 표상하며 다방의 마담이 지식인의 사교와 친목의 중심에 있다 할지라도 여성의 사회적 가치는 결혼의 가능성에 따라 부여된다. 이들은 크게 '결혼'이라는 스위트 홈으로 가는 진입 장벽을 통과하는 여성과 그렇지 못한 여성으로 구분되는데, 성적 서비스에 근접해 있는 직업일수록 그 진입 장벽은 높아진다.

그런 한편 이러한 스위트 홈에 대한 열망과 진입 장벽은, 반작용적으로 개개인에게 일탈과 위반의 욕망을 부추기는 기제가 되기도 한다. 근대소설, 특히 1930년대 소설들의 여성 표상은 바로 이러한 지점에 걸쳐 있다. 1930년대 소설들은 스위트 홈에 대한 열망과 함께 그 안으로 진입하기까지 겪게 되는 여성의 수난을 보여주거나, 스위트 홈에 대한 거부를 보이는 남성의 모습을 보여준다. 특히 남성들에게 매춘부는 가정이라는 공동체에서 벗어나기 위한 도피처의 기능을 제공하는데, 이러한 현상은 사회가 '가정'이라는 이름으로 재편되었음을 반증하는 것이다. 이른바 당시 모더니즘 소설들은 이러한 가정에의 편입 의지와 거부의식을 잘 드러내고 있으며, 1930년대 장편소설에는 가정부인과 직업여성과 여학생들이 소설의 주요 등장인물로 등장한다.

3부

희생양과 유혹자,
여성 표상의 패턴들

01

오이디푸스적 갈등 상황과
여성 표상

이상과 같은 여성 범주들은 사회적 담론을 통해 표상된 것이다. 표상
으로서의 '여성'은 사회적 변화와 욕망의 단면을 함축적으로 잘 보여
준다. '여학생'이라는 용어에는 1920년대 사회적 트렌드로서 자유연
애라는 사회적 이상과 욕망이 담겨 있으며 '가정부인(주부)'에는 '스위
트 홈'이라는 이상적理想的 사적 영역으로서의 욕망이 투영되어 있다.
이것은 이러한 기표들의 표상에는 일정한 사회적 관념과 욕망이 뒷받
침되고 있다는 증거이다. 그러나 그 사회적 욕망과 관념이 곧바로 소
설에서의 여성 표상의 패턴과 그 패턴을 작동시키는 텍스트 내부의 서
사적 욕망156과 직결되는 것은 아니다. 소설 내부에서의 욕망은 이러한

---

156 여기서 말하는 서사적 욕망은 두 가지 차원으로 나누어볼 수 있다. 하나는 개개의 등장인물
들이 갖는 욕망이며 다른 하나는 서사(narrative) 전체의 주제를 결정하는 차원의 욕망이다.
전자의 욕망은 특정한 사회를 살아가는 자연인으로서 한 인물이 갖는 욕망이며 후자의 욕
망은 브룩스(P. Brooks)가 말하는 서사의 설계(design)와 의도(intention)를 가능하게 하는
것으로서의 욕망이다. Brooks는 Plot을 시간적 이어짐을 통해 전개되는 의미들의 구조 즉

112

사회적 욕망을 변주하거나 뛰어넘는 자리에서 생성된다는 점에서만 사회적 담론에서 분석되는 여성 표상과 소설의 관련은 이중적이다.

1920년대 초반 소설에 보이는 새로운 유형의 욕망은, 자유연애라는 시대적 트렌드 속에서 스스로를 남성/여성이라는 젠더적 주체로 세우면서 남성으로서 또는 여성으로서 사랑하고 사랑받기를 갈망하는 인물들의 욕망이다. 이 시대 소설에서 흔히 보이는 삼각관계의 기본 구도는 사랑의 주체와 대상 그리고 경쟁자로 이루어진다. 이러한 삼각관계의 구도는 사랑을 두고 누군가와 경쟁하지 않으면 안 되는 현실을 배경으로 한다. 적어도 집 밖으로 외출함으로써 관습으로부터 해방된 '여성'의 존재는 삼각관계 플롯의 필수적인 조건이다. '그녀'의 마음을 사로잡기 위해서 남성들이 부단히 '노력'하지 않으면 안 되고 '그녀' 역시 자신이 선택받기 위해 '노력'해야 하는 시대가 바로 삼각관계를 가능케 하는 전제이기 때문이다.

1920년대 초반 소설에서 여성들이 일정한 패턴으로 표상되고 있는 점은 매우 특징적이다. 그 패턴이란 '정숙한 여자/정숙하지 않은 여자'라는 이분법적인 여성 표상 위에 세워진다. 이러한 이분법적인 여성 표상은 이른바 오이디푸스 콤플렉스로 설명될 수 있는 근대의 성적 억압이 시작되었음을 보여준다. 오이디푸스적 삼각관계[157]에서 주체에 의해 인식되는 여성은 '어머니'와 '매춘부'로 나누어진다. 프로

서사의 설계와 의도를 포함하는 개념으로 사용하면서 정신분석학의 기본 개념인 욕망 (desire)이 항상 서사의 출발 지점에 있음을 강조한다. 욕망은 서사의 출발 지점에 있으면서 운동을 창조하고 행위를 수행하며 변화를 시작시키는 긴장의 상태이기도 하다.(P. Brooks, *Reading for the Plot*, Harvard UP, 1992, p.38.)

157 오이디푸스적 상황이란 오이디푸스 단계, 오이디푸스 갈등 그리고 오이디푸스 콤플렉스를 포괄적으로 지칭하는 말이다.(미국 정신분석학회 편, 《정신분석 용어 사전》, 이재훈 외 옮김, 한국심리치료연구소, 2002, p.294.)오이디푸스적 갈등 상황에서 핵심적인 것은 어머니의

이트는 여성을 두 가지의 부류로 이해하는 이러한 방식은 유아기에 형성된 좌절의 경험에서 비롯되었다고 말한다. 어머니에 대한 근친상 간의 육욕을 포기해야 했던 아이의 체험은 어머니에게서 육욕적 요소 를 제거시키고 사랑을 두 가지의 성향으로 분리한다. 즉 아이는 애정 (사랑)과 육욕을 합치시키지 못하여 애정(사랑)을 '어머니'와 연결하고 육욕을 '매춘부'와 연결하는 것이다.[158] 근대소설의 기원이 되는 1920 년대 초의 《창조》, 《폐허》, 《백조》 등의 동인지 속 소설들에는 이러한 이원화된 논리가 여성 표상에 그대로 적용되어 있다. 이들 소설에는 '탕녀', '음녀'로 표상되는 정숙하지 못한 여성에 대한 분노 그리고 그 '탕녀'들과 남성 사이에서 벌어지는 갈등이 플롯의 주요한 동력으 로 작용한다. 그리고 '탕녀'나 '음녀'의 반대편에는 항상 변절하지 않 는 정숙한 여성이 놓여 있다.

어머니와 매춘부라는 이원화된 여성의 모습은 '아버지'와의 관련 속에서 다음과 같은 일정한 서사적 패턴을 이루고 있다. '아버지'의 권위를 강하게 부정하고 스스로 '아버지'의 자리를 선망하는 아들은 위험에 처한 여성을 구원함으로써 스스로의 남성됨을 과시한다. 이때 위험에 처한 여성은 물론 아버지의 권위에 짓눌려 희생되는 어머니의

애정을 두고 갈등하는 경쟁자 아버지와의 관계에 있어서, 아이(아들)가 느끼는, 경쟁자에 대한 모방 의식과 질투의 감정이다. 오이디푸스 콤플렉스에서 아버지의 존재는 어머니와 아이의 이자적 관계를 삼자구조로 바꾼다. 아버지의 개입에 의해 아이는 어머니를 사이에 두고 아버지와 경쟁하지만 결국은 아버지의 권위에 승복하게 된다. (D. Evans, 《라깡 정신분석 사전》, 김종주 외 옮김, 인간사랑, 1998, pp.263~267.) 아이는 아버지의 권위를 인정하고 승복함으로써 어머니에 대한 집착에서 벗어나 현실적으로 성취 가능한 사랑의 대상을 찾아 나서지만 이 최초의 갈등관계에서 형성된 콤플렉스로 인해 이후의 상황에서 스스로 경쟁자를 의식하고 심지어는 고안해 냄으로써 그 갈등 상황을 되풀이하게 된다. 아이는 그의 생애를 통해 반복적으로 이 구도를 통해 새로운 사태를 이해하고 해석하게 되는 것이다.

158 S. Freud, 《성욕에 관한 세 편의 에세이》, 김정일 옮김, 열린책들, 1998, pp.159~195. **114**

변형된 모습일 수 있다. 또는 경쟁자에게 애인을 빼앗긴 남성이 그 패배의 원인을 애인으로 돌려, 그녀가 다른 남성을 유혹한 것이라고 생각한다. 애인이 음탕하여 다른 남성을 유혹했다고 생각하는 데는 아버지와의 경쟁에서 어머니를 빼앗긴 아들의 심리가 투사되어 있다.

다른 한편으로 아버지에 대한 부정이 아버지로 대표되는 이전 세대에 대한 거부감이나 부정의식으로 이어져, 가족 로망스적인 플롯으로 발전되는 구성도 간과할 수 없다. 새로운 세대로서의 강렬한 자각은 전 세대인 '아버지' 또는 부모의 존재를 강하게 의식하게 함으로써 이들에 대한 부정의식이 표출되곤 했다. 이러한 부정의식은 가족관계에 놓인, 특히 '누이'로 지칭되는 수평적 관계의 여성 동지들에 대한 애정과 연민을 통해 우회적으로 드러낸다. 이러한 유형의 소설은 1920년대 초반의 동인지 문학 속에 잘 구현되어 있는데, 이들 소설에서 여성들은 아버지 세대에 의해 희생당하는 '희생양scapegoat'의 모습으로는 표상된다. 반대로, 육욕이 강하고 음탕하여 남성을 배반하는 여성들은 '유혹자seductress'의 모습으로 표상된다. 즉 '희생양'과 '유혹자'는 이렇듯 오이디푸스적 갈등 상황에서 생성된 두 개의 여성 표상 패턴이라고 할 수 있다.

이와 같은 서사적 변주들은 새로움을 추구하는 1930년대의 소설에도 나타난다. 즉 1930년대에 이른바 '모더니즘 운동'을 통해 새로운 세대 감각을 내세웠던 작가들의 소설로, 여기에도 '유혹자'/'희생양'의 패턴은 반복되지만 1920년대 초반의 소설에 보였던 남성 화자의 강렬한 감정 토로는 나타나지 않는다. 이들 남성 화자들에게 내부의 감정이란 타인에게 보여서는 안 될 것 또는 숨겨야 할 어떤 것이다. 이들은 여성에 대한 강렬한 증오나 애착 대신 두 가지의 방식의 남성적 젠더 정체성을 이루어낸다. 하나는 1930년대 팽창하는 도시 문명을 관찰하는 냉철한 사디즘적 태도 속에서 대상에 대한 지배 욕망을 드러내는 것이다. 이러한 지배 욕망은 이야기의 소재로서 '매춘부'를 선택하거나 거리를 산책하는 여성들에게 '매춘부'의 혐의를 씌움으로써 관철된다. 또 다른 주체 구성 방식은 스스로 핍박받는 남성의 자리에 위치시키는 마조히즘의 태도이다. 마조히즘적 태도를 가진 남성들은 '매춘부' 여성에게 사육당하거나 기생하는 존재임으로 숨기지 않고 드러내고 자신의 남성성을 포기하는 방식으로 스스로를 희화한다. 이러한 차이에도 불구하고 두 가지의 주체 구성 방식은 모두 '매춘부'를 중요한 표상으로 선택한다.

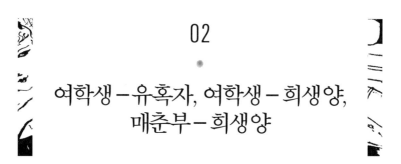

02

여학생 – 유혹자, 여학생 – 희생양, 매춘부 – 희생양

1920년대 초반 소설에서 남성 화자가 지닌 모종의 욕망은 결과적으로 성취되지 못한다. 이 점은 1910년대 대표적인 소설《무정》(1917)과 비교해 보면 확실히 다르다.《무정》의 '이형식'은 지식인으로서 사회적 이상을 실현할 기회를 성취하는 동시에 사랑도 실현시킨다. 형식이 영채와 선형 사이에 내적 갈등과 고민이 없었던 것은 아니지만 누구를 선택할까 하는 '행복한' 고민조차도《무정》의 주인공이 가질 수 있었던 특권 가운데 하나다.

1920년대 초반 소설의 남성 주인공들은 '이형식'이 가졌던 특권을 누릴 수 없다. 특권은커녕 그들의 욕망 또는 사랑은 성취되지 않으며, 이에 따라 우울이라는 심리적 반응을 보인다. 이들이 이러한 좌절을 겪는 것은 사랑하는 여성이 바로 '여학생'이기 때문이다. 이러한 플롯과 남성 인물들의 심리적 반응은 앞서 살펴보았던 바와 같이, 개화한 시대에 여학생은 최대의 관심거리였으며 공론장에서 선망의 대상이자 비난의 대상이 되었던 것과 관련이 있다.

이 시기의 소설들은 '남성' 화자의 독백 형식으로 내적 갈등과 '우울' 의 심리를 드러낸다. 물론 1910년대 후반의 소설에도 남성 화자의 내면적 갈등이 내적 발화inner speech를 통해 표현되지만 이때의 내적 갈등은 1910년대 지식인 청년들의 이상과 관련된 좌절이거나 여성에 대한 막연한 동경과 상상이라는 점에서 1920년대 초반 소설과 양상이 다르다.[159] 1920년대 초반의 소설에서 남성 화자는 연애의 열망과 그 좌절에서 비롯된 강렬한 파토스를 내뿜고 있다. 김동인이 소설과 연애가 조우하는 현상을 가리켜 조선에서 소설이 '연애 물어戀愛物語' 로 변화한 것이라고 일컫고 그 시초로 이광수의 소설을 꼽은 것도[160] '연애' 가 이 시기 소설의 기본 동력이자 풍부한 자양분이 되었음을 뜻하는 것이다.

김동인이 지적한 문학적 현상들은 김동인을 비롯한 '창조' 파 동인들의 초기 소설, 그리고 나도향, 현진건으로 대표되는 '백조' 파의 소설, 1920년대 중반에는 이광수가 주재했던 《조선문단》에 게재된 소설 다수에서 발견된다. 이들 소설은 대개는 좌절된 연애를 주된 테마로 삼을 뿐만 아니라 남성 화자의 강렬한 파토스를 드러낸다는 공통점이 있다. 또한 사회적 현상으로서의 '여학생' 과 '매춘부' 를 '유혹자' /

---

159 노지승, 〈1910년대 후반 소설 형식의 동인으로서 이상과 욕망의 의미〉, 《현대소설연구》32, 2006.12. 더 구체적으로 말하자면 1910년대 후반에 나온 현상윤, 양백화 그리고 이광수의 《무정》들에서 보이는 주인공들의 내면은 두 가지의 방향성을 가지고 있다. 하나는 지식인으로서 가졌던 이상에 대한 회의이며 다른 하나는 여성에 대해 갖는 욕망이다. 전자를 잘 보여주는 소설은 현상윤의 〈핍박〉이며 후자의 요소가 강화되어 있는 소설은 이광수의 《무정》이다. 1910년대 소설들에서 지식인으로서의 이상(理想)과 성적 욕망이라는 두 축이 인물의 내면을 낳게 하는 근본 동력이다. 이 중에서 성적 욕망의 경우는 막연하게 이성에 대한 판타지의 차원으로 머물고 있다는 점에서 1920년대 소설에서 보이는 내적 갈등과는 다른 차원에 놓여 있다.

160 김동인, 〈조선근대소설고〉, 《조선일보》, 1929. 7.28~8.16.

'희생양'이라는 표상 패턴과 결합시켜 '여학생-유혹자', '여학생-희생양', '매춘부-희생양', '매춘부-유혹자'라는 네 가지의 방식으로 표상하고 있다. 이러한 패턴들의 구체적인 양상을 살펴보고 이것을 가능하게 하는 남성 인물의 심리적 메커니즘을 추적해 보는 것은 근대소설사의 흥미로운 지점이다. 왜냐하면 이 시기의 소설들을 통해 고안된 여성 표상 패턴들이 이후의 근대소설에도 지속되기 때문이다. 이러한 점에서 근대소설이 형성된 1920년대 초는 바로 여성 표상 패턴들이 고안되기 시작한 시기이기도 하다.

상상적 동일시의 나르시시즘과 여학생-유혹자

김동인의 초기소설 〈마음이 여튼 자여〉(1919~1920)의 '나'는 Y라는 여학생으로 인해 괴로워한다. '참사랑'을 꿈꾸는 유부남으로서 Y에 대해 육욕을 느낀다는 사실에 죄의식을 갖는다. 더구나 Y는 매우 자유분방한 여자로 '나'는 그녀를 독점할 수 없다는 괴로움에 그녀를 '음녀淫女'라고 지칭하기까지 한다.[161] 이러한 '나'의 죄의식과 그녀에 대한 미움은 '나'가 C에게 보낸 편지와 일기를 통해 드러나는데, 소설 속에 삽입된 이 편지와 일기는 뚜렷한 사건 없이도 이야기를 끌어가는 추동력으로 작용한다. '나'의 내면을 들여다볼 수 있는 편지와 일

---

161 1920년대 소설에서 남성 주인공들은 자신들에게는 아무런 잘못이 없지만 여성들의 성적 방종과 물질적 욕망으로 인해 자신들이 배반당했다고 주장한다. 이들 남성들은 자신을 이상화하면서도 여성을 배제하는 자기기만의 논리를 보여주고 있는 것이다. 이혜령, 〈1920년대 동인지 문학의 성격과 여성인식의 관련성〉,《1920년대 동일지 문학과 근대성 연구》, 상허학회, 깊은샘, 2000, pp.130~135.

기들은 결코 상황에 대한 객관적인 정보를 줄 수 없다. 그보다 일기와 편지는 '나'의 심리 상태를 잘 보여줄 수 있는 주관적 형식으로 고립된 개인의 지위를 잘 보여준다.

서구사회에 있어서 편지는 개인과 사회 그리고 개인의 자아상에 관련된 새로운 배치를 배경으로 하는 커뮤니케이션 방식이다. 그 새로운 배치는 바로 '개인'에 대한 새로운 인식, 또는 사적 영역에 관한 새로운 인식과 관련되어 있다.[162] 고립된 개인의 존재를 전제로 하는 편지 쓰기는 스스로의 주관과 영혼을 발견하는 행위다. 일기 역시 자신을 대상으로 하는 편지의 일종[163]이라는 점에서 편지와 같은 기능의 글쓰기다. 일기는 수신자를 자기 자신으로 한다는 점을 제외하면 편지와 동일한 커뮤니케이션의 구조를 갖기 때문이다.

---

162 프랑스의 경우, 혁명 이후는 공적 영역의 확대로 인해 역설적으로 개인의 내밀함이 탄생하던 시기였다. 대혁명의 시기에 있어서 혁명 이전에 이룩되었던 공적 영역과 사적 영역 간의 경계가 허물어지고 사적 영역에 속해 있던 복장, 언어, 일상 장식 등에까지 공적 질서가 침투하여 규격화되고 표준화되었다. 이러한 규격화, 표준화는 인간의 사적 영역을 은밀하고 가려진 내밀함으로 위축시키는 결과를 가져왔다. 이러한 내밀함은 주로 자기 성찰을 통해 이룩되었는데 자기 성찰의 행위가 바로 편지나 일기 쓰기였던 것이다. 혁명 이후의 귀족 여성과 부르주아 여성들은 하루에 몇 시간씩을 편지와 일기 쓰기에 할애하기도 하였다. M. Perrot ed., *Histoire de la vie privée: de la Révolution á la Grande Guerre*, 《사생활의 역사》 전수연 옮김, 새물결, 2002, 제4부 '무대 뒤켠' 참조.

163 하버마스는 이러한 관점에서 18세기가 편지의 시대가 된 것은 그 시대에 편지가 '주체성'을 담아낼 수 있는 소통의 방식이었기 때문이라고 말하고 있다. 18세기에 있어서 편지는 소식을 담는 그릇이라기보다는 '마음을 쏟아 붓기 위한 그릇'이며 '영혼의 흔적'으로 여겨졌다는 것이다. 그리고 이러한 편지 형식의 소통 방식을 소설적 형식으로 차용한 리처드슨의 〈파멜라〉, 루소의 〈신(新) 엘로이즈〉, 괴테의 〈베르테르의 번민〉 등은 사적 개인들 간의 친밀한 관계로 작가, 작품, 독자의 관계를 변화시켰다고 말하고 있다. J. Habermas, *Strukturwandel der Öffentlichkeit: untersuchungen zu einer Kategorie der bürgerlichen Geselschaft*, 《공론장의 구조 변동》 한승환 옮김, 나남출판사, 2001, 제2장 공론장의 사회적 구조 참조.

일기나 편지에는 모두 세 명의 '나'가 존재한다. 한 사람은 쓰고 있는 발신자로서의 '나'이고, 또 다른 사람은 편지를 읽어보는 수신자로서의 '나'이고, 마지막 사람은 내용 속에 서술의 대상으로 존재하는 '나'이다. 즉 스스로의 행위를 스스로 말하고 스스로가 그 말을 듣는 구조다. 일기와 편지쓰기는 스스로를 거울에 비춰보는 행위와 동일하다. 거울이 자신의 외양과 행위를 자신에게 비춰보이듯, 편지와 일기는 '나'의 행위와 감정을 다시 그 자신에게 들려주는 것이다.[164] 김동인의 〈마음이 옅은 자여〉는 이러한 거울 구조의 언술을 소설의 형식으로 선택하면서 '나'의 번민이 무엇에서 연원되는가를 보여준다. 소설 속의 '나'는 Y라는 여성을 사랑하지만 그녀에게는 어릴 적 약혼한 남자가 있다. '나'에게도 조혼한 아내가 있기 때문에 Y의 결혼을 막을 권리는 없다. 그러나 Y의 결혼 날짜가 가까워 오는 상황에서도 Y와 '나'의 육肉의 관계는 그치지 않는다. '나'는 Y의 결혼을 막을 수도 없고 그렇다고 Y와의 육체적 관계를 정리할 수도 없는 상황에서 Y의 육체는 '나'에게 괴로움 그 자체다. '나'는 Y를 다음과 같이 비난한다.

Y는 어렸을 때 섬 무지렁이에게 오십원엔가 팔려서 마땅히 거기 가야 될 몸이란다. 그럼 아짓껏 왜 그 이야기를 내게는 안하였느냐! 간녀! 음녀! 색마!
상당한 학문이라도 있는 계집이 왜 이제라도 오십 원을 물로 주고 그만 둘 마음을 안 내!

---

164 노지승, 〈1920년대 초반, 편지 형식 소설의 의미―사적 영역의 성립과 근대적 개인의 탄생 그리고 편지 형식 소설과의 관련에 대하여〉, 《민족문학사연구》20호. 2002, 6, pp.351~379.

마음이 옅은 년이여!

그렇다! 전자에는 나의 안해를 '마음이 여튼 자'라고 불렀지만 실로는 네가 더하다. 나의 아내는 참 정녀真女이다. 너 겉은 음녀와는 다르다. 마음이 옅은 계집이여…[165]

자신과 육체적 관계가 있는 '여학생'[166]이 다른 남성과 관계를 가짐으로써 자신을 배신하게 되었을 때 남성 화자의 갈등은 최고조에 이른다. 유혹적인 그녀와의 관계를 끊을 수 없을 정도로 '나'는 스스로를 통제할 수 없다. 일기와 편지를 통한 커뮤니케이션은 그녀가 자신을 유혹한 것이라는 화자의 주관적 판단을 정당화하고 확신하는 데 이용된다. 일기와 편지에는 그녀가 실제로 자신을 유혹하고 있는지 또는 그녀가 '나'를 어떻게 생각하고 있는지에 대해 오직 '나'의 일방적인 판단만이 있을 뿐이며, 이 일방적인 판단의 정당성을 재확인할 뿐이다.

배신한 여자에 대한 극대화된 원망과 미움을 일기와 편지의 커뮤니케이션으로 토로하고 자기 판단의 정당성을 확보하려는 플롯은 1920년대 초반 소설의 특징 가운데 하나다. 더불어 여자들에 대한 화자의 욕망은 독서 체험 속의 인물이라는 제삼자에 의해 '매개'된다는 점도 특징적이다. 이들 남성 화자들은 자신의 독서 체험 속 인물들과 자신을 비교하여 이해한다. 《창조》 6호에 실린 백야생의 소설 〈일년 후〉

---

165 김동인, 〈마음이 옅은 자여〉, 《창조》, 1919.12~1920.5 인용 부분은 《김동인 전집》, 조선일보사, 1987. p.97.

166 이때 말하는 '여학생'은 1920년대 초반에 근대식 학교를 다닌 여성들 일반을 일컫는다. 〈마음이 여튼 자여〉의 Y는 실제로는 J여학교 교사이지만 당시의 감각으로는 '여학생'으로 통칭될 수 인물이다.

역시 편지 왕래가 플롯의 중심구조를 이루고 있다. 상해에서 전차 차장을 하고 있는 '안의근'에게 친구 '최인호'는 편지를 보낸다. 이 편지에는 안의근의 애인인 '서옥정'이 K와 예배당에서 결혼을 하였고 신혼여행을 떠났다는 소식이 실려 있다. 편지를 보고 낙심한 안의근은 "가장 敬愛하는 벗 O"에게 자신의 괴로움을 토로한다.

女子는 왼통 다 그러하겠지요. 女子는 다 惡魔인가오? 그들은 간사함과 속이는 것이 그들의 全生命인가오? …나는 이러케 말합니다. (女子는 惡魔이다. 무서운 妖物이다. 그들의 속에는 찌르고 꾀뚜는 가시를 품고 그들의 입에는 毒蛇같이 갈나진 두―혀를 가진 妖物이다.[167]

자신을 배신한 애인을 '악마', '독사', '요물'로 부르면서 안의근은 자신이 읽은 소설 속 여자들과 서옥정을 비교한다. '춘향'과 《무정》의 '영채' 그리고 편지를 받는 O가 모 일보에 연재하고 있다는 장편소설의 '김명애'들과 견주어 서옥정을 평가한다. 안의근이 그들을 찬사하는 이유는 춘향과 영채는 창기였으나 정조를 지켰으며 '김명애'는 여자 영웅의 모습을 보인다는 점에서다. 이렇게 소설 작품 속의 인물과 자신의 애인을 비교하는 행위는 〈마음이 여튼 자여〉의 다음과 같은 진술과 비교하여 설명할 수 있다.

굶었던 사람이 갑자기 많이 먹으면 중독이 되는 것 같이 사랑에 굶었던 나는 내 몸을 사랑의 굴함에 잡아 넣고 그 속에서 팔다리를 두르면서 헤매었다.

---

167 白野生, 〈일년 후〉, 《창조》6호, 1920.6, p.67.

바다에 빠져서 헤매던 몬테 크리스토 백작이 겨우 어떤 바위 위에 올라

서서 '세상은 다 내 해로다' 라고 고함친 것 같이 캄캄한 바다 속에서 겨

우 사랑의 언덕에 올라선 나는 '세계는 다 내 앞에서 항복하였다' 고 고

함쳤다.

나는 누리를 비웃었다!

"흥! 흥!"

"나도— 인제는…"

"네깟것들!"

나는 보카치오의 데카메론의 시로 온 누리에 선전하였다.

　—사랑은 아름답다 드을의 꽃이여

여름 더운 볕 아래서 썩지 않는 꽃이여.

나는 타골의 시로 온 여자에게 대하여 선전하였다.[168]

〈마음의 여튼 자여〉의 '나' 는 자신이 처한 모든 상황을 즉각 작품

속 상황에 빗대어 표현하거나 설명해 낸다. 《몬테크리스토 백작》, 보

카치오의 《데카메론》, 타고르의 시뿐만 아니라 다눈치오의 '프란체스

카' 도스토예프스키의 《불쌍한 사람들》 등 화자인 '나' 는 자신의 감

정을 정확하게 표현해 줄 기표들을 독서 체험 속의 인물을 통해 마련

해 놓고 있다. 〈일년 후〉의 안의근 역시 서옥정을 소설책 속의 인물들

과 비교함으로써 자신과 주변의 인물을 소설 속 인물로서 이해하는

것과 동일한 행위라 할 수 있다.

　소설 속 인물들과 화자인 '나' 와의 동일시는 이른바 '상상적 동일

시'에 비견될 수 있다. '상상적 동일시'란 좋아할 만한 인물 또는 닮고 싶은 유형의 인물과 자신을 동일시하는 것이다.[169] 이러한 상상적 동일시에서 특징적인 것은 타인의 시선을 인정하지 않는 것이다. 즉 상상적 동일시에서 '나'는 누군가가 자신을 관찰하고 그로 인해 자신이 판단되고 있다는 사실을 염두에 두지 않는다. 김동인의 〈마음이 여튼 자여〉를 예로 들자면 '나'는 Y가 자신을 어떻게 볼 것인가, Y는 무엇을 원하는가, Y는 자신과 육체적 관계를 맺으면서도 왜 다른 남자와 결혼을 하는가 등의 Y의 진면목에는 별 관심이 없다. Y는 그저 어떤 의미를 촉발시킬 수 있는 우연적 대상일 뿐 자신을 바라볼 수 있는, 즉 시선을 소유한 타자로서 존재하는 것이 아니기 때문이다. 자신의 행위를 스스로에게 말하는 편지와 일기가 상상적 동일시를 가능하게 하는 글쓰기 방식이 될 수 있는 것은 우연이 아니다.

상상적 동일시의 특징은 행위의 동인動因이 자율적으로 자기에게 있다고 믿는 것이다. 이를 바꾸어 표현하자면, '나'는 여러 독서 체험 속의 인물로부터 자신의 욕망을 배우게 되지만 이것이 자신의 자발적인 욕망인 줄 착각하는 것이다. 〈일년 후〉의 '나'도 《춘향전》과 《무정》속에서 자신의 욕망을 발견해 낸다. 이러한 독서 체험을 통한 상상적 동일시의 특징은 다른 소설에서도 발견된다는 점에서 1920년대 초반의 독특한 자기 인식의 방법으로 생각해볼 수 있다.

〈별을 안거든 우지나 말걸〉(나도향, 1922)의 'DH'는 짝사랑하는 'MP'라는 여학생이 자신을 사랑하는지 어떤지를 고민하다가 자신이 읽고 있던 책《on the eve(그날 밤)》[170]을 떠올리며 실망한다. 소설 〈그

---

169 상상적인 동일시에 대해서는 S. Zizek, *The sublime object of Ideology*(《이데올로기라는 숭고한 대상》), 이수련 옮김, 인간사랑, 2001, pp.184~189.

170 투르게네프의 이 소설은 '격야(隔夜)'라는 제목으로 1915년 일본 예술좌에서 楠山正雄의

날 밤〉의 '에레나'가 한 말을 떠올리면서 일방적으로 'MP'가 자신을 사랑하지 않는다고 결론 내렸기 때문이다.

> 에레―나는 信仰잇는 사람을 사랑하엿습니다. 그리고 信仰업는사람을 사랑치안엇습니다. 그러면 MP도 언제든지 信仰잇는사람을사랑할터이지요?그러면 그 MP가 저에게 信仰이업다고 한말은 저를 동생이나 親友로 역일는지도 알수업스나 愛人으로 생각지는못하겟다는것이지요?[171]

'만하 누님'에게 보내는 편지 형식의 이 소설에서, 짝사랑하는 'MP'의 모든 행위의 동기는 '나'에 의해 상상되고 '나'가 읽는 소설을 기준으로 판단된다. 〈일년 후〉의 안의근이나 〈마음이 여튼 자여〉의 '나' 역시 자신이 처한 상황을 독서 체험에 빗대어 이해하는 것과 동일한 현상이다. '연애'에 대한 욕망을 스스로 부정하는 금욕적인 인식의 경우에서도 이러한 상상적 동일시는 여전히 유효하다. 〈암야闇夜〉(염상섭, 1921)의 '그'는 주변 사람들이 연애 이야기로 들떠 있을 때 혼자 이렇게 중얼거린다.

> 遊戱的氣分을 빼노으면, 그들에게 무엇이 남는다! 生活을 遊戱하고 戀愛를 遊戱하고 交情을 愚弄하고, 結婚 問題에도 遊戱的態度‥‥所謂藝術에까지 遊戱的氣分으로 對하는 末種들이 안인가[172]

각색으로 상연되어 흥행한 바가 있다. 이 각본은 1920년 6월부터 21년 10월호까지 《개벽》지에 연극비평가인 현철이 번역하여 실리기도 했다.

171 나도향, 〈별은 안거든 우지나 말걸〉, 《백조》2, 1922.5. p.17.

172 염상섭, 〈암야〉, 《개벽》, 1922.1. 인용은 《염상섭전집》, 민음사, 1987, pp.55~56.

그는 사랑과 연애에 들떠 있는 타인들을 이해하지 못하고 그 욕망 자체를 '유희'라고 함으로써 이를 부정한다. 그런데 이렇게 금욕적인 태도를 보이는 '그' 역시 여전히 독서 체험을 통한 자기인식 방법을 갖고 있다. 타인들을 뒤로 하고 집으로 돌아와서는 "불규칙하게 싸아 논 冊더미" 속에서 아리시마 다케오有島武郎의 《출생의 고뇌》를 꺼내들기 때문이다. 아리시마 다케오의 소설은 '그'의 고뇌가 연애와 같은 유희적인 것이 아닌 인생과 결부된, 더 포괄적인 차원의 것임을 드러내 보이는 장치가 된다.[173]

이 시기의 작품들에 등장하는 외국의 문학작품들은 자칫 비난받을 수 있는 주인공들의 욕망에 논리와 깊이를 보증해 주는 장치다. 《개벽》1921년 6월호와 7월호에 실린 석란생의 〈임상순〉의 주인공 '상순'은 문학도로서 교직생활 중에 영희라는 여인과 사귄다. 그러나 그는 이미 열네 살에 결혼을 한 처지로, 친구에게 이 고민을 털어놓자 사회를 위해 욕망을 버리라는 충고를 듣는다. 하지만 '상순'은 이 말에 동의하지 못한다. 사회나 국가보다 자신의 생이 더 중요하다고 생각하기 때문이다. 이러한 갈등의 상활에서 자칫 부도덕하다고 비난 받을 수 있는 그의 욕망은 그가 읽는 책들을 통해서 진지한 문제로 전환된다. 상순의 책상 위에 놓인 《하이네 시집》, 《루소참회록》, 《전쟁과 평화》, 《불란서 문학사》, 《예술의 기원》 등의 책들이 거명됨으로써 상

---

173 일본 백화파 소설가인 아리시마 다케오의 《출생의 고뇌(生れ出づるた悩み)》는 화자인 '나'의 삶과 예술에 대한 생각과 갈등을 편지 형식을 통해 드러내고 있는 소설이다. 화가 지망생이었던 한 소년이 어려운 경제사정으로 어부가 되었으나 예술에 대한 열정으로 그림을 그리며 살아간다. '나'는 그를 대상으로 자신이 가진 예술과 현실 사이의 갈등과 인생관을 피력해 나가는 내용이다. 김윤식은 아리시마 다케오의 《출생의 고뇌》(1918)에서 보인 이러한 문제의식에 염상섭의 〈암야〉가 직접적인 영향관계에 놓인다고 보았다. 김윤식, 《염상섭 연구》, 서울대출판부, 1987, pp.168~173.

순의 고민이 개인(예술)을 인정해 주지 않는 사회와의 갈등에서 빚어진 것을 암시한다.

이처럼 독서 체험을 소설 속에 적극 드러내 보임으로써 자신의 욕망을 합리화하는 소설적 장치와 짝을 이루는 것이 바로 '유혹자'로 표상된 여학생이다. 남성 화자들은 '독서'라는 가상의 체험을 통해 소설 속 주인공과 자신을 동일시함으로써 이미 사랑을 할 마음의 준비가 되어 있다. 그들은 누군가가 이러한 준비된 사랑에 불을 붙여주기만 하면 불타오를 수 있는 상황에 스스로를 밀어넣은 것이다. 이들은 눈앞에 나타나는 여성들이 자신을 유혹하고 있다고 착각한다. 여성들 중에서도 학문이 있으며 우연히 자신의 눈에 띌 수 있는 '여학생'이 그 대상으로 지목된다.

소설 속에서 남성 화자들이 내적 독백을 통해 유혹에 대해 고뇌하는 동안, 또다른 당사자인 여성은 침묵하고 있다. 그럼으로써 그녀들의 의도는 남성 화자의 독백을 통한 추측만 제공된다. 그녀들의 말 한 마디에 담긴 진정한 의도를 알 수 없어 남성들은 고민하고, 그녀의 아름다움 역시 저 멀리서 화자를 유혹하는 것으로 보인다.

그자라는 사람은 남자가 아니요 여자엿습니다. 여자라 하여도 나의 생각으로는 그런 여자가 이런 곳에 있을 수 없으리라고 생각할 만한 아름다운 여자이엇습니다. 새로이 유행하는 머리를 틀었으나 조금도 난해 보이는 곳이 업고, 옷은 아래위로 다른 두피스로 나누어 입었는데 조금도 어색하거나 서투른 곳이 없어 온몸의 윤곽을 잘 나타내었는데 걸음을 걸을 적마다 두 발자국이 땅을 단단히 밟았다가 뗄 때에 그의 온몸에는 침착한 기운이 무거운 구리 동상이 걸어가는 것 같았습니다.[174]

유혹자로서의 여학생은 거리로 나온 여학생을 바라보는 사회의 성적 시선과 동일한 메커니즘에서 발생된다. 여학생의 모든 행동이 성적으로 뭇 사내들을 유혹하는 행위로 그려지듯, 소설 속의 남성 화자들은 여학생들의 행위를 유혹의 코드로 받아들이고 그녀들이 발산하는 매력에 어쩔 수 없이 굴복하게 되었음을 '고백' 한다. 이렇듯 여학생의 존재가 '유혹자' 로 비춰짐으로써 때로는 '그녀' 에게 폭력을 행사하는 상황도 벌어진다. 임노월의 〈처염懐艶〉(1924)의 주인공 '나' 는 구락부 만찬회에서 사랑에 대해 토론하던 중 어떤 여자가 자기를 뚫어지게 바라보는 것을 느낀다. 이 순간 그는 여자의 눈빛에 스스로가 정복된 것 같은 느낌을 받는다.

그 시선이 날카로와서 것이 내 깁흔 맘속까지 꿰뚤너 보는듯하게생각되었다. 그의 시선과 내 시선이 마조칠刹那에 나는이상하게도 엇던무서운 늣김을 밧엇다. 그 날카로운 눈빗이 나의 全精神을 앗사서 나는 그에게 아조 정복된것갓흔 그러한 무서운 생각이 든다[175]

의미를 알 수 없는 그녀의 시선은 '나' 에게 어떤 메시지를 보내는 것으로 오인되며, 이러한 오인은 연쇄반응을 일으켜 폭력적인 상황을 낳는다. '나' 가 떨어뜨린 모자를 그녀가 들고 옴으로써 직접적으로 전달되어본 적이 없는 '나' 의 사랑이 수락된 것으로 판단하고 그녀를 안으려 한다. 이에 그녀가 거절하자 '나' 는 단도를 들고서 사랑을 받

---

174 나도향, 〈피묻은 편지 몇 쪽〉, 《신민》, 1924.4. 인용된 부분은 《나도향전집》上, 집문당, 1988, p. 285.
175 임노월, 〈처염〉, 《영대》, 1924.12, p.23.

아줄 것을 위협하기까지 한다.

이 시기의 많은 소설들에서는 여학생에 대해 성적 암시를 풍기는 '유혹자'로 그려지는 특징적 국면이 있다. 이들 유혹자 여성들은 1920년대 초반에 사회적으로 부각되기 시작했던 여학생의 소설적 표상이다. 여학생들은 소설 속에서는 남성 화자들에게 눈빛만으로도 또는 그저 시야에 들어오는 것만으로도 거부할 수 없는 매력을 발산하는 유혹자seductress로 인지된다. 소설 속 남성 화자들은 이 거부할 수 없는 유혹에 굴복하지만 그녀가 다시 다른 남성을 유혹함으로써 걷잡을 수 없는 질투와 분노의 파토스를 경험하게 된다. 이 유혹자에 대한 남성 화자들의 징벌은 앞서 보았듯이 그녀들에게 '요물' '악마'라는 악담을 퍼붓거나 흉기로 위협하기도 하고 치정에 눈이 먼 여자를 살해하는 범죄[176]를 저지르는 등 폭력적인 행위로 나타난다. 이러한 언어적, 물리적 폭력성은 그들이 욕망의 노예가 되었음을 징후적으로 보여주는 것이기도 하다.

이러한 과격한 반응 이외에도 애인의 변심에서 비롯된 지독한 여성 혐오와 냉소를 드러내는 남성 화자도 있다. 전영택의 〈운명〉(1919)의 주인공 '오동준'은 애인의 변심에 다소 감정을 억제한 채 시니컬한 반응을 보이는 편이다. M대학 법과 출신으로 감옥에 있는 사이 애인 'H'가 변심하여 다른 사람과 동거하고 있다는 사실을 알게 된 동준은 지기知己인 'C'에게 역시 편지를 보낸다. 이 편지에서 그는 비교적 냉정한 어투로 모든 여자들이 '다 그렇고 그렇다'라는 식의 여성 혐오를

---

176 김동인, 〈유서〉,《영대》, 1924.8~11. 김동인의 이 소설을 더욱 악마적으로 만드는 것은 A와 부정한 관계에 놓인 여자를 목졸라 살해하는 사람이 그녀의 남편인 O이나 A가 아니라 서술자인 '나'라는 사실이다.

보인다.

> 생물학자가 나서 다른 方法으로 生殖을 하게 하엿스면. 그러면 女人은
> 아조 所用업는 거시될거십니다. …… 大海의 물도 한방울로 그 짠맛을
> 알 수잇지아나요? 女人 하나로 能히 뎌들의 全體를 알수잇서오. 그야 그
> 중에는 天女와가치 情操가 곳은 烈女가 잇기야잇겟지오만은 썩 好運兒
> 가 아니면 一生涯에 한번도만날수업는 難事겟지오.[177]

"여인 하나로 능히 저들의 전체를 알 수 있"다는 오동준의 경우 강
렬한 파토스를 보이지는 않았지만 이들에 대한 강렬한 증오를 품고
있다는 점에서 앞서 언급했던 작품 속 인물과 동일하다. '여학생-유
혹자'의 유혹에 굴복하는 남성들에게 '그녀'들은 사실 타자가 아니
다. 이 유혹자를 바라보는 순간 동일자와 타자의 차이는 무화된다. 자
신을 사로잡고 유혹하는 대상은 바로 자기 자신이며[178] 유혹을 느낌으
로써 남성 화자들은 스스로의 내면에 빠져들고 이에 도취된다. 유혹
자 여학생들의 자유분방함 또는 배신이 남성 화자들에게 치명적이며
본질적인 상처를 준다기보다는 자기의 내면에 추를 드리움으로써 그
깊이를 확인하게 하는 사건이다. 그녀들을 '요물'이나 '악마'로 부르
지만, 그런 분노를 통해서 확인되는 것은 욕망의 노예가 된 (남성)화자
의 나약한 심리다.

　이렇듯 남성 화자의 내적 독백은 타자(여성)에 대한 이해에 기반한
것이라 아니라 스스로의 욕망에 걸려들기 또는 자기기만에 근거한 것

---

177 전영택, 〈운명〉, 《창조》, 1919.12, p.57.

178 J. Baudrillard, *De la Séduction*(《유혹에 대하여》), 배영달 옮김, 백의, 2003, p.87.

인 동시에 욕망에 시달리는 '마음 약한' 남성 주체의 탄생을 예고한다. 이들은 육체적 사랑과 정신적 사랑을 분리하고는 둘 중에서 정신적 사랑을 추구하지만[179] 이러한 이상과는 달리 육욕에 시달리고 있다. 육체적 사랑과 분리된 정신적 사랑의 추구는 바로 '매춘부'와 '어머니'로 이원화된 여성 표상 속에 놓인 근대적 성적 억압의 모습이다.

이 남성 주체는 한편으로는 새로운 자아상의 소설적 형식이다. 이 자아상은 자유연애와 신가정 등의 이상을 갖고 있으나 현실에서 그 이상을 실현하지 못하는 고민으로 인해 유약해진 유형이다. 그들이 유약한 주체가 되기를 원했던 것은 아니지만 결과적으로 한없이 흔들리는 감상적인 남성상이 된 것이다. 이러한 남성 주체가 현시되기 위해서는 어떤 장치가 필요하다. 그것은 수신인과의 친밀성을 전제로 하여 발신되는 편지와 일기다. 편지와 일기는 애초부터 발신자의 심정에 동조할 것을 수신자에게 강하게 요청하는 형식이다. 이러한 측면에서 1920년대 거의 모든 소설에 등장하는 편지와 일기는 그 남성 주체의 내면을 현시하는 글쓰기의 방식으로서 그들의 상상적 동일시를 가능하게 하는 서사적 장치라고 할 수 있다.

공공 영역 속의 친밀감과 연애의 경쟁자들

간과할 수 없는 것은, 유약하고 감정적인 남성 주체의 모습이 '여학생'이라는 사회적 현상과 학생 집단 속에 팽배해져 있는 자유연애 트

---

179 최현희, 〈《창조》지에 나타난 자아와 사랑의 의미 연구〉, 《한국현대문학연구》15집, 2004년 6월. 이 논문은 김동인의 〈마음이 여튼 자여〉를 분석하면서 이 소설에서 추구하고 있는, 육체와 분리된 정신적 사랑이 곧 절대적인 진리로까지 취급되고 있음을 보여준다.

렌드의 대응으로써 존재한다는 점이다. '유혹자—여학생'이 남성(남학생)들의 시선에 노출되고 삼각관계에 빠지기도 하는 것은 그들이 서로 일정한 '공간'에서 마주치기 때문이다. 학교는 이 공간에서 제외된다. 학교가 이들의 '학생' 신분을 보증해 주는 공간이기는 하지만 남성과 여성이 같은 학교를 다닐 수 없었으므로 직접적인 마주침이 불가능하다. 이들이 주로 마주치는 공간은 청년회 모임, 교회 예배, 강연회, 음악회, 공원, 거리 등이며 이들의 행동 범위는 우연히 거리에서 마주칠 정도로 좁다. 이러한 장소에서 은밀한 시선을 주고받으면서 서로를 탐색하는 공간적 근접성이 '유혹자' 여학생의 존재를 가능하게 하는 물리적 조건이다.

『압다 자네 조하하는 許貞淑이가 누구를 보고 그러더라네 자네더러 사람은 조혼데 담배를 먹는게 좀 滋味업더라고…』英植이는 참을수업시긋벗다. 그리고 어대서 언제 누구에게 그런말을 어떤態度로 仔細히 알고 십헛다. 『그럴理가잇나. 그런 女子가 더구나 어느男子를보고그런말을할理가 잇나. 자네들이부러하는 소리지』
『안일세 이사람아 왜 許하고 가티 主日學敎 敎師 노릇하는 趙氏가 아니잇나? 그 趙氏가 이 사람에게(金君을 가르치며) 어쩌케 아주머니벌이돼서 자조놀러가거던…바로 어저께 그러더라데 그래서 이 사람이 듣고왓거든…어쨋든 자네는 수낫네…』[180]

〈그날 밤〉(방정환, 1920)의 주인공 '영식'은 어느 날 난생 처음 여자에게서 편지를 받는다. 그녀는 언뜻 이름과 얼굴만 알고 있던 여학생

---

180 牧星(방정환), 〈그날밤〉,《개벽》, 1920.12, p.127.

'허정숙'이다. 영식은 정숙의 편지를 받고 마음이 설렌다. 영식의 친구들이 찾아와서 정숙이 영식에게 마음이 있다는 사실을 일러주면서 그를 부러워한다. 영식과 정숙은 따로 약속을 하지 않아도 강연회와 음악회에서 자연스럽게 만나면서 사랑을 키워가고, 이들의 관계는 금방 학생 사회에 퍼지게 된다. "김이 들으면 금방 조가 알고 조가 알면 반드시 허의 귀에 들어가는" 좁은 학생 사회에서 이들의 관계는 금세 소문이 나고 영식의 집안에까지 알려지게 된다. 영식의 부친과 조모祖母는 "머리에 모양이나 내고 예수교 같은 데로 사내나 호리고 다니는 년을 쫓아 다니느냐"며 그녀와의 연애를 강경하게 반대한다. 결국 정숙은 미국 갔다온 남자와 결혼하게 되고, 정숙이 결혼한 지 며칠 만에 정숙 부부와 영식은 차 안에서 우연히 마주친다. 정숙과 육체관계를 가졌던 사실로 괴로워했던 영식은 그녀가 태연히 자신에게 인사하자 더욱 괴로워하면서 결국 "女子 업는 죄악 없는 세상"으로 떠나가련다는 유서를 남긴 채 인천 바다 속으로 들어간다.

〈그날 밤〉에서 영식과 정숙이 연애를 하고 파탄에 이르러 죽기까지, 전체 플롯의 개연성을 마련하는 것은 이들이 공동으로 속한 '학생 사회'이다. 이름과 얼굴을 알게 된 것, 특별한 약속을 하지 않아도 만날 수 있었던 것, 정숙에게 혼처가 생겼다는 사실을 알게 된 것 등등은 청년회의 모임 덕이었다. 길거리 역시 우연한 만남을 가능하게 하는 장소다. 영식이 더욱 괴로울 수밖에 없는 것은 정숙 부부와 차 안에서 마주쳤기 때문이다. 자주 마주칠 수밖에 없는 공간의 협소성으로 인해 이러한 우연은 핍진한 현실이 된다.

〈별을 안거든 우지나 말걸〉(나도향, 1922)에서 'DH'가 'MP'를 두고 경쟁을 벌였던 사람은 '형님'이라 부를 만큼 가까웠던 'R'이었고, 이들 사이에서 벌어진 사건들에 대해 DH가 편지로 토로할 때 수신인은

MP와도 잘 아는 '만하'라는 여자다. 〈운명〉(전영택, 1919)의 동준이 편지를 통해 'H'에 대한 증오심을 읽는 사람 'O' 역시 이들의 관계를 잘 아는 주변인물이었다. 자신이 알고 있는 대상과 경쟁관계에 돌입했을 때 질투와 배신감은 더욱 커질 수밖에 없다. 그야말로 학생사회의 공간적 인접성은 남성 화자로 하여금 괴로움과 질투를 증폭시키는 외적 환경이다. 이러한 의미에서 '친구'는 사랑의 쟁투에서 가장 치열한 경쟁관계에 놓이며 소설에서 미묘한 갈등을 보인다.

〈병우病友〉에는 두 남학생이 등장한다. '윤호'라는 고아 출신의 학생은 삶에 대한 무기력과 신경쇠약에 시달리고 있다. 윤호가 선병질적이고 의기소침하다면, 그의 친구 '준식'은 일본유학이라는 뚜렷한 목표를 갖고 있으며 《태서웅변집》이라는 책을 읽을 만큼 진취적이다. 이 소설에서 특징적인 것은 준식에 대한 윤호의 부러움이다. 준식처럼 되고 싶어하는 윤호의 욕망, 즉 선망과 경쟁이 이 소설의 플롯을 이끌고 있다. 이것은 두 가지 사건을 통해 잘 드러나는데, 하나는 윤호가 잠시 준식의 가족들에게 간호를 받게 되는 사건이다. 준식의 가족이 호의적으로 정성껏 돌봐주는 상황에서 고아인 윤호는 준식의 가정을 부러워한다. 다른 하나는 소설 속에 삽입된 다음과 같은 준식의 독백으로 나타난다.

「동무들이 允浩를 安州집이라 別名하야 빰을 대이며 손목을 잡아 끌으려 하더니 이제 보니까 참말 입뿍긴입뿍다. 男中 一色이다. 게다가 才幹이 非常하고 心性까지 純實하니 …아―너는 情的이고 詩的이다. 英雄의 氣像은 업다. 그러나 美男中에 俊傑이 만어 那破崙가튼 사람을 보면……
그리고 저러고 몸이 튼튼하여야될터인데 ……그러케 튼튼하고 活潑하던 사람이 四年級 進級하자부터 沈着이 되며 悲觀으로 突變하니 웬 심일

가? 神經衰弱도 衰弱이러니와 心慮病이야말로 말안인데 如何間 아는것
이 病이야.」[181]

이 독백을 통해 준식은 자신과는 다르지만 윤호의 지성과 육체적 아
름다움을 긍정한다. 준식의 이러한 인정認定은 윤호에게 작지 않은 의
미를 지닌다. 왜냐하면 어떤 면에서 두 사람은 경쟁의 관계에 있기 때
문이다. 경쟁자의 인정은 자기 안의 인정 욕망을 최대한 충족시킨다.
경쟁이 인정받기 위한 투쟁이라면, 경쟁으로써 무엇을 성취했을 때의
쾌감만큼이나 강한 것이 경쟁 상대의 인정이기 때문이다. 그렇다면 준
식과 윤호는 무엇을 두고 경쟁하는 것인가. 바로 '여학생'이다.

이 소설은 윤호의 '병'(경쟁심과 질투)이 '경자'라는 여학생의 위로를
받음으로써 점차 치유되는 것으로 그려지는데, 여기에서 뚜렷하게 제
시되지 않았던 윤호와 준식의 경쟁이 어떤 성질의 것인지 암시된다.
그 경쟁이란 여학생을 사이에 둔 남성적 매력의 경쟁이었다. 소설의
초반부에서 윤호가 준식에게 이끌려 파고다 공원에 갔을 때 윤호는
저녁 산책을 즐기는 남녀 학생들을 무심하게 바라본다. 이러한 무관
심은 사실 그가 가진 욕망의 강도를 반어적으로 드러낸다. 연애를 통
해 자신의 가치를 인정받는 것이 그의 욕망이 향하는 바다. 경자의 위
로가 윤호의 병을 치유할 수 있는 계기라는 점에서 윤호 병의 정체 또
는 그의 욕망을 간파할 수 있다.

'여학생'은 남성으로 하여금 친구간 경쟁의 강력한 동기가 된다.
현진건의 〈까막잡기〉(《개벽》43,1924.1)에도 친구인 두 남학생이 등장하
는데, '상춘'은 잘생긴 반면 '학수'는 추남이다. 상춘이 음악회에 같

---

181 海北生, 〈病友〉, 《개벽》2, 1920. 7, p.132.

이 가자고 하는데 학수는 탐탁지 않다. 못생긴 자신의 외모와 대조되어 잘생긴 상춘이 번번이 이득을 얻기 때문이다. 학수는 결국 내키지 않는 음악회에 끌려가고, 그곳에서 예쁜 여학생은 몇 번이고 상춘과 눈을 맞추는 반면 학수의 얼굴을 보고서는 고개를 젓는다. 그런데 뜻밖의 사건이 일어난다. 음악회 도중 변소를 가게 된 학수는 까막잡기(눈을 가리고 사람을 찾는 놀이)를 하는 한 여학생에게 잡히게 되고, 이 사건으로 학수는 자신의 외모에 자신감을 얻게 되어 들뜨게 된다. 그러나 상춘은 이렇게 들떠 있는 학수에게 거울을 보라고 말함으로써 찬물을 끼얹는다. 여기에서 불특정한 여학생을 대상으로 한 학수와 상춘의 미묘한 경쟁을 파악할 수 있다.

청년회 등의 공공 장소는 결코 익명의 공간이 아니다.[182] 도시 남녀 학생들의 집결지인 이곳에서 구성원들은 얼굴과 이름을 대부분 알고 지내기도 하고 형제자매가 함께 소속되어 있기도 하여 더욱 복잡한 관계를 갖게 된다. 이러한 맥락에서 〈옵바의 비밀편지〉나 〈B사감과 러브레터〉와 같은 소설에 대해 다른 방식의 독해가 가능하다. 〈옵바의 비밀편지〉(이기영, 1924)는 학생 사회의 친밀한 관계망 때문에 연애의 허구성이 폭로되는 소설이다. 이 소설에서 '오빠'가 습관적으로 편지

---

182 이러한 공간적 인접성은 1920년대 초반 소설에 많이 등장하는 인물의 영문 이니셜과도 관계 있는 듯하다. 1920년대 초반의 많은 경우가 등장인물의 이름을 영문 이니셜로 처리하고 있다. 이는 물론 일본 소설의 직접적인 영향 때문으로 생각해 볼 수 있다. 그런데 이 등장인물의 영문 이니셜은 드러냄과 감춤 사이의 미묘한 긴장감을 갖고 있다. 소설의 작가와 독자가 모두 포함되어 있는 집단의 친밀함은 소설 속 어떤 구체적인 이름에 대해 연상 작용을 일으켰을지도 모른다. 소설 속 사건은 순수한 허구로 인식되었다기보다는 이들 집단에게 현실의 어떤 사건을 지칭하거나 연상하도록 했을 것이다. 1920년대 초반의 문단적 특징을 규정하는 '동인(同人)' 그룹들의 형성도 소설의 허구적 지위를 약화시켰을 가능성이 있다. 따라서 이름이 주는 연상 작용을 피해 가기 위한 타협으로서 이니셜이 사용될 가능성을 제기해 볼 수 있는 것이다.

를 주고 유혹하는 여자들은 다름 아닌 여동생 마리아의 친구들이기 때문에 그의 비행은 마리아에 의해 목격되고 폭로된다. 이 소설은 단지 한 개인의 부도덕성을 폭로한다기보다는 학생 사회의 '연애'의 환상을 폭로하고 있다. 편지에 펼쳐지는 화려한 사랑의 문구가 특정한 한 개인을 향한 것이 아니라 단순히 레토릭에 불과하며 누구든 그 수신인이 될 수 있다는 점을 우회적으로 폭로하고 있기 때문이다.

이 학생 집단에서 '편지'는 욕망의 모방과 복제를 가능하게 하는 사랑의 환유적 등가물이다. 현진건의 〈B사감과 러브레터〉(《조선문단》, 1925)를 떠올려보면 사랑의 환유적 등가물인 편지가 욕망의 전이를 가져온다는 사실을 알 수 있다. 노처녀 'B사감'은 여학생들의 편지를 몰래 읽음으로써 연애에 대한 갈망을 간접적으로 해소한다. 누군가를 사랑하여 편지를 주고받는 것이 아니라 편지 자체가 사랑의 증표인 것이다. 말하자면 편지는 욕망을 불러일으키고, 그 욕망을 사랑이라고 착각하게 하는 환유적 속성을 갖는 것이다.

학생 집단의 연애사건들을 다룬 소재는 1920년대 중반에 이를수록 드물어진다. 〈옵바의 비밀편지〉의 '옵바'가 사랑의 열정에 들뜬 순수한 청년이 아니라 편지를 미끼로 여학생들을 농락하는 바람둥이로 폭로된 것은, 1920년대 중반에 이미 들뜬 연애 분위기가 퇴조하고 있음을 상징적으로 나타낸 것이기도 하다. 1920년대 초반 소설의 플롯으로 존재하면서 남성 주체의 내면을 현시하기도 했던 '편지'의 기능이 주변부로 밀려나는 것이다. 연애의 환상과 좌절에 관한 이야기는 이후의 소설에서도 한 흐름으로 존재하지만 1920년대 중반을 넘어서면 점차 문학적 트렌드의 중심에서 벗어나는 양상을 보인다. 그것은 1920년대 전후로 소설쓰기를 시작했던 김동인, 염상섭, 나도향 등이 초기의 내적 독백 위주의 소설쓰기에서 점차 다른 방식으로 소설 쓰

기를 변모시켜 나가는 과정이기도 하다.[183]

'아버지' 몰아내기의 정치적 무의식과 '희생양' 표상

1920년대 소설은 아니지만 1918년에 발표된 양건식의 〈슬픈 모순〉은
세대 간의 갈등을 토대로 여성의 표상이 형성되고 있다는 점에서 흥
미롭다. 주인공인 '나'는 시내의 이곳저곳을 산책하면서 세상 도처에
존재하는 모순을 해결할 수 없는 자신의 무기력함을 자학하다가 어느
사건에 개입하게 된다. 그 사건은 지식인인 '나'와 동지적인 관계에
있는 '백화'의 유서를 받는 것인데, 아버지와의 갈등으로 죽음을 결심
하게 된 백화의 편지는 다음과 같다.

> 형님! 세상에 사람으로 태어날 때에 무식한 부모의 자식으로 태어날 것
> 은 아닌가 하나이다. 내가 이렇게 죽게만 된 사정은 아마 형님도 짐작하
> 실 듯하옵니다.
> 사람은 부모가 되거든 자식을 가르쳐 사회에 나서게 만들고 자식이 되거
> 든 부모의 교양을 받다가 사회에 나서거든 부모에게 영광을 돌려 보내도
> 록 활동할 것이올시다. 나는 이것이 부모 자식 간에 당연히 행할 의무인
> 가 하나이다. (…인용자 중략…) 형님! 아버님이 나를 사회에 나서게 못 만
> 드셨나이다. 그러므로 나는 칠팔년 야학에 다니며 자기의 실력을 보충하

려 하였나이다. 십년 동안 어린 몸으로 집안 살림을 해가며 밤에 이것 하
는 것도 못하게 하시며 역정만 내십니다. 그러므로 나는 죽삽나이다.

형님! 그런데 나는 형님에게 나의 매자妹子 동순이를 드리옵니다. 요사이
집안 눈치를 본즉 동순이를 모 귀족의 첩으로 주려고 주선하는 모양이외
다. 그러나 당자 동순이는 니중泥中의 연화蓮花와 같이 한사하고 불응하더
이다.[184]

백화의 누이인 '동순'이 몰지각한 아버지에 의해 귀족의 첩으로 팔
려가게 된다는 사연을 접한 '나'는 그 길로 백화의 집으로 향한다. 무
기력한 자신을 자학하던 산책자 '나'가 새로운 행위를 찾게 되는 순간
이다.[185] '동순'은 새로운 시대 젊은이들의 이상과 꿈을 이해하지 못하
는 구시대 아버지에 의해 희생되는 누이의 전형이다. 아들(백화)은 경
제적으로 가장 노릇을 하면서 야학에 다니는데 아버지는 아들의 이러
한 '실력 보충'을 이해하지 못하여 화를 내고 오히려 딸을 귀족의 첩
으로 보내려 한다. 갈등이 극대화된 이 장면은 바로 '희생양'이라는
여성 표상의 패턴이 생성되는 전형적인 형태다. '아버지'에 의해 희
생당하는 '누이'의 구원자 노릇을 자처하는 '오라비'들은 역사적으
로 근대 지식인들이 갖는 세대적 갈등에 맞닥뜨린 것이며, 더불어 새
로운 갈등 유형으로서의 오이디푸스적 갈등을 맞은 것이다.

유혹하는 여학생 또는 '여학생−유혹자'가 학생사회의 공간적 인접
성을 배경으로 하는 것과는 달리, 희생양 표상의 저변에는 '누이−오

---

184 양백화, 〈슬픈 모순〉,《양백화 전집》1. 남윤수 · 박재연 · 김영복 편, 강원대출판부, 1995 p.47.
185 '나'가 갖는 산책자에서 행위자로의 변신이 갖는 의미에 대해서는 노지승,〈1910년대 후반 소
　　설 형식의 동인으로서 이상과 욕망의 의미〉(《현대소설연구》32, 2006.12)를 참조.

라비-아버지'라는 구도 속에서 아버지의 권위와 무능을 확인하고 아들 스스로 영웅이 되고자 하는 가족 로맨스적인 요소[186]가 있다. 매춘부로 팔려가는 '누이'는 곧 아버지의 무능과 학대를 폭로하는 증거이며, '오라비'는 그 누이를 무능한 아버지로부터 구출하는 존재다. 이때 아버지가 소설 속에 등장하는가의 문제는 중요하지 않다. 아버지가 부재한다 하더라도 아버지의 부재 자체가 곧 누이를 팔려가게 하는 아버지의 무능이 되기 때문이다.

이광수는 이러한 가족 로맨스적 요소를 그의 작품 곳곳에서 드러내는 대표적인 작가다. 대표작인《무정》의 핵심적 특성으로서 '누이 콤플렉스'가 지적되었다시피[187] '누이'는 이광수 초기 소설에서 특징적으로 등장하는 인물 유형이다. 〈소년의 비애〉(이광수, 1917)에서 문학적 재능이 있는 사촌누이 '난수'를 조혼시킬 때 '문호'가 느끼는 비애

---

186 S. Freud, 〈가족로맨스〉,《성욕에 관한 세 편의 에세이》, 김정일 옮김, 열린책들, 1996, pp.57~61. 프로이트의 '가족로맨스'라는 개념은 어린 시절 권위자였던 부모의 권위를 의심하게 되면서 백일몽을 통해 실재의 부모를 부정하게 되는 상상을 말한다. 이러한 상상 속에서 남자아이들은 실재 부모 그 중에서도 아버지를 더욱 고귀한 다른 아버지로 대체하기도 하고 어머니가 부정(不淨)으로 자신을 낳았다는 식으로 자신을 영웅시하기도 한다. 즉 '가족로맨스'란 아버지의 권위를 의심하게 되었을 때 겪게 되는 남자아이들의 혼란스러움을 상상을 통해 극복하는 판타지다. 한편 프로이트의 '가족 로맨스'라는 개념을 통해 프랑스 혁명을 설명하고 있는 린 헌트는 프로이트의 개념을 정치적 의미로서 사용하고 있다. 즉 프랑스 혁명의 밑바닥에 깔려 있는 집단적 무의식을 가족 관계의 판타지를 통해 설명하고 있는 것이다. Lynn Hunt, *The family romance of French Revolution*(《프랑스 혁명의 가족 로망스》), 조한욱 옮김, 새물결,2000. p.12.
이 책에서 언급하고 있는 '가족로맨스'는 프로이트의 개념보다는 린 헌트의 개념에 가깝다. 1920년대 초반의 단편소설을 추동하고 있는 집단적 무의식 속에 아버지 세대에 대한 아들 세대의 반발이 있으며 이러한 반발이 누이를 구출하게 하는 서사로 표출된다는 점을 지적하고자 이 개념을 원용하였다.

187 김윤식, 〈'무정'의 문학사적 성격〉《한국근대문학사상사》,한길사, 1984, pp.52~60.

감은 부모 세대와의 갈등을 표면화한 것이었고, 누이는 그야말로 개인의 의사를 무시하는 조혼 악습의 희생양으로 그려진다.

이러한 서술 속에는 오라비의 성적 판타지가 반영된다. 누이는 어머니의 모성적 요소와 연인의 이성적 매력을 동시에 갖춘 존재로 그려지기 때문이다. 누이에 대해 갖는 주인공의 근친상간적 욕망과 그에 대한 억제는 소설 속에서 특유의 긴장감을 갖게 하는 요소이자 문중門中 또는 아버지로 인격화될 수 있는 대상에 대한 적개심을 불러일으키는 동기로 작용한다. 그러나 누이와 오라비의 관계는 전적으로 성적인 감정이 허용되지 않는 관계다. 그래서 소설 속에서 종종 보이듯이, 누이와 오라비로 지내자고 하는 일들은 이성으로서의 관계 맺기를 포기한 것이기도 하다.

〈별을 안거든 우지나 말걸〉에서, MP라는 여학생에게 실연당한 DH가 '설영'이라는 기생에게 위로받고자 찾아갔을 때 설영의 부재를 확인하고는 실망한다. 설영이 어떤 정인情人을 찾아가지 않았나 생각하면서 그는 질투심을 느낀다. 그러나 설영에 대한 DH의 감정은 MP라는 여학생에 대한 감정과 사뭇 다른 것이다. DH는 기생 설영을 '귀여운 누이동생'이라 부르고 또 스스로의 행동을 '오라비 노릇'이라고 표현함으로써 둘의 관계를 가상적 오누이의 관계로 만든다. 이러한 관계는 이들을 연애로부터 비껴나게 만듦으로써 애욕보다는 심리적 친밀감을 표현하는 효과를 불러온다.[188] 특히 기생들을 '누이'로

---

188 이광수의 《무정》에서 형식이 평양에서 만나게 되는 기생 계향을 얼떨결에 '누이'라 소개하고 그리고 계향이 형식을 '오빠'라고 함으로써 이들 사이에 오가던 미묘한 성적 긴장이 진정되고 이들의 관계가 오라비와 누이 사이의 친밀함으로 정리되는 광경도 이와 동일한 양상이다.

부르는 행위는 이들을 대등한 연애의 대상으로부터 배제하는 것을 의미하기도 한다. 지식인 남성들에게 '연애'란 동급의 지식인, 즉 여학생을 대상으로 하는 것이기 때문이다. 이 점은 바로 이 책의 2부에서 밝힌 바 있듯이 연애 대상은 항상 여학생이어야만 하는 시대적인 강박과도 같은 것이다. 소설 속에서 기생들은 종종 이러한 시대적 강박의 희생양이 되는데, 남성들이 자신을 진지한 사랑의 대상으로 여기지 않는 데 실망해 자살하는 사건도 이것과 연결되어 있다.

기생 누이와는 달리 1920년대 초반 소설에 나타나는 오라비와 여학생 누이의 관계는 확실히 윗세대와의 갈등을 공유한 동지적 관계다.[189] 이들의 조력자 관계는 1910년대 지식인들의 형제적 연대의식과 관련이 깊다고 할 수 있다. 이것은 《여자계》나 《신여자》가 간행될 무렵, 남성 지식인들이 당시 지식인 여학생들과 동지적 의식을 공유하는 방식으로 잡지에 글을 실었던 것과 같은 맥락이기도 하다.

부모와 아들 세대의 갈등은 특히 예술과 교육 그리고 결혼에 관한 것이다. 〈신비의 막〉(김환, 《창조》1, 1919.2)의 주인공인 '세민'은 황해도 장연 갑부의 아들로서 화가 지망생이지만 그의 부친은 그의 예술에 대한 열정을 이해하지 못한다. '부모란 자식을 교육할 의무는 있지만 사상을 지배할 권리가 없다'며 그를 격려한 사람은 다름 아닌 그의 여동생이다. 〈젊은이의 시절〉(나도향, 《백조》, 22.1)의 '철하' 역시 예술가 지망생으로 그의 부모와 갈등을 겪고 있다. 철하를 이해하는 유일한

---

189 근대문학에 있어서 '오빠 - 누이'의 구조가 청년이라는 새로운 세대, 새로운 주체의 탄생과 관련되어 있다는, 이경훈의 〈오빠의 탄생 - 식민지 시대 청년의 궤적〉(사에구사 도시카스 외, 《한국근대문학과 일본》, 소명출판, 2003)은 오빠-누이의 구조가 이광수의 〈재생〉, 〈소년의 비애〉 등의 일부 소설뿐만 아니라 근대문학 전체를 설명하는 틀로 활용하고 있는 매우 흥미로운 글이다.

사람 역시 누이인 '경애'다.

특히 '오라비'는 나도향 초기 소설의 특징이기도 한, 감읍벽을 지닌 남성 화자의 다른 얼굴이다. 나도향 초기 소설에서 남성 화자인 '나'가 지닌 우울 속에는 가정 내의 갈등이 내포되어 있고 '누이'는 그 갈등을 이해해 주고 하소연을 들어줄 수 있는 대상이다. 남성 화자가 겪는 갈등은 "에― 家庭이란 다― 무엇이야 깻트려 버려야지. 家庭이란 사랑의 形式이다. 사랑 업는 家庭은 生命업는 屍體이다. (……) 불상한 아버지와 애처로운 어머니는 왜 나를 나섯소 참 진리와 人生의 極致를 바라보고 가랴는 나를 왜 못가게 하서요"[190]라는 토로에서 나타나듯, 예술에 대한 부모의 몰이해에서 비롯되는 것이기도 하고 "全身의 뜨거운피를 바늘끗으로지르는듯이파랗게 식히는" "볼에빗처반적어리는어머니의눈물"[191]에서처럼, 아버지의 고압적인 권위로 인해 비롯되는 것이기도 하다. 나도향 초기 소설에서 '친'누이가 아닐지라도 적어도 '누이'라는 호칭을 통해 지칭되는 여성들은 도향의 화자들이 맘 놓고 울음을 터뜨릴 수 있는 어머니 같은 존재다. 〈별을 안거든 우지나 말걸〉의 DH도 '만하 누님'이라고 부르는 누이뻘의 여성에게 자신의 고민을 털어놓고 하소연을 한다.

오라비와 누이의 이러한 연대의식은 이들 누이들이 교육과 예술에 대해 소통할 수 있는 여학생들이기 때문에 가능하다. 이렇게 동지로서 소통할 수 있는 여학생의 존재는 앞서 분석한 '유혹자'로서의 여학생과는 다른 패턴의 표상이다. 유혹자에 대해 남성 화자가 악마 또는 색녀라는 직설적인 욕설을 퍼붓게 하는 것과는 달리 아버지 세대의

190 나도향, 〈젊은이의 시절〉, 《백조》, 1922. 1, p.26.
191 나도향, 〈넷날꿈은蒼白하더이다〉, 《개벽》, 1922. 12, p.14.

몰이해로 인해 희생되는 그녀들에게 갖는 남성 화자들의 감정은 동정과 연민이다.

한편 간과할 수 없는 점은, 오라비와 누이 사이에 이러한 동지적 연대의식이 아닌 미묘한 이성적 긴장감이 발생되기도 한다는 것이다.

仔細히보니 누님이 꼿에다 머리를 파묻고서잇다. 그의 흰玉洋木겹저구리가내눈에띄임이라. 웨 누님이저리저리고서잇나? 온世上이따뜻한 봄의歎息에 싸히어오고요이잠든이밤中에 무슨 까닭으로나와섯나? 나는 어린가슴을두근거리며 「누님거긔서무엇해요」 내소리에깜짝놀랏는지 몸을 흠칫하더니 아모 對答이업다.가만가만갓가이가서어깨를가볍게 흔들엇다.숨을 急히쉬는지등이들먹들먹한다. 나오는울음을물어멈추는지 가늘고 떨리는鳴咽聲이 들린다 나는 바싹 대들어 누님의얼골을보앗다. 紛결가튼두손사이로보이는얼골은밝으레하엿다.나는웬인인가하고얼골가린두손을힘써떠엿다.두손은저서잇섯다. 누님의 두눈으로눈물이흐러나린다.구슬가튼눈물이點點이 月季花에떨어진다. 月季花는그눈물을먹음어 엷은明細로 가린듯한덧빗에 어렴풋이우는것갓다.[192]

나이 어린 오라비들에게 '누이'는 처음으로 접하는 이성異性이다. 그래서 누이가 연애하는 상대 남자가 오라비의 눈에는 달갑지 않은 존재로 종종 그려지는 것은 당연할지도 모른다. 누이가 바람둥이의 유혹에 빠지거나 하여 사랑의 '희생양'이 되는 것은 누이의 연인을 경쟁자로 느끼는 오라비의 욕망이 개입한 결과다. 위에서 일부분 인용한 〈희생

192 현진건, 〈희생화〉, 《개벽》 5. 1920,11, p.127.

화)의 '나'는 개화된 목사를 아버지로 둔 남성으로, 아버지가 죽은 후 어머니와 누이와 함께 살아가고 있다. 어느 날 꽃구경을 간 창경원에서 '나'는 같은 학교에 다니는 선배인 'K'를 만나는데 그날 이후부터 누이가 몸치장에 신경을 쓰는 등의 변화를 보인다. 누이와 K가 나란히 지육부智育部의 간사가 된 후부터는 둘이 더 가까워지지만 K는 이미 혼처가 정해져 있었기 때문에 결국 누이와 K의 사랑은 이루어지지 않는다. 그리고 마음의 상처를 입은 나약한 누이는 세상을 떠나고 만다. 누이와 K의 사랑은 순결하고 화사한 누이만큼이나 감상적으로 그려지지만 남동생으로서 '나'가 K에 대해 느끼는 감정은 질투심이다. 이 질투심은 때로는 누이의 애인인 K에 대한 선망으로 나타나기도 한다.

이 소설에서 누이의 죽음이라는 '희생'은 비극적이기는 하지만 문제적이지는 않다. 희생의 양상에서 가장 충격적이며 문제적인 것은 병으로 '죽는 것'보다 '몸을 파는 것'이기 때문이다. 그래서 매춘부로 희생된 누이, 즉 '매춘부-희생양'은 여학생 누이들의 희생에 비해 오라비들이 훨씬 더 강한 적대감을 집안(문중 또는 아버지)에 투사하게 되는 계기이다. 그만큼 '매춘부-희생양' 표상에는 부재하거나 무능한 아버지에 대한 원망 그리고 아버지와 아들의 심정적 대립과 갈등을 배경으로 하고 있다. '누이'들은 아버지가 부재하거나 경제적으로 무능하기 때문에 매춘부(기생)로 팔려가는 희생양이 된다. 여학생이 순수한 사랑을 얻지 못해 희생양이 되는 존재들이라면 기생(매춘부)이 되어 육체적으로 더럽혀지는 누이들은 아버지의 무능에 대한 직접적인 증거가 된다. 누이(딸)에 대한 오라비(아들)의 연민은 아버지를 부정하고 스스로 가부장의 지위에 서고자 할 때 발생된다. 이러한 무의식으로 인해 오라비의 시선을 가진 남성 화자들은 '누이'들의 기구한 사연을 폭로하고 더불어 아비의 무능을 폭로하는 것이다.

앞서 언급했던 〈슬픈 모순〉의 '동순'은 아버지가 귀족의 첩으로 보내려 하고, 《무정》의 '영채'는 아버지의 죽음(비록 시대적인 이유를 수반하는 것이지만)으로 인해 기생이 되며, 〈어느 소녀의 사死〉(김일엽, 1920)의 '명숙'은 아비의 빚 때문에 자신이 팔려가는 사연을 신문사에 폭로함으로써 억울함을 호소하고자 한다.[193] 아버지의 무능으로부터 이들을 보호하고자 나선 이는 바로 '오라비'이거나 적어도 '오라비'의 위치에 서 있는 남성들이다. 구원자 역할을 하는 이들의 행위는 스스로 무능한 아버지를 몰아내고 그 자리에 앉으려는 일종의 정치적인 무의식의 발현으로 읽을 수 있다. 오라비로서 갖는 애정은 아버지에 대한 비판 또는 아버지의 부재 속에서 스스로 영웅으로 거듭나고자 하는 남자 주인공들의 욕망을 반영하고 있기 때문이다.

근대소설에 나타나는 오라비들의 활약상은 가히 영웅적이다. 이광수의 〈재생〉에서 '순영'을 첩으로 만든 사람은 친오라비인 '순기'지만 이에 반해 '봉구'는 선량한 오라비 역할을 함으로써 그녀를 구해준다. 박영희의 〈결혼 전일結婚前日〉(《개벽》,1924.5)에 등장하는 오라비는 부모가 쓴 돈 삼백 원 때문에 강제로 결혼당하는 누이와 함께 가출함으로써 그녀를 지켜낸다. 한편 이러한 오라비 영웅심은 누이들이 아버지의 부재를 슬퍼하기보다 자신을 보호하고 지켜줄 오라비의 부재를 슬퍼하는 간접적 방식으로 그려지기도 한다. 박영희의 〈동정—어떤

---

193 김일엽의 〈어느 소녀의 死〉(《신여자》,1920.4)의 주인공 '명순'은 정혼자가 있지만 아버지의 빚 때문에 장안의 불한당 민병준의 첩이 될 위기에 몰려 있다. 명순은 두 통의 유서를 남기고 한강에 투신한다. 한 통은 부모에게 보내는 것으로 "부모가 자식을 못되게 만드는 죄를 범하는 것이니 차라리 자기가 생명을 버리고 부모를 회개시킴이 옳은 듯하다"라는 내용이며, 또 다른 편지는 신문사 기자에게 남기는 것으로 자기와 같은 운명으로 죽는 여자가 많다는 사실을 알리는 내용이다. 여기서 '편지'는 명숙의 억울함을 제삼자에게 알림으로써 아버지의 무능으로 인해 초래되는 불행을 사회적으로 폭로하는 역할을 하고 있다.

슬픈 여자의 우스운 이야기〉(《신여성》,1925.11)의 '나' 는 여공 또는 간호부 생활을 하느라고 청춘을 보내는데, 자신을 지켜줄 오라비가 죽었기 때문에 직업전선에 나서게 되었다는 식으로 생각한다.

이들 소설에서 중요한 것은, 아버지의 무능을 꾸짖는 오라비들의 욕망과 시각으로 인해 희생양의 여성 표상이 형상화되었다는 점이다. 이러한 표상의 이면에는 아버지를 부정적으로 바라보고 그와 대결함으로써 아버지를 넘어서고자 하는 아들의 욕망이 놓여 있다. 1920년대 전후의 소설들에서 보이는 이러한 오이디푸스적 갈등 또는 욕망은 아버지에 대한 경쟁 심리와 모방 욕구에 근거한 '남성' 들의 욕망이다. 이것은 근대교육을 받은 아들 세대와 봉건적 질서를 따르는 부모 세대와의 대립이 촉발한 것이라 할 수 있다. 소설들에서 아버지는 무지하면서 전제적인 힘을 휘두르는 폭군처럼 묘사된다. 그러한 아버지의 무능에 의해 비록 누이들은 희생되지만, 근대교육을 받고 예술에 대한 이해를 공유할 수 있는 여학생 누이들의 경우는 오라비들을 지지하는 동조자가 된다.

무능한 아버지로부터 누이를 구하는 '영웅' 으로서의 남성 인물들은 '유혹자' 표상에서 그려지는 '마음이 약한' 남성 주체와는 대조적이다. 그러나 양쪽의 남성 주체들이 자기애적인, 즉 나르시시즘적인 측면을 보인다는 점에서는 동일하다. 유혹자들에게 마음을 빼앗긴 남성들이 자기 슬픔에 도취되어 있다면, 누이를 구하려는 강한 오라비들은 자신의 영웅적 행위에서 발휘되는 힘에 도취되어 있다. 이들은 모두 자신이 상상한 자신의 모습에 근거해서 행동한다는 점에서 풍차를 향해 돌진하는 돈키호테들이다.

03

여학생 – 유혹자와
매춘부 – 유혹자의 내면 구성

앞서 말했듯이 '여학생 – 유혹자'와 '매춘부 – 희생양', '여학생 – 희생양'의 여성 표상에 기본 동력이 되는 것은 남성의 오이디푸스적 욕망이다. 즉 오이디푸스적 욕망으로부터 표상된 각각의 여성들은 남성 화자의 욕망으로부터 구성되고 고안된 지위를 갖는다.

이들 표상된 여성들 중에서 가장 문제가 되는 것은 '유혹자'이다. 이 유혹자들은 남성의 입장에서 볼 때 가장 강한 갈등을 불러일으키는 존재다. 희생양으로서의 여성들은 아버지의 무능과 악덕의 증거가 됨으로써 '아들(오라비)'의 윤리적 승리를 가져다줄 수 있지만, 유혹자로서의 여성들은 자발적인 매춘의 행위나 유혹적 태도를 보여 남성 화자의 질투를 일으키고 감정의 평형을 깬다.

1920년대 초반의 소설 중에는 여성 '유혹자'들이 화자로 등장하여 스스로의 악행을 고백하고 참회의 눈물을 흘리는 소설이 있다. 이들 소설에 등장하는 '유혹자' 화자들은 고백과 참회의 언술을 통해 유혹자로서 대상화됨을 거부하기도 하며 위악적으로 자신이 유혹자임을 인정하는 다중적인 내면을 보여준다. 유혹자들의 참회는 유형적으로 고백의 형식으로 표현되곤 한다.

권력에의 자발적 복종과 여학생−유혹자의 고백

'여학생'에 대한 남성의 욕망은 대부분 성취되지 못한다. 그것은 여학생과의 연애에 방해자가 있기 때문이다. 그 방해자들은 여학생의 주변에 있는 남성 경쟁자이기도 하고, 조혼한 구여성 아내[194]이기도 하며, 때로는 스스로의 우유부단한 성격 자체이기도 하다. 그러나 가장 큰 방해물로 지목되는 것은 여학생의 성적 방종이다. 이렇듯 방종한 여학생들은 때로 신성한 사랑을 훼손했음을 자인하는 참회의 눈물을

---

194 조혼한 아내 또는 어릴 적 정혼자로 인해 사랑이 성취되지 못한 경우에 갈등은 조혼한 아내와 남편 간의 갈등이 아니라 집안과 남편 사이에 벌어진다. 조혼한 '아내'는 지식인 남성과 여학생의 연애에 있어서 방해자이기는 하지만 존재가 소설에 등장하지는 않는다. 시골에 조혼한 아내가 있다는 식의 서술로 그 존재를 간략하게 처리해 버리는 것이 조혼한 구여성이 표현되는 방식이다. 또 구여성이 남편들의 비도덕성에 강하게 항의하는 경우도 거의 없다. 많은 경우는 아니지만 구여성들의 심적 고통이 그려지는 경우는 대개 봉건적 억압과 질곡에서 벗어나려는 구여성들의 자각과 변신을 다루는 맥락에서이다. 신여성이 아니기 때문에 버림받은 구식 아내가 '교육'을 받음으로써 신여성으로 변신하는 인물로는 김일엽의 〈自覺〉(《동아일보》, 1926. 6.16—29)의 임순실을 들 수 있다. 1930년대의 장편소설에서는 심훈의 〈직녀성〉(1937)의 인숙도 그러한 인물이다. 〈자각〉의 임순실은 남편이 여학생과 연애를 한다는 소식을 듣고는 아이를 남편에게 보낸 뒤 여학교를 다니며, 〈직녀성〉의 인숙 역시 남편에게 강간당하여 시집에서 쫓겨난 뒤 학교를 다니면서 자립적으로 살아간다. 이렇게 근대적인 교육을 받지 못한 구식 여성의 변모는 강경애의 《인간문제》에서도 발견된다. 이 소설 속의 구여성인 '선비'는 공적인 노동 공간에 편입됨으로써 근대적 주체 또는 저항의 주체로 거듭나는 모습으로 변신한다.(《인간 문제》와 구여성의 자각에 대해서는 김민정,〈일제시대 여성문학에 나타난 구여성의 정체성에 관한 연구〉,《여성문학연구》14, 2005.12 참조하였다.)

흘리기도 한다. 염상섭의 〈제야除夜〉는 바로 참회의 눈물을 흘리는 여학생을 그린 대표적인 소설이다.

〈제야〉의 '정인'은 과거 자신의 모든 남성 편력에 대해 편지로써 남편에게 고백한다. 정인은 옛 남자들인 P와 E와의 교제는 모두 '장난'이거나 '독일유학'이라는 이해타산을 위한 것이라 고백한다. 정인은 P의 아이인지 E의 아이인지 알 수 없는 임신을 한 채 대구의 은행 지점장이 된 A(남편)와 결혼한다. A는 정인의 임신 사실을 의심하게 되고 부부의 갈등은 커져만 간다. 결국 정인은 혼자 대구에서 친정인 서울로 상경하여 해산날을 기다린다. 그 사이 남편이 일본 본점으로 전근을 가서 새로이 '색시'를 구한다는 소문을 듣고 정인은 남편을 원망한다. "Y가튼 계집애는 結婚한 後까지 留學한 동안에 그것도 敎師질, ○○질, 함부루 하다가 그야말로 山ㅅ덤이갓튼 배를 안고 단여도 男便이 용서하야주기 때문에 只今도감쪽가티 속이고 先生님소리를 듯지안나…… 그뿐인가! 참氣막히지, S는 ○○을 뒤집어서 미리 姙娠할 念慮까지 없애야 놋코 別別짓을 다—하며 돌아단여도 講演會란 講演會에는 빠지는일이 업는"[195] 주변 인물들과 비교하여 자신만이 과거 사실로 인해 남편으로부터 버림받는 것에 대해 억울한 심정도 드러낸다. 이러한 원망은 크리스마스 이브에 도착한 남편의 편지로 인해 사그러진다. 그 편지는 "나에게 貞仁은 全이요, 愛냐 名譽냐의 문제가 아니라 愛냐 死이냐의 문제요……"라며 정인과의 화해를 청하고 있었기 때문이다. 그러나 정인은 남편의 화해를 받아들이는 대신 자살로써 자신을 처벌하기로 결심한다.

남편이 보낸 화해의 편지는 정인으로 하여금 자신의 죄를 인정하고

---

195 염상섭, 〈제야〉,《염상섭전집》9, 민음사, 1987, pp.106~107.

뉘우치는 계기가 된다. 그녀의 죄는 이해타산적으로 남성을 선택함으로써 '순수한(참)' 사랑에 위배되는 행위를 한 것이다. E가 독일유학을 갈 남자이기 때문에 그에게 끌렸다는 것, 자신이 첩의 자식이라는 약점 때문에 이혼남인 지금의 남편 A를 선택했다는 것 등의 계산적 행위는 순수한 사랑에 정면으로 배치되는 것이다. 정인은 자신의 연애에 대해 "나는 異常한 女子이엇습니다. 戀愛를 하는 것이 안이라 競爭을 합니다. 다시 말하면 性僻을 戀愛하고 勝利를 戀愛하고 戀愛를 戀愛합니다"[196]고 고백한다. 정인은 자신이 연애의 참다운 의미를 추구한 것이 아니라 단지 연애라는 형식에 집착했을 뿐이며 자신이 참사랑을 훼손하였음을 인정한다.

화자로 하여금 자신의 방종한 연애 행각을 고백하게 하는 이유는 방종한 연애 행각과 대비되는 참사랑 또는 진정한 사랑을 부각하기 위한 것이다. 일반적으로 '고백'이라는 담론은 고백의 발신자가 수신자의 권력에 복종하는 행위다. 고백을 요청하고 강요하고 평가하는 동시에 판단하고 용서하고 위로하고 화해시킬 수 있는 힘을 지닌 상대방이 바로 고백의 전제조건이다.[197] 고백을 통해 어떤 진실을 산출하고 스스로 자유로워지고 해방된다는 믿음 아래 〈제야〉의 정인은 자신의 가장 내밀한 성적 방종을 밝힌 것이다.

그렇다면 정인의 과거를 듣는 사람은 누구이며 그것을 평가하는 사람은 누구인가. 표면적으로는 이 편지의 수신자인 남편 A이다. 그는 '용서'의 이름으로 그녀에게 먼저 관용을 베풀 수 있는 권력을 드러내 보인다. 그러나 한편으로 이 고백체 소설이 내포 독자implied reader이가

---

196 위의 책, p.80.

197 M. Foucault, 《성의 역사1·앎의 의지》, 이규현 옮김, 나남출판, 1990, p.79.

정인을 용서할 권력을 가진 집단은 여학생을 결혼 상대로 생각할 수 있는 '남성 지식인'이라 할 수 있다. 방종한 아내를 용서할 수 있는 아량을 가진 A는 바로 이 남성 지식인의 대표일 뿐이다. 남성 지식인들은 바로 여성의 '고백'을 형성시키는 권력자로서 그 고백을 들음으로써 일종의 관음증적 욕망을 충족시킨다.

실제로 정인이라는 여성 화자의 고백은 자신이 관계했던 남성들과의 사건들을 매우 구체적으로 묘사함으로써 '여학생-유혹자'의 이중생활을 들여다보고자 하는 남성들의 관음증적 욕망을 충족시킨다. 정인은 매춘부의 행위나 다를 바 없는 방종한 행위의 자초지종을 주저 없이 말하는 것은 물론 자신의 행위에 대해서도 판단을 내린다. 그녀는 머리로는 "정조는 상품도 취미도 아닌 숭고하고 순일정화한 감정에서 나오는 愛의 자유로운 표현"임을 잘 알고 있고 이것을 말로 떠들기도 했지만, "자신의 정조는 훌륭한 상품이었고" "정조로 학자금과 생활비"를 얻으려 했던 사실들을 폭로함으로써 자신의 행위가 얼마나 표리부동한 것이었는지를 표현하는 것이다.

이러한 정인의 고백 행위는 수신자의 권력에 자발적으로 인정하고 복종하는 형태라는 점, 그리고 이러한 여성 화자에 의한 고백체 소설이 권력과 복종의 문학적 장치라는 점은 〈제야〉와 직접적으로 영향을 끼친[198] 아리시마 다케오의 《돌에 짓눌린 잡초(石にひしがれた雜草)》와의 차이를 통해 확연해진다. 편지 형식의 고백체 소설인 《돌에 짓눌린 잡초》의 화자인 '나'는 성적으로 방종한 'M子'를 아내로 둔 남성이며, 편지를 받는 대상은 아내의 정부다. 그는 편지로써 자신이 겪은

198 〈제야〉의 직접적인 창작 주체가 아리시마 다케오의 《돌에 짓눌린 잡초》라는 사실은 김윤식의 《염상섭 연구》(서울대 출판부, 1987)에서 제기되었다.

사건의 전말을 아내의 정부에게 모두 밝히는데, M子가 자신과 결혼하게 된 계기에 이해타산이 있었으며 결혼 전의 방종한 생활을 자신이 용서했음에도 불구하고 육욕을 이기지 못하고 불륜을 저질렀으므로 자신이 그녀를 응징했다는 사연이다.[199]

《돌에 짓눌린 잡초》의 '나'는 고백의 목적이 없다는 점을 명시하고 있다. 그는 M子를 성적으로 기갈 상태로 만든 다음 발광 상태로 몰고 간 복수의 주체로서 도덕적 우월을 가지고 있다. 즉 도덕의 집행자로 행세함으로써 스스로 권력자임을 내보인다. 다만 그는 '조금 격이 떨어지는' 권력의 소유자라고 할 수 있는데, 그것은 아내의 정부에 대한 질투나 아내에 대한 증오를 직접적인 복수의 형태로 나타냄으로써 스스로 감정의 노예가 되었음을 노출했기 때문이다. 《돌에 짓눌린 잡초》의 '나'는 김동인 〈마음이 여튼 자여〉의 '나'와 유사한 면이 있다.

《돌에 짓눌린 잡초》의 남성 화자와는 달리 〈제야〉의 여성 화자(정인)에게는 아무런 도덕적 우월성이 없다. 그녀는 이미 비도덕적인 인물이며 모든 부정한 사건의 원인이기도 하다. 〈제야〉에서 '정인'은 남편에게 고백을 하고 용서를 구한다. 동일하게 성적으로 방종한 아내를 두었음에도 《돌에 짓눌린 잡초》의 '나'보다 〈제야〉의 남편은 아내로부터 '고백'이라는 자발적인 항복과 뉘우침을 받았다는 데서 한 수 위라고 할 수 있다. 즉 〈제야〉에서는 '여학생-유혹자'의 자발적인 복종을 받아들이는 권력자로서의 지위가 훨씬 강화되었음을 알 수 있다.

〈제야〉와 유사하게 '여학생-유혹자'의 고백을 보여주는 소설인 김명순이 〈칠면조七面鳥〉(1921~1922)에 등장하는 여성 화자는 수신자인

---

199 《돌에 짓눌린 잡초(石にひしがれた雑草)》의 소설 내용에 대해서는 류리수, 〈한일근대서간체 소설을 통해 본 신여성의 자아연소〉(《일본학보》50집, 2002.3)를 참조하였다.

존재를 지나치게 의식하여 훨씬 위축되어 있는 축에 속한다. 그 자신이 이 시기의 대표적인 신여성으로서 스캔들의 주인공이기도 했던 여성 작가 김명순의 소설 〈칠면조〉에서는 여성 화자가 자신의 과거를 떳떳하게 대면하지 못한다. 과거를 언급하되 그 전모를 감춤으로써 권력을 가진 수신자의 존재를 강하게 의식하고 있음을 보여준다.

이 소설은 화자인 '나'(순일)가 '니나 슐츠'라는 선생에게 '사교계에 나서려는 한 처녀가 실패한 경력'을 말하는 고백이라는 점에서 일단은 〈제야〉와 동일한 형식을 갖고 있다. '나'는 한밤중에 K부婦를 찾아온다. 그곳에서 이전에 안면이 있는 'D' 군을 찾고, 그의 소개로 M여사, Y여사, H 등과 교제를 갖게 된다. '나'는 그곳에서 TS 학교 전문부 가정과에 입학하지만 보증인도 세울 수 없고 본가에서도 월사금을 보내지 않는다. 그러나 '나'를 더 괴롭히는 것은 이러한 경제적인 어려움보다도 'H'에게 말실수를 한 것이다. '나'는 H에게 해명의 편지를 보낸다. 보증인과 월사금 문제는 Y여사가 소개한 박 부인의 남편 '박홍국'이 해결해 준다. 박홍국은 '나'의 자취방으로 자주 찾아오고 N군에서 의대를 다니는 '나'의 남동생은 '나'의 행실을 비난하는 편지를 보내온다. 우울해진 '나'는 D의 집에서 피아노를 빌려 치며 마음을 달래려 한다. 이러한 즈음에 D도 '나'의 자취방에 놀러 오게 된다.

김명순의 〈칠면조〉는 명료한 스토리를 파악하기 매우 힘든 소설이다. '순일'이라는 여학생이 왜 K부로 왔으며 구체적으로 어떤 일이 있었는지 불명료하다. 짐작할 수 있는 것은 그녀가 동경에서 어떤 사건을 겪은 뒤 K부로 도피하여 왔으며, 이 사건을 H가 안다고 느끼게 되자 예민해져 H에게 실수를 했다는 것, 그리고 집안으로부터 버림을 받아 경제적으로 곤궁해져 있으며 이를 도와준 박씨와 D가 '나'의 자취방에 드나들기 시작한다는 사실들이다. 독자들은 순일의 심리적 반응을 통해 동경에서 있었던 과거 사건의 진상을 간접적으로 추측할 수 있을 뿐이다.

조금 있다가 H씨께서 좀 동떨어진 말씀으로

「왜 피아노 안 치셨어요」

하셨습니다.

그 때 저는 크리스마스에는 피아노를 치고 망년회에는 치라는 것을 안쳤지만 H씨는 그 때 이미 동경에 안계실 때인고로 아실 일이 없을 터이라 생각하면서

「언제요?」

하고 좀 당돌한 음성으로 물었습니다.

H선생은 크리스마스에 분주하셔서 제 피아노 소리를 듣지 못하셨던지

「크리스마스에요, 편지까지 해드렸더니」

하시는 것을 듣자마자 저는 고개를 숙였다가 어떤 연고인지 급작히 고개를 들고

「몇 번을 쳐야 다 쳐요?」

하고 발사적으로 날카로운 음성을 토했습니다. H선생은 그만 머리를 숙이고 낯을 붉히셨습니다. (…인용자 중략…) 그 이튿날 잠을 깨서 거울을 보매 티가 앉은 얼굴에 더군다나 어두운 그림자가 나타나 보입디다. 저는 그 아침에 양치질과 세수를 하며

「내 자신아, 얼마나 울었느냐, 얼마나 앓았느냐, 또 얼마나 힘써 싸웠느냐, 얼마나 상처를 받았느냐, 네 몸이 홀홀 다 벗고 나서는 날 누가 너에게 더럽다는 말을 하랴?」

하고 스스로 사랑하는 마음을 일으키며 뜨거운 눈물을 섞어 낯을 씻고

방으로 들어와서 분을 발랐더니 옆에서 Y여사가 「분도 많이는 바른다」
하면서 자기도 두 손바닥에 분물을 따르더니 박박 길다란 얼굴에다 문지
릅니다.

저는 불쾌한 것을 억지로 참으며 무엇이라고 M여사와 Y여사에게 이야
기를 하였더니 Y여사가 또 「부끄러운 줄 몰라」하고 동떨어진 반말을 내
놓았습니다.[200]

H선생의 말은 순일이 동경에서 겪었던 괴로운 사건을 연상시키고
이에 순일은 감정적으로 날카로워진다. 그녀는 모든 사람들이 자신을
비난하는 것만 같다. 잠을 이루지 못한 순일은 아침에 일어나 양치질
과 세수를 하면서 자기연민에 빠지기도 한다. 〈칠면조〉에서 원인이
잘 파악되지 않는 스토리와 순일의 심리적 불안감은 '동경에서 있던
사실'에 대한 죄의식 때문이다. 이 죄의식의 강도는 매우 높아 그 사
실을 진술할 용기를 잃게 한다. M여사나 Y여사 모두 자기의 '비밀'을
알고 비난하는 것으로 생각할 만큼 그녀는 일종의 편집증을 갖고 있
다. 순일에게는 무언가 강한 수치심을 느낄 정도의 성적인 비밀이 있
는 것으로 추측된다. 또한 현재 상황도 성적인 유혹으로부터 자유롭
지 못한데, 그것은 본가로부터 아무런 경제적 원조를 받지 못하고 있
는 경제적 빈궁이 순일로 하여금 박흥국이라는 인물의 유혹에 빠져들
도록 하고 있기 때문이다.

제목인 〈칠면조〉가 암시하듯 순일은 자아분열적이며 그녀의 진술
도 일관성이 결여되어 있다. 이에 비해 〈제야〉의 정인은 자신의 연애

---

200 김명순, 〈칠면조〉,《개벽》, 1921.12~1922.1 인용문은 김상배 편, 《한국근대여류선집 김탄
실—나는 사랑한다》, 솔뫼, 1981, p.147.

행각의 전모를 모두 폭로하고 용서를 구하는 축이다. 이러한 차이는 고백자가 수신자를 의식하는 정도에 따른 것인데, 정인의 경우 죽음을 전제로 자신의 비밀을 폭로했기 때문에 대상에게 비교적 떳떳할 수 있는 반면 순일의 경우는 이러한 자기처벌이 없다. 고백 주체의 자기보존 욕구가 강하기 때문에 겪은 일의 전모를 밝힐 수 없는 것이다.

〈제야〉의 정인과 〈칠면조〉의 순일이라는 여성 화자의 고백은 서로 차이가 있기는 하지만 〈마음이 여튼 자여〉의 남성 화자 K와 같은 고백 행위를 통한 자기긍정[201]을 갖지 못한다는 점에서는 동일하다. '여학생-유혹자'의 전형인 정인이 스스로에게 자살이라는 처벌을 내리는 것은 참사랑을 훼손한 책임 때문이기도 하지만 고백을 통해 자신의 내밀함까지 훼손되었기 때문이다. 이와는 달리 〈칠면조〉의 순일은 적극적으로 자기처벌을 하지 않기 때문에 죄의식의 사슬에 강하게 매여 있고 더불어 '모든 것'을 고백하지 못한다.

정인의 경우에서 알 수 있듯이 소설 속의 여학생들은 돈 많은 남자에게 이끌리는 부정적인 인물로 그려지고 처벌당한다. 사랑이 이해타산이나 경제적 이유로 맺어져서는 안 된다는 연애의 모럴은 앞서 분석했다시피 근대적 교육을 받는 여학생에게 강하게 요구되는 부분이다. 나도향의 〈출학〉(《배재학보》,1921.4)에서 '영숙'은 재산가의 아들에게 정조를 잃게 되자 애인인 병철을 배반할 수밖에 없었고, 이 사실을 편지로 고백한다. 그것은 돈 많은 남자에게 무의식적으로나마 이끌림

---

201 〈마음이 여튼 자여〉의 K는 Y에 대한 육욕에 시달리고 있었고 이러한 사실을 고백함으로써 번민을 극복하고 있다. 이러한 K의 고백은 여성 화자들 고백과 차별적이다. K가 이러한 번민 속에서 일어나는 파토스를 강조함으로써 어떤 모종의 쾌락을 얻고 있다는 점도 여성 화자들과 차별되는 지점이다. 여성 화자들의 고통은 번민이 아니라 죄의식에서 비롯되고 있고 이러한 죄의식은 고백을 통해서도 희석되지 않는다.

으로써 순수한 사랑에 대한 믿음을 깨뜨린 것에 대한 속죄다. 그녀 역시 자살로 스스로를 처벌한다는 점에서 〈제야〉의 '정인'과 동일하다.

연애의 모럴을 위반한 여학생들이 자기처벌로써 자살한다는 플롯은 근대적 인간상에 내재된 모순을 은폐하기 위한 것으로 보인다. 근대인들은 두 가지의 모습, 즉 경제적 생산 활동에 얽매여 있으므로 이해타산으로부터 자유로울 수 없는 모습과 순수한 인간성에 기초한 '참사랑(순수한 사랑)'을 할 수 있는 모습을 동시에 가지고 있다고 믿는다. 그러나 이 두 가지의 모습은 모순적이어서 종종 충돌을 일으키며, 그 충돌은 근대인들의 자기 이해에 있어서 해결될 수 없는 모순으로 존재한다. '여학생'들은 죽음을 전제로 자신들의 육체적 비밀을 누설한다. 그 비밀이란 여성 개인의 성적인 비밀이지만, 넓게 보면 그것은 근대의 비밀이다. 그녀들은 사랑이 경제적 이해관계로부터 자유로울 수 있다는 근대인들의 환상이 허구라는 사실을 누설한 책임 때문에 '죽음'을 당한다. 이때의 죽음은 생물학적인 죽음이라기보다는 사회로부터 축출됨으로써 그 존재가 지워지는 상징적인 죽음이라고 해야 타당하다. 이러한 의미에서 돈 많은 남자에게 끌려 가난한 연인을 배신하게 되는 '여학생-유혹자'들은 실제로는 자살을 '당하는' 역설적 존재다. 그러기에 '여학생-유혹자'는 근대인들의 자기 이해의 모순을 은폐하기 위한 또 다른 의미의, 그러나 진정한 의미의 '희생양'이다. 여학생의 죽음은 '사회'라는 대타자의 균열과 모순을 감추는 일종의 희생제의적 성격을 갖기 때문에[202] 아버지의 무능으로 매춘부가 된 처녀들보다 본질적인 의미의 진짜 희생양일 것이다.

202 S. Zizek, 《당신의 징후를 즐겨라》, 주은우 옮김, 한나래, 1997, p.118.

기생 또는 '매춘부 – 유혹자'의 내면

'여학생'과 더불어 1920년대 소설에 자주 등장하는 인물은 '기생'이다. 근대적 여성 주체가 일부일처제, 자유연애, 자율성이라는 모토로 구성되어 있다면 기생은 이러한 여성 주체의 가장 대극적인 위치에 있다.[203] 여학생이 성적 시선에 노출되었으므로 기생 또한 비슷한 대상이라고 생각할 수도 있지만, 기생은 일부일처제를 바탕으로 한 새로운 가족제도에서도 배제된 대상이라는 점에서 여학생과는 결정적으로 차이가 있다. '여학생을 보러 예배당을 가는' 행위와 '기생을 보러 요릿집에 가는 것'을 동일하게 인식하는[204] 시대에 기생들이 스스로를 여학생과 진정으로 동일하다고 생각하는 것은 착각일 수 있다. 김동인의 〈겨우 눈을 뜰 때〉의 '금패'는 바로 그러한 생각이 자신의 착각이었음을 깨닫고 우울해한다.

녀학생이라는 것이 차차 변하여젓다. 以前에는 三十以上의 늙은 녀학생들이 만터니 차차 어린 녀학생들이 보이게 되엇다. 그와함께 녀학생들의

---

203 여기서 말하는 '근대적 주체 세우기'란 자유연애 담론 속에서 강조되었던 새로운 인간 유형―구습에 억매이지 않고 스스로의 행동을 자율적으로 결정하는 인간을 말한다. '여성'의 경우 근대적 주체는 억압받고 학대받는 가정을 벗어나 성적 자율권과 사랑의 선택권을 갖는 '새로운(新) 여성상'으로 제시된다. 이 과정에서 '매춘부'의 대명사격으로 치부된 '기생'들은 '새로운 여성상'에서 배제되는 대표적인 인물 유형이 된다.

204 염상섭, 〈너희들은 무엇을 어덧느냐〉, 《염상섭 전집》1, 민음사, 1987, pp. 241~248. 안석태와 숭환, 병수는 요릿집에서 기생을 물려 유흥을 슬기면서 다음과 같은 대화는 나눈다. "기생 보러 요리집에 오거나 여학생 보러 예배당에 다니거나 심리작용은 매한가지", "돈으로 계집을 사는 것은 자랑할 일은 못되지만 오늘날 같이 성적 자본주의가 깊이 뿌리 박은 세상에서는 하는 수 업는 일" "기생만이 아니라 통틀어 말하면 조선의 여성이라는 것이 근본적으로는 성적 자각이 없다는 것"

풍조가차차 사치하게되엿다. 이것을금패는「여학생들이 기생을 본밧는
다」부르고 이긴者의 쾌락을 맛보는마음으로 이를 보앗다.

노새 젊어서 노새

늙어지면 못노너니

이 노랫가락한구절이 금패의 가장잘하는 노래이엇섯다.

때때로 녀학생들이 기생을 경멸하는 것을 볼때에는 그는 성은커녕 오히
여 통쾌하엿다.

그들 (녀학생)은 자긔네 기생과가치 마음대로 거드러거리지못함으로 시
긔함이라 금패는 이러케 생각하엿다. [205]

성격이 쾌활한 '금패'는 스스로 기생이 된 만큼 기생 일에 자신이
있을 뿐더러 이를 즐기기까지 한다. 그녀는 여학생들이 치장을 하기
시작하면서 자신들과 비슷한 모습, 즉 '기생 같은' 모습이 되어가자
통쾌함을 느낀다. 그렇지만 이러한 금패의 승리감에 균열이 생기는
것은 그 여학생들의 10년 후의 모습을 상상할 때다. 여학생들이 시집
간 후의 모습은 '피아노 책을 보고 있는 마누라, 양복 입은 어린애, 여
행'으로 떠올려지지만 자신들의 10년 후는 '첩, 병, 매음, 본마누라 싸
움'이 떠올려지는 비참한 삶이기 때문이다. 이러한 상상보다 금패에
게 결정적으로 심적 타격을 준 것은 "밤에 일하는 기생은 사람이구두
人類에 들지 못하는 박쥐 같은 존재"라고 말하는 손님의 말이다.

「이세상에, 사람이구두 사람이 아닌 것에 두종류가 잇는데, 하나는 기생
이고 하나는 딍역군이야. 그런데 여의 特別히 쥬의할 현상은 무엇이냐하

205 김동인, 〈겨우 눈을 뜰 때〉,《개벽》, 1923.7~11. 인용면은 23년 7월호 p.7.

면 두者다ㅡ 사람은커녕 오히려 짐생보담두 썩 못할 대우와 속박을 밧구 잇다는 点이네. 그것은 나보담두, 자네가 더잘알겟네. 즉사람이구두 사람이아닌 者는 짐생以下의대우를 밧는단말이야. 그런데 여게더안된 것은 기생이라는ㅡ사람이라 해주지ㅡ 기생이라하는 사람은 자긔네 생활에 滿足ㅡ은커녕 慢心을 품고잇지안나. 자긔는 妓生閣下루라구⋯⋯ 나는 이러케 생각햇네ㅡ 사람이란 경우를 따라서 온 이러케까지 極端의 바보두되구 이러케까지 根性의꼬리까지 썩는거시냐구. 우리들은 우리들 자긔의 生活에두 滿足을 못하는데⋯⋯」[206]

금패가 일본어를 모르는 줄 알고 기생에 대해 일본어로 함부로 말하는 손님의 말은 금패에게 충격을 준다. 손님은 기생들이 누군가에 의해 "짐승 이하의 대우"를 받으면서도 그것을 자각하지 못한 "기생각하"인 양 착각하는 바보라고 조롱하고 있다. 나름대로 기생 일에 만족하면서 사는 금패가 자신을 바라보고 대상화시키는 타자의 시선을 인식하는 순간이다.

〈겨우 눈을 뜰 때〉의 금패는 기생을 둘러싼 근대적 담론을 기준으로 보았을 때 여러 모로 이질적인 인물이다. 사회적 담론에서 기생은 매춘부의 대명사로서 척결의 대상이며, 근대소설에서는 '희생양'으로 표상되거나 자신의 직업과 신분에 걸맞게 '유혹자'의 역할을 하는 인물로 표상되곤 했다. 《무정》의 '영채'처럼 양반가의 딸로 기생이 됨으로써 그리고 《환희》(나도향, 《동아일보》, 1922.11.21~1923.3.21)의 '설화'처럼 "십분의 구로 영철을 사랑할지는 몰라도 십분의 일은 결함"으로 인해 사랑할 자격이 없는 결격자로서 등장함으로써 비운의 '희생양'

---

206 김동인, 〈겨우 눈을 뜰 때〉, 《개벽》, 1923. 8, p.122.

이 되거나, 〈전화〉(염상섭, 《조선문단》, 1925.2)의 '채홍'처럼 안정된 수입이 있는 남자의 곁에서 자신의 잇속을 약빠르게 챙기는 경우가 일반적이다. 이러한 경우에 기생들은 모두 근대적 여성 주체 세우기에서 제외된 또는 탈락한 인물이다. 따라서 자발적으로 기생이 되어 만족감을 갖고 사는 금패와 같은 유형은 분명 이색적이다. 그러나 이러한 만족은 타자의 시선을 인식하지 못한 상태에서의 자기만족에 불과했다. 금패는 자신에 대한 타인의 생각을 인지하고는 이제까지 느껴보지 못한 우울에 빠진다.

돈에 팔려 억지로 기생이 된 불행한 소녀들, 즉 '매춘부 – 희생양'인 경우를 제외하면 대부분 기생들은 현실과 돈에 즉물적으로 반응하는 '화폐'와 같은 존재로 그려진다. 그러나 예외적인 경우도 있다. 현진건의 〈그립은 흘긴 눈〉에서 기생 '채선'은 원래 매춘을 하는 데 최소한의 가책이 없는 화폐와 같은 존재였지만 어떤 계기를 통해 인간다움, 즉 내면을 얻게 된다. 그녀가 이러한 내면을 얻게 되는 계기는 그녀를 사물이 아닌 '인간'으로 취급해 주는 한 남성 때문이다. 채선은 기생노릇이 싫증날 즈음 부잣집 아들인 '그'와 동거를 시작한다. 채선은 흡혈귀처럼 그의 집과 재물을 갈취하여 결국은 그를 경제적 궁지에 내몬다. 모든 것을 잃은 그는 채선에게 동반자살을 제안하고, 채선은 사태의 심각성을 깨닫지 못한 채 동조한다. 그와 채선이 동시에 아편을 삼켰을 때 그녀는 혀 밑에 아편을 숨김으로써 자살 연기를 벌인다. 죽어가던 그는 갑자기 채선을 살리려고 그녀의 목구멍에 손을 넣었고 채선은 그의 행동에 감동을 느낀다. 하지만 채선의 입에 아직 삼켜지지 않은 아편 덩어리를 발견한 그는 원망 어린 눈으로 그녀를 무섭게 흘겨보며 죽어간다.

경제적 궁지에 몰린 그가 자살을 제의하지만 "벌써 살림살이에 물려서 그러치 않아도 긔생생활이 그리운" 채선은 "나히 어리고 남에게 귀염밧든 일 호강하든 일"[207]을 아직 생생히 기억하는지라 동반자살이라는 것을 신파연극 보듯 재미있어 한다. 그러나 죽어가면서도 채선의 생명을 지키려 했던 그로 인해 그녀는 일깨워진다. 채선은 육체는 허락하지만 정신적 애정은 결여되어 있는 '매춘부'의 전형으로, 스스로 자신의 육체가 무엇과도 교환할 수 있는 화폐인 양 행동한다. 이 행동은 다소 위악적이다. 내면이 진짜 없는 것이 아니라 '없는 것처럼' 행동하는 것이다. 기생이 누군가를 사랑한다는 것이 아이러니이기 때문이고 누군가를 진정 사랑함으로써 상처받는 것은 결국 기생 자신이기 때문이다. 그러나 누군가가 자신을 '진짜' 사랑해 준다고 생각될 때 화폐나 사물과 같았던 기생의 진정성은 일깨워진다. 결국 자신을 살리려는 그의 행동에 감동하여 채선은 약을 삼키려고 노력하게 된다. 그러나 채선은 이러한 감동을 제대로 드러내지 못한다. 화폐처럼 행동하는 데 익숙해진 그녀는 다만 그의 "흘긴 눈이 떠오를 때마다 몸서리가 치면서도 정다운 생각"이 들고 "그리운 생각"이 든다는 진술을 통해 감정을 최소한으로 표현할 수 있을 뿐이다.[208]

자기 증식적인 슬픔과 증오의 파토스와 그 표현방식은 남성 화자들의 소유물이다. 여학생과 기생들은 이러한 풍부한 파토스를 소유하지 못한다. 여학생들은 참회의 눈물을 흘릴 뿐이고 기생들은 아무런 감

---

207 현진건, 〈그립은 흘긴 눈〉, 《폐허 이후》, 1924.1, p.92.

208 이미지 방식의 내면 표현은 현진건의 〈운수 좋은 날〉(1924)의 김첨지가 보였던 표현 방식과 비슷하다. 김첨지는 죽은 아내를 안고 오열하지만 그녀의 죽음에 대한 슬픔을 직접적으로 표현하지 못한다. 그의 슬픔은 "설렁탕을 사다놓았는데 왜 먹지를 못하니…" 하는 식으로밖에는 표현되지 못한다. 마치 기생 채선이 가진 죄책감과 그에 대한 그리움을 '그의 흘긴눈이 그립다'는 식으로 표현하듯 말이다.

정을 소유하지 않은 화폐처럼 행동한다. 이 점에서 지식인 남성 화자들과 여학생이나 기생 화자는 내면 현시의 위계 속에 위치될 수 있다. 남성 화자가 넘쳐나는 잉여된 파토스를 가진다면 여학생은 참회를, 매춘부(기생)는 한恨이라는 제한된 감정 상태를 표현할 뿐이다.

한편 제한된 감정과 내면 표현조차 허락되지 않는 '유혹자'들이 있다. 완전히 내면이 거세된 유혹자(기생이건 여학생이건)는 근대사회의 괴물처럼 그려지며 독자가 이러한 캐릭터를 자신과 같은 인간으로서 이해하기에 어려움을 겪는다. 내면이 없는 이들은 최소한의 동일시를 허락지 않는 캐릭터들이기 때문이다. 한국 근대소설에는 이러한 괴물과 같은 여성은 많지 않지만 주로 1920년대 남성 화자의 편지 속에 등장하는 요부형 여성들이나 염상섭의 《광분》(1929), 《삼대》(1931) 등의 장편소설에서 음모를 꾸미는 계모, 첩 등에서는 완전히 내면이 거세되어 있는 인물을 발견할 수 있다. 내면이 거세된 여성 유혹자는 일반적으로 소설보다는 영화에서 소위 팜므파탈로 등장하곤 한다. 한국의 근대문학에서 '유혹자'의 제한된 내면 표현은 상대적으로 풍부한 남성 지식인 화자의 파토스와 대조되어 내면의 현시의 위계구조를 보여준다.

04

관찰하는 자와 학대받는 자
— 매춘부 표상과 남성 주체

1920년대 초반에 형성된 여성 표상의 패턴은 대부분 1930년대 소설들에서도 그대로 드러난다. 그러나 1930년대 단편소설에서 남성 화자들은 강렬한 파토스를 드러내었던 1920년대 소설의 남성 화자들과는 대조적으로 대상에 대한 감정을 숨기거나 절제하는 냉정함을 보인다. 감정을 숨기거나 절제하는 냉정함은 1930년대 경성의 도시화를 사회적 배경으로 이들의 내면에 도시인들의 감성이 안착된 결과라고도 할 수 있다.[209]

한편 1930년대의 팽창하는 도시 공간은 소설들로 하여금 '매춘부'라는 표상을 선택하게 한다. 2부에서 언급했듯이 '매춘부'들은 '이상

---

[209] 도시 문화의 성격은 일시성transitory, 유동성fleeting, 우연성continency으로 정리된다. 이는 보들레르의 도시에 대한 통찰을 정리한 개념들이다. 보들레르는 도시의 근대성을 일시적이고 순간적이며 우연적인 것이라 말한다.(김왕배,《도시, 공간, 생활세계―계급과 국가권력의 텍스트 해석》, 한울, 2000, p.49.) 이러한 도시 문화의 특성 속에서 감정은 타인에게 보이지 않고 침묵함으로써 보호해야 하는 것이다. 짐멜(G. Simmel)은 도시가 화폐경제의 중심임에 착안하여 화폐경제 하의 특징이 도시 문화의 특징을 이루고 있음을 말하고 있다.

적인' 여성 규준에 미달되는 사회적 타자들이다. 여기에는 기생이나 여급, 유곽의 매음녀는 물론 여배우들이 포함될 수 있으며 '모던걸'로 지칭되는 도시의 유녀遊女들도 매춘의 혐의를 강력하게 풍기는 매춘부로 취급된다. '매춘부'는 도시의 소비문화적 특성을 유비적으로 드러낼 수 있는 기호가 되기도 하는데 화폐 지불이 인격적인 관계를 배제하듯 매춘도 인격을 배제한 성의 교환행위[210]이기 때문이다. 인격을 배제하는 화폐와 매춘은 화폐경제, 자본주의 경제 내에서 '돈'을 매개로 한 인간 삶의 방식과 유비적인 관계에 놓여 있는 것으로 인식되며, 이러한 의미에서 '매춘부' 표상에는 도시의 소비적 삶에 대한 동경과 거부감이 동시에 담겨 있다.

1930년대 소설 속의 남성 화자들은 내면적으로 오이디푸스적 갈등 상황을 일정 부분 극복하고 있는 것으로 보인다. 경쟁자 남성에 대한 질투, 배신한 애인에 대한 원망은 보이지 않기 때문이다. 그러나 그것은 보이지 않을 뿐 사라진 것이라고 하기 어렵다. 소설에 지속적으로 등장하고 있는 매춘부 표상을 볼 때 1920년대 초반 소설의 남성적 주체들과는 다른 방식으로 오이디푸스적 갈등이 변형되고 있다는 것을 알 수 있다.

1930년대 소설 속에서 표상되는 매춘부는 크게 두 가지 방식으로 드러난다. 하나는 매춘부라는 인물들이 가진 풍부한 이야기성에 주목

그는 도시인들이 심장 대신 머리로 반응하고 계산적이며 지쳐(싫증나) 있으며 남들에게 자신의 감정을 잘 드러내지 않는다고 지적하고 있다. 도시인들에게 감정의 영역은 합리적이고 계산적인 화폐 경제의 영역과는 달리, 개인의 사적인 영역으로서 타인에게 드러내지 않아야 할 사생활의 일부가 되는 것이다. 도시적 삶은 이러한 개인의 사적 영역과 교환 가치가 지배하는 화폐경제 사이의 긴장감을 요구한다. '감정'이라는 내밀한 사적 영역은 화폐경제의 논리가 투과되지 못하는 영역으로 치부된다.(위의 책, pp.143~147)

210 G. Simmel,《돈의 철학》, 안준섭·장영배·조희연 옮김, 한길사, 1983. pp.472~477.

하여 그녀들을 그려내는 경우고, 다른 하나는 가족주의로부터 탈주하려는 룸펜 인텔리들의 욕망을 매춘부라는 대상을 통해 투사하는 경우다. 전자는 관음증이라는 일종의 사디즘을 통해, 후자는 마조히즘을 통해 매춘부를 표상한다. 사디즘이 매춘부로 대표되는 도시 세태를 냉정하게 관찰함으로써 그 대상을 지배하려는 욕구를 담은 것이라면, 마조히즘은 룸펜 지식인 남성이 매춘부 여성에게 기생하거나 지배되는 모습을 보여줌으로써 가부장적 가치관을 비판하거나 조롱하는 효과를 갖고 있다.

이야기성의 원천으로서 매춘부와 관찰의 사디즘

중립적인 서술자와 매춘부에 대한 호기심

남성 주체는 매춘부들에 대해 우선 '직업여성'(여급, 기생)이 된 사연과 그녀들의 육체적 비밀에 관심을 보인다. 이것은 일종의 관음증적 욕망이며, 그 호기심은 '관찰'을 통해 해소된다. 호기심 어린 시선과 그 호기심을 충족하려는 관찰 행위가 바로 '이야기성' 형성의 원동력이 되는데, 매춘부들에 대한 관찰은 도시 풍속에 대한 객관적이고 중립적인 시선을 통해 서술되는 만큼 타인의 육체적 비밀을 즐긴다는 죄의식으로부터 비교적 자유롭다.

이태준의 〈불도 나지 안엇소, 도적도 나지 안엇소, 아무 일도 업소〉(1931)[211]의 K는 편집회의에서 게재하기로 결정된 '신춘에로백경집'

---

211 이태준, 〈불도 나지 안엇소, 도적도 나지 안엇소, 아무 일도 업소〉,《동광》, 1931.7.(인용은 《이태준 전집》1, 깊은샘, 1988, pp.123~132.)

코너를 채우기 위해 편집장이 지정해준 유곽지역으로 찾아간다. 그는 유곽에서 사내들을 유혹하는 소녀들을 보고 당혹스러워한다. 취재를 위해 손님임을 가장하여 "창부 같지 않은 흰두루마기를 입은" 여자의 집으로 들어간다. 그러나 그녀는 자신에게 '병'이 있으니 그냥 돌아가라는 말을 하면서 자신이 매춘부가 된 사연을 들려준다. 그녀의 부친은 '만세' 때 대동단에 끼어 외국으로 나가고 그녀는 유리공장에 다니면서 모친을 부양하던 중 공장 감독의 유혹에 넘어가 '몹쓸 병'에 걸리고 매음으로 생계를 꾸리게 된 것이다. 그녀의 모친은 딸의 타락에 충격을 받아 양잿물을 먹고 자살을 했다. 그녀는 모친의 시체를 옆방에 둔 채, 생계를 위해 K를 방 안으로 들였으나 그에게 '서비스'할 수 없는 사정을 말하고 이해를 구한다. 전형적인 희생양이었던 그녀의 사연에 K는 센티멘털한 감정을 이기지 못하고 "자기 동기간의 일처럼 울음이 터져 나오려" 함을 느낀다. 그러나 이러한 K의 센티멘털한 감정과 바깥세상의 냉정함은 대비된다. K가 그녀의 집을 뛰쳐나왔을 때 세상에는 "불도 나지 않았소. 도적도 나지 않았소. 아무일도 없소"라고 하는 듯한 야경꾼의 딱딱이 소리만 들린다. 야경꾼의 딱딱이 소리는 독립운동가의 딸이 모친의 시체를 옆방에 두고 매음을 할 수밖에 없는 충격적인 일을 무심한 이야깃거리로 만드는 세상의 일상적 흐름을 의미한다.

그녀의 사연은 도시적 일상 속에 파묻혀버리고 일회적인 해프닝의 차원으로 축소되고 만다. 도시의 소비문화는 인간들의 관계를 일시적이면서도 반복적인 것으로 만들고 '감정'의 영역을 개인성의 영역으로 국한시켜 버린다. K가 그녀에게 대해 느끼는 센티멘털한 감정은 1920년대 초반 소설의 남성 화자들이 보였던 강한 파토스와는 다르다. 그녀는 K에게 내면적 집착의 대상이 아니라 일회적으로 스쳐 지나가는 풍경으로서의 매춘부이기 때문에 K의 센티멘털한 감정은 지속적일 수 없다.

　매춘부들과 남성 주체와의 관계는 일시적이면서도 반복적이다. 매춘부는 이들에게 내면적인 욕망이나 집착이 아닌, 육체적 호기심을 불러일으킨다.[212] 박태원의 소설은 이러한 매춘부에 대한 관심이 다름 아닌 이야기의 원천임을 잘 드러내는 대표적인 텍스트이다. 박태원 스스로도 이 점을 다음과 같이 밝히고 있다.

　이해 봄에 술과 담배를 안 仇甫는 가을에 일으러 마침내 『カフエ』라는 場所에 발을 들려놓기 始作하였다. 惡友 二三名과 술값은 番次例로 물기로 定하고 부지런히 旭町 S軒를 드나들었다. 나는 쉽사리 『ハルコ』― 春子라는 芳紀 十九歲의 女性과 親했다. (…인용자 중략…) 仇甫는 우울하였다. 그의 『사랑』이 이와같이 두어마듸 말로 더럽혀질 줄을 그는 果然 몰랐든 것이다. 그는 惡友에게 그러한 言辭도 麗人의 純情을 冒瀆하지 말라고 叱責하였다. 그러나 그는 仇甫를 비웃고 『아니 그럼 君은 春子가 무어 處女인줄 알구 있는 모양인가?…』

한마듸하고는 阿阿大笑다. 仇甫는 그지없는 侮辱을 느꼈으나 亦是 惡友의 말을 是認하지 않는 수 없었다. 그는 마침내 이 끝없는 哀愁를 數篇의 戀愛詩에 담어놓고 다시는 S軒에 발거림자도 안했다. 그리고 혼자 무던이나 슬퍼 하였다. 그러나 그러한 感情은 퍽 『文學的』이라 느끼고 仇甫는 한 便으로 自己가 作家로서 貴重한 한 個의 體驗을 얻을수 있었음을 기뻐하였다.[213]

---

212 이태준의 또 다른 소설 〈기생 산월이〉의 주인공 산월은 "돈! 돈보다도 이제는 악에 받쳐서 사람이, 사내의 몸이 닳도록 그리워지는" 고독감을 느낀다. 산월이의 이러한 내면에 대한 묘사는 타자에 관한 호기심 그 중에서도 매음녀들의 육체에 대한 호기심을 충족시킨다.

213 박태원, 〈純情을 짓밟은 春子〉, 《조광》, 1937.10, pp.129~130.

작가 박태원은 문학으로의 입사入射체험 중의 하나로 카페 여급인 춘자와의 경험을 들고 있으며 이것을 '문학적' 인 체험이라고 말하고 있다. 어릴 적 좋아했던 이야기, 아홉 살 적에 읽은 춘향전, 십대에 읽은 고리키와 모파상, 투르게네프의 소설, 그리고 습작을 하다가 걸린 '신경쇠약' 과 카페 여급 '춘자' 는 동렬의 문학적 체험이다. 춘자와의 경험은 확실히 그에게 상처지만 작가로서의 문학적 체험을 가능하게 한 사건이라고 말함으로써 춘자를 이야기의 재료로써 처리하고 있는 셈이다. 카페 여급과의 연애는 그에게 트라우마라기보다는 자기 성장담의 이색적인 소재다. 이러한 박태원의 언급을 증명하고 있는 소설로 〈여관주인과 여배우〉를 들 수 있다.

박태원의 〈여관주인과 여배우〉(1937)는 '신경쇠약' 과 관찰 대상인 '매춘부' 가 어떻게 동렬의 문학적 체험이 될 수 있는가를 보여준다. '나' 는 신경쇠약이라는 의사의 진단을 받고서 강화도로 요양을 간다. 그는 숙소인 여관 구석방에 기거하는 서너 명의 젊은 여자들을 보고는 여관에 소속된 창녀로 생각한다. 그러나 그들은 사실 흥행에 실패하여 여관비와 뱃삯을 마련하지 못한 유랑극단의 배우들이다. 여관주인은 '나' 에게 젊은 여배우를 소개시켜 줄 수 있다는 암시를 내보인다. 그러나 '나' 는 여배우를 소개받는 대신 그 젊은 여배우를 구출하는 상상을 하면서 '신경쇠약' 이 낫기 어려우리라는 웃음을 짓는다.

'나' 가 앓고 있는 신경쇠약의 정체는 창작을 위해 쏟아야 하는 과도한 에너지 소모에서 비롯되는 소설가의 신경증이다. 이 '병' 을 치료하기 위해 요양을 떠난 강화도에서 '매춘부(극단의 여배우)' 를 만남으로써 그의 호기심은 다시 불붙는다. '나' 는 창녀처럼 보이는 젊은 여성들을 보자 요양의 목적을 잊고 그녀들의 육체에 관심을 갖기 시작한다. "그, 뭣들 허는 여잘꾸" 하면서 그녀들의 정체를 탐색하면서 스스로 그녀들을 구해주는 이야기를 꾸며낸다. '나'의 머릿속에 펼쳐지는 백일몽적인 상상인 것이다.

'매춘부'들의 육체가 풍부한 이야기의 원천이 되는 것은 서구소설에서도 마찬가지다.[214] 1930년대 도시를 배경으로 한 소설들에서 매춘부들은 불가해한 타자로서, 그녀들을 향한 지적 탐구의 시선이 던져진다. 특히 이상李箱, 김유정과 같은 모더니스트 작가들에게 타자의 본질 또는 정체는 다름 아닌 육체적 비밀이 밝혀질 때 알 수 있는 것으로 인식된다.

《여성》1936년 7월호에 〈아무도 모를 내 비밀〉이라는 제목으로 실린 모더니스트 작가들의 글을 보면, 김유정의 비밀은 육체적 '병病'이며 이상의 비밀은 자신의 비밀이 아니라 '임姙'과 관련된 비밀이다. 이상은 연인인 '임'의 육체를 거쳐간 남자가 이미 셋이나 된다는 사실을 밝히는 방식으로 자신의 치부를 드러낸다. 안회남의 경우, 자신이 수영선수라고 남들에게 떠벌린 것과는 달리 수영의 초보자라는 것이 비밀이다. 세 사람 모두 '비밀'을 '육체적' 비밀로 이해하고 있다는 점에서는 공통적이다. 이들에게서 '비밀'은 모두 육체와 관련된 셈이다. 근대 사회에서 성적, 육체적 비밀을 지키는 것이 스스로의 내밀함을 지키는 것이라면 이에 비해 타자에게 발휘되는 지식애적 욕망은 관찰의 주체가 관찰 대상의 육체에 대한 비밀을 캐려는 욕망이다.

1930년대 단편소설에 중립적인 서술자 또는 중립적인 남성 화자는 이러한 타인의 육체에 대한 호기심이라는 관음증적 상상력에 의거해 매춘부를 다루면서도 표면적으로는 '중립적인' 시선을 가장하고 있

---

214 P. Brooks, *Body work:objects of desire in modern narrative*(《육체와 예술》), 이봉지·한애경 옮김, 문학과지성사, 2000. p.145.

다. 또한 그 중립적이고 객관적인 시선은 매춘부 대상을 향한 어떤 감정을 배제하고 있음도 특징적이다. 매춘부를 이야기 소재의 일부로 냉정하게 처리함으로써 이 대상이 환기시키는 욕망으로부터 자유로운 것처럼 가장하는 것이다. 즉 매춘부를 다루는 많은 소설들은 관찰 주체가 대상에 대해 중립적인 시선을 유지하는 것처럼 '가장함' 으로써 매춘부가 환기시키는 성적 갈등과 욕망을 은폐한다.

박태원의 〈성탄제〉에는 두 명의 매춘부 자매가 등장하는데, 소설의 서술자는 이 두 자매의 내면을 동등하게 드러내고 있다는 점에서 중립적이다. '영이' 와 '순이' 는 서로를 비난하고 있다. 순이는 가족들을 위해 희생한다고는 하지만 "술담배 연기 속에서 밤마다 바루 제 세상이나 만난 듯이 웃고 지껄이고, 소리를 하고 뭇사내들과 어울려져 갖는 음란한 수작을 벌이는" 형을 비난하고 있었고, 영이는 부모의 부양은 물론 동생의 학비를 대주는 자신에 대한 동생의 비난이 이기적이고 부당하다고 생각한다. 영이가 임신한 채 남자에게 버림받자 이들의 처지는 역전된다. 아이를 낳은 영이가 집안에서 삯바느질을 하면서 들어앉고 학교를 그만둔 순이가 카페의 여급이 되어 생계를 꾸려 나가게 되는 것이다. 이러한 역전된 처지에서 영이는 동생의 처지를 보고 "이것이 인생이란 것이냐?"라며 눈물을 흘린다. 똑같이 카페의 여급이 되고 매음을 통해 가족을 부양하게 되는 두 자매의 '이야기' 에는 서술자의 욕망이 담겨 있지 않다. '인생사' 란 이름으로 두 자매의 삶을 곡절 많은 세상사의 하나로 처리해 버리기 때문이다.

이러한 중립적인 서술자의 시선은 남성들의 성적 욕망이 집결하는 카페와 바Bar의 풍속도를 그려내는 데서도 잘 드러난다. 욕망을 배제한 또는 감춘 중립적 시선은 이 소비 공간에서의 치정 사건들을 오로지 도시적 풍경의 일부로서만 다루어낸다.

여급을 소재로 한 유진오의 소설도 좋은 예를 제공한다. 특히 유진오 소설에서 여급들과 그녀들의 무능한 남편들은 1930년대의 특징적인 세태로 등장한다. 유진오의 〈나비〉, 〈어떤 부처〉(1938), 〈치정〉(1938)의 여자 주인공들은 카페에서 일하는 여급이다. 그녀들의 주변에는 아첨을 하고 연애편지를 보내고 악어가죽 핸드백을 선물하는 남성들이 들끓고 있다. 그러나 그녀들은 집에서 자신을 기다리는 남편을 의식하여 자신의 정조를 지키고 직업상 벌어지는 일들을 모두 남편에게 솔직하게 털어놓는 등 떳떳한 존재가 되기 위해 노력함으로써 남편의 신뢰를 얻으려 한다. 그런데 남편들은 아내의 말을 쉽게 믿지 않을 뿐만 아니라 다음과 같은 상상을 하기도 한다.

> 히경이 M과 단둘이서 여태까지 놀고온것이라면―아 무서운 생각이다. 그리고 보니 벽에 걸닌 파김치같이 꾸긴 스카―트가 눈으로 마뜩 들어온다. 눈을 자는 히경에게로 옮긴다. 쑤세미가 된머리. 창백한안색. 분이 베껴진 뺨. 반쯤벌닌 입술. 아아 만일 M이 저뺨 저입에다가 후끈후끈 술내나는 입김을 들어부은것이라면―[215]

이 소설을 추동해 나가는 것은 아내를 카페로 내보낸 '남편'의 소망이다. 남편의 불타는 질투는 가끔 이렇게 인물의 내적 발화로서 그려질 뿐 서술자의 언어로는 표현되지 않는다. 그러나 아내가 자신을 배반하지 않기를 바라는 소망이 이 소설의 플롯을 이끌어가고 있다. '여급 아내'의 주변에는 돈푼깨나 있는 한량, 결혼을 미끼로 유혹하는 바람둥이, 투기꾼, 예술가를 사칭하는 자 등 허위로 가득 찬 남성들이 있

---

215 유진오, 〈擬南〉,《조광》, 1938.12. p.210.

지만 아내는 이들의 유혹을 이겨낸다. 이렇게 정조를 지켜내는 아내의 모습 뒤에는 아내의 정조 훼손이라는 악몽에 시달리는 남편의 갈등이 있다. 그리고 소설은 남편의 걱정이 기우杞憂라는 것을 증명하듯 여급 아내의 순수함을 증명해 보인다. 이 소설의 3인칭 서술은 중립적이고 객관적이지만 실은 '남편'의 욕망을 반영하고 있는 셈이다.

이태준의 〈불도 나지 안엇소, 도적도 나지 안엇소, 아무 일도 업소〉, 박태원의 〈여관주인과 여배우〉, 〈성탄제〉, 유진오의 〈나비〉, 〈치정〉, 〈어떤 부처〉 등은 매춘부를 표상하는 데 작용하는 시선의 지형도를 보여준다. 매춘부로부터 관찰자 또는 서술자의 욕망이 감춰지는 정도에 따라 매춘부는 도시 '풍경'의 일부, 풍부한 이야기의 원천으로 존재한다. 그러나 관찰자 또는 서술자의 욕망이 대상에 투사될수록 이들 매춘부는 매춘부이되 매춘부가 아닌, 아이러닉한 존재가 된다. 무능한 남편의 욕망을 드러내는 유진오 소설의 경우 '매춘부'는 정조를 지키는 매춘부로, 이효석의 소설 〈천사天使와 산문시散文詩〉처럼 에로틱한 욕망이 강하게 투영될 경우는 육체적 더러움을 씻고 '천사'와 같은 존재로 변화한다.

이효석의 〈천사와 산문시〉(《사해공론》,1936.4)에 등장하는 매춘부는 매우 에로틱하고 낭만적인 존재로 그려진다는 점에서 특징적이다. 이 소설에서 매춘부는 '그'에게 자신이 매춘부가 된 사연을 이야기하지만 자기 기분에 도취되어 있는 '그'의 귀에는 들리지 않는다. '그'에게는 유곽 역시 현실적인 더러움을 가진 곳이 아니라 "하늘에 속하는" "동화 속의 세상같이 아름다운" 곳이다. 그 신비로운 무대에서 그녀는 악마가 아니라 천사다. "약혼자가 있었지만" "한 번도 정을 주어본 일이 없이 이런 세상에 빠져들게 되었노라"는 그녀의 사연은 '나'에게 "꿈의 거죽을 쓴" 이야기로만 들린다. 에로틱한 기분에 취해 있는 이 소설의 남성 주인공에게 매춘부의 인생 이야기는 의미가 없다. 이 소설에서 '매춘부'는 '나'의 내부에서 주관적으로 변형되어 일탈의 이미지, 피안의 이미지 이외에는 다른 의미를 갖고 있지 않기 때문이다.

이효석의 〈천사와 산문시〉는 서술자의 욕망과 기분이 전면에 등장하여 매춘부의 객관적 모습을 변형시킨 경우에 속한다. 1930년대 소설은 박태원이나 유진오의 소설과 같이 매춘부를 이야기의 소재로 삼되 서술자의 욕망을 절제하는 유형이 보다 일반적이다. 소설에서의 매춘부는 중립적이며 냉정한 시선들을 통해 해부됨으로써 실은 도시 내부에서의 불특정 다수의 시선 속에서 대상화되는 것이다. 이 점은 소설에서뿐만 아니라 수필에서도 잘 드러난다.

관찰하는 남성과 관찰되는 도시의 모던걸

수필에서 '매춘부'는 도시의 군중으로부터 물러나 앉은 한 개인이 문명세계에 대해 자신의 주체됨을 드러내는 표상으로 작용한다. 김기림과 이상 등의 모더니스트들은 수필에 도시 문명에 대한 무작위한 움직임의 시선, 즉 파노라마적 시선을 재현하여 놓는다. 이 파노라마적 시선에서 포착되는 것은 바로 매춘부적 풍광을 가진 도시의 모습이다. 즉 매춘부가 도시를 비유하는 데 곧잘 사용되는 것은 도시와 매춘부의 유비적 관계 때문이다.

> 서울의 복판 이곳저곳에 뛰어난 근대적 「데파트먼트」의 출현은 1931년도의 대경성의 주름잡힌 얼굴위로 假裝하고 나타나는 「근대」의 「메이크업」이 아니고 무엇일까.
>
> 「근대」는 도처에 있어서 1928년 이후로 급격하게 枯朽하여 가고 있다. 이 「메이크업」한 「메피스트」의 늙은이가 온갖 근대적 시설과 機構 感覺

으로써 「젊음」을 꾸미고 황폐한 이 도시의 거리에 다리를 버리고 저물어 가는 황혼의 하늘에 노을을 등지고 급격한 각도의 직선을 도시의 상공에 뚜렷하게 浮彫하고 있다. (…인용자 중략…)

그 속에는 창백한 「샐러리맨」의, 肉感的 중년 「마담」의 수없는 얼굴들이 깜박거리며 내려온다.

난간에 비껴서서 층층대를 올라가는 미끈한 여자의 비단양말에 싸인 다리와 높은 「에나멜」의 구두 뒤축을 하염없이 쳐다보고 서있는 수신교과서를 잊어 버린 중등교원도 있다.

그들은 인제는 교외의 절간으로 나가는 대신에 일요일의 맑은아침이 되면 그들의 어린 「W」와 젊은 「제비」와 애인을 끌고 이 「데파트먼트」의 窒素를 호흡하러 꿀벌과 같이 모여들어서는 그들의 얇은 호주머니를 털어놓고 돌아간다. 어제까지 「설렁탕」의 비린 냄새를 들이키던 그 사람도 오늘은 音樂家 지원의 여자와 같이 丁字屋 식당의 찬 대리석 「테블」에 마주 앉아서 「캘리포니아」산의 「커피」차를 쪽쪽 빨고 있다.

이곳을 발상지로 하고 「에로」와 「그로」와, 이것을 중심으로 「소매치기」와 「키스」와 유인 등 뭇 근대적 범죄가 대도시로 향하여 범람한다. (…인용자 중략…)

큰 거리의 뒷골목에 야차와 같은 밤빛이 무겁게 감겨갈 때 소란하던 민물은 지나가기 시작하여 비등하던 百度의 「러시아워」가 人魚의 피부처럼 식어갈 때 店頭의 적막 「일류미네이션」은 오후 열시의 그늘의 密會를 가만이 유혹한다. 도회는 매춘부다. [216]

216 김기림 〈도시풍경1·2〉,《조선일보》, 1931.2.21~2.24,(인용문은 《김기림 전집》5, 심설당,1988, p.387.)

수필에서 보이는 문명 관찰은 도시의 군중과 스펙터클을 향해 있으며 파노라마처럼 연속적 흐름으로 묘사된다. 관찰자는 스펙터클에 의해 점령된 도시의 밤풍경을 '매춘부', '메이크업을 한 메피스토'로 비유함으로써 도시의 여성적 또는 성적 속성을 부각시킨다. 도시의 소비 문명에 대한 관찰자의 태도는 분명 비판적이고 부정적이지만 이러한 태도의 이면에는 소비 문명의 유혹에 스스로 몸을 맡기고 즐기는 태도가 있다. 거리감을 두면서도 도시 스펙터클의 '달큼한 손질'을 즐기는 것이다. 이러한 태도는 소설에 나타난 중립적 서술자들의 이중적인 태도와 흡사하다.

'매춘부적' 도시 속에서 관찰자는 군중 속에서 배회하는 모던걸들의 육체를 바라본다. 이 남성적 산책자의 눈에 띄는 여성 산책자는 아케이드의 쇼윈도에 진열된 상품들과 나란히 응시 대상이 된다. 응시gaze는 오이디푸스적 욕망을 충족하는 형식이기도 하다. 응시는 성적 차이를 인지하게 되는 시선이며, 바라보는 대상이 자신과 다르거나 무언가 결여된 점을 발견하는 시선이기 때문이다.[217] 김기림 수필의 관찰자에게도 응시는 성욕과 관련되어 있다. 도시 관찰자(김기림)의 수필에서 그녀들의 육체는 '비단양말', '에나멜 구두', '스카트'[218] 등으로 포착된다. 모던걸들의 하체를 표현하는 환유적 수사는 모던걸에 부착되었던 군중의 성욕을 비유적으로 표현한다.[219] 그녀들의 하체에서 도

---

217 일반적으로 응시는 '남근적' 응시다. 그것은 응시가 남녀 간의 해부학적 차이를 인지하는 것으로부터 시작되는 남성의 지식에 대한 충동과 관련되어 있다. 남자아이는 여성의 성기를 우연히 보게 됨으로써 그녀의 성기가 자신의 것과 다름을 인지하고 그녀가 자신과 어떤 차이를 가진 존재라는 것을 알게 되면서 '여자는 거세된 존재다'라는 인식을 갖게 된다. Peter Brooks, 《육체와 예술》, 제4장 '시각 영역에서의 육체' 참조.

218 김기림, 〈찡그린 都市風景〉, 《조선일보》, 1930.11.11.

219 L. Nochlin, 《절단된 신체와 모더니티》, 정연심 옮김, 조형교육, 2001, pp.61~62. 19세기 유

178

시의 성적 방종과 매춘 시장이 암시되는 것이다.

백화점의 「쇼윈도우」 속에서는 빨갛고 까만 강렬한 원색의 해수욕복을 감은 淫奔한 「셀르로이드」의 「마네킹」 인형의 아가씨들이 선풍기가 부채질하는 바람에 「게이프」를 날리면서 馬糞紙의 바다에 육감적인 다리를 썻고 있다. 「쇼우윈도우」 앞에 앞으로 기울러진 맥고모자 아래서는 우울한 눈들이 종이로 만든 明沙十里의 솔밭을 바라본다.

『아―바다, 바다, 시원한 바다』

그것은 단순한 속이 빈 인형이 아니었다. 東海의 그 끝이 없이 푸른 바다 속에서 건져온 人魚다. 彼女의 가슴 속에서는 바다의 서늘한 입김이 돌고 있을 것이다.[220]

영혼을 소유하지 않은 상품과 매춘은 아이러니하게도 도시의 군중들에게 유토피아의 느낌을 준다. 군중들의 유토피아와 마네킹이 암시하는 성욕은 서로 구분하는 것이 무의미할 정도로 밀착되어 있다. 마네킹의 다리는 명사십리 바다에 성적 의미를 부여하여 '바다'에 대한 갈망을 불러일으키는 매개가 된다. 이 매개 안에 바다에 대한 유혹과 마네킹이 환기하는 성욕이 뒤섞여 있다. '맥고모자' 아래의 우울한 눈빛들은 이러한 욕망을 갖는 도시 군중들의 내면이다. 그러나 욕망은 쉽게 충족되지 않는다. 그것은 욕망의 대상이 바로 쇼윈도 안의

립의 인상주의 화가들이 자주 그렸던 여성의 다리는 성애적이고 외설적인 느낌을 주었다. 여성의 다리 속에는 도시의 성적 방종과 매춘시장의 이미지가 실려 있었는데 이러한 이미지들은 당시의, 회화 생산자와 소비자 모두가 공유하던 코드이다.

220 김기림, 〈바다의 誘惑〉, 《동아일보》, 1931.8.27~8.29. 인용문은 《김기림 전집》5, 심설당, 1988, p.322.

'상품'이라는 형식을 취하고 있기 때문이다. 성적 형식으로서의 상품은 사람들로 하여금 가짜 에로스를 느끼게 함으로써 '진짜'에 대한 갈증을 더욱 불러일으키는데, 이는 1930년대 조선의 도시에서뿐만 아니라 대중적인 소비사회의 일반적인 현상이라고도 할 수 있다. 하나의 상품이 일으킨 갈증은 다른 상품으로 전이되는 현상을 가져오며, 그러한 욕망을 성취하기 위해 소비 행위를 한다 해도 만족은 일시적일 뿐 욕망 충족이라는 목적은 다시 다른 상품에 부착되어 지연된다.[221] 모더니스트의 수필에서 여성의 육체는 이러한 가짜 에로스를 표현하는 데 자주 발견되는 수사修辭라고 할 수 있다.

이상李箱의 수필에서도 여성의 육체, 특히 육체 절단의 환유적 수사가 사용되고 있다. '종아리'와 같은 여성의 하체에 대한 부분적인 묘사는 물론 바로 여성들의 신체에 부착된 핸드백, 스타킹, 모자 등의 패션 상품들로 여성의 육체가 표현되곤 하는데, 이러한 하체 묘사나 모던한 상품들에 대한 묘사는 도시인이 갖는 상품에 대한 욕망의 전이와 일치하는 대목이다. 다음의 인용문에서 보이는 처녀의 피부→미소노 화장품 모델→그녀가 신은 양말→유선형 모자→화스너를 장착한 핸드백→창백한 여공의 손가락으로 이어지는 연상의 흐름은 그 대상들에 부착된 욕망이 전이되는 순서이기도 하다.

M백화점 '미소노' 化粧品 '스위―트' 걸이 신은 양말은 새악씨들의 皮膚色과 똑같은 小麥빛이었습니다. 빼뜨름히 붙인 超流線型 帽子 고양이

---

221 이러한 상품 형식의 재생산은 벤야민(W. Benjamin)이 현대성의 운명이라고 말한 바 있는, 무한히 이어지는 빠사쥬(passage)의 체험이 이어진다. 이종영,《내면성의 형식들》, 새물결, 2002, pp.128~130.

배에 '화—스터'를 장치한 갑붓한 '핸드빽' —이렇게 都會의 참신하다는 여성들을 연상해 봅니다. 그리고 새벽 '아스팔트'를 구르는 蒼白한 工場 女工들의 蚯蟲과 같은 손가락을 聯想해 봅니다.[222]

비오는 백화점에 寂! 사람이 없고 百貨가 내 그림자나 조용히 보존하는 있는 거리에 女人은 회붉은 종아리를 걷어추켜 연분홍 스커트 밑에 야트막히 묵직히 흔들리는 곡선! 라디오는 점원 대표 서럽게 哀愁를 높이 노래하는 가을 스미는 거리에 세상 것 다 버려도 좋으니 단 하나 가지가지 과일보다 훨씬 맛남직한 桃色 종아리 고것만은 참 내놓기 아깝구나.[223]

도시와 문명을 주시하는 이러한 관찰의 시선은 세상과 고립된, 시선의 주체를 만들어내는 효과를 지닌다. 관찰하는 자아는 외부 세상에 대해 자신의 존재를 '눈'이라는 기능으로 축소시켜 버린다. 이러한 존재 축소에는 초자아의 개입으로 인해 자신과 관련된 무언가를 숨기지 않으면 안 되는 상황이 전제되어 있다. 사회적 초자아의 억압적 시선에 무언가를 숨기게 되었을 때 세상은 갑자기 낯설어지고 예의 주시할 대상으로 변모하는 것이다. 잘 알려진 소설, 박태원의 〈소설가 구보씨의 일일〉(1934)의 구보가 손에 고현학 노트를 들고 하루 종일 경성 거리를 '관찰'하는 것도 낯선 세상에 경계심을 잃지 않고 주시하기 위해서다. 그가 연구한다는 고현학考現學, modernology은 무엇을 의미하는 것이며 관찰과는 무슨 관련이 있는 것인가. 말 그대로 고현학은 현대를 연구하는 것, 정확히 말하면 현대의 생활과 풍습을 연구

222 이상, 〈山村揄餘情〉,《이상문학전집》3, 문학사상사, 1993, p.108.
223 이상, 〈散策의 가을〉,《이상문학전집》3, 문학사상사, 1993, p.29.

하는 것이다. 고현학의 창시자라 일컬어지는 콘와지로今和次郎, 1888~1973
는 고현학의 연구 태도에 대해 이렇게 말한다.

> 미개인에 대한 문명인의 그것과 같이, 환자에 대한 의식의 그것과 같이,
> 혹은 범죄자에 대한 재판관의 그것과 같이, 우리(조사자)가 일반인이 갖
> 는 관습적 생활에서 떨어져서 항상 객관적인 입장에서 생활하고 있는 것
> 이라는 자각이 없었다면 매우 쓸쓸한 기분이 드는 것이다. 우리 각자 습
> 속에 관한 한 유토피아적인 관념을 각자의 정신 가운데 두고 그리고 스
> 스로의 생활을 구축하면서 한편으로는 세간의 생활을 관찰하는 위치에
> 서 있을 수 있는 것이라는 고백을 하고 싶게 된다. 그 경지가 있다면 바로
> 우리와 현대인은 기름과 물의 관계에 서서 우리는 현대인의 그것을 관찰
> 하는 것이 가능하게 된다.(번역ㅡ인용자)[224]

콘와지로가 말하는 '고현학'에는 고립과 고독이 전제되어 있으며,
그것은 영웅적인 위치에 선 시선의 주체를 암시한다. 즉 '기름과 물'의
관계와 같이 세간의 생활과 섞일 수 없는 존재를 암시하는 것이다. 이
러한 영웅적 시선ㅡ문명인, 의사, 재판관과 같은 권력을 가진 시선에
포착된 것은 특히 1930년대 식민지 조선의 지식인들에 있어서 다름 아
닌 도시의 여성들, 이른바 '모던걸'로 통칭되는 이들이다. 김기림, 이
상 등의 모더니스트들의 수필은 이러한 '남성'으로 젠더화된 시선에
포착된 도시 여성들의 신체를 빌어 도시의 소비 문화적 풍경과 욕망을
묘사하고 있다. 관찰하는 자의 시선은 비록 고립되어 있지만 그 대상을

---

224 今和次郎, 〈考現學とは何か〉,《考現學入門》, 筑摩書房, 1987, p.363.

찾아내는 것은 권력의 행사이기도 하다.

　이들 근대적인 또는 서구적인 패션을 흡수한 도시의 여성들이 '매춘부'의 이미지와 겹쳐지는 것은 도시를 거니는 여성 산책자들을 욕망의 시선으로 바라본 서구의 역사적 체험이 개발한 수사(修辭) 그 자체가 이식된 결과이며, 다른 한편으로는 당시의 도시 여성들이 경제적으로 매여 있는 조선적 사회구조에 의거한 것이다. 근대적 교육을 받은 여학생이든, 숍걸로서 서비스업에 종사하든, 기생이거나 여급이든, 이들이 경제적 자립을 할 수 있는 기회는 거의 없거나 매우 한정된 분야(서비스업)에서 한정된 시기(미혼)만 허용될 뿐이었다. 여성들의 패션이 화려해질수록 그 화려함이 그녀들의 노예됨을 표지하는 것으로 인식된 것은 이러한 이유에서다.

　타자와 자신의 차이를 인지하려고 애쓰는 이러한 시선에 '남성적'이라는 젠더적 수식을 붙일 수 있는 것은 그들의 시선에 도시의 여성들이 우선적으로 포착되기 때문이다. 이 지점에서 여성들은 오로지 근대적 패션을 체현하고 있는 유혹자로 비춰질 뿐이다. 이에 대한 묘사를 통한 여성 표상에서 반복적으로 나타나는 것은 그녀들에 대한 욕망과 거부가 쌍생아처럼 함께한다는 사실이다. 그것은 욕망과 거부가 쌍으로 존재하는 근대적 성적 억압의 중요한 패턴이기도 하다.

일탈의 욕망과 무능한 남자의 마조히즘

시선을 소유한 관찰자는 도시의 매춘부를 바라봄으로써 문명인으로서의 자기 정체성을 세운다. 달리 표현하면, 관찰자는 '매춘부'에 대해 사디즘적 지배를 함으로써 대상을 통제하려는 욕구를 드러낸다고도 할 수 있다. 그러나 시선의 소유자는 대상에 대한 자신의 욕망을 숨기고 있다. 중립성으로 가장하거나 자신의 욕망을 타인의 것과 섞어 버리는 식으로, 욕망의 최종 귀착지가 자신이 아님을 강변하는 것이다. 관찰자가 이렇게 자신의 욕망을 감추는 것은 초자아[225]의 시선을 강하게 의식한 탓이다. 오이디푸스적 갈등 상황에서 아들은 아버지의 권위를 인정함으로써 사회화되듯 관찰자는 자신의 욕망을 절제하는 대가로 아버지(초자아)의 사랑을 얻는다. 아버지의 권위를 인정하고 사랑을 받는다는 이 비유적 표현은, 사회적으로 도덕의 권위를 인정하고 그 대리자agent가 됨으로써 권력을 나누어 받는 것으로도 해석할 수 있다. 말하자면 관찰자로서 중립적 시선을 가장함으로써 관찰 행위에서 발생되는 욕망을 숨기고 욕망의 노예가 아님을 드러낼 수 있다.

몇몇의 수필이나 소설에 보이는 관찰자적 시선이 기존의 도덕이나 남성성을 전복시키기보다는 그것을 재생산하는 것은 바로 이러한 이유에서다. 창녀처럼 보이는 도시의 유혹자들을 자신의 욕망의 대상으로서가 아니라 객관적 사물이나 도시의 풍속으로 다룸으로써 관찰자의 권력은 유지될 수 있다.

이와는 대조적으로, 매춘부와 동거하는 '무능한' 남성들을 묘사한 1930년대 소설들도 있다. 물론 유진오의 소설들에도 여급 아내를 둔 무능한 남성들이 등장하지만 여기에서 말하고자 하는 '무능함'은 조금 다르다. 이들 남성들이 의도하든 의도하지 않든, 초자아의 권위를 인정하지 않고 오히려 그것을 흔드는 일탈의 효과를 자아내기 때문이

---

225 프로이트의 개념으로서 '초자아'는 자아, 이드, 초자아의 삼분화된 구도 속에서 자아를 판단하고 검열하는 도덕적 대행자로 오이디푸스적 갈등 상황에서는 '아버지'를 의미한다.(S. Freud,《쾌락원칙을 넘어서》, 박찬부 옮김, 열린책들, 1998, pp.114~130.)

다. 이 '무능한' 남성들은 때로는 매춘부들을 사랑하고 그녀들에게 기생함으로써 초자아를 무력하게 만든다. 매춘부와의 동거는 가족주의의 외부에 위치해 있기 때문에[226] 스스로 '표준적인' 가부장 되기를 포기함으로써 사회가 부여한 책무를 권리와 더불어 포기하게 만든다. 그러나 매춘부와 동거하는 '모든' 남성들이 자발적으로 남성으로서의 권리와 의무를 포기하는 데 이르지는 않는다.

〈비량悲凉〉(박태원, 1936)의 '승호'는 여급과 동거하고 있는 자신에 대해 남성으로서 무능하다고 느끼고 좌절한다는 점에서 초자아의 도덕으로부터 멀리 떨어져 있지 않다. 승호의 실직으로 인해 카페 여급 출신의 '영자'는 다시 여급 생활을 하게 된다. 인텔리 승호는 영자에게 기생하는 존재가 되자 이전과 생각이 달라져, 영자와의 동거를 타락이며 굴욕이라고 느낀다. 그리고 이러한 굴욕의 상태에서 벗어날 수 있는 방법으로써 조건 좋은 규수(혜숙)와 결혼하기를 바라게 되고, 이로써 자신이 엉겁결에 버렸던 가족주의로 귀환하고자 한다.[227] 승호가 고통스러운 것은 경제적 능력이 있는 가부장으로 서지 못했다는 자괴감 때문이다. 그는 스스로 카페 여급과의 동거를 선택했지만 결국 사회가 원하는 남성성을 다시 찾고자 한다.

박태원의 또 다른 소설 〈보고報告〉(1936)에 등장하는 두 주요 인물인 '나'와 '최군'은 사회가 부과한 가부장의 의무에 얼마나 동의하는가 하는 측면에서 다분히 대조적이다. '나'는 아내와 아이가 딸린 가장인

---

226 '매춘부'는 2장에서 분석했듯이 '결혼의 상대자'의 범주에서 벗어나는 있는, 가족주의의 외부에 위치해 있는 타자다.

227 그는 거리에서 그와 혼담이 있었던 유박사의 둘째딸 혜숙을 본다. 혜숙은 모든 조건이 좋은 여자였지만 막 교제를 시작한 영자를 버릴 수 없었기에 혜숙과의 결혼을 포기한다. 그러나 나중에는 영자와의 동거생활을 후회하면서 혜숙과의 결혼을 간절히 바란다.

최군이 가정을 버리고 카페 여급과 동거하는 것을 이해하지 못한다. '나'는 최군 동생의 편지를 받게 되는데 방종한 형을 가족의 품으로 돌려 보내달라는 부탁의 글이었다. '윤리 도덕'이라는 말을 쓰는 최군 아우의 말에 '나'는 자신도 모르게 강한 책무감에 주먹을 불끈 쥐고 밖으로 나선다. 그러나 애초의 이러한 의도와는 달리 관철동 33번지에 방 한 칸 얻어 빈곤하게 살아가는 최군을 보자 마음이 약해진다.

나이 이미 서른넷에, 지각은 날 대로 다 났을 최군이, 자기 집안을 돌아보는 일 없이, 외로운 아내와 두 어린 것을 버리고, 그리고 아무렇게나 놀아 먹던 그러한 종류의 계집과 함께, 남의 눈을 기어가며 죄많은 삶을 살아가고 있는 것이라면, 이만 고생은 지극히 당연한 것이라 할 것으로, 도리어 이러한 것에서나마 그들을 용납하여 주는 것이 참말 우리들의 '윤리 도덕'을 위하여 크게 옳지 않은 것이라고, 나는 그러한 것을 마음 속에 거듭 생각하려 들었다.[228]

〈보고〉의 '나'는 〈비량〉의 '승호'와 마찬가지로 초자아의 도덕을 내면화하고 있었다. '나'는 가장으로서의 모든 의무를 버리고 카페 여급과 동거하는 '최'를 집으로 돌려보낼 임무를 맡고 그를 찾아가지만 그가 너무 가난하게 산다는 데서 마음이 약해지고 그와 동거하는 카페 여급의 모습에 충격을 받는다. '나'는 "주막의 작부였었느니 카페에서 돌던 계집이었으니 하고 온갖 사람들의 비웃음을 샀던" 그녀가 "뜻밖에도 적당하게 어여뻤고 젊었고 무엇보다도 오탁에 물들지 않은 것"에 놀란다. '나'를 더욱 놀라게 한 것은 '최'가 '정자'(여급의 이름)를

228 박태원, 〈報告〉, 《여성》, 1936,9. 인용문은 《윤초시의 상경》, 깊은샘, 1991, p.24.

'사랑' 하고 있다는 사실이다. '나' 의 윤리도덕(정확하게는 '최' 의 아우가 위임한 도덕)은 최의 '사랑' 이라는 말 앞에 무력해지고 우울해진다. '나' 의 확고한 가치관이 흔들리는 대목이다.

한편 '최' 는 가부장에게 부과된 사회적 의무를 '사랑' 이라는 무기를 내세워 흠집 내는 인물이다. 가부장에게 부과된 사회적 의무란 일부일처제를 바탕으로 한 폐쇄적 '가족주의' 의 다른 이름이기도 하며, 임금 노동을 통해 가부장의 권위를 부여받는 자본주의적 가부장제의 논리이기도 하며, 아버지의 법이라는 점에서 초자아이기도 하다. 이러한 공동체의 논리에 흠집 내는 무기로서 사랑은 매우 효율적이다.[229] 가족을 버렸다는 비난, 가부장으로서의 의무를 방기했다는 비난도 사랑 앞에서 무력해진다. 애초에 자유연애 이데올로기가 사랑과 연애의 신성성과 절대성을 강조했기 때문에 신교육을 받은 세대에게 사랑은 공동체의 어떤 논리도 극복할 수 있다는 믿음이 공유되어 있다. 새로운 가족주의도 사랑을 바탕으로 이루어진 가정 공동체를 중요하게 여기지만 사랑에 내재되어 있는 개인성으로 인해 종종 갈등을 일으킨다.

사랑은 이러한 공동체의 논리를 흠집 내는 데 유용한 무기가 될 수 있지만 반대로 사랑을 내세워 여급을 경제적으로 착취할 수도 있다. 이러한 경우의 사랑은 자본주의적 가부장제나 가족주의 그 자체에 대한 자각적인 부정과는 거리가 멀다. 〈탁류를 헤치고〉(1940)의 여급 '순이' 는 이 점을 간과하여 '광' 이 자신을 사랑하므로 그에게 언제든

---

229 이종영, 《성적 지배와 그 양식들》, 새물결, 2001, p. 118. '사랑 '은 가부장적인 질서를 교란하고 이를 침해함으로써 공동체를 와해시킬 요소를 가지고 있다. 사랑에 빠진 남녀는 그들의 사랑을 막는 가부장적 질서에 대항할 용기를 갖게 되기 때문이다.

경제적 도움을 주어야 한다고 생각하는 인물이다.

> 「광 씨, 저는 광 씨를 만나서 연애를 생각하기 전에, 먼저 사람을 생각했
> 에요.」
> 한 순의 말을 몇 번이든지 머릿속으로 되풀리했었다. 또 그 다음
> 「광 씨를 대하면 늘 인생을 느꼈서요.」
> (인생을 느끼다니?)
> 의아하면서 계속하여 순의 말을 더듬어 보는것이었다.
> 「어렸을때로 돌아가요. 저는 장성해지면서 인생을 잃어버린 것 같애요.
> 그래서 저를 그토록 사랑하여주시는 광씨를 만나면 언제든지 나도 삶이
> 되겠다 생각했어요.」
> 그리고 순은 자기가 여급노릇을 해서 부모를 보양하고 남편을 괴이고 아
> 이를 길렀다는 이야기를 한후 눈물이 핑돌면서
> 「그들을 위하여 그만침 희생했으니까 이제부터 나도 나를 위하여 살어
> 보겠습니다.」
> 「나를 생활의 제물로 생각하는 사람들을 위하여서도 그만친 최선을 다
> 하였거던 이제부터는 나를 사랑해주시는 광씨를 위하여 노력하겠어요.」
> 이렇게 심중을 토과했었던 것이다. 요컨대 순의 말은 참 인생을 살어보
> 지 못하다가 인생을 보았으니 놓지 못하겠다는 것이었다.[230]

 순이는 가족 부양을 위해 여급이 된 자신을 스스로 동정하면서 '광'
과의 사랑을 통해 개인의 권리를 찾아보겠다고 결심한다. 그리하여

---

230 안회남, 〈탁류를 헤치고〉, 《인문평론》, 1940.4~5.(인용문은 《인문평론》, 1940.4,
    pp.256~257.)

헤어진 전남편과 '광'을 비교하여 그를 "별다른 높은 이상과 귀한 포부가 있는 것"처럼 우러러본다. 그러나 처자가 있는 '광'은 순이가 카페에 나가서 번 돈을 축내면서도 그녀를 냉랭하게 대한다. 순이를 사랑하지 않을 뿐더러 사랑 자체를 믿지 않는 그는 자신의 아내에 대해서도 "남자에게 서비스를 하고 그 보수로 생활하는 사람"이라고 생각할 정도로 결혼에 대해 시니컬한 입장이다.

이렇듯 '광'은 가족주의에 대해 매우 부정적이면서도 가족주의가 자신에게 부여한 권리를 행사한다는 점에서 이중적인 태도를 보인다. 말하자면 그는 의무를 지키지 않고 남성으로서의 권리만을 행사하는 인물이다. 그는 도덕이라는 초자아를 인정하지 않기 때문에 여급과의 관계에 사랑이라는 무기를 내세울 필요도 느끼지 않는다. 그에게 남녀관계란 단지 교환의 관계일 뿐이다. 자기 아내와 여급인 순을 대등하게 비교할 수 있는 것도 이런 이유에서다. 따라서 그는 여급을 착취하는 자신의 역전된 매음적 삶의 방식을 자책감 없이 고수할 수 있다. 〈탁류를 헤치고〉와 같은 소설은 '광'과 같은 다소 뻔뻔한 남성을 비판적으로 그림으로써 또 사랑의 허구성을 말함으로써 남성 주체의 중요성을 역설하고 있다고 볼 수 있다.

〈비량〉, 〈보고〉, 〈탁류를 헤치고〉에 등장하는 남성들은 사회적으로 조선의 지식인 남성들이 봉착한 무력감과 그들 내부의 모순성을 드러낸다. 〈비량〉, 〈탁류를 헤치고〉가 그 무기력의 대안으로서 공동체의 논리와 남성성을 합리화하는 축이라면 〈보고〉는 이보다는 개인성을 강조하는 차이를 보이는 식으로 각각 처방은 다를지라도 대타자 또는 초자아를 거부하는 데까지 나아가지는 않았다는 공통점이 있다. 초자아의 시선을 진지하게 인정하는 가운데 가족이냐 사랑이냐 하는 처방을 내리고 있기 때문이다. 사회적으로 결혼한 남성에게 가장의 의무가 지워지지만 사랑이라는 전제가 있다면 이를 거부할 수도 있다는 연애 이데올로기가 용인되고 있는 셈이다. 〈탁류를 헤치고〉의 '광'은 그 어느 쪽도 선택하지 않고 오로지 자신의 경제적인 이익만을 추구한다는 점에서 초자아가 제시하는 양자택일적 선택을 거부한다. '광'에게는 자기 생존이라는 극히 이기적인 욕구만이 있을 뿐이다. 소설은 그의 이중성을 폭로하고 '광'에게 도덕적 징벌을 가함으로써 사회가 제시하는 선택지들을 옹호하는 태도를 보인다.

이들 소설들과 비교해볼 때 이상李箱의 소설 속 남성들은 사회가 제시하는 양자택일의 강요를 따르지 않는다. 사랑도 가족에 대한 가부장의 의무도 그에게는 없다. 그렇다고 〈탁류를 헤치고〉의 '광'처럼 오로지 자신의 생존만을 위해 매춘부를 적극적으로 착취하지도 않는다. 그의 인물들은 사회가 제시하는 그 어떤 선택도 하지 않는다는 점에서 문제적이다. 이상 소설의 남성 인물들은 무능한 남성을 가장하고 연기함으로써 사회가 제공하는 선택들을 무화하고 초자아의 시선을 조롱하는 데 목적이 있는 것으로 보인다. 그러한 대표적인 소설들로는 〈날개〉(1936)와 〈지주회시〉(1936), 〈봉별기〉(1936) 등을 들 수 있다. 이 소설들의 '나'는 사랑이란 무기를 내세우지도 않으며 〈탁류를 헤치며〉의 '광'처럼 인간관계를 완전히 교환가치로 균질화하지도 않는다. 남성에게 부과되는 가부장의 의무로부터는 더구나 거리가 멀다. 남성 인물인 '나'는 초자아 앞에서 스스로를 비하하고 자신의 실패를 조장하고 사육되는 자신을 '연기'함으로써 모종의 쾌락을 얻고 있다. 이러한 측면을 전형적으로 잘 보여주는 소설이 〈날개〉다

〈날개〉(1936)의 '나'는 초자아의 시선 또는 이 초자아의 시선을 가진 타자에게 자신이 어떻게 보일지를 가늠함으로써 초자아 앞에서 어리숙하고 유아적인 인물이 되기를 자처한다. 서술자이자 행위자인

'나'는 아내의 매춘에 대해 남성으로서의 염려와 질투를 하지 않는다. 이것을 '매춘'으로 이해하려는 의도 자체가 없다. 그러면서도 아내의 행위를 서술함으로써 독자들에게 아내의 매춘을 눈치 채게 만든다. 그는 아내가 주는 돈의 가치에 대해서도 잘 모른다. 그저 다른 사람을 기쁘게 할 수 있는 것, 그리고 커피를 마실 수 있게 하는 것일 뿐이어서 변소에다 버릴 수 있을 정도다. 이렇게 자신은 '돈'을 모른다는 사실까지 의도적으로 노출한다. '나'는 자신의 모습이 어떻게 보일지를 충분히 인지하고 있는 셈이다. 이렇게 유아적이고 어리숙함을 연출하는 '나'는 아내가 자신에게 준 약이 아스피린이 아니라 수면제 아달린이라는 사실을 알게 됨으로써 유아적 상황에서 잠시 깨어나기도 한다.

> 무슨 목적으로 안해는 나를 밤이나 낮이나 재웠어야했나?
> 나를 밤이나 낮이나 재워놓고 그리고 안해는 내가 자는 동안에 무슨 짓을 했나?
> 나를 조금씩 죽이려고 했던 것일까?[231]

'나'의 이러한 질문 역시 연기다. 독자들은 '나'가 제공한 정보에 의거해 그가 자는 동안 아내가 매춘을 벌였다는 사실을 다 알고 있다. 그러나 '나'는 그녀의 행위를 단정적으로 '매춘'이라고 규정하지 않고 판단을 유보한다. 대신 그는 아내와 자신이 서로를 오해하고 있을 뿐이라고 말한다. "우리들은 서로 오해하고 있느니라. 설마 아내가 아스피린 대신에 아달린의 정량을 나에게 먹여 왔을까? 나는 그것을 믿

231 이상, 〈날개〉, 《조광》, 1936,6, p.212.

을 수는 없다. 아내가 그럴 대체 까닭이 없을 것이니, 그러면 나는 날 밤을 새면서 도적질을 계집질을 하였나? 정말이지 아니다."[232] 그는 아내의 진심과 욕망을 궁금해하지만 이 역시 (내포) 독자를 향한 연기다. '나' 는 이미 아내의 매음에 대해 충분한 정보를 제공했으면서도 스스로 이 소설의 내포독자보다 정보 판단에 열등하다고 주장한다. 즉, 진정으로 열등하다기보다는 열등함을 일부러 보여주거나 연기하는 것임을 알 수 있다.

이상의 다른 소설 〈봉별기逢別記〉(1936)의 '나' 는 동거녀인 '금홍' 을 다른 남성에게 제공하기까지 하지만 조금도 언짢아하지 않는다.[233] 〈봉별기〉의 '나' 는 동거녀를 다른 남성들과 공유하지만 어떤 감정(질투)을 독자에게 드러내지 않음으로써 일반적인 남성의 양태로부터 벗어나 있다. 이러한 태도는 〈날개〉에서 아내가 자신을 속였다고 판단할 만한 정보가 충분한데도 이를 '매춘' 이라고 단정내리지 않음으로써 아내 또는 동거녀를 빼앗긴 질투의 감정을 보이지 않는 태도와 같다. 독자들의 예상을 뛰어넘는 것이 이들 서술자들의 '연기' 가 의도하는 바다.

이상의 소설은 대부분 1인칭 서술자 방식으로 진행되고 있음에도 불구하고 그의 감정은 독자에게 잘 설명되어 있지 않다. 1920년대 소설 속 남성 화자들이 그토록 시달렸던 '질투' 의 감정이 드러나지 않는 것이다. 그 대신 질투의 감정을 될 수 있는 대로 차단하려고 하거나 질투로부터 초연한 듯 보이려 노력한다.

---

232 이상, 〈날개〉,《조광》, 1936.6, p.214.

233 '나' 는 금홍이와 동거하면서 禹라는 불란서 유학생, 변호사 C에게 금홍과 동침할 것을 권유한다.

이상의 소설에 반복적인 장면 중의 하나는 남성 주인공(서술자)들이 여성의 육체적 비밀을 캐기 위해 그녀들을 추궁하는 장면이다.[234] 남성은 자신의 심리를 감춘 채 여성의 진심을 알아내려 하거나 그녀들이 어떤 '비밀'을 갖고 있는지를 캐묻는다. 그러한 행위의 동인은 분명 그녀들을 거쳐간 남성들에 대한 질투심이다. 그러나 이들 주인공이자 서술자인 남성은 그 의도를 숨김으로써 그 질투의 감정도 아슬아슬하게 숨긴다. "계집의 얼굴이란 다마네기다. 암만 벗겨 노려므나. 마지막에 아주 없어질지언정 正體는 안 내놓느니"[235]라는 토로에서 질투의 감정을 여성에 대한 미움으로 잠깐 드러내 보일 뿐이다.

이렇듯 이상 소설의 특징은 여성 육체에 대한 호기심을 판타지로 메우려 하지 않는다는 데 있다. 판타지fantasy는 타자가 원하는 것이 무엇인가 하는 질문에 대해 확정적인 대답을 내림으로써 타자의 욕망과 '나' 사이에 가로놓인 심연을 메우는 작용이다.[236] 1920년대 초반의 소설들에서 남성 화자들이 자신을 배반하고 다른 남성에게 눈을 돌린 여성들의 행위에 대해 '여성은 돈을 원하고 성욕을 추구한다'라는 확정적인 답을 줌으로써 그 상황의 당혹감을 해소했다. 이는 타자와의 극복될 수 없는 심연을 메우는, 판타지를 통한 자기만족의 전형이다. 〈제야〉의 정인처럼 1920년대 소설은 돈 때문에 사랑을 배신한 여성들로 하여금 참회의 눈물을 흘리게 함으로써 그것을 읽는 내포 독자에게 어떤 확신을 주었던 것이다. 그러나 이상의 소설 속 남성들은 불가해한 타자(여성)와 '나' 사이에 가로놓인 심연을 그대로 인정해 버린다. 그녀들

---

234 이상의 소설은 '여성'과의 심리전을 치르는 남성이 자주 등장한다. 〈단발〉, 〈동해〉, 〈환시기〉, 〈종생기〉가 그 대표적인 예이다.

235 이상, 〈失花〉, 《이상문학전집》2, p.369.

236 S. Zizek, 《이데올로기라는 숭고한 대상》, p.201.

이 무엇을 원하는지 알 수 없다고 말하는 것이다. 이상의 소설 속 남성 화자들은 여성과 남성은 끝내 합치될 수 없는 절름발이와 같은 관계를 가질 뿐이라고 되풀이해서 말하고 있다. 또한 남녀간의 극복될 수 없는 심연을 인정하기는 하지만 그 심연은 여전히 '나'의 불안 요인으로 작용한다. 이러한 의미에서 이상 소설의 '나'는 경쟁자 남성에게 연인을 빼앗길지도 모른다는 오이디푸스적 갈등을 완전히 극복하지 못하고 있다. '나'의 불안감은 다음과 같은 추궁에 드리워져 있다.

「그럼 尹이외에?」

「하나」

「예이!」

「정말 하나예요!」

「말 말아.」

「둘」

「잘한다.」

「셋」

「잘한다. 잘한다.」

「넷」

「잘한다. 잘한다. 잘한다.」

「다섯」

속았다. 속아 넘어갔다.[237]

〈동해童骸〉(1937)에는 '그녀'의 육체적 비밀을 추궁하는 '나'가 등

---

237 이상, 〈童骸〉, 《조광》, 1937.2, p.225.

장한다. '나'는 그녀의 남자관계를 묻는다. '나'는 그녀의 과거에 대해 살의殺意를 느낄 정도의 집착[238]을 갖고 있으면서도 그녀의 순결을 바라는 것인지 바라지 않는 것인지 속마음을 알 수 없도록 위장을 거듭한다. 위장함으로써 자신의 욕망과 불안감을 노출시키지 않는 것은 타자의 욕망이 감추어져 있을 때 자신의 욕망을 노출하는 것은 게임에서 지는 것이기 때문이다. 소설 〈단발斷髮〉(1939)의 상황도 이와 유사하다. '연'은 '소녀'에게 정사情死를 제안하지만 사실은 '소녀'가 이를 거부하게 만듦으로써 그녀를 떠나려는 것이었다. 그러면서도 그는 진정 자신이 '소녀'에게 원하는 바와 그의 감정 상태를 밝히지 않는다.

이처럼 이상의 소설 속 남성 주인공들은 여성들과의 심리전에서 특정한 여성에 대한 집착을 버리는 대신 모든 여성을 매춘부로 만듦으로써 스스로 체념한다. 즉 모든 여성이 매춘부이기 때문에 또한 매춘부가 특별히 존재하지도 않는다는 역설이 성립하게 되는 것이다.[239]

이러한 위장의 게임이 가장 완벽하게 실현되는 것은 앞서 언급했던 〈날개〉에서다. 유아적인 남성, 즉 아내의 매춘 사실을 정말 모르거나 모르는 척하는 '나'는 내적 갈등을 숨기고 위장함으로써 여성에 대한 독점 욕구가 없거나 희박하다는 것을 애써 보여준다. 이로써 그는 사회가 부여한 '남성성'을 회피하거나 부정하는 것이다. 그러나 이러한 위장의 포즈가 언제나 성공하는 것은 아니다. 〈동해〉, 〈단발〉, 〈실화〉의 남성 주인공들은 여성과의 심리 게임을 냉정하게 '즐기는 척' 하지

---

238 〈失花〉(1939)에서도 이와 유사하게 姸의 남자 관계를 추궁하는 장면이 나온다. 그녀가 자신의 남성 관계를 사실대로 말하자 '나'는 살의를 느낀다.

239 〈봉별기〉에는 다음과 같은 구절이 등장한다. "天下의 여성은 多少間 賣春婦의 要素를 품었느니라고 나 혼자 굳이 신념한다. 그 대신 내가 賣春婦에게 銀貨를 支佛하면서는 한번도 그네들을 賣春婦라고 생각한 일이 없다."(《이상문학전집》2, p.353)

만 질투의 감정을 끝내 숨기지 못함으로써 내적 갈등을 효과적으로 제어하지 못하고, 결과적으로 스스로의 '남성성'도 완전히 포기하지 못했음을 드러낸다.

〈날개〉에서는 '남성성'을 포기함으로써 초자아를 무력하게 만든다. 〈날개〉의 '나'는 게임을 벌이는 영악한 남성이 아니라, 돈의 가치도 모르고 아내의 매음도 모르는 채 태아처럼 잠만 자는 어린아이일 뿐이다. 그리고 이 어린아이 같은 존재를 처벌하는 사람은 바로 '매춘부' 아내다.

> 나는 몹시 흔들렸다. 내객을 보내고 들어온 아내가 잠든 나를 잡아 흔드는 것이다. 나는 눈을 번쩍 뜨고 아내의 얼굴을 쳐다보았다. 아내의 얼굴에는 웃음이 없다. 나는 좀 눈을 비비고 아내의 얼굴을 자세히 보았다. 노기가 눈초리에 떠서 얇은 입술이 바르르 떨린다. 좀처럼 이 노기가 풀리기는 어려울 것 같았다. 나는 그대로 눈을 감아 버렸다. 벼락이 내리기를 기다린 것이다.[240]

노기 어린 아내의 얼굴은 바로 '매질하는 여성'으로 표현되는 어머니의 얼굴이다. '나'에게 아내는 '어머니'와 동일한 대상이다. '나'는 스스로 남성적 권위를 포기하고 그 남성적 권위를 아내(어머니)에게 부여한다. 남성적 권위를 포기하는 것은 곧 자본주의적 가부장제가 부여한 돈을 버는 가장의 책무를 버리는 것과 같다. 동시에 돈을 버는 아내에게 '나'를 처벌할 수 있는 권위를 부여한다.

아내(어머니)로부터 처벌되는 '나'는 마조히즘의 연기를 벌이고 있다

---

240 이상, 〈날개〉, 《이상문학전집》2, p.331.

고 할 수 있다. 마조히즘이란 초자아가 무엇에 의해 어떻게 파괴되며 그 파괴의 결과가 무엇인가에 대한 이야기이듯[241] '나'와 '아내'는 통상적인 부부 관계의 질서를 역전시킴으로써 '가부장'과 관련된 사회 모럴 또는 사회 제도라는 초자아를 조롱한다. 이러한 역전된 관계에서 〈날개〉가 조롱하고자 하는 초자아는 단란한 가정, 돈을 버는 가부장, 부부 간의 친밀감으로 표현되는 1930년대 가족주의와도 무관하지 않다.

'매춘부' 아내들을 둔 남성들의 서사는 대부분 가족주의라는 초자아의 힘을 무력화하고 있다. 이들은 자신을 학대함으로써 나아가 초자아를 무력화한다. 그 성공 여부는 남성 주인공들이 얼마나 스스로의 남성다움을 포기하는가에 달려 있다. 남성다움이란 가족주의와 자본주의적 가부장제가 부여한 남성으로서의 의무와 권리를 동시에 포함한 것이다. 남성다움에 대한 포기가 철저하지 못할 경우 초자아는 질투와 자책이란 감정으로 다시 고개를 든다.

〈지주회시蜘蛛會豕〉의 '나' 역시 스스로의 무능에 대해 가책을 느낌으로써 초자아의 비난을 내면화하고 있다는 점에서 남성다움이 완전히 포기된 것이 아니다. '나'는 매춘부 아내에게 기생하는 삶에 대해서 스스로를 비난하고 있기 때문이다. '나'는 매춘부(여급) 아내가 '오'에게 치료비 명목으로 받은 돈을 다른 여급과 술을 마시는 데 써버린다. 그러면서 "아내야 또 한 번 전무 귀에다 대고 양돼지 그래라. 걷어차거든 두말 말고 층계에서 내리굴러라"[242] 라고 말함으로써 스스로의 무능

---

241 J. Deleuze, 《마조히즘》, 이강훈 옮김, 인간사랑, 1996, 11장 '초자아의 새디즘과 자아의 마조히즘' 참조, 들뢰즈는 마조히즘을 사디즘의 변형이라고 말하는 프로이트의 견해를 비판한다. 들뢰즈에 따르면 마조히즘의 쾌락은 사디즘과는 다른 메커니즘에 서 있다. 들뢰즈는 사디즘이 초자아의 승리와 자아의 죽음을 의미한다면 마조히즘은 초자아의 죽음을 통해 자아가 승리하게 되는 과정이라고 말한다.

을 질책한다. 오로지 무기력한 유아만이 초자아의 비난으로부터 면제될 수 있다. '매춘부' 아내에 의해 부양되는 남편은 부도덕하다는 비난을 받지만 '어머니'의 보살핌을 받는 유아는 이러한 비난을 받을 수 없다. '남편'의 위치를 포기하지 않는 한 무능한 남성은 자책의 감정을 극복할 수 없으며 마조히즘의 연기를 성공적으로 수행할 수 없는 것이다. 〈날개〉의 '나'처럼 남편으로서의 위치를 완전히 버리고 유아가 될 때만이 초자아의 비난을 피해 갈 수 있다.

〈날개〉와 같은 소설에서 완성된 모습을 보이는 마조히즘의 쾌락은 앞서 언급했던 '관찰자'의 사디즘적 태도와는 대조적이다. 초자아의 시선을 내면화하여 그 내면화된 시선으로 문명을 묘사하고 그 문명 속의 '매춘부'들을 관찰하려고 했던 사디스트가 '지배'의 쾌락을 누리고 있다면, 마조히스트는 스스로 처벌받고 있는 연약한 존재라고 주장함으로써 그 이면의 무례함과 유머 그리고 저항과 승리를 즐기고 있다.[243] 이러한 마조히즘을 통해 구성되는 남성 주체가 가장 잘 드러난 소설은 이상李箱의 소설들이지만 그의 소설 역시 이러한 모습을 항상 성공적으로 보여주고 있다고 할 수는 없다. 남성다움이라는 사회적 강요와 내면의 초자아를 벗어나고자 하는 그의 소설에서 상대적으로 가장 성공적인 작품은 〈날개〉라고 할 수 있다. 그 이외의 소설들은 성공이라기보다는 노력 또는 나름의 쟁투를 벌이는 정도라고 할 수 있으며, 대개는 실패한 쟁투에 속하지만 '나'는 여성에게 패배하거나 기생하는 무능한 남성을 연기하거나 적어도 '못난' 남성이라는 점을 숨기지 않음으로써 절반의 성공을 이루어낸다,

---

242 이상, 〈지주회시〉,《이상문학전집》2, p.314.

243 여성문화이론연구소 정신분석 세미나팀, 《페미니즘과 정신분석》, 여이연, 2003, p.82.

4부

여성 표상에 나타난
공적 영역과 사적 영역

01

남성 주체의 영웅주의와
유혹자 여성

앞서 여성 표상과 짝을 이루는 개념으로 남성 주체의 구성을 언급한 바가 있다. 여성이 표상되는 방식은 그 반대편에 남성 주체의 구성과 밀접한 관련을 갖고 있다. 1920년대 초반의 단편소설들이 그러했고 1930년대 단편소설들도 마찬가지였다. 여기에서는 남성 주인공의 인정 욕망이 어떠한 여성 표상을 만들어내는가를 언급하고자 한다.

남성들의 인정 욕망은 표면적으로는 여성과는 관련 없이 공적이고 정치적인 영역에서 인정받기를 바라는 욕망이다. 그러나 이면적으로는 여성의 사랑에 의해 부추겨지고 유지되는 구조를 갖고 있다. 말하자면 여성의 인정(사랑)은 공적 영역에서의 인정과는 별개로 보이지만 남성들의 인정 욕망을 충족시키는 최종적인 심급이다.

남성들의 인정 욕망의 강도는 소설마다 다르다. 이광수나 이태준 소설에서 남성 주인공들은 자기도취적인 영웅주의로 불릴 만큼 인정 욕망이 강하고, 김남천·유진오·박태원 소설의 남성 주인공들은 영웅심이 약화되면서 인정 욕망 역시 약해진다. 그러나 이러한 강약의 문제와 더불어 주목되는 것은 남성들의 인정 욕망이 강한 소설일수록 그 반대항에 위치한 여성들, 특히 여성 유혹자들에 대한 파멸과 그녀들에 대한 도덕적 징벌의 수위가 높다는 점이다. 이러한 측면에서 남성들의 인정 욕망은 여성, 특히 '유혹자'에 대한 혐오와 쌍을 이룬다. 남성들의 인정 욕망에 성적 욕망과 억압이 동시에 존재한다고 할 수 있다.

여학생-유혹자의 파멸과 남성 지식인의 윤리적 우월성

인정은 분명 타자에게서 받는 것이지만 타자와 변별됨으로써 얻어진다. 헤겔에 의하면 주체는 인정에 대한 욕망을 가진다. 인정은 '나'에 대한 자기 동일성을 이룩한 뒤 타자에 의해 '나'를 인정받음으로써 사회적 주체가 되는 과정이다. 타자의 인정을 받기 위해서는 몇 단계를 거쳐야 하는데 우선 자신을 부정하는 단계가 필요하다. 이 단계에서 타자와 '나' 사이에 차이가 있다면 '나'를 버리고 타자처럼 되기 위해 노력해야 한다. 그러나 진정으로 인정을 받으려면 이 단계를 벗어나 두 번째 부정의 단계를 거쳐야 한다. 두 번째 부정은 다시 '나'로 돌아오기 위해 타자와의 통일을 부정하는 것, 즉 타자와 변별되기 위해 노력하는 것이다. [244]

1930년대의 장편소설에 특징적으로 등장하는 이념 추구형 남성 인

---

244 헤겔이 말하는 인정 욕망과 그 과정은 라캉이 말하는, 주체가 상징계로 진입하는 과정과 유사하다. 타자와의 상상적 동일시 속에서 거주하는 단계가 지나고 기표들의 회로 속에서 자신의 정체성을 갖게 되는 단계 즉 상징계의 언어이자 타자의 언어로서 자신의 정체성을 갖게 된다는 라캉의 주체 형성의 과정은 주체가 타자의 인정을 받는 과정으로도 이해될 수 있

물들은 이러한 인정 욕망을 실현하고자 노력한다. 그들은 타자의 인정을 바라면서도 동시에 타자와 자신을 구별 짓기 위해 노력한다. 그들은 공공선이라는 공적인 목표를 추구함으로써 자기[小我]를 버린다. 또한 타자, 특히 여성으로부터 인정받음으로써 인정에 대한 쾌락을 누리는 동시에 자신을 개인적 육체적 쾌락만을 추구하는 속물적 남성과 구별 지으려 노력한다. 이러한 의미에서 영웅적인 지사형 남성들이 등장하는 소설들은 한 여성을 사이에 둔 경쟁자 남성과의 대결의식을 그대로 내보인다는 점에서 1920년대 초반 소설에 보이는 오이디푸스적 욕망 구도를 이어받고 있다. 그러나 지사적이며 영웅적인 남성 주인공들은 이러한 대결의식을 표면적으로 드러내지 않고 숨김으로써 자신들의 욕망을 감춘다. 소설의 플롯은 이들의 인정 욕망을 드러내지 않은 채 경쟁자 남성의 속물적 근성을 폭로하고 유혹자 여성들을 파멸시킴으로써 남성 영웅들의 손을 들어주는 방향으로 진행된다.

이태준의 장편소설에서 남성 주인공들이 추구하는 공공선은 고학생들의 계몽적 의지와 관련되어 있다. 《불멸의 함성》(1934~1935)의 '박두영'이나 《제2의 운명》(1933~1934)의 '윤필재', 《사상의 월야》(1941)의 '송빈'이 그들이다. 이들 고학생들은 자신이 받는 근대적 교육이 개인의 행복을 위한 도구가 아니라 공공선을 위한 것이라고 확신하게 된다. 이들은 처음에는 휴머니스트였지만 점차 의식적인 '사상'을 갖게 된다. 《불멸의 함성》의 '두영' 역시 원래 소박한 휴머니스

기 때문이다. 헤겔이 말하는 인정 욕망의 주체 그리고 라캉의 주체 형성 과정에 관한 것은 최종렬, 《타자들─근대 서구 주체성 개념에 대한 정신분석학적 탐구》, 백의, 1999 제2장 남성 주체에 대한 담론 참조.

트였다. 같은 처지의 고학생으로서 '어용'을 이해하고 그를 동정하는 정도의 인정을 갖고 있던 두영은 가난한 어용이 강도 미수로 곤란에 처하게 되고 돈이 없어 범죄자가 되는 사건을 지켜보며 현실의 모순에 눈을 뜨게 된다. 이러한 사상적 성장의 과정은 두영의 연인이자 소학교 여교사로 일하는 송원옥에게 보내는 편지에 드러나 있다. 그는 자신의 포부를 밝히면서 원옥에게 〈전날밤〉(투르게네프 소설) 속에 나오는 엘레나가 혁명가를 사랑하듯 자신을 사랑해줄 것을 요청한다. 그러면서 원옥이 '스위트 홈'이나 꿈꾸는 평범한 여자가 아니기를 바란다.

나는 일찍이 고향을 떠날 때 결심한 바가 있습니다. 내 몸을 바치자! 이것입니다. 내 한 몸을 위해서보다 내 한 집안을 위해서보다 내 한 몸과 내 한 가정을 포옹해 주는 이 사회를 위해서 먼저 내 정신과 몸을 쓰리라! 이것입니다. 그러므로 나는 사회를 위해 바칠 이 몸을 지식으로 높고 마음으로 순결하고 건강으로 튼튼하게 단련시키는 것이 지금에 있어 무엇보다 급무이겠지요. (…인용자 중략…) 그리고 제가 먼저 한 가지 원옥씨에게 원하는 것은 저의 애인만이 되어 주시지 말고 나와 같이 우리 사회에 한없이 쌓여 있는 일자리를 개척해 나아가는 동지가 되어 달라는 것입니다. <u>소설 '전날밤'에 나오는 에레나와 같이 저를 사랑해 주시고, 또 저를 사랑해 주시기 때문에 저의 사업까지 사랑해 주셔서</u>(…인용자 중략…)
원옥씨에게 그런 용기가 계시겠습니까? 요즘 우리 청년들이 잠꼬대처럼 저마나 지껄이는 스위트홈이나 꿈꾸고 계신다면 저는 원옥씨의 사랑을 받기에는 너무나 무자격한 사람이 아닐까요?(밑줄 인용자)[245]

---

245 이태준, 《불멸의 함성 上》, 《(이태준전집8)》, 깊은샘, 1988, pp. 71~72.

두영은 원옥을 비롯한 형옥, 정길 등 '여학생'들의 흠모를 받는다. 두영이 가진 사상적 진지함은 여학생들의 사랑을 불러일으키는 원천이자 경쟁자 관계에 놓인 남성들로부터 우월해질 수 있는 힘이다. 두영은 두 개의 삼각관계에 연루된다. 하나는 송원옥―천오상―박두영으로 이루어진 첫 번째 삼각관계이며, 다른 하나는 김정길―윤계현―박두영으로 이루어진 두 번째 삼각관계이다. 이 구도에서 특징적인 것은 삼각관계의 긴장감이 그리 크지 않다는 것이다. 그것은 두영이 경쟁관계에 있는 남자들에 비해 도덕적으로나 지적으로 우위를 점하고 있기 때문이다. 첫 번째 삼각관계의 경쟁자인 마르크스주의자 천오상은 두영보다 지적 우위를 지녔으나 동지적 결합을 빙자하여 원옥을 유혹하는 유부남으로서, 도덕적으로 타락한 사회주의자로 그려진다. 두영은 윤리적인 면에서 경쟁자인 천오상에 우위를 점하게 되고 원옥은 역시 도덕적으로 결함이 없고 진지한 청년 두영과 결혼하기를 바란다.

두 번째 경쟁자 윤계현은 두영이 동경의 정측 영어학원 유학시절에 알게 된 사람으로, 정길이라는 여학생을 두고 경쟁하는 관계에 있다. 그러나 윤계현은 공부와 사회에 대해서는 별 관심이 없는 유학생 모던보이다. 유학생들의 귀국 순회하는 강연회에서 정길은 연인인 계현과 두영을 비교해 본다. 두영이 "불멸의 함성"이라는 제목으로 조선 지식인의 각성을 호소하는 계몽 연설을 하는 데 비해 윤계현은 법과 학생이면서도 "민중에게 어떠한 사상과 격동을 주지 못하고 한낱 여흥감으로밖에 되지 않는 음악"[246]을 연주하는 모던보이에 지나지 않는다. 여학생 정길의 이런 생각은 소설 전체의 구도에서 볼 때 당연히 두

---

246 이태준, 〈불멸의 함성〉, 《下(이태준 전집9)》, 깊은샘, 1988, p. 326.

영의 고귀함을 보증해 주는 증거로 기능한다.

경쟁자 남성들에 대한 우위가 강할수록 삼각관계의 구도는 긴장력이 약해진다. 다른 남성 경쟁자들이 연애에 연연하는 것과는 대조적으로 두영은 연애 문제를 대수롭잖게 대함으로써 자신의 고귀함을 완성한다. 그에게는 연애에 연연하지 않고 대승적으로 사회와 민중을 고민하는 것이 우월성의 원천이기 때문이다.[247]

《제2의 운명》의 '윤필재' 역시 《불멸의 함성》의 '박두영'과 마찬가지로 경쟁자들보다 우위를 점하고 있는 인물이다. 필재의 경쟁자 중 한 명인 '박순구'는 사회 문제에는 관심이 없는 타락하고 한심한 부르주아이고, 다른 경쟁자인 '강수환'은 자신의 이익을 위해 타인을 모함하고 아첨하는 인물이다. 이러한 경쟁에서 필재는 당연히 윤리적 우위를 지니고 있지만 경쟁자의 모함과 계략으로 연인을 빼앗기고 만다. 그러나 이러한 좌절이 곧 주인공들의 윤리적 우월성을 훼손하지는 않는다. 오히려 연인과의 결혼이 좌절됨으로써 주인공들은 지향하는 이념을 실천할 수 있는 계기를 마련하게 된다.[248]

공공선을 지향함으로써 경쟁자로부터 윤리적 우위를 확보하는 이러한 남성 인물들은 연애에 무관심한 자신들의 태도와 달리 여성들의 사랑을 받으며, 이로써 외로움에 대해 심리적으로 보상받는다. 이와

---

247 두영은 원옥과의 복잡한 관계에 대해서는 잠시 고민하지만 곧 이런 문제를 뒤로 하고 동경으로 떠난다. 그리고 나중에 연인이 된 정길을 조선에 두고 미국 존스 홉킨스 의대에 진학하기도 한다.

248 이태준의 다른 소설 〈사상의 월야〉(1941)에서의 송빈의 경우는 사랑의 좌절이라기보다는 사랑의 포기에 가깝다. 연인인 은주가 함께 도피할 것을 요구하지만 사랑에 모든 것을 건 은주와는 달리 고아로서 세상살이의 어려움을 일찍 깨달은 송빈은 동경 유학을 선택함으로써 입신(立身)의 꿈을 이루려 한다. 송빈의 민족주의적,계몽주의적 각성은 '사랑'을 포기하고 얻은 것이다. 송빈의 시선은 늘 외부로 향해 있었고 은주와의 연애의 실패는 잠시 잊었던 입신의 꿈을 다시 상기시키는 계기가 될 뿐이다.

는 반대로 상대적으로 쾌락을 추구하는 모던보이, 타락한 부르주아의 자제, 타락한 사회주의자들 그리고 이들의 유혹에 굴복하는 '여학생-유혹자' 들은 타락하여 불우한 삶을 살게 된다. 또한 주인공들의 연인들도 지사적인 남성을 불신하거나 그의 이념에 동조하지 않는 경우, 《제2의 운명》의 '천숙' 처럼 불행한 결혼생활을 하거나 《불멸의 함성》의 '원옥' 처럼 타락하는 식으로 그려진다.

이태준의 또 다른 소설 《청춘무성靑春茂盛》(1940)의 '원치원' 은 박두영이나 윤필재처럼 강한 이념적 지향성을 가진 인물은 아니지만 동경에서 무교회주의자 사상의 영향을 받은 젊은 목사로서 여학생들의 사랑을 한 몸에 받는다. 그는 스위트 홈이라는 개인적 행복과 '득주' 와 같은 불우한 여성을 구원할 이타적 사명 사이에서 갈등한다. 그는 '은심' 과의 결혼이 스위트 홈이라는 개인적 행복에 그칠 것을 두려워하며 여급으로 나선 여제자 득주를 구하기로 결심한다. 그러나 기독교적 신앙에 바탕을 둔 이타적 실천은 경쟁자 '조오지 함' 의 출현으로 관계가 복잡해지면서 지연된다. 그는 결국 박두영이나 윤필재처럼 연애 문제에 거리를 둠으로써 본래 삶의 목표, 즉 사회적 이상을 추구하는 데 몰두하게 된다.

'사랑보다 더 큰 건 없는가?
'사랑보다 거 열중할 수 있는 건 없는가?
'사랑보다 더 가치 있는 더 빛나는 건 없는가?[249]

결국 원치원이 선택한 '사랑보다 더 크고, 가치 있는 것' 은 금광 사

---

249 이태준, 《청춘무성》, 서음출판사, 1988, p.377.

업을 하여 그 수입을 조선 청년들의 사회사업에 투자하는 것이다. 그가 후원하는 사회사업은 영화제작, 신극운동, 출판사업, 무료 의료기관 설립, 장학사업 등 방대한 분야에 걸쳐 있다.

김말봉의 《밀림密林》(1935~1938) 역시 윤리적 영웅과 벌이는 삼각관계에서 결국 패배자는 '여학생 유혹자'와 남성 경쟁자다. 주인공 '유동섭'은 구주 의대 출신의 의사로, 인천 월미도에서 다른 청년들이 해수욕을 즐기는 동안 축항 공사장의 가난한 인부들을 치료해 준다. 동섭은 빈곤층의 비참한 삶을 목격하고 자신이 쓰고 있던 박사논문을 찢어버림으로써 박사가 되기를 포기한다. 그는 서 사장의 딸인 '자경'과 약혼한 관계지만 출세욕으로 가득한 '오상만'의 출현으로 결혼에 방해를 받는다. 오상만은 약혼녀가 있으면서 부유한 사업가의 딸인 자경에게 접근하는 인물이다. 유동섭의 정당한 경쟁자가 될 수 없는 입장의 오상만은 자경을 임신시킴으로써 그녀와 결혼하는 반칙을 범한다.

전문학교 영문과 출신 여학생 자경은 오상만의 유혹에 자발적으로 굴복함으로써 유동섭을 배신하는 인물이다. "풍만하고 요염하면서도 위엄스럽고 황금의 수레"[250]와도 같은 용모의 자경은 자신의 출신 배경과 빼어난 용모 그리고 전문학교 출신이라는 학력으로 뭇 남성들을 유혹하는 전형적인 '여학생-유혹자'다. 그녀는 유동섭을 배신하고 오상만과 결혼한 후 파멸의 길로 접어든다. 남편인 상만의 이중생활[251]과 아이의 죽음으로 방황하던 자경은 우연히 알게 된 사상 운

---

250 김말봉,《밀림上》, 영창서관, 1955, p.396.

251 동경 유학 시절 하숙집 딸 요시에 사이에서 아이를 낳은 상만은 요시에와 자경 사이에서 이중 생활을 하고 계략을 꾸며 장인의 회사를 빼앗는 패륜을 저지른다.

동가인 정평산의 총에 맞는 비운을 겪는다.[252] 자경의 불행은 '여학생-유혹자' 들이 윤리적 영웅들을 배신하고 파멸의 길을 걷는 대표적인 예다.[253]

남성 지식인의 윤리적 우월성이 극단적으로 강화되는 소설에서 남성 지식인은 종종 금욕주의자가 된다. 금욕주의자 남성은 '여학생-유혹자' 의 유혹에도 흔들리지 않고, 그럼으로써 상대 남성과의 경쟁에서도 자신의 정신적 에너지를 낭비하지 않는다. 이광수의 《그 여자의 일생》(1934~1935)에 등장하는 '임학재' 는 계몽주의적 이상을 품은 지사적 청년으로, 여성들의 흠모에도 연애관계에 연루되지 않는 초연함을 보인다. '여학생-유혹자' 인 '금봉' 은 그의 이러한 점잖음과 고상함에 반해 육체적이라기보다는 종교적인 마음으로 연모한다.

금봉은 학재를 대하거나 마음으로 생각할 때에는 <u>마치 종교적인 듯한 사모하는 정</u>이 간절해지지마는 육체의 충동은 받은 일이 없었다. 도리어 육체라는 것은 학재의 앞에서는 대단히 더러운 것 같이 생각했다. (…인용자 중략…) 그런데 상태에게 대하여서는 그와 반대로 정신적 사모는 생기지 아니하나 육체적으로 끌리는 힘을 깨달았다.(밑줄은 인용자)[254]

---

252 정평산은 사상운동을 하는 노동자 출신 사회주의자이지만 부유한 옷차림을 한 자경으로부터 운동 자금을 뜯어낼 불순한 생각으로 그녀에게 접근한다. 그러나 자경은 평산을 "동섭이와 같이 놓고 깨끗한 성격의 소유자"(《밀림 下》, p. 518.)로 오인한다. 자경은 모든 '주의자' 늘이 윤리적 우월성을 지니고 있다고 착각함으로써 정평산을 믿어버리는 우를 범한 것이다.

253 《불멸의 함성》의 '원옥', 《제2의 운명》의 '천숙' 역시 윤리적 영웅들을 배신하거나 그 진성성을 불신함으로써 불행해지는 인물들이다.

254 이광수, 《그 여자의 일생》, 《이광수 전집》7, 우신사, 1963, p.128.

학재는 독일의 루젠드분트, 간디의 사챠그라하, 조선의 국선도와 그리스도교를 융합한 청년운동을 계획하여 실천하고자 하는 인물이다. 이러한 그의 모습에 금봉을 비롯하여 을남, 영자 등 동경 여학생들이 그를 짝사랑하지만 육욕을 제어하지 못하고 남성 편력을 보인다. 학재가 가진 윤리적 숭고함의 반대항에 '여학생-유혹자'인 금봉과 동경 여학생들이 놓여 있는 것이다. 금봉은 잠시 기독교와 민족애로 '상태'의 유혹을 뿌리치고 조선을 위해 일생을 바치기로 결심하기도 하지만[255] "미인으로 태어나서 돈 욕심도 많아 걱정"이라는 오빠 인현의 우려대로 육욕과 돈을 좇아 표류하게 된다.[256]

이광수의 또 다른 소설 《애욕의 피안》(1936) 역시 육욕을 추구하는 인물들과 금욕적 남성 지식인으로 대별된다. 금욕적 남성 지식인으로 등장하는 '강영호'는 여학교 교사였다가 시인이 되고, 다시 '인생과 자연'이라는 테마를 품고 길림吉林으로 갔다가 금강산에서 수도 중이다. 그의 이러한 금욕적인 태도와 대별되는 인물들은 육욕을 추구하는 '여학생-유혹자'와 그녀의 유혹에 굴복하는 남성들이다. 이들은 '혜련'의 아버지 '김장로', 김장로의 친구 '박' 그리고 김장로와 불륜에 빠지는 여학생 '이문임' 등이다. 이들은 육욕의 화신이다. 강영호의 경우 그의 금욕성은 매우 극단적인 수준이어서 순결한 여학생 혜련의 정신적 애정도 유혹이라 생각하여 스스로 숨을 쉬지 않고 자살할 정도다.

---

255 위의 책, p.135.

256 금봉은 돈과 육욕에 의해 움직인다. 심상태에게 강렬한 육욕을 느꼈고 재산을 전부 주겠다는 손명규의 말에 혹하여 그와 결혼한다. 또한 금봉은 파산한 남편이 남양(南洋)으로 돈을 벌러 간 사이 은행 지점장 김광진의 첩이 되고, 심상태와의 육체적 관계도 유지한다.

위에서 언급한 이광수나 이태준의 장편소설에 등장하는 남성 영웅들에게 '여학생-유혹자'들의 유혹은 이념 실천을 위해 넘어야 할 장애물이다. 윤리적으로 우월한 남성 지식인들이 지향하는 바는 연애나 결혼을 통해 이룩되는 가정, 즉 '사적 영역'의 바깥에 놓인다. 이들의 지향점은 공적 영역으로의 진입이다. 그러나 화폐 경제의 주체로 참가하는 것이 아니라 정치적 주체로서 진입한다는 데 그 특징이 있다. 농촌계몽 운동, 청년 운동, 사회주의 운동 등은 윤리적 영웅들을 정치적 주체로 만드는 실천적 행위들이다. 이러한 점에서 그들은 쾌락을 좇는 부르주아 사업가, 은행가 등의 경제적 주체들과 스스로를 구별짓는다. 경제적 주체들(사업가, 은행가)은 '돈'으로 여성들을 유혹하고 그녀들을 유혹에 굴복한 '여학생-유혹자'로 만들어버림으로써 궁극적으로 윤리적 영웅들은 스스로의 승리를 확인하게 된다. 윤리적이며 정신적인 영웅들은 경제적 주체가 아닌 정치적 주체로서 자신들을 세우고 '여성'들의 흠모로써 그 우월성을 증명하고자 한다. '여성'들의 사랑은 이들에게는 보이지 않는, 승리의 증거다.

아렌트에 의하면 '사회'와 '정치'는 구분을 요한다. 아렌트는 양자의 구분에 대한 근거로 고대 폴리스의 공론 영역과 사적 영역의 존재 양상을 들고 있다. 고대 폴리스의 사적 영역(가정)이 인간의 생존에 필요한 생산(경제)을 담당하는 장소였다면, 공론 영역은 말lexis과 행위praxis를 통해 인간의 유한성을 극복하는 정치적 삶을 향유하는 장소였다. 공론 영역에서 행해지는 말과 행위들은 개인적이거나 사적인 부property에 관련된 것이 아니라 공동의 소유에 관련된 것이다. 사적 영역이 인간의 유한성이라는 조건에 얽매여 있다면 공론의 영역은 인간의 유한성을 극복하고 불멸의 존재로서 자신을 세울 수 있는 영역이었다. 이러한 상황은 근대 이후 '사회적 영역'의 출현으로 근본적으로 변화했는데, 근대 이후의 '사회'란 '경제적으로 조직되어 하나의 거대한 인간 가족의 복제물이 된 가족 집합체'이다. 아렌트는 '사회'란 사적인 영역에서 담당했던 경제적 생산활동이 공적인 영역을 잠식함으로써 발생한 것이라는 점을 지적하고 있다.[257]

아렌트의 이러한 논의를 참조해 보면, 금욕적 남성 지식인이나 윤리적 영웅들이 왜 경제적 활동이 아닌 정치성으로써 자신을 세우는 방식을 택했는지, 이러한 정치성이 왜 경제적 활동과는 대별되는가를 알 수 있게 한다. 물론 이들이 상정한 정치성은 고대 그리스의 공론장이 아닌, 근대 사회를 배경으로 한 것이지만 경제적 영역을 배제한 정치성이라는 점에서 고대 그리스의 그것과 유사하다. 더구나 1930년대가 정치적 출로가 막혀 있는 식민지 시기라는 점을 고려해 볼 때 그들의 사회적 이상은 실행이 불가능한 것에 가깝다. 그러나 이러한 남성 지식인들의 사회적 이상은 나름대로 근대 자본주의의 물욕을 비판하는 기능을 지닌다. 이들에게 연애나 스위트 홈의 이상理想, 개인적 부의 축재를 위한 경제활동 등은 자신들이 지향하고자 하는 정치성과는 대척되는 지점에 있는 것으로 취급된다. '돈'으로부터 초연한 그들은 물질적 쾌락과 육욕에 빠진 부르주아들이나 모던보이들을 경멸한다.

이러한 주체 세우기의 방식은 앞서 언급한 '인정 욕망'의 충족이라 할 수도 있는데 그 충족 방식은 자못 아이러닉하다. 이들은 자신과 경

---

257 H. Arendt, *The Human Condition*,(《인간조건》), 이진우·태정우 옮김, 한길사, 1996, pp.73~133. 아렌트는 '공론 영역'과 '사회'를 구분한다. 공론의 영역은 인간들이 가지고 있는 영속성에 대한 기대에서부터 생겨난다. 고대 그리스인들은 공론의 영역인 폴리스(police)를 개인적 삶의 무상성, 즉 죽을 운명을 가진 인간의 비영속성을 극복함으로써 불멸성을 보장하는 공간으로 보았다. 그러나 이와는 달리 '사회'는 사적인 부(property)의 획득이 공적인 것으로 변화했을 때 발생한다. 아렌트에 의하면 '사회'는 자본주의 경제 활동이 공론의 영역을 잠식해 버렸을 때 생겨난 것이다.

쟁자 그리고 '여학생-유혹자'로 이루어진 연애관계로부터 초연하고자 노력함으로써 자신이 포함된 삼각관계를 느슨하게 만든다. 그런데 '여학생'들은 그들에게 가부장으로서 경제적 생산활동에 참여하여 '스위트 홈'의 이상을 구가하는 삶을 요구한다. 즉 '여학생'들이 요구하는 삶은 그들의 공적인 관심 또는 공공선에 대한 관심으로부터 대척되는 지점에 있다. 그러나 이들 남성 지식인들이 얻는 우월의식은 이들 '여학생'들의 사랑을 받음으로써 확인된다.

정치적 이념을 추구하는 남성들은 자신을 사랑하는 여성들을 외면하지만 결코 여성들의 사랑에 있어서는 결핍을 느끼지 않는다. 오히려 애정의 잉여 상태에 놓여 있다. 《불멸의 함성》의 두영이나 《제2의 운명》의 필재, 《청춘무성》의 원치원, 《그 여자의 일생》의 임학재, 《밀림》의 유동섭 등은 모두 두 명 이상의 '여학생'들로부터 사랑을 받는다. 변심한 여학생의 빈자리는 곧 다른 여학생의 사랑으로 메워지기 마련이다. 《선풍시대》(한인택, 1931)의 '박철하'처럼 윤리적 영웅들이 부르주아 사업가들과 벌이는 애정의 쟁투에서 패배하여 '신경쇠약'에 걸리는 나약한 모습을 보이더라도 '연순'이라는 여학생이 그를 간호하게 됨으로써 새로운 연인을 얻게 된다.[258] 여학생들은 그들이 가진 공공선의 추구를 우러러보고 그들을 고결한 영웅으로 인식한다. 오히려 소설 속에서 사랑의 결핍에 시달리는 것은 정치성을 지향하는 남성들이 아니라 '연애'나 '쾌락'만을 추구하는 모던보이들이나 부르

---

258 1931년 조선일보에 연재된 이 소설은 몇 개의 삼각 관계로 이루어져 있다. 사회주의자인 박철하-명순-변원식, 철하-명순-연순, 철하-명순-창선의 삼각관계가 그것이다. 사회주의자인 박철하는 고무공장의 파업을 주도한 사회주의 운동가로 한편으로는 명순과의 사랑에 열중하는 인물이다. 그는 경쟁자인 창선과 변원식(고무공장 사장의 아들)의 계략으로 '명순'을 빼앗기지만 그 대신 '연순'이라는 다른 여학생의 사랑을 받는다.

주아들이다.

위 소설들에서 '정치'라는 공적 영역에서 주체가 되려는 남성 주인 공들에게 '여성'들의 사랑은 인정의 징표가 되어 타자(모던보이, 부르주 아)들에 대한 승리의 쾌감을 맛보게 한다. 반대로 그들을 배신한 '여학 생—유혹자'들은 결국 파멸로써 처벌되는데, 이것만으로도 소설의 플 롯을 추동하는 힘이 바로 이 남성 주인공들의 욕망이라는 사실을 알 수 있다. 여성의 애정이 이들 남성 영웅들에게 인정의 최종 심급이기 는 하지만 결국 그녀들의 애정을 거부함으로써 남성 주인공들의 '인 정받음'은 완성된다.

약화된 윤리적 우월성과 부르주아 가정으로의 안착

정치적 이념을 제시하고 이를 실천함으로써 자신의 인정 욕망을 충족 시키는 남성 인물들은 대부분 결혼에 성공하지 못한다. 성공하지 못 한다기보다는 스스로 결혼을 거부하는 것이다. 오히려 이로부터 정신 적으로 거리를 두고 초연한 위치에 섬으로써 경쟁자와 스스로를 구분 짓는다. 이러한 남성 지식인이 갖는 강한 윤리적 우월성은 실제로는 허구적이다. 그들이 추구하는 사회주의, 계몽주의, 민족주의 등의 이 념은 현실적으로는 백일몽과 같거나 실천하기 어려운 추상에 가깝다. 이러한 백일몽을 꾸는 남성 지식인 유형은 정치적 출구가 막혀 있던 식민지 사회의 소산일 수도 있다. 자신의 이상을 실현하기 위해 여성 들의 사랑을 뿌리치는 플롯은 남성 인물의 일방향적인 욕망에 의한 판타지의 성격을 지닌다.

이와는 대조적으로 남성 지식인의 윤리적 우월성이 약화되어 있는 소설들의 경우, 그들은 이념과 현실 사이에서 균형을 취하는 성숙함을 갖고 있다고 볼 수 있다. 이들은 이태준이나 이광수의 소설에서 보이는 이들은 사회주의 이념이나 계몽주의적 이념의 의의를 소극적으로 인정하지만 이상을 추구하는 '유학생'이나 '학생' 신분이 아니다. 이들은 광산기사, 소설가, 자연과학 연구자, 문학 연구자 등의 직업을 가지고 현실 세계의 구성원으로 살아가고 있다는 점에서 이미 현실의 제약을 내면화하고 있는 인물이다. 반면 자신이 연루되어 있는 연애에 대해서 거리를 유지하고 있다는 점에서는 윤리적 영웅형 인물들과 공통점이 있다. 그러나 윤리적 영웅형 인물들이 결혼을 하지 않거나 여성들과 동지적 결합을 이루는 것과는 달리, 이들은 부르주아 계급의 딸들과 결혼함으로써 가정에 안착한다는 특징을 지닌다.

남성 인물들이 현실적인 균형감각을 갖춤과 동시에 이들의 경쟁자인 모던보이 또는 사업가 자제들의 부도덕함도 약화되며 '여학생'들의 유혹자적인 면모도 축소된다. 이제 이들이 우월함은 경쟁자들이나 유혹자들의 부도덕함의 대조로써 얻어지는 것이 아니라 '여성'들의 미성숙함을 교정함으로써 간접적으로 얻어진다. 유진오 《화상보》의 '장시영'과 '이경아'는 자연과학자와 예술가(성악가)라는 점에서 대조적인데 이러한 대조는 성숙함/미성숙함의 의미적인 대조를 이룬다. 어떤 일에도 흔들리지 않고 자신의 일을 묵묵히 수행하는 장시영에 비해 이경아는 사치스럽고 허영심이 많다. 경아의 미성숙함은 예술이 지닌 사치스러운 이미지와 연결된다.[259]

여성 예술가 경아는 문화주택의 여주인이 되어 그녀의 집을 자칭

---

259 예술가나 예술이 소설 속에서 미성숙한 이미지로 그려지는 것은 《불멸의 함성》에서도 나타나 있다. 《불멸의 함성》에서 정길은 유학생 강연회에서 바이올린을 연주하는 윤계현과 청년의 각성을 촉구하는 박두영의 모습을 동시에 보고 윤계현의 모습에 실망한다. 음악이 "민중

'예술가의 집'이라 부른다. 이 문화 주택에는 피아니스트 이복희, 소설가 송관호, 바이올리니스트 문창도, 소프라노 최애덕 등의 예술가들이 드나들면서 파티를 즐긴다. 경아의 물질적 스폰서인 안상권은 파티의 흥행을 위해서 값비싼 피아노를 중고로 사들이고 이 집에 모인 예술가들은 양주를 마시고 댄스를 벌인다.

「뭘 걸까. 부루우스? 탱고?」

레코오드케이스를 뒤적거리며 복희가 묻는다.

「아무거나 걸구려」

관호가 대답하자

「옥사마 오데로도오조」

「좋지 않아. 아이 키스 유어 핸 마담」

하며 관호는 벌써 일어선다. 흥겨운 음악소리. 동시에 남은 사내들도 우수수 일어선다. 으레 그렇게 할 것이라는 듯이 경아에게도 가는 상권의 앞에

「오늘은 그렇겐 안돼요」

하며 이복희가 나선다.

「아까 내 파뜨롱 해준다구 그래셨죠.」

그 말에 상권은 하는 수 없다는 듯이 빙긋이 웃으며 복희와 짝을 짓는다. 그러자 관호는 그러기를 기다렸다는 듯이 재빠르게 경아에게로 간다. 뒤처진 박태성은 흥없는 얼굴로 애덕과 짝을 짓는다. 간질간질 흐르는 음률. 태성의 뚱뚱한 몸집이 체조나 하듯이 테석테석 움직이고 경아의 보드라운 몸이 가볍게 나부끼는 한편에서 이복희의 난숙한 육체가 음탕한

에게 사상이나 격동을 주지 못하고 한낮 여홍감으로밖에" 존재하지 않는다고 생각하는 정길과 청중들에게 윤계현의 모습은 신뢰할 수 없는 것으로 그려진다.(《불멸의 함성》下, p.326)

선을 그려 율동한다.[260]

　'경아'라는 '여성–예술가' 인물의 의미항을 구성하는 것은 화려함과 퇴폐성이다. 그녀가 4년간의 양행洋行을 마치고 귀국하는 모습은 "새몬 핑크색 오우버에 토오크형 모자를 쓰고 꼬리를 편 공작새 같이"[261] 화려하다. 시영은 4년 만의 재회를 기대하며 마중하지만, 시영을 보는 순간 경아의 마음은 식어버리고 만다. 경아의 눈에 실업학교 교원인 장시영은 초라해 보였기 때문이다. 유럽에 비해 더럽고 초라한 조선사회 인상이 장시영의 모습에 겹쳐져 보인 것이다. 경아는 초라한 시영과 대조되는 백만장자 아들인 '안상권'의 적극적인 구애를 받아들인다. 그러나 시영은 경아의 변심에 대해 초연한 태도를 보인다. 그는 자신의 개인적인 문제보다 더 긴급하다고 생각되는 문제, 즉 교주 이태희의 죽음으로 가속화된 실업학교의 위기를 해결하는 것을 더 중요하게 여기기 때문이다. 시영의 관심이 이러한 문제에 닿아 있는 한 삼각관계는 팽팽한 긴장감을 조성할 수 없다. 동경제국여자전문학교 출신의 죽은 교주의 딸 영옥 또한 시영을 사모하지만 이에 대해서도 시영은 진지하지 않다. 결국 시영은 경아에게 절교의 편지를 보냄으로써 그녀와의 관계를 청산하고 실업자 처지가 되는데, 이때 시영의 마음을 붙드는 것은 "공부에 대한 열정"이다. 자신의 개인적 고민의 에너지를 식물학 연구에 쏟아붓는 그의 태도를 상업학교 출신으로 미츠코시 직원이 된 '최원목'은 이해하지 못한다.

---

260 유진오,《화상보》, 삼성출판사, 1972, pp.106~107.
261 위의 책, p.12.

「시간은 그렇게 해 뭘 허슈?」

하고 원목은 입을 내민다. 시영은 웃으며

「연구가 뭔가 허는 게 있어서」

「연구? 식물학 말이죠? 식물학이 돈 되나요?」

그 말에 시영도 불쾌해져서 대답을 하지 않았다.[262]

시영은 '돈은 안 되는 식물학이지만' '식물학의 연구가 생활의 파
탄을 막아나 주는 듯이' 연구에 몰두하기 시작한다. 한편 경아는 상권
과 약혼하지만 상권의 본처 홍영희가 등장하고 피아니스트 이복희와
안상권의 관계가 세간에 폭로됨으로써 무산된다. 경아가 실패하고 몰
락하는 것[263]과는 대조적으로 연구에 몰두한 시영은 동경 식물학 잡지
에 그의 글이 실리게 되고 수원고농의 조수가 되면서[264] 교주의 딸 영
옥의 진심을 받아들여 그녀와 결혼하게 된다.

시영은 경아와 상권 그리고 영옥이 얽혀 있는 연애관계의 중심에
서 있다. 그러나 시영은 연애관계에 집착하지 않는다. 물론 경아와 멀
어지는 것에 대해 가슴 아파하지만 경아가 상권과 가까워지자 자발적
으로 물러나고 영옥에 대해서도 냉담한 태도로 일관한다. 그에게 중
요한 것은 오직 식물학뿐이다. 시영의 이러한 태도는 '경아'로 대표
되는 예술가 무리들의 사치스러움과 방종에 대조되는 자연과학도의

---

262 위의 책, p.236.

263 안상권에게 배신당한 경아는 동경으로 떠나고 그곳에서 레코드 회사의 가수로 일하면서 어
   느 실업가의 애인이 되어 사람들의 구설수에 오르게 된다.

264 시영의 논문은 "동경제대 나카이 박사에게서 한 개인으로서는 도저히 성취할 수 없는 대 사
   업"이라는 격찬을 받고 이러한 격찬이 계기가 되어 시영은 '학력이 부족함에도 불구하고'
   수원고농의 조수가 된다.

건전함으로 그려진다. 예술가의 사치스러움이나 방종함은 도시의 소비문화를 즐기는 사람들의 특성으로까지 비약되어 묘사된다. 경아의 독창회를 보러 부민관에 모여든 사람들은 "짐승껍질 오우버, 벨베트 두루마기, 파마넨트 머리, 매니큐어한 손, 향긋한 냄새"[265]라는 환유적 비유를 통해 묘사된다. 이러한 도시의 소비 세태 속에서 시영이 가진 과학에 대한 열정은 그로 하여금 소비문화에 휩쓸리지 않고 자신의 균형감각을 유지할 수 있는 동력이다. 같은 학교 선생이었던 송기섭은 장시영의 이러한 '행운'을 두고 다음과 같이 말한다.

「하지만 말야. 이것두 다 자네가 자연과학을 선택한 덕택일세. 다른 사람이 요새의 자네 같은 경우를 당했으면 어디루 달아나 자살이래두 하거나 하는 수밖엔 아모 도리 없는데 자네 일은 통속소설같이 피네그려. 이게 꼭 소설이지 뭔가. 움쭉달쭉두 못하도록 궁경에 빠진 이때에 갑자기 운이 트이다니. 자네한테 이런 소설적 구제의 손을 펴주는 것은 그러니 자연과학의 덕택이란 말이야. 자연과학은 어느 정도 초시대적이기 때문에 더러 이런 수도 있단 말이지. 철학이나 경제나 법률이나 그런 것 연구하는 사람 같애 보게. 이 혼란한 세상에서 성공이라는 어림두 없는 소리지. 양심을 팔아 매피스토가 되거나 그렇지 않으면 백이숙제伯夷叔齊 같이 산 속으루 고사리나 캐어먹으러 들어가는 수밖에 없지 않은가.」[266]

시영의 성공은 가치중립적인 자연과학을 연구하기 때문에 혼란기에 사치와 방종의 세태로부터 거리를 둘 수 있었던 것으로 서술된다. 더불

265 유진오,《화상보》, p.174
266 위의 책, pp. 422~423.

어 화려하고 사치스러운 '스타' 경아 대신 건실한 부르주아 집안의 영옥을 선택함으로써 소비문화에 대한 시영의 거리두기는 완성된다.

《여인성장女人成長》(박태원, 1941~1942)의 주인공 '김철수'는 유명세를 가진 소설가다. 그는 주변 여성들의 문제를 해결해 주는 해결사를 자처하는데, 자신을 배신한 '숙자'나 자신을 짝사랑하는 '숙경'과 '순영'에게도 감정을 노골적으로 표현하지 않으며 그녀들의 문제를 '해결'해줄 뿐이다. 철수가 가진 감정의 제어와 해결사로서 내보이는 중립적인 태도는 그로 하여금 연애사건에 휘말리지 않게 한다.

여학생 출신인 숙자는 철수의 연인이었지만 뚜렷한 이유 없이 김철수와 결별하고 최상호와 결혼한다. 김철수는 그녀가 변심한 이유를 전혀 모르지만 실연에 그다지 연연해하지 않는다. 그가 관심을 두는 대상은 옥화라는 기명妓名을 가진 '강순영'으로, 이러한 관심 또한 애정이 아니라 불우한 '매춘부-희생양'[267]에 대한 동정의 성격을 띠고 있다. 윤기진의 아이를 낳고 그에게서 버림받은 딱한 처지가 된 순영을 돕기 위해 김철수는 최상호의 아버지이자 한양은행 두취頭取인 최종석의 집에 드나든다. 그 과정에서 철수는 최종석의 며느리가 된 옛 연인 숙자를 만나게 된다. 한편 숙자의 시누이인 숙경은 이전부터 철수의 소설을 즐겨 읽고 상상으로 그를 사모해 왔던 터라 가슴을 설렌다. 숙경은 올케인 숙자와 철수가 옛 연인이라는 사실을 알게 되고, 숙자가 철수의 아이를 임신한 채 상호와 결혼한 것이라 추측한다. 숙경은 자신의 추

---

267 그가 기생집에 드나든다는 오해를 사면서까지 순영의 집에 드나드는 것은 철수의 은사 강우식의 딸이기 때문이다. 소학교 선생이던 강우식은 눈이 멀어 집안에서 와병 중인데 은급(恩級)을 금광업자에게 사기당하고 그의 딸 순영은 기생이 되어 가족의 생계를 책임지고 있다. 순영은 무능한 아버지로 인해 몸을 팔게 되는 '매춘부-희생양'의 대표적인 유형의 인물이다. 이러한 불운한 처지에 있는 순영을 도와줌으로써 철수는 구원자가 된다.

측을 집안사람들에게 폭로하고, 이로 인해 숙자가 철수를 배반할 수밖에 없었던 사연이 밝혀진다. 숙자는 상호에게 겁탈을 당해 임신하게 되었고 이 사실을 감춘 채 상호와 결혼한 것이다. 철수와 숙자를 모략한 처지가 되어버린 숙경은 수치심에 가출하여 신경新京으로 도피한다. 그리고 경솔한 숙경의 행동에 잠시 분개했던 철수는 결국 숙경을 용서하고 그녀와 약혼한다.

이 소설의 애정관계에서 김철수는 역시 삼각관계의 중심인물이다. 인물들의 삼각관계는 모두 세 개로 이루어져 있다. 철수-숙자-상호의 관계, 철수-숙자-숙경의 관계, 철수-숙경-순영의 관계가 그것이다. 그러나 이러한 삼각관계의 구도는 철수가 연애 감정을 억제하거나 적극적으로 행동하지 않음으로써 긴장감이 매우 약화되어 있다.[268] 철수의 행동이 가장 적극적으로 드러날 때는 순영을 도와줄 때다. 집안형편이 어려워 기생이 된 '매춘부-희생양' 순영을 도와주고자 나섬으로써 철수는 복잡한 연애사건으로부터 일정한 거리를 둘 수 있었다. 그러나 순영은 철수에게는 구원할 대상이며 연민의 대상일 뿐 사랑의 대상은 아니다. 철수가 결국 결혼 상대로 택하게 되는 인물은 부르주아 가정의 딸인 숙경이라는 점에서 철수는《화상보》의 시영과 동일하다고 볼 수 있다.

소설 속에서 철수의 성숙함[269]은 미성숙한 숙경을 효과적으로 제어

---

268 숙자와의 관계에서 철수는 숙자의 '이유 없는' 변심을 받아들였고, 숙경에 대해서는 호감을 갖고 있지만 그녀의 접근을 적극적으로 받아들이지 않는다. 또한 경쟁자인 상호에 대해서도 철수는 질투의 감정을 갖지 않는다. 이러한 소극적 태도로 연애에 있어서 철수는 실수를 면할 수 있게 된다.

269 철수의 성숙함이란 어느 여성과도 쉽게 사랑에 빠지지 않고 자신의 감정을 잘 드러내지 않는 속성이라고 할 수 있다. 감정으로부터 거리를 유지함으로써 철수는 숙자, 숙경, 순영들과 같은 여성들과 자신을 차별화할 수 있게 된다.

한다. 숙경의 실수는 그녀를 본질적으로(육체적으로) 타락하게 하기보다는 해프닝 정도로 처리되고, 결국 철수가 적절한 시점에서 용서함으로써 둘은 약혼을 하게 된다. 이러한 철수의 결혼 과정은 《화상보》의 시영이 교주의 딸 영옥의 짝사랑을 받아들이고 그녀와 결혼하게되는 것과 유사하다.

김남천의 《사랑의 수족관》(1939~1940)의 주인공 토목기사 '김광호' 역시 부르주아 집안의 딸인 '경희'를 아내로 선택한다. 광호는 사회주의자였던 형의 정치적 입장에 동조하는 인물인 만큼 부르주아의 딸인 경희와 갈등을 초래할 여지가 있었다. 그러나 김광호는 사상과 남녀의 문제는 별개의 차원으로 정리함으로써 경희와 갈등을 빚을 소지를 없앤다. 광호가 이러한 생각을 갖게 된 데는 카페 여급과 동거하다죽은 형 광준이 반면교사 역할을 하고 있다.

사회주의자인 형 광준은 가정을 버리고 카페 여급인 '양자洋子'와 동거하다 죽는다. 광호는 형 광준이 정신이나 사상 문제를 '남녀 문제'로 비약시키고 있다고 생각했기 때문에 광준의 태도를 이해하지 못한다. 광호는 실제로 경희를 사업가의 딸이 아닌 자신의 연인으로만 대하는 철저한 태도를 견지한다. 경희가 탁아소를 차려 사회사업을 하겠다는 결심을 광호에게 밝혔을 때 부르주아 가문의 딸과 암묵적인 사회주의 동조자는 서로 충돌할 위기를 맞기도 한다. 광호는 경희의 태도에서 부르주아의 허위의식을 읽어내지만 경희에게 공격적인 평가를 하지는 않는다.

「실행력에만 감탄하고 근본주이에는 역시 가치를 인정치 않는 거지요」
하고 경희는 다시 광호의 본심을 추궁한다. (…인용자 중략…)
「사실 저는 처음 자선 사업의 가치나 의의를 인정할만한 정신적 준비는

가지고 있지 못했습니다. 노골적으로 말하자면 안하면 안했지 자선사업은 못하리라 생각했습니다. 그것은 마치 중태에 처한 문둥병 환자에게 고약을 붙이고 있는거나 같은 거라고 생각되었어요.」

잠시 말을 끊었다가

「그렇다고 내가 어떤 사상이나 주의를 가진 것도 아닌것이 사실이요. 어떤 입장에서 그렇게 생각한게 아닙니다. 오직 나는 때때로 나의 죽은 형을 생각합니다. 나는 물론 형의 사상이나 주의에 공명하지는 않았고 지금도 그러한 입장에 서고 싶지는 않으나 어딘가 나의 생각에는 형의 영향이 남아있는 것 같아요. 그것이 무엇인지는 모르나 여하튼 자선사업이나 그런것에 대한 냉담한 태도는 형에게서 받은 유산같이 생각됩니다. 그러나 나는 경희씨가 생각하는 것처럼 악질의 허무주의자는 아닙니다. 나는 첫째 직업에 충실할 수 있습니다. 나의 직업에 대하연 무슨 까닭인지 모르나 그렇게 깊은 회의를 품어 본적이 없는 것 같아요. 무엇 때문에 철도를 부설하는가? 나의 지식과 기술은 무엇에 씨어지고 있나? 그런 걸 생각한 것은 있습니다. 그러나 단순하게 그런 생각을 털어 버릴 수가 있었어요. 「에디슨」이 전기를 발명할 때 그것이 살인기술에 이용될 것 생각하지는 않았을테고, 설사 그것을 알았다고 해도 전기의 발명을 중지하지는 않았을거다―이렇게 생각한 것입니다.[270]

사업가 아버지에게서 십만 원의 돈을 얻어 탁아소를 세우겠다는 그녀의 계획을 광호가 인정해 주지 않자 경희는 실망한다. 경희는 광호에게 "행동과 사업의 한계성을 명확히 인식하고 있는" 상황이라면 자선사업이라도 무가치하지 않을 것이라 항변한다. 이러한 충돌로 서로 간의 계급적 거리를 인식하게 되자 광호는 잠시 혼란에 빠진다. 그러나 광호는 "대홍재벌인 이신국씨와는 아무런 관계가 없다. 나는 오직 이경희의 애인일 따름이며" "회사의 중역의 한 사람으로서 이신국에 대한 그전과 조금도 다름없는 예의"[271]를 갖출 뿐이라고 스스로를 타이름으로써 사상의 문제와 연애의 문제를 안전하게 분리시킨다.

이때 광호에게 '직업(토목기사)'에 대한 충실함은 그의 갈등과 고민을 중지시키는 객관적이고 중립적 지점이다. 애인인 경희와 자신의 계급적 격차에서 야기될 수 있는 계급적, 사상적 갈등도 이 중립 지점 속에 녹여버린다. 이는 김남천의 다른 소설인 〈낭비浪費〉(1940~1941)의 '이관형'이 작가 헨리 제임스에 관한 논문쓰기에 몰두함으로써 주변 남녀들의 유혹으로부터 도피해 버리는 것과 유사한 태도다.[272]

경희와 광호와의 관계는 두 사람의 갈등에 의해서가 아니라 외부의 악인들—송현호와 은주의 '음모'에 의해 흔들린다. 또한 신주사가 이 음모에 가담한다.[273] 이들의 음모로 광호와 경희의 관계는 파탄에 이르지만 다시 관계를 회복시켜 주는 사람은 광호를 남몰래 사모하던 양

---

271 위의 책, p.277.

272 〈浪費〉의 이관형은 '헨리 제임스'를 대상으로 강사자격 논문을 준비하는 중이다. 원산의 별장에서 논문을 쓰고 있는 그의 주변에는 바캉스를 즐기는 남녀로 가득 차 있다. 그는 헨리 제임스의 작품을 연구함으로써 자기가 고민하고 있는 '사회적인 것과 내부적인 것의 간극'의 문제를 해결하려 하고 있다. 그는 누이의 친구인 '연이'를 짝사랑하고 있고 옆 별장으로 피서를 온 '문난주'에게서도 강한 유혹을 느끼지만 연구에 열중함으로써 이 유혹을 떨쳐버리려고 노력한다.

273 송현호와 은주와 신주사는 모두 자신의 이익 때문에 경희와 광호가 이루어지지 않기를 바란다. 은주는 자신이 광호를 유혹했던 사실을 거꾸로 광호가 유혹한 것이라 하여 광호에 대한 경희의 불신을 불러일으킨다. 신주사는 송현호의 사주를 받고 기자로 사칭하여 사장 이신국에게 토목 사기 사건에 김광호가 연루되어 있다고 모함함으로써 광호의 근무지를 만주의 길림으로 옮기게 한다.

재사 '현순'이다. 그녀는 경희를 만나 모든 것이 음모이고 오해라고 해명하게 된다.

「사사로운 일에 참견하는 것 같지만 경히씨께서 그것을 안 날짜와 광호 씨께서 만주로 떠나게 된 날짜가 일치하는 것과 광호씨가 만주로 가게된 것이 어떤 술책에 빠졌다는 것과 그 계책에 신일성이 같은 악질의 인물 이 끼었다는 것을 냉정히 생각하셔서 경히씨가 알아 들었다는 사실의 내 용과 그것을 전달한 분의 입장이나 위치를 다시금 곰곰이 따져서 생각하 시기 바랍니다. 나의 보기엔 김광호라는 분은 결코 인격이나 소행같은데 실수가 있을 분이 아닙니다. 돌아가신 그이의 백씨도 그것은 늘 말씀했 습니다. 냉정한 것. 지나치게 침착한 것이 기술가다운진 모르나 내의 열 정에 비하면 그것이 결점이면서 또한 장점이라고 언제나 그렇게 동생의 말씀을 하셨어요. 그건 어쩌건 남의 말을 듣고 한번 면대해서 당자와 담 판도 아무것도 없이 일방적으로 일을 처리하시건 이경히씬답지도 않은 경솔한 행동입니다. 언어들은 말씀이 내에 대해서 가지셨든것처럼 오해 가 아니라고 누가 보증하겠어요. 중상이 아니라고 누가 보장하겠어요? 벌썬 신일성 같은 악질의 인물이 관계했다는 것만 보아도 짐작이 가지 않아요?」[274]

현순에 의해 경희의 오해가 풀림으로써 경희와 광호는 결혼하게 된 다.《사랑의 수족관》의 직업여성(양재사) 현순은《여인성장》의 순영과 마찬가지로 지식인 남성을 사랑하지만 어두운 과거 때문에 부르주아

---

274 김남천,《사랑의 수족관》, pp.519~520.

딸들과의 삼각관계에서 스스로 물러나는 인물이다. 《화상보》의 시영, 《여인성장》의 철수, 《사랑의 수족관》의 광호는 타락하지 않은 여학생 출신의 여성들과 결혼한다. 이들은 모두 부르주아 집안의 딸들이라는 점에서 공통적이다.[275]

광호, 철수, 시영은 계몽주의나 사회주의 사상으로 무장한 윤리적 영웅은 아니지만, 식물학자로 광산기사로 소설가로서의 자기 위치에 충실함으로써 연애와 사상에 관련된 갈등 상황을 타개해 나간다. 이들 역시 이념으로 무장한 윤리적 영웅들과 마찬가지로 동시에 두 명 이상의 여성들로부터 사랑을 받는다. 그러나 이념적 영웅들이 결혼하지 않음으로써 자신의 이상을 실천할 계기를 마련하는 것과는 대조적으로, 결혼을 통해 부르주아 가정에 안착한다. 이러한 과정에서 육체적으로 훼손된 현순(《사랑의 수족관》), 순영(《여인성장》) 등의 '희생양'이나 경아(《화상보》)와 같은 '유혹자'들은 결혼의 선택에서 배제된다. 희생양 여성들이 비록 선량한 희생자였다 하더라도 결혼의 진입 장벽에 의해 결혼은 좌절되고 남성 주인공들은 자신이 계도한 미성숙한 부르주아 가문의 딸들을 아내로 선택한다.

---

275 《여인성장》의 최종석(숙경의 아버지)은 은행가이며 《사랑의 수족관》의 이신국(경희의 아버지)는 사업가이다. 《화상보》의 이태희(영옥의 아버지)는 또한 학교의 교주다.

02

부르주아적 욕망으로서의 결혼과 여성 성장소설

남성 인물을 초점으로 한 소설들이 남성의 욕망에 충실하게 그려졌다면 반대로 여성 인물을 초점으로 그들의 인생 역정을 그려냄으로써 여성의 욕망에 충실한 소설들도 있다. 여성 인물들의 고난의 서사를 기본 플롯으로 하여 유혹으로부터 자신을 지켜낸 여학생들이 스위트 홈에 안착하는 과정을 담은 소설들이다. 이들 여학생들은 《화상보》의 영옥, 《사랑의 수족관》의 경희, 《여인성장》의 숙경과 같은 부르주아 가정의 딸이 아니라 가난한 또는 몰락한 가문 출신으로, '스위트 홈'에 진입하기 위해서 그 자격 조건이 되는 정조를 시험받는다.

여성 성장소설의 구도와 결혼의 진입 장벽

'성장소설'이란 일반적으로 한 개인이 자아를 인식하고 성숙한 인격을 갖기까지의 사건들을 중심으로 한다.[276] 성장소설은 한 개인의 인격적 성숙에 관한 이야기로서, 여성 성장소설[277]의 경우 '연애'는 여성 주인공들의 행위를 추동하는 힘이자 정신적 성장을 가능하게 하는 계기이며 '결혼'은 소설이 도달하는 최종의 목표다. 연애의 과정과 그 최종 목표인 결혼을 통해 정신적 성숙을 이루는 여성 주인공들은 대개 여고보를 다니는 여학생으로 설정되고 있다. 여학생이 성장소설의 주인공이 되는 상황과 1930년대의 여학생이 신여성으로서의 지위와 의미를 대부분 상실하고 미성숙한 존재 또는 훈육의 대상으로 변화했던 상황은 서로 관련이 있다.[278]

여학생들이 연애와 결혼을 통해 정신적 성숙을 이루는 것은 남성 주인공이 학업이나 이념적 각성으로써 달성하는 것과 대조적이다. 남성 주인공들의 정신적 성숙은 오히려 '연애와 결혼'을 배제함으로써 이루어지며 남성 인물들의 연애 실패 경험은 당사자들에게 본질적인 상처를 주지 않는다. 오히려 연애에 실패함으로써 공적 가치에 눈을 뜨

---

276 성장소설은 교양소설(Bildungsroman) 또는 교육소설(Erziehungaroman), 발전소설(Entwicklungsroman)이라고도 불린다. 개념들은 학자마다 조금씩 다르게 정의되고 있으나 공통적으로 지적되고 있는 바는 자아를 인식하기 위해 또는 목표한 바를 이룸으로써 자아를 성취하는 과정의 이야기라는 점이다. 오한진,〈독일 교양소설 개념 연구〉,《독일교양소설연구》, 문학과 지성사, 1989, pp.11~66.

277 여성 성장소설이라는 용어는 대개 두 가지의 용법을 가지고 있다. 하나는 성숙한 인격체가 되는 것을 목표로 하는 남성 성장소설과는 대조적으로 '여성'이 가부장적 질서를 인정하는 가운데서 자신의 정체성을 찾아나가는 과정을 그린 소설이라는 의미로 사용된다. 다른 하나는 남성 중심적 시각을 비판하고 기존의 가부장적 질서를 거부하는 정체성 찾기의 과정을 그린 소설이라는 의미로 사용된다. (장일구,〈여성 성장 신화의 서사적 변주〉,《한국어문학》, 2004 참조) 이 책에서 '여성 성장소설'이라는 용어는 장일규가 제시한 개념 가운데 첫 번째 용법에 가깝다.

278 앞서 언급했듯이 1930년대에는 '신여성'이란 호칭은 잘 사용되지 않고 '인텔리 여성'이란 용어가 그 자리를 대체한다. '인텔리 여성'의 범주는 전문대생이나 여교사, 여기자, 여의사 등의 지적인 직업을 갖은 여성들이다. 한편 여고보 학생을 핵심적으로 가리키는 '여학생'은 결혼이라는 통과의례를 치러야 할 훈육과 계몽의 대상으로 의미 변화한다.

게 되기도 한다. 이와는 달리 여성 성장소설의 주인공들에게 연애의
실패는 곧 육체의 훼손으로 이어져 그녀들의 삶을 본질적으로 변화시
킨다. 연애의 실패는 결혼하는 데 치명적인 영향을 끼치기 때문이다.

서구의 소설에도 소녀가 '결혼'을 통해 성숙한 여인으로 변화하는
모티프는 반복되어 왔으며, 이것은 여성들의 욕망으로 여겨져 왔다.
즉, 남성이 갖는 '오이디푸스 콤플렉스'의 여성적 버전인 '후처 콤플
렉스'[279]에 의한 것으로 지적된다. '후처 콤플렉스'란 아버지-딸(아
이)-어머니의 최초의 삼각구도가 남편-아내-아내라는 구도로 변형
된 갈등 구조이다. 딸은 결혼을 통해 어머니의 자리를 욕망하게 되는
데, 이는 '어머니'가 사라짐으로써 가능하다. 즉 자신이 어머니가 되
기 위해서는 이전에 그 자리를 차지했던 다른 여성이 사라져야 한다
는 콤플렉스가 생성되는 것이다.

이러한 후처 콤플렉스에 의하면, 여성의 결혼에 대한 욕망은 곧 어
머니의 자리에 대한 욕망으로 해석된다. 이 욕망은 남편과 아버지를
소유하는 것이 목적이 아니라 완전한 지위(본처의 지위)를 획득하는 것
이다. 즉, 이 욕망은 합법적인 아내 그리고 유일하게 사랑받는 여인으

---

279 N.Heinich,《여성의 상태—서구소설에 나타난 여성상》, 서민원 옮김, 동문선, 1999,
pp.218~228. 에니크는 오이디푸스 콤플렉스의 여성적 버전인 엘렉트라 콤플렉스가 오이
디푸스 콤플렉스에서 보이는 남성적 특징을 단순히 여성적 버전으로 옮긴 것이므로 여성
정체성을 적절히 표현한 것이 아니라고 말하고 있다. 에니크가 말하는 오이디푸스 콤플렉
스의 여성적 버전은 '후처 콤플렉스'이다. 에니크는 후처 콤플렉스를 통해 욕망의 대상인
아버지를 남편으로, 어머니를 남편의 전처로 대치시킴으로써 아버지/어머니/아이라는 최
소의 삼각구도를 남편/아내/아내의 구도로 바꾸면서 남성적 욕망구도를 여성적 욕망구도
로 변화시킨다. 어머니의 자리를 '결혼'을 통해 성취하려는 젊은 처녀들은 세 가지 상태 중
하나에 놓이게 된다. '본처'라는 합법적인 성의 상태, 정부(情婦)나 창녀와 같은 비합법적인
성의 상태, 그리고 본처나 창녀처럼 경제적으로 예속되지 않은 독립적 상태이지만 비성적
(非性的) 노처녀의 상태가 그것이다.

로서의 지위에 대한 욕망이다. '후처 콤플렉스'는 바로 이러한 욕망이 좌절됨으로써 겪게 되는 외상trauma이라고도 할 수 있다.[280] 실제로 많은 여성형 성장소설에서 '결혼'은 소녀들이 아내로 존재 변화를 꾀하는 통과의례지만 이러한 통과의례를 전후로 소녀들은 수많은 난관에 부딪히게 됨으로써 그녀들의 욕망 충족(결혼)은 이루어지지 않거나 지연된다. 이미 결혼한 여성은 새로운 경쟁자의 출현으로 자신의 지위를 위협받기도 하며 미혼의 처녀들은 결혼의 자격 요건이자 존재의 보증물인 '정조'를 잃음으로써 결혼의 가능성을 박탈당하기도 한다.

여학생들의 연애와 결혼 계획에 차질이 생기는 최초의 계기는 바로 집안의 몰락이다. 집안의 몰락으로 인해 처녀들은 약혼 관계가 깨지거나 직업여성의 길로 들어섬으로써 뭇 남성들의 성적 시선에 노출된다. 그 외에 경쟁자 여성의 존재가 여학생들의 결혼에 큰 장애가 되기도 한다.

《모란꽃 필 때》(염상섭, 1934)의 여주인공 '신성'은 여고보를 졸업하고 무역상의 아들인 '영식'과 결혼할 예정이었다. 그러나 정미소와 포목점을 운영하는 부친의 사업 실패로 집안은 몰락하고 약혼자 진영식의 부친은 몰락한 집과 사돈 맺기를 꺼려하게 되면서 파혼의 위기에 처한다. 파혼의 결정적인 원인은 학교에서 신성과 라이벌 관계였던 '문자'의 음모 때문이다. 무역상인 영식의 부친이 신성보다는 고관대작의 딸인 문자를 선호하는 데다, 문자 역시 화가 지망생 진호를 이용해 신성과 영식 사이를 멀어지게 한다. 결국 영식과 문자가 결혼

---

280 에니크는 《제인 에어》를 젊은 처녀의 상태, 노처녀의 상태, 후처의 상태를 모두 보여주는 여성 성장소설의 전형으로 분석하고 있다. 늙은 불구자의 후처가 되는 '제인 에어'는 갖출 것을 갖추지 못한 처녀가 본부인의 위치로 바로 들어갈 수 없다는 것 때문에 후처로 만족할 수밖에 없는 후처 콤플렉스의 트라우마를 보여준다.

해 일본으로 떠난 뒤 신성은 파혼과 집안의 몰락이라는 아픔을 딛고 새 인생을 개척하기 위해 일본 유학을 떠난다. 그녀는 생활비와 학비를 벌기 위해 화가의 모델 노릇을 하고 미우라三浦의 집에 가정교사로 들어간다.

이러한 과정에서 신성은 경제적 위험과 더불어 성적 위험에 처한다. 일본인 화가 추수秋水가 옷에 싸인 신성의 육체를 훑어보고 '쓸만하다'고 생각하는 암시적 장면이 있는데, 당시 서양화의 인물화 모델이 된다는 것은 이렇듯 누드화의 모델 되기를 감수하는 것이며[281] 남성의 성적 시선에 노출되는 것을 의미한다. 신성이 겪는 집안의 몰락→파혼→경제적 위기→성적 위험에 노출이라는 이러한 과정은 많은 여성형 성장소설이 반복하고 있는 패턴이기도 하다.

김말봉의 《찔레꽃》(1937)의 주인공 '정순'도 가세가 기울어 홀어머니를 책임져야 하는 인물이다. 정순은 은행 두취頭取인 '조만호'의 집에 가정교사로 들어간다. 그녀는 이 집에 여섯 번째로 들어온 가정교사로, 이전의 가정교사들을 음흉한 시선으로 바라보는 조만호 때문에 와병 중인 아내가 가정교사를 매번 갈아치운 것이다. 안주인은 신병을 앓고 있는데다가 근거가 없지 않은 의부증과 히스테리를 앓고 있다.[282] 그러나 정순은 조만호가 호시탐탐 자신의 육체를 노리는 위기에서 벗어나 애인 이민수와 결혼한다.[283]

---

281 홍선표, 〈한국근대미술의 여성 표상─脫性化와 性化의 이미지〉, 《한국근대미술사학》 10, 2002 참조 당시 여성 모델을 구하기 힘들었음에도 불구하고 1930년대에 이르러서 인물화는 주종을 이루었다. 특히 여성의 인물화는 일본화의 영향으로 으레 '미인화'로 지칭되기도 했다. 양화에서 여성 인물상은 '부인상'과 '나부상'으로 양분되었다. '부인상'이 성적 의미를 제거한 여성의 모습을 그린 것이라면 '나부상'은 누드화의 전통이 없었던 조선 사회에 더할 나위 없이 에로틱한 주제였다. 이러한 상황에서 미혼의 여성 모델은 누드화의 모델이 될 가능성이 높은 것이다.

집안의 몰락은 처녀들의 순결을 시험한다. 이러한 시험을 이겨내는 처녀들에게만 '결혼'할 수 있는 자격이 주어진다. 따라서 순결의 시험에서 '유혹자'나 '희생양'이 되지 않기 위해 노력해야 한다.《여인 성장》의 순영 또는《사랑의 수족관》의 현순처럼 가정이 불우하여 '희생양'이 되었거나,《화상보》의 경아처럼 스스로의 방탕함으로 인해 '유혹자'가 된 경우, 이들은 '결혼'의 선택에서 배제될 수밖에 없는 것이다.《찔레꽃》의 정순과《모란꽃 필 때》의 신성은 이러한 시험에서 자신들의 순결을 지켜냄으로써 결혼의 자격을 얻지만《청춘무성》(이태준, 1940)의 '최득주'는 순결을 지켜내지 못한다. 가난한 여학생인 그녀는 학비를 위해 충청도 부자에게 정조를 팔아버리고 이에 자포자기하여 카페의 여급으로 일함으로써 몰락한 신세가 된다.

1930년대의 대표적인 작가인 이태준은 앞서 남성 인물의 자기도취적 영웅주의를 그린 바 있지만, 한편으로는 여학생들의 이러한 결혼의 문제를 여러 유형으로 보여준 작가이기도 하다.[284]《딸 삼형제》(이태준, 1939)의 '정매'는 부모의 의견에 따라 '김오련'과 결혼하지만 성에 대한 혐오감 때문에 남편과의 동침을 거부한다. 그러던 중 남편이 침모의 딸과 동침하고 있다는 사실을 알고 친정으로 돌아온다. 사실상

---

282 안주인의 의부증과 히스테리 역시 후처 콤플렉스로 인한 것이다. 자신의 본처 자리가 다른 여성에 의해 위협받고 있다고 스스로 느끼고 있기 때문이다.

283. 정순에게는 경성대 이수(理數)과에 다니는 애인 이민수가 있다. 이민수는 정순과 조만호의 관계를 의심하여 복수하고자 조만호의 딸 경애와 결혼하려고 했으나 정순이 순결하다는 사실을 알고 그녀에게로 돌아온다.

284 이러한 이유로 이태준의 소설에 나타난 여성 인물에 대한 연구가 이루어졌다. 주로 논문으로는 이명희의 〈이태준 소설의 여성주의적 층위〉(《상허학보》6집, 2000), 김양선의〈식민지 시대 민족의 자기 구성 방식과 여성〉(《한국근대문학연구》8집, 2003), 홍혜원의〈이태준 소설과 식민지 근대성—여성인물을 중심으로〉(《비평문학》24, 2005)등을 들 수 있다.

이혼의 상태이지만 정매는 육체적 순결을 이유로 자신은 '이혼녀' 가 아니라 '처녀' 라고 생각함으로써 연애와 결혼의 가능성을 스스로 열어놓는다. 친정집이 몰락하게 되자 그녀는 타이피스트로서 '직업여성' 의 대열에 동참하였고, 사장의 성적 유혹을 물리치고 같은 회사에 근무하는 '남필조' 와 결혼한다. 이때 정매의 육체적 순결은 본인 스스로에게 결혼의 정당성을 부여할 수 있는 근거다.

한편 처녀들의 성적 무지는 오히려 순결을 잃게 하는 계기가 되기도 한다.《성모》(이태준, 1935)의 '순모' 는 "밤에 남자와 마주 앉으면 아이가 생긴다고" 믿을 정도로 성性에 대해 무지한 여성이다. 순모의 이러한 면은 연인인 전수학교 학생 '상철' 의 애욕을 돋우지만 정작 자신이 애욕의 대상이 되고 있는 줄 모른다. 순모에게서 성적 욕구 충족이 좌절된 상철은 '덕인' 을 상대로 그 욕망을 채우고, 또 이에 실망한 순모는 상철에 비해 예술적 순수함을 지녔다고 생각하는 화가 정현에게 애정을 돌린다. 그녀는 '예술을 존경하는' 마음에서 화가인 '정현' 의 누드 모델을 불사하겠다고 결심한다.

제가 선생님의 인격과 예술을 존경하는 바엔 어떠한 모양으로든지 관계 없습니다. 나체로 그리고 싶으면 나체라도 돼 드리겠습니다. 선생님의 호기심을 위해 옷을 벗는 것이라면 불순한 일이겠지만 선생님의 예술을 위해 선생님의 화필 앞에 모델이 되는 것이니까 조곰도 부끄러울 것이 없다고 생각되었습니다. 선생님이 훌륭한 작품을 내이시는데 제가 그 재료의 하나가 될 수 있다는 것은 도리어 영광으로 생각합니다.[285]

---

285 이태준,《성모》,《이태준 전집》7, 깊은샘, 1988, pp.121~122.

정현 역시 순모가 기대하는 그런 예술가는 아니었다. 부모의 반대를 무릅쓰고 가출하여 정현과 동거를 하였으나 정현은 순모를 배반하고 모던걸 '윤부전'과 동경으로 떠난다. 순모의 이러한 불운의 직접적인 원인은 성에 대한 무지 또는 자칭 '순수함'으로 인해 남성들의 유혹에 굴복했다는 데 있다. 그러나 심층적인 원인으로는 순모의 몰락한 집안 때문이다. 정현이 윤부전에게서 경제적인 혜택을 얻을 수 있었기 때문이다. 이러한 혜택은 '집이 구차한 데다 형제만 여럿이어서 서양부인에게 학비를 조달받고 있는' 순모와의 결혼으로는 충족될 수 없는 것이었다.

이렇듯 '여학생'들의 시련의 출발은 대부분 집안의 몰락과 가난이다. 가난한 가정의 딸이거나 갑자기 가세가 기운 경우는 거의 모든 여성 성장소설에서 발견된다. 《구원의 여상》(이태준, 1931)의 '인애'가 '영조'에게 배신을 당한 것도 바로 그녀가 몰락한 집안 출신의 고아라는 점 때문이었다. 더욱이 가난한 집안의 딸들인 주인공들은 대개 발랄하지 않고 자신의 욕망을 적극적으로 드러내 보이지 못한다. 《구원의 여상》의 '인애' 역시 타인에게 양보하고 희생하는 일에 익숙하며, 자신의 욕망에 대해 소극적이고 성적인 면에서도 보수적이다. 인애의 성적 소극성에 실망한 애인 영조는 쾌활하고 적극적인 '명도'에게 마음이 기울어진다. 그의 눈에 명도는 넉넉한 집안에서 자라 그늘진 면이 없는 명랑한 처녀로 보이고, 인애는 '재래의 도덕관념'에 사로잡혀 있는 구식 처녀로 보였던 것이다.

인애는 어딘지 가시 있는 꽃 같고, 명도는 아무렇게 꺾어도 좋을 부드러운 풀꽃 같았다. 인애는 처음부터 오늘날까지라도 영조가 손을 잡으면 보는 사람이 없어도 새침스럽게 사르르 뽑아 가는 성질이지만 명도는 그렇

지 않을 것 같았다. 손을 잡기가 바쁘게 덥석 몸이라도 안길 것 같았다.[286]

「인애는 아름다운 여자다. 그러나 한가한 사람이나 바라볼 꽃이라 할까?
그까짓 육신의 정조라는 것, 그 강자의 소유욕을 만족시켜 주는 상품적
조건에 불과한 처녀성이라는 것, 그것을 생명시하는 인애와는 도저히 생
활을 합류시킬 수 없다. 아무리 장래는 나를 위해서 책임지는 것이라 해
도 그가 목숨같이 여기는 것이라면 나는 믿을 수 없다. 왜? 책임이 있으
니까 일평생을 한 남편, 한 가장으로서의 울타리 하나를 지키는 노예가
되고 마니까」[287]

인애와 명도는 성격의 분명한 차이를 지니지만 명도 역시 결혼을 꿈
꾸는 처녀라는 사실만큼은 인애와 다르지 않다. 영조와 관계를 가진
뒤 임신한 명도는 영조에게 결혼을 요구하지만 그는 이를 회피한다.
남성들의 이러한 이중성 또는 이기심은 여학생들이 결혼에 성공적으
로 도달하기 전에 마주치는 방해물 중의 하나다. 《딸 삼형제》의 '남필
조' 역시 이기적인 인물로 그려지고 있다. 그의 아내인 '정매'는 육체
적으로 순결했지만 이미 결혼한 경험이 있다는 사실을 알고 아내를 버
린다. 이로써 정매는 잠시 누렸던 행복한 아내의 위치에서 밀려난다.
  몰락한 집안의 여학생들이 사랑받는 유일한 여인으로서의 '본처'가
되기까지는 몇 가지의 장애물을 뛰어넘어야 한다. 먼저 스스로 운명을
개척하는 처지가 되었지만《모란꽃 필 때》직업여성에게 가해지는 성적
위험을 잘 극복해야 한다. 또한 결혼하고자 하는 남성들의 협력도 필요

---

286 이태준, 《구원의 여상》,《이태준 전집》4, 깊은샘, 1988, p.57.
287 위의 책, p.70.

하다. 상대가 되는 남성이 부잣집 딸들에게 한눈팔지 말아야 하며(《찔레꽃》의 민수), 이중적이거나 자기기만에 빠지는 것(《구원의 여상》의 영조나 《딸 삼형제》의 남필조)도 안 된다. 이러한 방해물들을 온전히 제거하거나 뛰어넘지 못한 처녀들은 매춘부가 되어 몰락의 길을 걷거나, 사랑받는 본처의 자리를 포기하고 '아이' 에 대한 사랑에 열정을 다할 수밖에 없다. 《성모》의 순모와 《딸 삼형제》의 정모가 그러한 인물로, 사랑받는 아내 그리고 본처의 위치 획득이 좌절된 그녀들은 아이의 어머니로서 자기 역할을 찾는다.

'결혼' 자체에 진입 장벽을 둠으로써 성적으로 훼손당한 여성들을 배제하는 이러한 소설의 논리에는 섹슈얼리티의 통제를 통해 권력을 구성하고자 하는 부르주아들의 욕망이 깔려 있다.[288] 대상에게 지배를 관철시킴으로써 쾌락을 얻는 '사디즘' 적 형식이 바로 부르주아 사회가 구축한 섹슈얼리티의 특징이기 때문이다. 이러한 사디즘은 표상할 권리를 갖는 주체가 표상되는 수동적 대상에 대해 갖는 지배의 형식이다. 표상할 권리를 갖는 주체의 모습은 '남성' 으로, 표상되는 대상 또는 객체의 모습은 '여성' 으로[289] 표현된다. 따라서 여학생들이 남성 지식인들에 의해 결혼에 '선택' 되는 과정은 이러한 지배의 형식을 서사적으로 형상화한 것이라고 할 수 있다.

1930년대 장편소설에서도 '결혼' 의 서사를 통해 부르주아의 지배

---

288 이는 잘 알려진 바와 같이 푸코의 관점이다. 통일된 성으로서의 섹슈얼리티(sexuality) 그 자체의 성립과 통제는 부르주아들이 스스로를 귀족 계급과 노동자 계급과 차별하기 위해 구축한 것이며 또한 부르주아의 가치관이 지배하는 사회를 구성하게 하는 원리이기도 하다. 田崎英明, *Gender/Sexuality*, 岩波書店, 2000, p.71.

289 위의 책, pp.81~82. 이때의 '여성' 과 '남성' 은 사회적 차원의 젠더를 가리킨다. 田崎英明에 의하면 사디즘적 권력을 행사하는 '여성' 은 생물학적 성(sex)으로는 여성이지만 젠더의 측면에서 보면 여성이 아니다.

욕망은 재생산되며 강화된다. '결혼'의 서사에 있어서 여성들은 선택을 받는 위치에 처해 있으며 남성 주체들은 능동적으로 배우자를 선택하는 인물로 그려진다.《화상보》와《여인성장》그리고《사랑의 수족관》에서 결혼하는 두 남녀는 지식인 남성과 부르주아 가정의 딸이다. 이 부르주아 가정의 딸들은 발랄하지만 경망하거나 철이 없다는 공통점이 있다. 이 여성들과 대조되는 이들은 '직업여성'들이다. 앞서 분석했듯이 직업여성으로 나선다는 것은 무언가 불우한 사연을 가졌기 때문이거나 성적인 대상으로 사회에 나서는 것을 의미했다.《여인성장》의 순영이나《사랑의 수족관》의 현순은 육체의 훼손을 대가로 정신적 성숙함을 얻은 인물들이다. 그녀들은 스스로의 부족함을 자인하여 애모하는 남성 지식인에게 적극적인 애정 공략을 펼치지 않는 성숙함을 내보인다.

그는 철수를 처음에는 오빠처럼 알고 따르고 그리우고 하엿던것이나 그 것은 저도모르게 연정으로 변하여 버렷다. 철수를 생각하고 좀처럼 잠못 이루는 밤도 만헛섯다.

그러나 순영은 슬펏다. 이미 저는 처녀가 아니오 처녀가 아닐뿐 아니라 이미 한어린것의 어머니이엇던 것이다. 저는 아무리 가슴을 태워 철수를 그리워하려도 도저히 철수의 사랑을 구할 수 업는 것만 갓혼 것이 그에게 는 슬펏다. 그러면서도 막연한 희망과 갓혼 것을 가슴 한구석에 지니고 잇섯던 그는 철수가 숙경이와 약혼을 하여 버렷다는 한마디 소식에 그막 연한 희망마저 영구히 버리지안흐면 안되엇던 것이다, (…인용자 줄략…) 석진이(순영의 남동생─인용자)를 사람을 만드는 것이 이제는 자기에게 남어잇는 유일한 낙이라 순영이는 생각하고 잇는 것이나 비록 처녀는 아니라하더라도 그처럼 젊고 어엽부고 또 마음도혼 여인이다. 압흐로 어데서 뜻하지 안흔 인연이 행복을 담뿍 지니고 그는 차즐지 모르는 일이 아니 겟는가?[290]

기생으로서 사생아를 낳은 순영은 철수를 사모하지만 자신의 마음을 철수에게 적극적으로 밝히지 않는다. 순영은 철수가 숙경과 약혼하였다는 소식을 듣고 남몰래 눈물지을 뿐이다. 이 소설의 3인칭 서술자 역시 "처녀는 아니더라도 어여쁘고 마음 좋은" 여성으로 서술하면서 그녀의 처지를 동정하고 있다. 순영의 이러한 자격지심은 숙경과는 대조적이다. 여학생 숙경은 "밤낮 미용원에나 드나들며 머리를 유난스레 지지구 영화니 연극이니 구경이나 다니면서 밥하나 지을 줄" 모르는 철없는 여성이지만 당시 청년들의 선망의 대상이 되는 '양장미인'에다 '한양은행 두취'의 딸이다. 이러한 외모와 배경을 지닌 숙경을 데리고 철수가 음악회에 등장하자 친구들은 모두 그를 부러워한다. 철수와 숙경의 결합은 경솔한 그녀가 '실수'[291]를 하고 철수가 이 실수를 꾸짖고 교정함으로써 이루어진다. 그러나 숙경의 실수는 순영처럼 육체적 훼손이 아니며 단지 부르주아 가정의 딸로서 '작은' 결함에 지나지 않기 때문에 결혼에는 아무런 장애가 되지 않는다.

《여인 성장》의 '부르주아의 딸 숙경/기생 순영'과 유사한 대립쌍은 《사랑의 수족관》의 '경희/현순'이다. 이 두 사람의 관계는 광호를 사이에 둔 경쟁자 관계지만 경희는 현순을 너그럽게 대한다. 경희는 양

---

290 박태원,《여인성장》, 영창서관, 1949, pp.572~574.

291 앞서 언급했듯이 숙경의 실수란 올케인 숙자가 철수의 아이를 임신한 채 결혼했다는 확인되지 않는 사실을 말함으로써 집안의 풍파를 일으킨 사건이다. 그녀는 진상이 드러나자 수치심을 느껴 만주의 친구집으로 떠나버렸다.

재사인 현순에게 관심을 보이며 자신의 자선사업에 적극적으로 끌어들이려 한다. 현순에 대한 경희의 관심은 사실 '직업여성'에 대한 호기심이다. 청의 양장점의 양재사로 일하는 현순은 경희에게 새로운 세계에 대한 호기심을 불러일으킨다.

> 경히는 요즘 백화점의 『숍껄』이나 전화교환국의 교환수나 『뻐스·껄』이나 혹은 강현순이 같은 양재사나 『타이피스트』나 그러한 직업녀성─그전말에는 볼수없던 중간층의 직업을 가진 여성들에게 흥미를 가지고 있다.
> 어떤 집안, 어느 정도의 생활, 얼마나한 봉급─그런 것을 구체적으로 알지도 못하거니와 그들이 어떠한 생각을 품고 있는지 상상키 힘들었기 때문이다.[292]

'직업여성' 현순에 대한 경희의 이러한 시선은 계급적 권력을 표면화한 시선이기도 하다. 부르주아 가정의 경희는 자신과는 다른 삶을 살고 있는 현순을 호기심으로 관찰한다. 현순 역시 이러한 권력적 시선을 내면화하여 감히 경희와 광호의 관계에 끼어들지 못한다. 그녀의 이러한 소극성은 경희에 비해 낮은 계급성 때문이기도 하지만 현순이 결혼에 한 번 실패했다는 약점을 갖고 있기 때문이다. 이 사실은 현순을 유혹하는 신주사(신일성)에 의해 폭로되는데, 자신의 이러한 약점을 쥐고 악용하는 신주사에 대해 현순은 다음과 같이 내면의 분노를 터뜨린다.

「나는 처녀다! 어엿한 처녀다!」하고만 미친 사람처럼 지저기고 있었다.

아무렇거나 「하이힐」을 발에다 꿰고 그는 길밖으로 다름질쳤다.[293]

그러나 현순은 끝까지 광호와 경희의 관계에 끼어들지 않고 광호에 대한 모함과 오해를 푸는 데 결정적 역할을 하는 정신적 성숙함을 보인다. 애정의 라이벌인 경희를 도와줌으로써 이들 결혼의 원조자로 나서는 것이다.

《화상보》에서 학원 교주의 딸 영옥은 사무원으로 취직함으로써 경제적 자립을 도모하지만 '힘들다'는 이유로 곧 직장을 그만둔다. 시영은 영옥의 이러한 나약한 태도를 못마땅해 한다. 여고보를 졸업한 후 미츠코시 백화점의 여점원으로 일하면서 집안의 생계를 보조해온 누이 '보순'과 비교하여 너무 철이 없다고 본 것이다. 이러한 이유로 초반에 시영은 자신을 향한 영옥의 마음을 알면서도 애써 외면한다. 경희와 영옥 그리고 숙경의 경우에서 알 수 있듯이, 부르주아 가정의 딸들은 아름답기는 하지만 '성숙'하지는 않다. 발랄하지만 철이 없는 그들의 미성숙성은 연애의 시행착오를 통해 교정되어야 한다. 이러한 약점에도 그녀들은 결혼에 선택된다.

이러한 여성들의 반대항에는 《사랑의 수족관》의 '은주 부인'처럼 경제적 이권을 지키기 위해 음모를 꾸미는 악독한 '매춘부-유혹자'나 육체의 비밀을 지닌 '매춘부-희생양'이 있다. 그들은 가정에서 축출되거나 결혼의 가능성에서도 배제된다. 1930년대 공론장에서 찬양의 대상이던 '스위트 홈'은 희생양(선의의 희생양이라 할지라도)과 유혹자를 배제함으로써 그 진입 장벽을 쌓는다. 성적 방종 또는 성적 훼손은

---

283 위의 책, p.462.

'스위트 홈'이라는 부르주아적 이상[294]을 침해하는 것으로 그려진다. 부르주아적 내면[295]은 이들을 선택에서 배제시킴으로써 이 '스위트 홈'의 경계를 짓고 이를 지켜내려는 욕망의 서사를 작동시키고 있다고도 할 수 있다. 부르주아 계급으로부터 낙오되는 것을 위기로 인식하고 결혼을 통해 부르주아 계급의 경계를 짓는 결혼의 서사는 이러한 의미에서 부르주아적 욕망의 발현이다. 소설에 등장하는 지식인 남성들은 부르주아 가정의 딸들을 배우자로 선택함으로써 이러한 욕망에 깊숙히 동참하고 있다.

여성 정체성의 표상 방법과 권력 효과

앞서 언급했듯이 결혼으로의 진입 장벽은 섹슈얼리티의 통제라는 권력의 효과를 가진다. 이러한 권력의 효과는 순결한 여성과 타락한(훼손된) 여성이라는 대조를 통해 발휘된다. 순결/타락이라는 대조적 의미는 다음과 같은 방식으로 표상된다.

대조적인 경쟁자들

'여학생'들이 '정상적인' 결혼에 이르기까지 흔히 마주치는 장애물은 경쟁자들의 출현이다. 이 경쟁자들을 효과적으로 물리쳐야 처녀들

---

294 '집'과 '가정'의 숭요함은 서구 사회에서 부르주아적 가치가 보편화된 이후에 생겨난 것이다.
295 부르주아의 내면성이란 일종의 집단적 내면성이다. 이 집단적 내면성은 개인적 내면성의 한 층위로 작용한다. 부르주아 내면성을 이루는 특징 중의 하나는 노동 계급과의 변별적 기표를 고수하는 것, 즉 노동계급과 차별성을 지닌 존재가 되려고 노력한다는 점이다. (이종영, 《내면성의 형식들》, 새물결, 2002 제1장 부르주아적 내면성의 형식 참조)

은 결혼에 성공할 수 있다. 경쟁자들은 여주인공들과 공간적으로 근접해 있으면서도 서로 대조적인 특징을 지닌다. 대개 경쟁자들은 여주인공과 같은 학교 또는 같은 기숙사나 같은 방을 쓰고 있으며[296], 여주인공으로 하여금 차별화 전략을 구사하게 함으로써 정체성 구축에 영향을 주는 존재다. 《찔레꽃》의 정순과 경애는 한 집에서, 《딸 삼형제》의 정매와 정란은 자매로서, 《구원의 여상》의 인애와 명도는 기숙사에서, 《모란꽃 필 때》의 신성과 문자 그리고 《청춘무성》의 은심과 득주는 한 교실에서, 《성모》의 순모와 덕인은 같은 방에서 생활함으로써 만나게 된다. 이들 여학생 방이나 기숙사는 '여학생'들의 친밀함이 싹트는 공간이자 이러한 친밀감 속에서 동일시와 차별화의 과정이 이루어지는 은밀한 곳이다.

그래서 그 기숙사는 아름다웠다. 밤에 멀리서 바라보면 더욱 아름다웠다. 밤에 멀리서 바라보면 조르르 불이 켜 있는 것이 한참 바라보면 신비스럽기도 하였다. 공중의 서리라 할까 「저기는 새처럼 날아서나 올라가나」하리만치 아름답기보다 신비스럽게 쳐다보이는 것이다. 어떤 방은 불이 흐리다. 그것은 고운 무늬의 커텐이 드리웠으리라. (…인용자 중략…)
공중의 거리! 그곳은 바라보기에만 아름다운 곳은 아니다. 그 땅위에서 높이 떠나 오른 하늘의 방들, 그 속에는 역시 세상과는 풍속이 다른 처녀국處女國의 신비가 담겨 있는 것이다. (…인용자 중략…)
음악을 공부하는 학생, 가사를 연구하는 학생, 그들이 펴 안은 책은 페이지마다 장래의 영광스러운 무대와 장래의 스위트 홈이 조각조각으로 떠

---

296 이러한 공간적 밀착성과 그 속에서 벌어지는 차별화와 동일시는 Heinich에 의하면 딸이, 친밀한 관계에 있는 어머니와 차별화했던 또는 동일시했던 과정의 반복적 재현이다.

도는 희망의 독본들일 것이다. 그리고 문학을 공부하는 학생, 미션스쿨이니 만치 그들이 사랑하는 책도 역시 클래식한 테니슨이나 브라우닝 같은 문장이 많지 않을 것인가. (…인용자 중략…)

명도의 그림자는 고요하였다. 잠소리가 나는 것은 경희에게서 뿐이요, 명도는 고요하였다. 명도의 그 죽은 듯이 고요한 것이 인애의 신경을 더 흔들어 놓았다. 잔다고 보면 자는 것도 같으나 숨소리도 내지 않는 것이 결코 잠든 사람 같지는 않았다.

「그러면 명도도 눈을 뜨고 있지 않을까? 능청맞은 년 같으니! 무슨 궁리를 하고 있을까?」

인애는 눈이 안 보이는 명도의 얼굴을 마음껏 흘겨볼 수도 있었다.

「내가 명도를 욕을 한다! 흘겨본다! 이것이 나로서 할 수 있는 일인가?」[297]

이 경쟁자들의 성격은 대조적이다. 《구원의 여상》의 인애가 소극적이며 희생적이라면 명도는 적극적이고 이기적이다. 《모란꽃 필 때》의 신성이 수수하고 얌전하다면 문자는 화려하고 유혹적이다. 《청춘무성》의 은심이 철없고 순수하다면 득주는 어둡고 냉소적이다. 《찔레꽃》의 정순이 수수한 조선옷을 입었다면 경애는 양장을 한 화려한 미인이다. 이 대조적인 여성들은 연애의 경쟁자가 되는데, 수수하고 소극적이며 순수한 여성들이 연애의 우선권을 쥐고 있는 상황에 경쟁자들이 끼어든다. 그리고 지식인으로 설정된 남성들은 이 대조적인 여성들 사이에서 갈등한다. 남성들은 소극적이고 순수한 성향의 애인과는 상반된 성격을 지닌 여자들의 유혹에 넘어간다. 그러나 결말에서 결혼에 성공하게 되거나 이상적이고 아름다운 여성으로 인정받는 이

---

297 이태준,《구원의 여상》, pp.15~17.

들은 전자의 여성들이다. 한편으로는 결혼만이 이들 여성들에게 주어지는 유일한 보상은 아니다. 정순, 신성, 은심은 결혼을 통해 그 존재를 인정받지만, 인애는 성녀의 이미지를 가지고 죽음으로써 그리고 정매나 순모는 신실한 어머니가 됨으로써 고난을 보상받는다.

종국에 승리를 거두는 이상적인 여성은 여학생 출신이면서도 성적 보수성, 검소함, 육체적 아름다움의 요소를 갖추고 있다. 아름다운 여성이 시련을 이겨내고 보상을 받는다는 스토리는 고전 소설에서부터 보여온 서사 형식이다. 고전 소설에서 아름다운 여성의 시련에는 항상 창작자의 사회적 계층이 갖고 있는 이념이 서사적으로 반영되곤 했다.[298] 즉 여성들의 육체에는 어떤 이념이 새겨져 있고, 아름다운 여성의 승리는 곧 그 육체에 담긴 특정한 계층적 이념의 승리를 의미한다. 1930년대 장편소설에서 성적으로 방종하고 사치스러운 '유혹자'들에 비해 성적으로 보수적인 여성들은 궁극적으로 승리하게 된다. 이러한 성적 보수성은 1930년대의 '가족주의' 나 '스위트 홈' 에 대한 부르주아적 이상과 결부되어 있다. 이때의 부르주아적 이상은 성적 퇴폐성과는 구별되는 가족주의이며, 지식인 남성 인물은 이러한 부르주아적 이상 추구의 대리자로 등장하고 있다.

1920년대 초반 소설에서 '여학생-유혹자' 는 남성 화자에 의해 악마, 요부 등으로 낙인 찍힌 강렬한 애증 또는 욕망의 대상이었지만, 1930년대 남성 지식인들에게 '여학생-유혹자' 는 더 이상 애증의 대

---

298 〈금오신화〉로 대표되는 15,16세기의 명혼(冥婚) 소설에서 죽은 미녀들과의 사랑은 소외된 지식인의 낭만적 세계관의 투영이며 〈운영전〉으로 대표되는 비극적 애정 소설에는 성리학적 이념과 결부된 권력에 대한 비판이 표현되어 있다. 판소리계 소설인 〈춘향전〉의 경우 기녀 춘향의 시련은 권력층에 대한 민중의 항거이다. 박일용, 《조선시대의 애정소설-사실과 낭만의 소설사적 전개 양상》 집문당, 2000 참조.

상이 아니다. '그녀' 들의 육체를 노리는 이들은 점잖은 남성 지식인들이 아니라 쾌락을 좇는 모던보이들이나 '여학생' 첩을 얻으려는 난봉꾼 사업가들이다. 점잖은 남성 지식인들의 경우도 유혹자들을 잠시 사랑하거나 흔들리지만 결국 결혼 상대자로 선택하지는 않는다. 이 점은 1920년대 '여학생-유혹자' 들에 대한 남성 지식인들의 욕망과는 결정적으로 대조되는 지점이다. 1920년대 초반의 단편소설과 1930년대 장편소설들을 비교할 때 플롯을 추동하는 것이 지식인 남성의 욕망이라는 점에서는 일치하지만 결과적으로는 다른 양상으로 드러난다.

여성 정체성의 약호로서의 의복

이러한 대조적인 경쟁자와의 차별 이외에, 권력 효과를 발생시키는 여성의 표상 방법은 바로 시각적 대상화라 할 수 있다. 시각적 대상화는 앞서 언급한 바 있듯이, 모더니즘 수필에서 관찰하는 주체에 의한 여성 육체의 페티시즘을 통해서도 드러난다. 이들 모더니즘 수필이 여성 육체를 분절적으로 보여주는 것과는 달리 장편소설에서의 여성 묘사는 전체적이며 회화적이다.

　여성 육체에 대한 묘사는 서술자의 서술에 드러나기도 하지만 '초상화 그리기' 라는 모티프로서 등장하기도 한다. 염상섭의《모란꽃 필 때》, 이태준의《성모》, 김말봉의《찔레꽃》에서 여학생들은 그림의 모델이 된다.

　(A) 추수 화백은 신성이는 신성이를 날카로운 눈으로 한번 훑어보고는 편지를 쭉 찢어서 줄줄 본다. 신성이는 다만 그 눈결이 무서운 듯이 찔끔하였을 따름이나 화백은 전문가이니만치 신성이의 얼굴은 물론이요 옷

속에 쌓인 몸둥아리 풍부한 살속에 묻힌 골격까지를 한눈에 다 보고 속으로 (쓸만하고나!)하고 벌써 금을 쳐 놓았다.[299]

(B) 순모는 젖가슴 아래로 푸른 치마를 하나 걸쳤을 뿐 상반신과 종아리 아래는 한오리의 실뿔라지도 감겨있지 않았다. 목욕 뒤로 머리를 말리고 앉았는 자세였다. 구름처럼 풀어헤친 머리를 한 가닥은 뒤로 떨구고 한가닥은 앞으로 넘겨 볼록한 젖가슴의 반을 덮고 내려가다 왼손에 가볍게 잡혔고 바른편 어깨와 가슴과 젖과 팔은 바른편 빰과 함께 광선을 제일 밝게 받았는데 그 편 손에는 반달 같은 얼게빗이 떨어질 듯 힘없이 잡혀 있었다. 머리를 가리다가 아직 덜 마른 데가 있어 잠깐 손을 쥐고 어느 쪽에서 바람이 올까? 하는 듯 먼—곳을 바라보는 자세였다. (…인용자 중략…)
「참 훌륭한 몸이다!」
볼수록 속에서 감탄사가 울려 나왔다. 보드러운 광선을 측면으로 받을 때 그 은은한 안개바다에서 솟아오르는 섬봉우리처럼 오뚝오뚝 떠올라서 한편엔 아늑한 그늘을 지어주는 콧마루와 입부리와 젖봉우리들! 정현은 시선의 냉정을 잃어버리고 그 살찐 생선 같은 배부른 팔과 종아리에 강렬한 촉감욕觸感慾을 일으켜보기도 하였다.[300]

(C)「자 여기 좀 걸쳐 앉아요 네?」
하고 정순의 뒤에 교의를 갖다 놓고 캔버스 위에 가린 흰 보를 걷어 버린다. 그것은 절반 쯤 그려진 인물화人物畵였다.
「잠간만 그대로 앉아 계셔요 네? 정순씨」

299 염상섭,《모란꽃 필 때》,《염상섭 전집6》, 민음사 , 1987, p.186.
300 이태준,《성모》,《이태준 문학전집7》, 깊은샘, 1988, pp.122~123.

하고 경애는 물감을 푸는 것이다.

「아이 저를, 제 얼굴을 그리실려구? 이렇게 못난 얼굴을.」

하고 정순이 웃으며 두 손으로 얼굴을 가리워 버렸다.

「정순씨 잠간만 그대로 계셔요. 네? 정말 잠간만」

경애의 표정이 너무 간절하고, 그 얼굴에 참된 소원이 초조하게 흐르고 있는 것을 본 정순은 웃던 입을 다물어 버리고 점잖게 몸을 바로 앉지 않을 수 없었다.[301]

여성 육체를 그리는 데에는 여성인 모델이 있고 그 모델의 육체를 묘사하고 감상하는 권력적 존재인 남성 화가가 있다. 전통적으로 회화, 조각을 통해 여성을 재현하는 행위는 남자의 영역이었고 조각이나 회화는 남성들의 재산이었다. 여자의 벗은 몸을 누드화로 만드는 것은 여성을 대상화하여 이러한 교환과 관찰의 장에 등장시키는 것과 다르지 않다.[302] 《모란꽃 필 때》의 신성,《성모》의 순모,《찔레꽃》의 정순은 모델이 됨으로써 권력 관계에 놓인 스스로의 위치를 수락하며 《직녀성》(심훈, 1934~1935)의 화가 봉환은 그의 모델이 되는 여자들과 매번 관계를 맺는다.[303]

다른 한편으로 모델들의 '아름다움'은 어떤 특정한 이념적 가치로 평가되기도 하며 '초상화 그리기'라는 모티프는 이러한 모델이 가진 가치를 물질적으로 현현하는 행위로서 가치화된다. 인용문 (A)의《모

---

301 심날봉,《씰레꽃》, 성음사, 1974, pp.28~29.

302 A. Kuhn,《이미지의 힘―영상과 섹슈얼리티》, 이형식 옮김, 동문선, 2001, p.23.

303 화가 윤봉환의 첫 번째 모델은 그의 아내 인숙이었고 두 번째 모델은 동경에서 만난 사요코라는 일본여자였으며 세 번째 모델은 직장 동료인 여교사 강보배다. 봉환은 아내 인숙은 물론 사요코와 강보배와 관계를 가짐으로써 모델에 대한 성적 욕망을 드러낸다.

란꽃 필 때》에서 신성의 초상화에는 '조선적인 것'이라는 가치가 부여된다. 일본인 화가 추수秋水는 신성을 아메리카니즘 이후의 오리엔탈리즘 시대의 여성이라 평가하면서 조선옷을 입히고 "조선 계집애처럼 가르마를 타고" "눈썹을 밀지 않고 분을 바르지 말라"고 주문한다. "소녀"라는 제목으로 전시된 이 초상화는 식민지 본국 남성의 시선에 의해 신성의 육체에 '조선적인 것'이라는 가치가 부여되는 것이다.

조선옷을 입은 신성의 초상화와 대조적인 것은 역시 추수 화백이 그린 문자(후미꼬)의 초상화였다. 'H부인의 초상'이라는 제목이 달린 문자의 초상화는 신성의 초상화와는 달리 아메리카니즘을 상징하는 것으로 전시회에서 평가받는다. 그림의 모델인 문자는 자신의 초상화가 신성의 초상화보다 빨리 팔리기를 기대한다. 그녀는 관람객들이 자신의 초상화를 사는 것이 초상화 모델인 자신의 육체에 대한 인정의 표현이라고 생각하기 때문이다. 그러나 문자의 기대와는 달리 신성의 초상화가 관람객으로부터 더 많은 찬사를 받는다. 그들은 신성의 아름다움에 '조선적'이라는 수식어를, 문자의 아름다움에 '서구적'이라는 수식어를 붙이며 서구적 아름다움보다는 조선적 아름다움을 높이 평가했다.

《모란꽃 필 때》의 이러한 설정은 제국의 남성인 추수 화백의 시선을 무비판적으로 드러내면서 아울러 식민지 남성의 시선도 동시에 반영하고 있다. 신성의 아름다움에 조선적 가치를 부여하는 사람은 식민지 본국 남성인 추수지만 결국 그 초상화를 사는 사람은 진호다. 즉 조선 여성인 신성의 초상은 일본인이 그리고 조선인 남성이 사는 구조를 통해 제국의 남성과 식민지 남성의 공조 및 경쟁 관계의 상황을 알 수 있다.

문자와 대조되는 신성의 아름다움은 성적 보수성과 검소함이며, 이러한 성적 보수성과 검소함에는 '조선적' 이라는 수식어가 붙는다. 신성의 정신적 특징은 '조선옷' 에 의해 가시화되기 때문이다. 이때 옷은 그녀의 정체성을 외적으로 가시화하는 기호로 취급된다. 신성과 문자의 대립은 수수한 조선옷과 화려한 서구식 드레스가 암시하는 성적 보수성과 방종의 대립이다. 신성이 성실하게 고학으로 유학하는 반면, 문자는 매일 예술가들과 파티나 마작을 벌이는 방종한 삶을 누린다. 그러나 결국 문자의 육체적 화려함과 유혹적 몸짓 그리고 사치스러움은 신성과의 대결에서 패배하고 만다. 신성의 승리는 전람회에서 그녀의 초상화를 본 관람객들의 감탄사로 검증된다. 이들의 대결에서 판정단의 역할을 하는 관람객들은 "문자에게서 발견할 수 없을 이상과 매력"을 '신성' 의 초상화에서 발견한다.

「서양화에도 미인이 있네 헤 그 입 모습 봐! 저 눈좀 봐!」
「원체 조선에는 미인이 많다기도 하지만 이거 〈기생〉을 그린 걸까?……」
이러한 대화가 구경꾼들 사이에 들릴 제 다른 사람들은 눈짓을 서로하고 실소를 하였으나 신성이는 두 뺨에 홍조를 띠우며 구경꾼들이 자기 얼굴을 볼까 두려워서 먼저 피해 달아났다. 사실 구경꾼이 이 입 모습 봐 눈자위 봐—하고 소박한 감탄을 할만치 신성이의 초상화에서는 문자에게 발견할 수 없을 이상과 매력을 누구나 느끼는 모양이었다.[304]

한편, 인용문 (B)는 《성모》의 일부분이다. 여기에서 묘사된 초상화는 여학생의 섹슈얼리티를 그리고 있다. 그러나 정작 초상화의 모델

이자 소설의 주인공인 순모는 자신이 이렇게 성적 시선에 노출되고 있는 줄 모르고 작품을 만드는 예술가의 순수한 시선이라 착각한다.

인용문 (C)는 《찔레꽃》에서 주인집 딸인 경애가 정순의 초상화를 그리는 장면이다. 같은 여성인 경애가 정순의 초상화를 그리는 장면에는 다른 소설에서와는 달리 성적 시선이 제거되어 있다. 그러나 이때의 초상화 그리기 역시 주인집 딸이 가정교사의 아름다움을 완상玩賞하는 권력적 행위다. 경애는 정순의 아름다움을 적극적으로 평가할 '권력'을 가지고 있고 정순은 이러한 경애의 평가를 수줍어하며 받아들인다.

정순의 아름다움이 가진 가치는 역시 '의상'을 통해 표상된다. 정순의 평범한 조선옷은 주인집 아들인 '경구'의 눈을 사로잡는다. 세계일주를 하고 돌아온 경구의 환영회에는 윤희, 여주, 미옥 등의 배우자 후보들이 화려한 화장과 옷차림으로 나타나지만 정작 경구의 눈은 "수수한 모시치마를 입은" 정순에게 향하게 된다.

여주인공들의 아름다움이 초상화를 통해 물질화되고 가시화되듯, 여성의 의상은 그녀가 가진 정신적 풍모를 가시화시키는 사회적 약호code이다. 이상적인 여성들은 대개 조선옷을 입음으로써 그들이 가진 성적 보수성을 표시한다. 김남천의 소설 《낭비》의 한 등장인물인 청의 양장점 마담 '문난주'는 중학교에 다니는 아들을 마중 나갈 때 조선옷으로 갈아입음으로써 염문을 풍기는 모호한 분위기의 '직업여성'에서 중학생 아들을 둔 홀어머니로 정체성을 바꾼다. 《모란꽃 필 때》의 추수 화백이 '신성'에게 조선옷을 입게 한 것처럼 《성모》의 정현도 누드화를 그리기 이전에 순모에게 '빨강 치마와 노랑 저고리'의 조선옷을 입어달라고 요구한다. 여기에서도 조선옷은 순모의 성적 매력을 아이러니컬하게 돕는 성적 보수성의 약호로 기능하고 있다.

'조선옷'의 반대편에는 '양장'이라는 '모던걸'의 약호가 놓여 있다. 양장이 사치와 방종을 의미한다면 조선옷은 검소함과 순결을 의미한다. 양장에 대해 대중들은 선망과 더불어 거부감을 동시에 보였고 그 '거부감'은 해방 이후에도 계속되었다. 대중의 정서를 민감하게 반영하는 영화 장르에서 한복이 아닌 양장을 입어도 긍정적인 주인공이 될 수 있었던 것은 1950년대 말 멜로드라마에서부터다.[305] '조선옷'을 입은 여성의 아름다움은 외래적이면서 성적인 이미지를 제거한 아름다움이다. 처녀들은 조선옷을 통해 자신의 성적 보수성을 외부에 현시하고 더불어 그 아름다움을 타인으로부터 인정받음으로써 타인의 시선과 인정을 수락한다. 여기서 타인의 시선이란 계층적으로 부르주아에 의해 권력화된 시선이기도 하고 식민지 여성을 성적 대상으로 취급하는 제국주의의 시선이기도 하며, 더 일반적으로는 지식인 남성의 시선이기도 하다.

---

305 이영일, 《이영일의 한국 영화사 강의록》, 소도, 2003, p.69.

03

가정의 내부와 외부에
표상된 여성들

'여학생' 성장소설에서 결혼을 통한 스위트 홈으로의 입성을 최종 목표로 제시하는 데에는 여성이 사적 영역의 주인으로 대접받게 되었다는 사적史的 배경이 있다. 전근대의 농업 사회에서는 남녀가 동질의 노동에 종사함으로써 여성이 제공하는 노동은 남성의 영역과 분리된 자율적인 영역일 수 없었다. 그러나 '가정'이라는 이름의 사적 영역이 성립된 이후, 즉 공적 영역과 사적 영역이 분리되면서 여성은 나름의 자율성을 가진 '주부'의 영역을 갖게 된 것이다. 자율적 영역으로서의 가정은 도시 부르주아 계층을 중심으로 시작되었기 때문에 가정이라는 독자적인 영역에서 나름의 권력과 자율성을 가진 주부가 되는 것은 많은 여성들에게 계층 상승을 의미하는 것이기도 했다.[306]

식민지 조선사회의 경우 '스위트 홈'이라는 이상적인 가정상은

---

306 이러한 현상은 근대 형성기에 가사 노동을 하는 '주부'의 탄생을 의미한다. 上野鶴子, 《가부
장제와 자본주의》, 이승희 옮김, 녹두, 1994, pp.49~54.

1920년대부터 여학생들에게 주입되었던 자유연애 이데올로기와 더불어 '가정'을 최상의 가치 있는 것으로 여기게끔 하였다. 자유연애 이데올로기가 여학생을 자발적으로 가정의 영역으로 들어가게 하는 장치였다면, 가정 경영의 목표로서 제시되는 '스위트 홈'은 가정 자체를 가치 있는 것으로 만들고 그 진입 장벽을 합리화함으로써 여학생들의 섹슈얼리티를 효과적으로 통제할 수 있게 했다.

2부에서 언급했듯이, 1920년대의 여학생들이 약 10여 년이 지난 뒤 새로운 근대적 가정의 주부가 됨으로써 '스위트 홈'이라는 이상은 가시화된다. 그러나 소설은 '가정'이라는 사적 공간이 꿈처럼 안정된 공간이 아니며, 이미 이룩된 행복한 가정도 얼마든지 위협받고 흔들릴 수 있음을 보여주기도 한다. 여학생들이 결혼을 통해 가정을 이룸으로써 종결된 소설이 있는 반면 가정의 위기 순간이나 붕괴에서 시작되는 소설들, 또는 가정의 내부가 아닌 외부를 그려낸 소설들도 존재하기 때문이다. 가정이 붕괴되는 순간 '가정부인'들은 문제적 인물이 된다. 이들은 자의든 타의든 가정 밖으로 내몰리게 되면서 선택의 기로에 서는데, 유혹자가 되는 타락의 길을 선택하거나 남성처럼 공적 사회로 진출하는 길을 선택함으로써 자신을 변화시키지 않으면 안 되는 상황에 놓이게 된다.

'스위트 홈'의 내부와 그 균열

해방 후 《신혼일기》라는 제목의 단행본으로 발간된 《행복에의 흰 손들》(이태준, 1942~1943)[307]은 스위트 홈의 내부 균열을 잘 보여주고 있다. 이 소설에 등장하는 세 명의 여학생은 모두 각기 다른 인생의 길을 선택한다. 안동 출신의 '순남'은 신문기자로 일하면서 독신자 아파트에 살고, 소설가 지망생인 '유소춘'은 가정을 이루었으나 남편의 불륜으로 이혼하고, 구식 가정 출신의 '민화옥'은 의사의 아내로서 성공적으로 가정에 안착한다. 이러한 진로가 완전히 정해지기 전 그녀들이 모두 공통적으로 꿈꾸는 것은 행복한 가정이다. 그녀들이 꿈꾸는 가정의 모습은 소춘의 꿈을 통해 다음과 같이 묘사된다.

> 둘이 가지런히 서재에 앉아 책을 보기도 했다. 둘이 가지런히 꽃 피인 정원을 거닐기도 했다. 둘이 가지런히 상보 깨끗한 식탁에서 음식을 권하기도 했다. 둘이 가지런히 곡식이 무성한 전원을 거닐며 노래도 불렀다. 손목을 잡는 것이나 어깨를 안아 주는 것쯤은 아무것도 아니게, 이것만은 아무리 친한 동무에게도 이야기할 수 없게 순필은 자기에게 끔찍이 다정히 굴었다.[308]

소춘의 이러한 판타지는 황순필과 결혼하고 나서 얼마 동안은 실현된다. 이때 소춘이 느낀 행복한 심경은 순남이 권유한 '신혼일기' 속에 고스란히 담겨 있다. 그녀는 주부의 일에도 재미를 느낀다. "남편의 가방에 벤또를 넣어 구두 신는 데까지 들어다 주고는 두 시간 후이면 부엌도 마당도 방안도 깨끗이 치우고 자기 화장도"[309] 하는 동안 소춘은 원래 자신이 소설가 지망생이었다는 사실을 잊게 된다. 소춘의 이러한 행복에 균열이 가기 시작한 것은 남편인 순필이 술에 취해 '여

---

307 이 소설은 해방 이후 《신혼일기》란 제목으로 1949년에 단행본으로 발간되었다. 이후로는 단행본 제목인 《신혼일기》로 지칭한다.
308 이태준, 《신혼일기》, 《이태준전집》, 깊은샘, 1988, p.195.
309 위의 책, p.223.

자'를 데리고 오기 시작하면서부터다. 그는 소춘이 집을 비울 적마다 집으로 매춘부를 끌어들이는 행태를 보인다. 게다가 그는 "여자는 현실에 만족하고 재롱스러움으로 전부라야지 사회 문제에 지나친 관심을 갖는 것이나 원고지에 펜이나 휘젓고 앉았는 것은 지식여성의 허영"이라고 공공연히 주장할 만큼 아내를 인격적으로 대우하지 않는 인물이다. 남편의 이러한 인물됨으로 인해 소춘의 '스위트 홈' 환상은 일시에 무너져버린다. 소춘은 "아양을 떨어 딴 여자로부터 남편을 이끌려고 매춘부적 노력을 해야 하는"[310] 자신의 현실에 대해 고민하다가 '노라'가 될 것을 결심한다. 결국 소춘은 신문사의 기자를 거쳐 장편소설 《여인기행》으로 M신문사 현상모집에 당선됨으로써 소설가의 꿈을 이룬다.

소춘이 가정 밖의 공적 영역인 소설가로 진출했다면, 화옥은 난관을 뚫고 근대적 가정 경영을 성공적으로 수행하는 '주부'로 그려진다. 의학사와 결혼한 화옥은 먼저 근대적 가정 경영을 위해 시어머니와의 충돌을 감수한다. 대청에 놓인 뒤주를 치우고 대청을 양식洋式 거실로 만드는 것, 양가구를 들여놓는 것, 남편과 겸상을 하여 밥을 먹거나 음식의 영양가를 높이는 대신 반찬의 양을 적게 놓는 것 등등 신식 가정 경영의 과정에서 시어머니와 갈등을 겪는다. 그러나 화옥은 이러한 시어머니와의 갈등을 극복하고 남편을 의학박사로 만드는 '성공'을 거둔다. 게다가 본인은 "귀여운 아내로, 신식주부로, 민활한 애국반장"의 역할을 또한 성공적으로 수행한다.[311]

1942년에 연재하기 시작한 이 소설은 '노구교 사건'으로 중일전쟁

---

310 위의 책, p.236.
311 위의 책, p.290.

이 발발한 시점(1937년)을 그 배경으로 하고 있다. 전쟁으로 인해 쌀과 찬거리 구하기가 어려워진 상황이라 절약할 수밖에 없다는 화옥의 지적이 강조되어 있다. 화옥이 전시 상황에서 어떤 활약을 하는가는 작품에서 구체적으로 서술되지 않았으나 "애국반장으로 이웃에 영명을 떨치기 시작했다"는 문장으로 미루어보아 배급제가 실시된 전시체제에 적극 협조하는 인물이 되었음이 암시된다. 이 작품이 연재된 1940년대 초 주부들을 대상으로 비상시국에 경제적인 살림을 강조하는 글들이 자주 실렸던 상황이 소설 속에서 '애국반장'이라는 민옥의 역할을 강조하게끔 한 것으로 보인다.

세 명의 여학생 중 소춘이 가정 밖으로 나온 인물이라면, 순남은 사회에서 만난 남편과 동지적 결합을 이룬 인물이며,[312] 화옥은 주부 역할을 성공적으로 수행함으로써 '스위트 홈'의 이상에 가장 가깝게 다가간 인물이다. 소춘의 경우로도 알 수 있듯 가정의 파탄은 그녀로 하여금 소설가로 활동할 기회를 열어주는 계기가 된다. 그리고 그녀들이 애초에 추구했던 '스위트 홈'의 이상은 '시어머니'로 대표되는 구세대들과의 갈등을 이겨내어 성취한다. 이상을 성취하는 이 과정이 《신혼일기》에서는 비교적 낙관적으로 그려져 있으나 다른 소설에서는 대체로 모범적인 주부로 인정받기 매우 지난한 것으로 그려진다.

〈후처기後妻記〉(임옥인, 1940)의 '나'는 중산층 가정의 주부로서 남편을 비롯한 주변 사람의 인정을 받기 위해 죽을힘을 다해 가사노동에

---

312 소춘의 사회적 진출을 적극적으로 도운 순남은 결혼하기는 하지만 가정주부가 아닌 사업가로 변신한다. 순남이 사업가가 될 수 있었던 것은 자신의 이상을 이해해주는 조영진과 결혼했기 때문이다. 그녀는 여성들의 생활 개혁을 위해 화장품과 의복을 만드는 '여성문화사'란 회사를 차리게 된다. 조영진은 순남이 다니던 회사의 전무였다가 순남과 결혼한 인물로 순남과는 동지적 입장을 취한다.

매달린다. 그러다 문득 이러한 노력에 남편이 사랑으로 보답하고 있는지 자문해 보고는 회의에 빠진다. 남편은 자신보다 죽은 전처를 못 잊어하는 것처럼 보였기 때문이다.

나는 세간들을 기름이 끓게 닦다질하고 집안 구석구석을 말끔히 치우고 화초를 기르고 빨래는 한가지라도 밀릴세라 빨아 대리고 장독대를 보암직이 차려놓고 마당을 쓸고 목욕탕을 소제하고, 이렇게 날마다 분주했다. 나는 무엇이나 손에 일감을 쥐고야 배겼다. 낮 동안에는 바느질도 했다. 명주빨래도 손수해서 다듬었다. 한번은 남편의 명주바지를 솜 두어서 뒤집는데 복희(전처 소생 딸—인용자)가 우유를 쏟아서 다시 빨던 일을 생각하면 이가 갈린다. (…인용자 중략…) 사람을 부리기만 하고 손끝 하나 까딱 않고 놀고 먹은 복희모는 남편의 마음을 독점했다. 나는 이 집의 하녀노릇밖에 더 한 것이 무언가? 그에게서 따뜻한 음성과 시선과, 애정을 느껴본 일이 있는가. 아니다. 한번도. 나는 내 마음을 괴롭혀 주던 옛사람을 결혼이란 한 직무 속에 매장해 버렸지만, 그는 나로 인해 죽은 아내를 더 생각한다지 않는가.[313]

서울의 여학교 교원이었던 '나'는 의사의 후처가 되어 전처 소생의 두 아이를 거두며 개성에서 신접살림을 차린다. 남편은 신여성 아내를 위해 오르간, 피아노, 삼면경을 장만하는 성의를 보이지만 정작 애정은 보이지 않는다. 그녀는 죽은 전처를 잊지 못하는 남편, 닳아빠진 아이들, 전처와 그녀를 비교하면서 쑥덕거리는 동네 사람들 속에서 존재를 인정받기 위해 엄청난 가사노동을 감수한다. 그녀는 경제적으

313 임옥인, 〈후처기〉,《문장》, 1940, 11, pp.95~96.

로도 낭비가 없어야 한다는 생각에 식모를 내보내고 직접 물동이를 이며, 시어머니가 보내온 명란젓을 장에 나가 팔다가 동네 사람들의 빈축을 사기도 한다. 이러한 노력에도 불구하고 고립된 그녀는 뱃속의 아이만이 '자신의 것'이라 느끼면서 위안을 얻는다.

덕순이와 같이 절교해 버린 내 주위에는 집식구이외엔 강아지새끼 하나 어른거리는 것이 없었다. 이런 외부의 사교에서 멀리멀리 떠나도 털끝만치도 고독과 허전함을 느끼지 않는다. 내 속에 커 가는 한 생명이 내 유일한 벗이요 가장 소중한 존재이다. 나는「내것」이라고 이렇게 생각하는 것만으로 가슴이 터질 듯이 기쁘다. 내 주위는 점점 제한되어 가나 그러한 내 마음은 무한정으로 확대되어가는 것 같다.[314]

그녀는 아이들과 남편을 위해 경제적이고 위생적인 가정 살림을 하려고 노력하지만 주변 사람들은 가만히 내버려두지 않는다. 그녀를 가장 괴롭히는 존재는 그녀와 죽은 전처를 비교하는 동네 사람들이다. 그들은 '나'가 이웃에게 인색한 데 비해 전처가 매우 후덕했고 '나'가 억척스럽게 가정 살림을 하는 데 비해 전처가 점잖았다는 말을 수군거린다.

이러한 갈등은 '나'가 이루려는 신식 가정의 모습이 전통적인 공동체 사회에서는 자신의 가족만을 생각하는 이기적인 모습으로 비추어진다는 데 있다. '나'가 지향하는 가정의 모습은 부부와 아이만으로 이루어진 단혼單婚 가정으로서, 이러한 태도 때문에 친척이나 이웃으로부터 고립된다. 전근대 사회에서의 '가家'가 가문家門이나 문중門中을 의

---

314 위의 글, p.97.

미했다는 사실을 떠올려보면, 남편과 아이만을 보살피며 사는 그녀의 모습은 전통적 삶의 방식이 강한 개성이라는 도시에서는 이해될 수 없는 일이다. 또한 상대적으로 다른 이웃보다 부유한 집안이면서 하녀를 두지 않은 채 스스로 가사 노동을 하는 주부의 모습 역시 주변 사람들에게는 이색적으로 보였던 것이다.

근대적 가정은 공적인 성격을 지닌 전근대적인 가족제도와는 달리 사적 영역의 은닉성을 강조한다. 근대적 가정 형태를 잘 이해하지 못하는 이웃의 눈에 부유한 의사의 후처가 억척스럽게 살림하는 모습은 매우 낯설기만 하다. 공동체적 관습에 익숙해 있는 그들은 부모와 아이 중심의 서구식 가족주의 또는 가족 에고이즘[315]을 이해할 수 없는 것이다.

유혹자, 스위트 홈의 침입자들

《신혼일기》의 '화옥'이 이룬 가정처럼, 스위트 홈의 이상적인 모습 자체를 소설 속에서 제시하는 경우는 매우 드물다. 스위트 홈이란 말 그대로 단란한 가정이기 때문에, 갈등을 플롯의 주요 동력으로 하는 소

---

315 일본의 경우 막부 말기에서 메이지 시대에 이르는 기간 동안 전통적인 공동체가 사라져 가고 이에[家] 제도가 점차 이를 대신하기 시작했다. 공동체 해체를 촉진한 것은 '개인주의'가 아니라 '이에[家] 에고이즘'이다. 즉 가족주의는 전근대적 산물이 아니라 극히 근대적인 산물인 것이다. (上野千鶴子, 《가부장제와 자본주의》, p.187 참조.) '가족'이 근대적 산물이라는 점은 서구 사회에서도 이미 지적된 바이다. 세상과 고립된 채 부모와 아이들로 구성되는 근대적 가족은 사회관계의 중심이자 사회의 중심이 되었다. 이러한 근대적 가족의식의 근원은 귀족과 부르주아 계층에서 유래한 것이지만 점차 그 기원을 잊게 될 정도로 사회 전체로 확대된다. P. Ariés, 《아동의 탄생》, 문지영 옮김, 새물결, 2003, pp.637~638.

설의 형식과는 잘 어울리지 않는다. 소설은 스위트 홈을 묘사하기보다는 그 내부적 균열 양상을 그리는 것이 더 보편적이다.

　스위트 홈의 균열은 부부 사이의 갈등이라는 내부적 요인에서도 올수 있지만 대개는 외부적 요인, 즉 외부의 여성들이 침입을 받음으로써 생겨난다. 스위트 홈의 균열을 초래하는 외부의 여성들은 바로 여학생-유혹자이거나 매춘부-유혹자들이다. 《신혼일기》의 소춘이 매춘부에게 남편을 빼앗겼듯이 매춘부의 존재는 가정을 위협하는 최대의 적이다. 《밀림》(김말봉, 1935~1938)의 '자경'은 '오상만'이 유학시절 관계를 가졌던 여성 '요시에'가 상만의 아이를 데리고 나타남으로써 결혼생활의 파탄을 맞고, 《방랑放浪의 가인歌人》(방인근, 1933)의 '임정애'는 남편을 여학생 '화숙'에게 빼앗김으로써 전형적인 스위트 홈으로 묘사된[316] 가정을 잃는다.

　《방랑의 가인》에서 갈등을 일으키는 두 인물은 "사랑은 모든 것을 초월할 수 있으며" "기어이 광우를 빼앗아 오겠다"는 생각으로 윤광우를 빼앗으려는 화숙과, 광기에 가까운 태도를 보이며 남편을 빼앗기지 않으려는 정애의 갈등 구조를 중심으로 한다. 정애는 가정 파탄의 책임을 남편 윤광우가 아닌 화숙에게 돌린다. 딸에게 아버지를 미워해선 안 된다고 강조하는 데서 정애가 남편을 본질적으로 원망하지 않는다는 사실이 잘 나타난다.

　"부엌에는 왜?"

---

316 이들의 스위트 홈은 다음과 같이 묘사된다. "이 조그마한 가정에는 피아노와 노래와 그리고 웃음과 평화한 바람이 부는 아름다운 동산이었다. 마당에 피어 있는 꽃들도 웃었다. 거기 날아오는 나비도 춤을 추었다. 추녀 끝에 매달린 새장에서도 노란 카나리아가 노래하였다." (방인근, 《방랑의 가인》, 민중서관, 1974, p.45.)

"화숙이가 작년 크리스마스에 준 것을 다 태우고 있어요!"

어머니는 딸을 힘껏 꺼안았다. 그리고 울었다. 딸도 울었다. 어머니와 딸이 힘껏 뜨겁게 포옹한 그 사이에 솟아나오는 사랑은 금강석보다, 진주보다 귀한 것이었다.

"순복아, 너 아버지는 미워하지 말어라. 응!"

"네. 아버지는 미워하지 않겠어요."

"꼭 아버지가 후회하시고 우리에게 돌아오실 날이 있겠으니."

"저도 그렇게 생각했어요. 그래서 아버지를 불쌍하게 생각했어요."

"그러니 말이다. 순복아 그 동안 우리는 잘 참고 잘 지내자. 너는 훌륭한 여자가 되고. 응?"

"네. 저도 꼭 그렇게 생각했어요. 어머니 염려 마서요. 어머니도 아버지를 미워하지 마서요. 네!"[317]

정애 모녀가 증오하는 대상은 광우를 유혹한 여학생 화숙이며 광우가 언젠가 돌아올 것이라는 막연한 기대를 갖고 있다. 한편 광우와 화숙의 관계는 그리 오래가지 못한다. 화숙과 이태리로 떠난 윤광우는 그곳에서 음악학교를 다니고 오페라단에 들어가지만, 화숙이 이태리 청년과 가까워지고 영사로 온 오상봉과 동침하는 등 방탕한 모습을 보이자 화숙과의 동거생활을 정리하고 로마에서 외로운 생활을 하게 된다. 세월이 흘러 딸 순복이 피아니스트가 되어 로마로 왔다는 소식에 광우는 딸과 10년 만에 재회하게 된다. 딸과 함께 조선으로 돌아온 윤광우는 자신이 이태리로 간 사이, 아내가 아들을 낳아 기르고 있었다는 사실을 알고 참회의 눈물을 흘린다.

---

317 방인근, 《방랑의 가인》, pp.191~192.

《방랑의 가인》에서 보이는 '여학생'과 '가정부인'의 대립과 갈등은 여성들 간의 대립 구도 속에서 한 여성이 사라짐으로써 다른 여성이 승리할 수 있다는 '후처 콤플렉스'의 변형된 버전이라고 할 수 있다. 《방랑의 가인》은 남편과 사랑에 빠진 여학생이 다른 남성들과 계속 관계를 갖는 방탕한 '유혹자'가 되고 이에 자신의 과오를 뉘우친 남편이 가정으로 돌아옴으로써 '가정부인'이 승리하게 되는 경우다.[318] 그러나 대개의 '가정부인'들은 '여학생' 또는 '직업여성' 등과의 경쟁에서 패배하거나 그녀들에 대한 경계심으로 히스테리를 일으키는 불안정한 모습을 드러낸다.

〈안해〉(장덕조, 1934)의 두 여성 주인공은 주부인 '경숙'과 '직업여성(타이피스트)'인 '인애'다. 경숙은 인애에 대한 남편의 호감을 눈치 채고, 남편을 미행하여 거리에서 남편과 인애를 윽박지르는 행동을 한다. 경숙의 행동은 남편과 인애의 입장에서 '히스테리'라는 용어로 표현되는데[319], 경애가 갖는 울분은 인애가 남편을 유혹한다는 사실보다 남편이 다른 여성과 모종의 공모 관계에 있다는 데 있다. 이러한 상황에서 아내들이 분출하는 '히스테리'는 분명 근거가 있음에도 불구하고 그 히스테리에 대해 남편과 경쟁자인 미혼여성은 이해할 수 없는 '병'이거나 '의부증'으로 치부한다. 《찔레꽃》의 은행가 조만호의 처는 남편이 가정교사에게 눈독을 들인다는 생각에 다섯 번이나 가정교사를 교체하는 히스테리를 보이고, 《화상보》에서 안상권에게

---

318 이미향은 이 작품에서 가족주의로 대표되는 정애와 연애지상주의로 대표되는 화숙과의 대립에서 정애로 대표되는 가족주의가 승리하고 있다고 보고 있다. (이미향,「결혼제도와 연애지상주의와의 갈등—"방랑의 가인"을 중심으로〉, 대중문학연구회 편, 《연애소설이란 무엇인가》, 국학자료원, 1998.)

319 장덕조,〈안해〉,《신가정》, 1934.2.

버림받은 처 홍영희 역시 경아를 찾아가 자신이 본처임을 밝히는 과정에서 몹시 불안정한 정신 상태를 보이는 것으로 묘사된다.[320]

반면 〈젊은 아내〉(유진오, 1941)의 경우는 직업여성과 가정부인 간의 갈등을 중립적 시선에서 그려낸다. 남편이 직장 동료인 타이피스트와 다방에서 만나곤 한다는 사실을 알게 된 '분옥'은 '마미'라는 타이피스트 여성을 찾아가 담판을 지으려 한다. 그러나 분옥의 의도는 잘 관철되지 않는데, 그것은 타이피스트인 직업여성의 의식과 가정주부의 의식 사이의 현저한 차이 때문이다. 분옥은 남편과 마미가 단둘이 만나고 있다는 사실에 분개하지만 의외로 '마미'는 담백하고 영리하며 냉정하다.

"하여간 그럼 김 선생허구 앞으론 교제 안 허시겠다는 게지요. 두 분은 무슨 뜻으로 교제허시던 간에 나한테는 역시 타격이니까요."
말하면서 분옥은 자리를 일어섰다. 그랬더니 마미도 마주 일어나 테불로 돌아오며
"호호… 그건만은 맹서라두 허지요. 설사 김 선생이 저더러 놀러가자구 허시드래두 절대루 응허지 않을 테니 안심허세요. 김 선생이 저보고 그러실 리두 없겠구요. 남자들이란 대개 헬랭이들입니다만 김선생만은 그 점은 안심허서두 좋습니다. 부인께선 김 선생을 댁안에서만 보시니까 혹 못 믿으실는지 모르지만 전 밖에서의 행동을 보구 있으니까 그 점은 부

320 경아에게 찾아와 자신과 안상권과의 관계를 밝히는 홍영희의 얼굴은 다음과 같이 묘사된다. "영희의 얼굴에는 갑자기 요기스런 미소가 떴다. 복수의 미소 같기도 하고 모멸의 미소 같기도 하며 절망의 미소 같기도 하다. 미소가 뜨자 영희의 얼굴에는 아까 맨 처음 마당에서 보던 때의 처참한 아름다움이 다시 나타나기 시작한다." (유진오,《화상보》, p. 365.)

인보다두 더 잘 알구 있습니다. 호…" 말하고 분옥을 문간까지 바래다 주었다.

'무엇 때문일까'

터벅터벅 보도를 걸어가며 분옥은 생각해 본다. 으레 이겨야할 싸움에 곱다랗게 진 이유. 남편과 마미와의 관계에 대해서는 그만하면 그 이상 근심할 것도 없는 것이었으나 분옥에게는 마미란 여자가 커다란 의문이었다. 문득 분옥은 그맘 나이 때의 자기와 마미를 비교해 보았다. 그때의 자기는 부인잡지와 소설을 통해 사내란 것을 생각해 보고는 어린, 너무나 어린 무지개를 그려 볼 뿐이었다. 마미와 같은 총명과 계산은 그야말로 생각지 못하던 바이다. [321]

분옥과 마미의 차이는 곧 1920년대 '여학생' 세대와 1930년대 '직업여성' 세대의 차이이기도 하다. 분옥이 스스로 분석하듯, 그녀는 1920년대에 부인 잡지나 소설을 통해 연애와 결혼에 환상을 가졌던 여학생 출신으로서 1930년대의 가정주부 세대를 대표한다면, 1930년대 여학생 출신인 마미는 타이피스트로서 공적 영역 속에서 남성들과 일을 하는 직업여성을 대표한다. 분옥의 깨달음은 1920년대에 자유연애 열풍을 신봉했던 여학생 출신의 아내들이 새로운 사회적 변화의 흐름에서 제외되어 있음을 느끼는 순간이다. 이러한 깨달음은 한편으로는 가정 외부의 여성들로부터 가정을 수호하려는 자신들의 노력이 미혼여성과 남편의 이해할 수 없는 공모관계에 의해서 무력화됨을 느끼는 순간이기도 하다. 아내들의 행동이 남편과 미혼여성의 눈에 '히

---

321 유진오, 〈젊은 아내〉, 《춘추》, 1941.2, pp. 273~274.

스테리'로 비치는 것은 남편과 직업여성이 속해 있는 공적 영역과 아내가 속해 있는 사적 영역이 단절되어 있는 까닭이다.

1920년대 초반의 경우 아내를 둔 남성 화자가 처녀와 사랑에 빠지는 모티프는 조혼한 구식 아내와 여학생 사이에서 번민하는 남성 화자의 내면과 결부되어 드러나 있다. 이 경우 구식 아내냐 여학생이냐 하는 남성의 내적 갈등은 구세대와 새로운 지식인 세대 사이의 갈등을 배경으로 하고 있다. 새로운 지식인들의 가치관을 이해하지 못하는 구식 아내들은 여학생을 사랑하는 남편과 그 여학생에 대해 그다지 날카로운 반응을 보이지 않으며 그 심경 또한 표면화되지 않는다. 구식 아내들의 존재는 간단한 서술로 처리될 뿐 그 존재를 제대로 부각하지 않았기 때문이다. 그녀들이 1930년대 여학생 출신의 아내들과 달리 남편의 연애에 대해 날카로운 반응을 보이지 않는 것은 남편들이나 여학생들과 근본적으로 다른 가치관을 가졌기 때문이다. 다음은 최승일의 소설 〈안해〉(《신여성》,1924.6)의 일부분으로, 남편의 연애에 대한 구식 아내의 생각을 보여주고 있다. 구식 아내는 남편의 배신을 자신의 '팔자'라 생각한다.

"여보 내가 퍽 무정하다고 생각하엿지 무엇뿐아니라 몹쓸 놈이라구 생각햇겟지."

"아니요."

"엇재서?"

"엇재서는, 내 팔자라고 햇서요." [322]

322 최승일, 〈안해〉, 《신여성》, 1924. 6, p.86.

1920년대에 보이는 신구新舊 가치관의 대립은 이미 새로운 지식인 세대의 가치관이 승리한 1930년대에는 새롭거나 유효한 것이 아니다. 1920년대 초반 소설에서는 유부남과 미혼 여성의 사랑이 남성 화자의 강한 번민을 불러일으키면서 선과 악 어느 쪽으로도 판단내리지 못했다면, 1930년대 장편소설에서는 대개 '부도덕한' 것으로 그려진다. '사랑'을 위해 가정을 버리는 남성들은 그 정당성이 애초에 없거나 또는 부르주아 은행가, 사업가들의 경우처럼 부도덕한 육욕적 축첩 행위로 그려지는 것이다.[323] 그것은 1930년대 장편소설들이 '가족주의'라는 이데올로기를 드러내는 방식이기도 하다.

1930년대 소설에서의 '아내'들은 자신들이 이룩한 가정을 지키기 위해 분투를 벌인다. 그 분투는 외부의 여성들을 물리침으로써만 승리할 수 있다. 그러나 '히스테리'로 표현되는 적극적이며 공격적인 행동은 오히려 남성들의 불륜을 정당화시키는 쪽으로 작용할 뿐이다. '히스테리'를 부리는 순간 오히려 아내들은 가정 외부로 축출될 위험에 놓이게 된다. 《방랑의 가인》의 정애처럼 남편을 원망하지 않으면서도 홀로 가정을 지키는 수동적인 태도가 그 승리의 가능성을 높인다. 따라서 남편의 불륜과 배신에도 불구하고 아이들을 키우며 개심改心한 남편을 받아주는 《방랑의 가인》의 '정애'에게서 일부일처제를 바탕으로 한 가족주의 이데올로기의 모습을 읽을 수 있다.

---

323 《그 여자의 일생》의 김광진, 《찔레꽃》의 조만호는 부르주아 은행가들의 탐욕과 악행을 포상하고 《화상보》의 안상권은 모던보이의 쾌락주의를 표상한다. 이들의 행위는 모두 소설에서 일부일처제에 기반한 스위트 홈의 이상을 무너뜨리는 인물로 그려진다.

가정 바깥의 여성들—매춘부, 직업여성, 사회운동가

주부가 가정의 내부에 있다면 그 외부에는 매춘부, 직업여성 그리고 사회운동가 여성이 있다. 그녀들의 위치나 정체성은 그녀들이 가정과 사회 중에서 하나를 선택한 결과라기보다는 가정으로의 진입이 불가 능하거나 가정에서 탈락한 경우에 차선적으로 선택된 것이다.

이러한 의미에서 《화관花冠》(이태준, 1937)의 '동옥'은 조금 다른 유형 의 인물이다. 스스로 가정(사적 영역)과 사회(공적 영역) 사이에서 고민하 다가 의식적으로 '사회'를 택했기 때문이다. 전문학교 영문과 졸업반 인 동옥은 앞날에 대한 막연한 불안감 속에서 자신을 둘러싼 남성들 중에서 누구를 선택할 것인가를 고민한다.[324] 이러한 그녀의 주변에 남 성들이 나타나 각자 삶의 지향점을 제시하면서 함께할 것을 요청한 다. 원산 해수욕장의 별장에서 만난 '황재하'는 "늙기 전에 목숨을 즐 기는 것이 가장 마땅한 인생의 방법"[325]이라고 생각하는 댄스에 능통 한 모던보이며, 정어리 공장에서 일하고 있는 '박인철'은 계몽적 이상 을 품고 있는 사람이다. 또 자수성가한 사업가 '배일현'은 동옥과 결 혼하여 스위트 홈을 이룰 꿈에 젖어 있다.[326] 이 중에서 동옥이 가장 끝

---

324 '동옥'은 남성들에게 선택을 받는 것이 아니라 남성을 '선택하는' 입장에 놓여 있다는 점에 서 이 소설은 이태준의 다른 '여학생' 성장소설과 다르다. 여학생 성장소설의 '여학생'들이 대개는 집안이 몰락함으로써 경제적 궁핍에 몰려 금력과 육욕의 유혹을 받는 데 비해 동옥 은 부르주아 가정의 딸은 아니지만 경제적 궁핍에 몰린 처지가 아니며 여고보 출신이 아니 라 전문학교 출신으로 비교적 전문적인 직종을 구할 수 있는 처지다.

325 이태준, 《화관》, 《이태준전집》16, 깊은샘, 2001, p.75.

326 배일현은 동옥과 함께 꾸밀 '집'을 다음과 같이 상상한다. "아름다운 정원, 아름다운 들창 들, 무슨 화학 실험실처럼 깨끗한 부엌, 아침 햇빛이 분수처럼 뿜어드는 식당, 발소리도 나 지 않을 듯, 꿈자리 포근해 보이는 은은한 침실들, 일현은 책상 위에 동옥의 사진을 물끄러

리는 남성은 박인철이다. 황재하와 배일현은 동옥에게 결혼을 요청하지만 박인철은 동옥에게 '가정' 과는 대립되는 사회의식을 환기시킴으로써 '결혼' 이 아닌 다른 삶의 가능성을 제시한다. 다음은 모두 박인철의 말이다.

"어떤 사상가가 한 말입니다. 여자의 첫째와 둘째되는 목적은 남편과 자식이라구요. 또 여자의 최대 관심사는 절대 개인적 행복이라고요 여자는 직공이 되거나 경관이 되거나 무슨 사무원이 되는 것보다 또 그런 사업을 하기보다 아늑한 가정, 사랑하는 남편, 귀여운 자녀들을 더 열망하는 것이라나요……이건 평범하나 여성이란 얼마나 개인주의적이란걸 정확히 관찰한 건 줄 압니다. 그리게 여잔 남편이 경제적으로 유지시켜 주는 가정에서 집안을 아름답게 꾸미고 남편을 사랑하고 자녀를 기르고 하는 것만 여자다운 생활이 되는 겁니다. 여성으로 가정을 떠나 하는 모든 것, 그건 예외요 임시적이요 비상시적이요 그러니까 부자연이요 그러니까 여자다운 생활이 아니라고 할 수 있겠지요." (…인용자 중략…)
"제 자신도 물론 그런 행복된 가정을 갖군 싶습니다. 다만 그런 가정을 갖기 위해선 남자고 여자고 간에 우린, 아까도 말씀드렸습니다만 얼마나 지독한 개인주의자가 되어야 합니까? 가장 정열 시대의 이십년, 삼십년씩을 묻어 버리는…" (…인용자 중략…)
"청년의 지식이란 뭡니까? 수학입니까? 육법전서를 외는 겁니까? 양심이

미 쳐다보군 한다. 한참 정신을 쏟아 바라보면 동옥은 훨쩍 사진 속에서 뛰어나와 눈부신 에이프론을 걸치고 이제 그런 부엌과 식당에서 거니는 듯도 하고 실내가 꽃내같은 보드러운 침의에 싸여 이제 그런 침실의 주인공이 되어 방긋이 웃음으로 불러 주는 듯도 보이는 것이다."(위의 책, p.196)

란 길에서 얻은 돈 임자 찾어주는 것인가요? …우린 청년입니다. …… " [327]

동옥은 박인철이 자기에게 던진 화두를 두고 고민에 빠진다. 결정적으로 동옥은 계몽주의자 임동석이 결혼한 뒤 농촌계몽의 이상을 포기하는 모습을 목격하고는 자신도 가정을 갖기를 포기한다. "한 남편을 위해 신부로서의 화관花冠보다는 좀 더 많은 사람을 위해 시대의 선수로서 세기의 청춘으로서 민중이 주는 시대가 주는 화관" [328]을 쓸 것을 결심하게 되는 것이다. 결국 동옥이 택한 길은 원산의 보통학교 교원이 되어 한 사람의 어머니가 아닌 "인류의 어머니"의 길을 실천해 나간다.

여성인 동옥이 선택한 길은《불멸의 함성》의 박두영이나《제2의 운명》의 윤필재 그리고《밀림》의 유동섭,《선풍시대》의 박철하,《그 여자의 일생》의 임학재 등, 정치성을 지향하는 영웅적 남성의 선택과 유사하다. 그러나 이들 영웅적 남성들의 경우 가정과 사회라는 양자택일적 선택에 대한 고민이 여성인 동옥에 비해 희박하다는 점, 남성들의 사회에 대한 자각이 자발적인 반면 동옥의 경우는 남성의 자극을 받아 이루어졌다는 점에서 차이가 있다.

특히 동옥이 사회(공적인 영역)에 참여하는 방식은 이들 남성 영웅형 인물들에 비해 소박한 차원이며 '어머니'라는 역할을 통한 것이라는 점을 주목해야 한다. 여성 지식인(전문대생)인 동옥이 사회에 참여하는 방식을 '가정'의 확장된 형태로 이해하기 때문이다. '가정부인'들이 갖는 스위트 홈에 대한 이상이 가족 에고이즘의 형태였다면, 동옥의 경

---

327 위의 책, pp.100~102.
328 위의 책, p.301.

우는 확장된 가정으로서의 사회에 헌신할 것을 다짐한다. 즉 동옥은 가정이냐 사회냐 하는 선택에서 가정을 버린 것이 아니라 단지 큰 가정에서의 어머니 역할을 선택했을 따름인 것이다. 이러한 모성에 대한 적극적인 의미 부여는 이태준이 《성모》에서 보였던 모성 예찬과 마찬가지로 민족주의에 의해 모성이 전유되는 양상과 동일한 맥락이다.[329] 남성 지식인들이 가졌던 계몽 민족주의적 이상을 여성화 버전으로서 '인류의 어머니' 라고 이름 붙인 것인데, '인류' 라는 보편적인 가치를 내걸었지만 동옥의 역할이 '(조선) 민족' 의 어머니 역할이라는 혐의를 강하게 띤다.

《직녀성》(심훈, 1934~1935)의 '인숙' 은 조혼한 '구여성' 에서 출발하여 '여학생' 의 신분을 거쳐 '사회운동가' 로 다채롭게 변신한 경우다. 이러한 변신 역시 남편 '윤봉환' 으로 인해 가정이 깨지고 난 후의 일이다. 갑오개혁 이후 낙향한 선비의 딸 '인숙' 은 열다섯에 개화한 윤자작 집안의 며느리로 들어간다. 세 살 연하의 남편 봉환은 '도화' 라는 사당패를 비롯하여 동경 유학시절에는 일본인 여성 '사요코' , 같은 학교 여교사인 '강보배' 등을 거친 여성 편력을 보인다. 남편이 유학 가 있는 동안 인숙도 여학교를 다니고 '트레머리' 의 여학생 차림을 하지만 사요코를 대동하고 조선에 나타난 봉환은 그녀를 외면한다. 사요코로부터 화류병을 옮겨 받은 봉환은 이 병을 인숙에게 전염시키고, 인숙은 집안의 오해로 아이를 가진 채 시댁에서 쫓겨난다. 그러나 아이는 곧

---

329 김양선,〈식민시대 민족의 자기 구성방식과 여성〉,《한국근대문학연구》, 2003.10, p.56. 김양선은 이 논문에서 1930년대 중반에 '조선적인 것' 이 발명되면서 '조선적인 것' 이 여성성으로 의미화 되었다고 말한다. 그 중에서도 모성성은 남성성의 형식으로서의 민족이 위기에 빠졌을 때 그 결락을 메울 것으로서 모성성이 제기되었다는 것이다.

죽게 되고 인숙은 보육학교에 재입학하여 보육원의 교사로 변신한다.

이와 같은 이야기 속에서 인숙이 가정에서 축출된 후부터 변화되었다는 점, 그것이 남성이 아닌 여성 투사인 '박복순'의 영향을 받은 것이라는 점은 《화관》의 '동옥'의 경우와 차이가 있다.[330] 그러나 인숙과 동옥은 사회의 어머니가 된다는 점에서 같은 입장이다. 그녀는 자신의 아이를 잃는 사건을 계기로 한 사람의 어머니가 아닌 여러 사람의 어머니(보육사) 역할을 맡게 되며 '보육'은 그녀에게 직업이라기보다는 사회운동으로 제시된다. 인숙이 이러한 사회운동을 하게 된 것은 가정의 폐쇄성을 극복한 새로운 형태의 가정에 속함으로써 가능하다. 이 소설에서 제시하고 있는 새로운 또는 대안적 가정의 모습이란 사회운동이라는 이념적 요소와 결부되어 있는 '공동 가정'으로, 그 가정의 구성원은 인숙과 인숙의 시누이 봉희, 봉희의 남편 박세철과 박복희로 이루어져 있다.

다 각기 적으나마 벌어들이는대로 공평히 추렴을 내어서 생활을 하여나 갈 것과 될 수 있는 데까지 생활비를 절약해서 여유를 만들어 ××학원과 유치원에 바칠 것이며 (인숙의 월급은 삼십원으로 정하였으나 이십원만 받으리라) 하였다. 조그만 나라를 다스리듯이 이 공동 가정의 대표자로는 복순은 내세워 외교를 맡게 하고, 살림을 주장해 하는 것과 어린애를 양육하는 책임은 인숙이가 지고, 회계위원 노릇은 봉희가 하는데 세철은 몸을 몇으로 쪼개고 싶도록 바쁜 터이라 무임소대신無任所大臣격으로 테두리 일을 통찰하게 하기로 약법을 제정하였다.(밑줄 인용자)[331]

330 인숙의 변신에 가장 큰 영향을 준 사람은 '박복희'이다. 사상운동가인 그녀는 인숙이 문제에 부딪칠 때마다 상담역을 맡는다.

이러한 사회운동의 특징은 개인의 재산을 배제하는 데 있다. 구여성 출신에서 여학생으로 변신한 인숙, 사회주의 운동가 세철, 신여성 봉희, 여종의 딸로 여성운동가가 된 복희 등 이들은 부르주아도 아니며 당시의 주류 지식인들로부터도 거리가 멀다. 말하자면 사회적 타자들이 모여 백일몽 같은 공동체를 꾸렸다고 할 수 있다. 그들에게 엄밀한 의미에서의 개인 재산이란 없으며 이 가정의 존립 목표 역시 기존의 가정과는 달리 사회운동에 두고 있다. 근대 부르주아 사회에서 '가정'이 사적 경제 이익을 추구하는 공동체가 되었다는 점을 상기해 볼 때 각자의 수입 중에서 생활비로 쓰고 남은 돈은 학교를 짓는 데 쓰기로 하며 자신들이 정한 규칙에 따라 각각의 직무를 안배하는 이 공동체는 가정과 사회의 새로운 관계를 제시하고 있는 것이다.

《직녀성》의 '공동 가정'의 모습은 소설 내적으로 주인공 인숙이 속해 있던 윤자작 집안이라는 전근대적 가정에 대한 강한 비판과 봉환으로 대표되는 타락한 근대적 연애의 모습을 비판한 후에 선택된 것이라는 점에서 매우 구체적인 이념적 지향을 보인다. 그러나 여성의 모성에 사회적인 의미를 부여하고 이를 이념적으로 전유하는 과정에서 그 여성이 여학생이든(《화관》) 구여성이든(《직녀성》) '어머니'로서 호명됨으로써 남성 지식인들과는 달리 사회 속에서 매우 제한된 역할을 맡을 뿐이다.[332]

331 심훈,《직녀성》,《심훈문학전집》2, 탐구당, 1966, p.530.

332 특히 심훈의 《직녀성》의 경우 구여성 출신인 인숙의 변신을 그린 작품으로, 소설사적으로 존재가 가려졌던 '구여성'을 중심인물로 내세운 것은 매우 드문 경우에 속한다. 구여성이었던 그녀의 변신에 대해서 비교적 긍정적인 의미를 부여하는 글로는 이상경,〈근대소설과 구여성―심훈의 《직녀성》을 중심으로〉(《민족문학사연구》19호, 2001)를 들 수 있다. 이상경의 논문은 주인공 '인숙'이 모성을 발견하고 이를 확대시킴으로써 신여성들의 '현모양처 이데올로기'를 극복하는 차원에 놓여 있다고 지적하고 있다. 한편, 권희선의 〈중세 서사체의 계

가정 밖으로 나온 여성, 그것도 기존의 가정에 어떤 문제를 제기하면서 《직녀성》의 인숙처럼 적극적으로 가정 밖을 나와 공적인 이념을 갖게 되는 새로운 인물은 채만식의 《인형의 집을 나와서》(1933)의 '노라' 다. 입센의 소설을 패러디한 이 소설은 가정주부였던 '노라' 가 변호사인 남편에게 실망하여 가출하는 데서부터 이야기가 시작된다. 가정을 버린 그녀는 경제적 역경과 성적 시련에 부딪치면서 가정 외부를 경험한다. 그녀는 가정교사, 화장품 외판원, 여급 등을 거쳐 인쇄소 직공이 된 뒤 비로소 노동운동에 눈뜨게 되고,[333] 노동운동에 관계함으로써 소설은 결말에 이른다. 이러한 귀결은 가정에서의 노라의 삶은 주체적이지 못했지만 이에 비해 사회 운동이라는 공공선을 위한 행위는 주체적인 삶이라는 주제를 암시하고 있다.

이러한 소설의 주제는 필연적으로 '가정' 의 영역이 공적인 영역 또는 정치적 영역에 비해 열등하다는 전제를 내포하고 있다. 또한 가정의 폐쇄성이라는 한계를 지적하여 사적 공간에 여성(어머니)이 갇혀 있음을 폭로하는데, 이것은 동시에 사적 영역에 '매몰되어' 자각하지 못하는 '이기적' 이거나 '몽매한' 가정부인들에 대한 계몽적인 교시임이

승 또는 애도〉(《민족문학사연구》, 21호, 2002)는 이 소설을 중세 서사나 신소설의 서사적 형식을 일정 계승하고 있다는 소설사적인 맥락에서 다루고 있는데, 결과적으로 인숙이 '성모(聖母)' 로 탄생함으로써 이 소설이 근대 서사가 보여줄 수 있는 근대의 복합성과 유동성을 장악하는 데 실패했다고 평가하고 있다.

333 여학교 출신의 가정주부 '노라' 는 병든 남편을 치료하기 위해 남편 몰래 고리대금업자에게 돈을 빌린다. 이 일로 남편과 갈등이 빚어지자 노라는 자신이 남편의 '인형' 에 불과했음을 깨닫고 가출하여 여러 직업을 전전한다. '병택' 이라는 인물은 노라에게 베벨의 《부인론》과 같은 책을 읽게 하기도 하지만 노라는 이에 별로 영향을 받지 않는다. 노동 운동에 노라가 관계되는 것 역시 우연적이다. 이러한 점에서 노라는 적극적으로 자신의 삶을 개척해 나가는 《직녀성》의 인숙과는 다르다. 노라가 정치적 영역에 참가하는 것으로 결말을 맺고는 있지만 그 자각 정도나 강도의 면에서는 인숙과 차이를 보이고 있다.

기도 하다. 즉《화관》,《직녀성》,《인형의 집을 나와서》등의 소설이 제시한 결말로부터 '가정 안'의 여성이 처한 억압을 읽어낼 수 있다. 그것은 폐쇄적이며 이기적인 가족주의에 매몰되어 있는 여성들이 초래한 억압이다. 가족 내부에 안온하게 사는 중간 계층 이상의 여성들은 종종 자기 가족만을 보살피는 이기적인 여성들로 치부되기 때문이다.

소설은 자유연애 이데올로기의 최종 종착지로서 '결혼'을 제시하지만 다른 한편으로는 남편과 아이로 한정되는 패쇄적 가족주의를 극복해야 되는 것으로 제시한다. 그 극복의 대안으로서 민족주의, 사회주의, 제국주의와 같은 이데올로기가 제시되고, 이러한 이데올로기에 근거하여 여성으로 하여금 공공선에 복무하도록 종용한다. 바로 이 '공공선'에 대한 복무가 민족의 어머니로서 민족주의적 이상을 실현하거나 사회주의적 이상을 실현하거나 또는 총후 부인이나 애국 부인으로서 제국주의적 이상을 실현하는 데 호출될 수 있다는 점은 '가정'이라는 사적 영역이 1930년대 조선사회 내에서 이데올로기적으로 끊임없이 간섭받는 공간임을 보여주고 있다.

가정부인과 여학생은 물론이거니와 육체적으로 훼손되고 도덕적으로 타락한 '매춘부–유혹자'가 참회할 수 있는 기회 또는 갱생의 길로써 사회운동이 제시되는 것도 바로 동일한 이데올로기 위에 놓여 있다. '매춘부–유혹자'가 그 동안의 '죄'를 씻고 구원받을 수 있는 유일한 길 역시 사회운동이다. 가정의 영역에 들어갈 수 없는 '타락한 매춘부'가 사회운동에 참여함으로써 갱생의 길을 찾게 되는 것도 이러한 맥락에서다.

《청춘무성》의 '최득주'는 그 전형적인 과정을 잘 보여주는 인물이다. 그녀는 동료를 돕기 위한, 단순한 이타적 행위를 하는 데서 출발하여 불특정한 다수를 돕는 공동체를 조직하는 데 이른다. 가난 때문에 자발적 매춘을 하다가 여급이 된 그녀는 실수로 아이를 죽인 동료 여급의 변호사비를 마련하기 위해 '윤천달'의 수표를 훔친다. 그녀는 자신을 《죄와 벌》의 라스콜리니코프와 동일시하고 "얼마든지 인류를 위해 유익하게 쓸 수 있는 돈을 끌어안고 사장해 두는"[334] 윤천달은 라스콜리니코프가 살해한 노파와 같은 존재로 규정한다. 득주는 비록 자신이 범죄를 저지르기는 했지만 변호사에게 자신이 훔치려던 10만 원의 돈은 공공선을 위한 것이라고 항변한다. 특히 무비판적인 연애에서 비롯된 사생아와 모성에 대한 문제 제기가 그녀의 변론에서 펼쳐진다.

"제 주위엔 너머나 불행한 사람뿐이었습니다. (…인용자 중략…) 이런 여자들 집안에 지도할 만한 사람이 있을 리 없지요. 사회가 이들을 교화시키는 무슨 기관이 어딨습니까? 행복엔 조급하고 행복이 무언진 모르고 얼마나 위험한 기근잡니까? 무슨 미끼든 덤벼들어 뭅니다. 무비판한 연애, 무책임한 임신, 가정 없는 사생아들의 운명, 탈선한 모성애의 범죄, 이 길을 헤어나지 못하고 되풀이만 하다 인생을 절망하고 마는 무리들, 얼마나 큰 사회 문젭니까? 교육이라거나 교화라거나 인류에게 필요하다면 가장 급선적으로 가장 응급적으로 시켜야 할 인생문맹이 이들인걸 사회는 왜 모릅니까?"[335]

이렇게 스스로를 변호하는 득주는 이미 타락한 '유혹자'가 아니라 스스로의 위치를 객관적으로 바라보는 사회사업가의 위치에 서 있다. 그녀의 논리는 교육과 교화를 강조하는 계몽주의자의 그것과 유사하

334 이태준, 《청춘무성》, p.300.
335 위의 책, p.333.

다. 그녀는 사회적 타자들을 구원하는 남성적 영웅주의를 여성의 목소리로 바꾸어 내고 있는 셈이다. 결국 득주는 직업여성을 상대로 하는 재활시설의 경영자가 된다. '재락원再樂園'이라 이름 붙인 그 시설은 직업여성들이라 일컬을 수 있는 여급들의 교화를 담당하는 시설이다. 《직녀성》의 인숙이 '공동가정'을 만든 것처럼 득주도 여급의 사생아들을 맡아 기름으로써 여성으로서 스스로에게 부과되었다고 여기는 '사회적' 모성을 실천하게 된다.

가정 밖의 '매춘부'들은 이러한 계몽주의적 사회사업의 영역 이외에도 '상해'로 상징되는 비밀 결사조직을 위해 활동하기도 한다. 비밀 결사조직은 소설 속에서 명확하게 표현되어 있지 않지만, 중국 내 임시 정부와 관련된 민족주의적 정치 단체를 암시하고 있다. 이러한 적극적인 정치적 활동은 그녀들에게 사회적인 또는 공적인 역할을 부여함으로써 궁극적으로는 '유혹자-매춘부'들이 갖는 부정적 의미를 상쇄시키기도 한다.

《밀림》(김말봉, 1935~1938)의 '오쿠마'는 바로 '유혹자-매춘부'로서 정치적 활동을 하는 인물이다. 그녀는 처음에 전형적인 '유혹자-매춘부'로서 그려지다가 점차 그 정체가 드러나면서 소설 내에서 긍정적인 인물로 그려진다. 그녀는 댄스홀의 여주인이지만 한편으로는 상해의 비밀결사대와 연결되어 있다. 그녀는 '오상만'에게 금광을 소개시켜 준다는 속임수로 오십만 원의 돈을 뜯어내어 '유동섭'의 자선병원 운영을 적극적으로 도울 만큼 사회운동의 필요성을 잘 알고 있는 인물이다. 첩보물을 연상시키는 이 소설에서 오쿠마는 '오상만', '고야高野 형사' 등의 남성들을 유혹하는 '매춘부-유혹자'의 전형이지만 그녀의 유혹이 정치적 목적을 이루기 위한 위장이라는 점을 암시함으로써 결국 그녀는 궁극적으로 '매춘부'가 가진 부정적인 혐의를 벗게 된다.

'매춘부' 들이 매춘에 가해지는 혐오를 벗는 다른 방법은 아이러닉하게 '돈' 에 관심을 갖지 않는 것이다. 《마음의 향촌》(한설야, 1939)[336]의 기생 '초향' 역시 박치호, 박용주, 한상오, 유형식 등의 남성들을 유혹하고 농락하는 '매춘부-유혹자' 이지만 '초향' 은 기생이 된 목적이나 동기 자체가 불분명할 정도로 돈에 무관심하다. 그녀는 생계를 위해 기생이 된 것이 아니며 집안의 사정으로 희생된 것도 아니다. 비록 사생아로 태어나 외조부에게 양육되고 김삼철에게 강간당한 불우한 과거가 있지만 열일곱 살이 될 때까지 '여학생' 이었고 가출 후 건너간 상해에서 영어와 댄스를 배웠으며 조선 춤과 노래에 상당한 실력을 갖추고 있다. 또한 그녀는 보들레르, 지드, 톨스토이를 좋아할 정도로 지성을 갖추고 있으며 외조부가 남겨준 약간의 유산이 있어, 기생이지만 '돈' 의 유혹으로부터 자신을 지킬 수 있다고 생각할 정도로 오만하다. 그녀는 비록 주변에 들끓고 있는 퇴폐적인 사업가, 은행가들에 대해 비웃고 조롱하는 위치에 있을뿐더러 돈에 기갈 들린 군중들에게도 우월감을 가지고 있다는 점에서 이색적인 존재다. 돈에 초연함으로써 초향은 일반적으로 기생에게 부과되는 '매춘부' 의 부정적인 이미지를 벗을 수 있게 된다.

"아니, 언니 해봐요. 꼭 딸테니요. 호호호."
"난 따는 것도 잃는 것도 취미가 아니다."
초향이는 돈 대보랴는 흥미가 여기와서 별안간 없어져 버렸다.
돈을 한번 아무렇게나 내버려 보랴는 것이었으나 막상 다다라보니 그렇

---

336 1939년에 《조선일보》에 연재된 한설야의 이 소설은 1941년 박문서관에서 《초향(草鄕)》으로 제목이 바뀌어 단행본으로 간행되었다.

게 버리는 홍이 그것이 아무 홍미 될배 없었다. 또 따 보았대야 무어 그리 신통할거 없는 일이었다.

그리고 그는 따고 잃고 기뻐하고 분해하는 사람들을 볼 때 문득 그들과 자기를 구별하고 싶은 충동을 받았다.

(남들이 모두 돈을 대고 또 대고 하는데 나는 안대고 또 안대고 싶어 하는 것으로 홍미를 삼으리라. 저 사람들과 뚝 떨어져서 저 사람들을 넌짓 구경해 보리라.)[337]

초향의 이러한 오만함 또는 자존심은 확실히 '돈'으로 표상되는 자본주의와 대척되는 지점에 놓여 있다. 이러한 성격은 그녀가 생부生父인 이 후작의 제안을 거절하는 대목에서도 잘 드러난다. 그녀는 '김민수'라는 낯선 사람으로부터 온 편지를 통해 자신이 이 후작의 사생아라는 사실을 알게 되어 이 후작을 찾아가지만 그는 그녀가 자신의 딸임을 부인한다. 나중에 이 후작은 자신의 잘못을 깨닫고 초향에게 재산의 일부를 물려주고자 하나 초향은 그 제안을 거절한다.

초향의 '돈'에 대한 초연한 태도는 한편으로는 이 소설에서 플롯의 진행을 가로막는 부정적 역할을 한다고 볼 수도 있다. 기생인 그녀는 박치호, 박용주, 한상오, 유형식 등과의 복잡한 삼각관계에 연루될 수도 있었고 이 후작의 딸임을 이용하여 이득을 보려는 황 주사의 음모에 가담할 수도 있었다. 그러나 초향은 이러한 가능성을 모두 거부하거나 부정함으로써 이 소설을 본격적인 연애 서사로 돌입하지 못하게 하는 것이다.[338] 초향은 그녀 주변의 퇴폐적이며 타락한 남성들을 골탕

---

337 한설야, 《초향(마음의 향촌)》, 박문서관, 1941, p. 294.
338 김한식은 한설야의 《청춘기》(1937)나 《초향》을 연애 서사와 사회적 메시지가 매우 어색하게 결합된 작품으로 보고 있다. 김한식, 《현대소설과 일상성》, 월인, 2002, p.127.

먹임으로써 그들을 징계하는 도덕적으로 우월한 입장에 선다. 자신을 둘러싼 난봉꾼들에게 무관심한 초향은 상해에 있다는 씨 다른 오빠 '민상기'에 대해서는 특별한 관심을 보인다. 민상기는 초향 주변의 퇴폐적인 남성과는 달리 얼굴을 드러내지 않는 숨은 구원자이다. 초향이 상해로 떠난다는 결말은 그녀가 오빠가 가담한 조직의 일원이 된다는 암시를 주는데, 이로써 기생이 정치적인 선택을 함으로써 운동가로 변신을 꾀했음을 알 수 있다. 이때 그녀가 '돈'에 대해 갖는 초연함은 이러한 변신을 무리 없이 구성해 갈 수 있는 장치라고도 할 수 있다.

이렇게 정치성을 택함으로써 자신의 존재 방식을 바꾸는 여성들은 《불멸의 함성》이나 《그 여자의 일생》에 등장하는 계몽주의자, 사상운동가 남성에 비견될 수 있다. 그러나 이들 여성의 경우, 여성의 모성을 이용한 사회 사업가가 되거나(《직녀성》의 인숙, 《화관》의 동옥, 《청춘무성》의 득주) 또는 남성에 대한 사랑을 매개로 정치적 영역에 참여함으로써(《밀림》의 인애, 오쿠마, 《마음의 향촌》의 초향) 결과적으로 그녀들의 정치성은 남성들의 경우에 비해 약화되어 있다. 그녀들이 내린 공적 영역(사회)에 대한 선택은 남성 계몽주의자의 지도로써 이루어진 것이거나 애정을 매개로 이루어진다. 동옥은 박인철에게, 득주는 원치원에게, 초향은 '권'에게 감화되어 공적 영역에서의 자신의 역할을 설정한 것이다.

이러한 변화상에서 '남성'의 역할은 미숙한 여학생을 계도하고 희생양을 구원하며 유혹자를 개심시키는 데 있다. 남성은 여성에게 가르침을 주어 공적 영역에서 그녀가 살아갈 삶의 좌표를 설정해 주는 가이드 역할을 하는 셈이다. 교사와 학생의 관계를 계몽의 주체와 대상의 비유로 보았을 때, 젠더적으로 계몽의 주체인 교사는 남성이며

278

그 대상이 되는 학생은 여성이다.

다만《직녀성》의 인숙의 경우는 남성 지식인에게 영향을 받지 않고 여종의 딸로 사회 운동가가 된 여성 '박복순'의 영향 아래 변화된 경우다. 그러나 박복순은 생물학적으로는 여성이지만 사회적인 젠더에 있어서는 남성에 가깝게 묘사된다. 그녀의 외모에서부터 "손발이 상스럽게 크고 어여쁜 구석이라고는 한 군데 발견할 수 없는" 중성적이거나 남성적인 모습으로 그려지고 있기 때문이다. 박복순의 외모를 중성적 또는 남성적으로 묘사함으로써 그녀는 비록 여성이지만 남성적 이미지를 갖게 되고, 나아가서는 가르치는 남성이라는 젠더화된 계몽의 구도를 변형된 형태로 유지하게 된다.[339] 즉 자의든 타의든 가정의 외부로 축출된 '유혹자'와 '희생양'들은 역시 지식인 남성의 구원을 매개로 공적 영역에서의 자신의 삶의 좌표를 찾아나가는 것으로 그려지고 있다.

---

339 박복순의 외모 묘사가 이 소설에서 갖는 의미에 대해서는 박소은, 〈새로운 여성상과 사랑의 이념—심훈의《직녀성》〉《한국문학연구》24집, 2002), p.361)을 참조하였다.

04

스위트 홈, 정치성, 쾌락, 연애의 관련 양상

이상과 같이 여학생, 주부, 사회운동가, 매춘부 등으로 표상된 여성들의 모습에서 알 수 있는 것은 이러한 표상들이 역사적으로 구성되고 구조화된 의미 체계 속에서 작동되고 있다는 사실이다. 그 의미 체계들은 스위트 홈, 정치성, 쾌락, 연애라는 네 개의 의미항으로써 구조화될 수 있다.

네 개의 의미항 중 우선 사적 영역으로서 재생산을 담당하는 '스위트 홈'이라는 가정에 대한 가치를 꼽을 수 있다. 스위트 홈은 가정이 이루어야 할 이상적 모습이며 이곳의 경영자는 여성 중에서도 근대적 가사 지식을 습득한 '여학생'으로 지목된다. 스위트 홈의 구성과 유지에는 근대적 지식이 필요하므로 1920, 30년대에 '스위트 홈'을 이룬다는 것은 현대적 문명의 삶을 구가한다는 것과 등가다. 부부 사이는 물론 자녀와 부모 사이의 애정과 친밀감을 바탕으로 하는 스위트 홈은 진입 장벽으로 인해 여학생들에게 강력한 섹슈얼리티의 통제 수단이 되고 있다. 여학생들은 스위트 홈으로 진입하기 위해 성적으로 보수적

이어야 하며, 재력財力으로 그들의 육체를 노리는 타락한 부르주아들로부터 자신을 지켜내야 하는 등의 도덕적 시험을 거치면서 자신의 순결과 가치를 입증받아야 한다. 또한 스위트 홈은 가족 에고이즘이라는 폐쇄성을 지닌 만큼 그 경영자인 '주부'는 외부의 여성(가정의 침입자인 유혹자들)들로부터 자신의 영역(가정)을 지켜내려고 노력하지 않으면 안 된다. 이렇게 가정이라는 사적 영역이 장편소설의 여성 표상에 있어서 강력한 의미항으로 작용한 것은 식민지 시기 이후 사회적으로 부르주아 단혼 가정이 이상적인 가정으로 설정되었기 때문이다.

스위트 홈이 재생산을 담당하는 사적 영역이라면 이와 대비되는 영역으로서의 공적 영역은 공공선의 추구를 목표로 하는 정치성의 영역이다. 사적인 고립성을 강조하는 스위트 홈과 공공선을 추구하는 정치성은 서로 배타적인 영역이라 할 수 있다. 정치적 이념을 추구하는 남성 지식인들의 경우, 공공선이라는 윤리적 우월성으로 가족 이기주의를 제압하고 스스로에게 금욕적 태도를 강요함으로써 스위트 홈의 이상을 거부한다. 사회운동가, 계몽주의자들로 명명될 수 있는 이들 남성 지식인들은 이상을 실천하기 위해 자신을 흠모하거나 육체적으로 유혹하는 여성들을 거부하게 되는 것이다. 이들 남성 지식인들이 여학생들과의 연애에 탐닉하는 것은 곧 '타락'으로 묘사된다.

이러한 면에서 금욕적인 사회운동가나 계몽주의자들은 부르주아 딸들과 결혼하여 부르주아 가정에 안착하는 남성 지식인들과 차이가 있다. 이태준, 이광수의 장편소설에 보이는 남성 주인공들과 대비되는 김남천, 유진오, 박태원의 《사랑의 수족관》, 《화상보》, 《여인성장》의 남성 주인공들이 그러한 차이를 보여준다. 전자의 남성 주인공들은 부르주아 스위트 홈의 가치를 거부하고 사적 영역을 포기함으로써 공공선을 추구하지만, 후자의 남성들은 부르주아 가정에 안착하여 자신에게 주어진 직업에 충실한 건실한 가장으로서 살아가는 길을 택한다. 이렇게 가장이 된 남성 주인공들은 스위트 홈의 가치와 정치성의 가치, 그 중간에 서 있다. 그들은 적극적으로 정치성의 영역으로 나가지도 않고 그렇다고 스위트 홈에 스스로를 가두지도 않는다. 이들의 존재방식은 사적 영역과 공적 영역 사이에서의 적절한 균형점을 찾는 것인데, 이때 필요한 현실적 균형감각이 이들에게 강점으로 작용한다. 이념형 남성 지식인들이 다소 공상에 가까운 정치적 이념을 지니는 데 비해 이들의 균형 감각은 현실적 제약을 인정하는 차원이다. 즉 계몽주의자, 사회 운동가가 등장하는 소설들에 비해 이들 소설에서는 남성 지식인의 나르시시즘적인 요소가 다소 약화되어 있다.

이들의 이러한 현실감각과 관련해서는 두 가지 여성 표상의 장치가 필요하다. 하나는 철없는 부르주아 출신의 여학생이며 다른 하나는 가난에 의해 희생된 직업여성들이다. 직업여성들은 대개 육체적으로 훼손된 희생양들이면서 그 대가로 정신적인 성숙함을 갖게 된다. 남성 지식인들은 철없는 여학생들을 교정해 주고 직업여성으로 살아가는 희생양들을 구원함으로써 그들의 현실적 균형감각을 완성시킨다.

한편 사적 영역이 아닌 공적 영역에서 여성들이 공공선을 추구하는 행위는 남성 지식인과 마찬가지로 가정의 영역을 벗어나야 가능한 것으로 제시된다. 자의든 타의든 가정 밖으로 나서게 된 여성들에게는 두 가지의 길이 놓여 있다. 하나는 매춘부의 길이며 다른 하나는 사회 운동가의 길이다. 가정 밖으로 나온 여성들은 여성 성장소설의 여주인공들과 마찬가지로 육체적 타락의 길로 들어서지 않기 위해 역시 도덕적인 시험을 거치는 통과의례를 치른다. 이러한 도덕적인 시험에서 자신의 성욕에 의해서든 남성의 유혹에 의해서든 육체적으로 타락했다는 것은 그녀의 영혼을 어둡게 하는, 씻을 수 없는 흠으로 표상된다. **282**

성욕이 개인적이며 이것을 충족시키는 행위가 사적인 쾌락을 추구하는 것으로 그려지는 것과 반대로, 공공선의 추구가 개인적인 쾌락을 배제하는 금욕적 태도로써 가능한 것으로 묘사되는 것은 같은 전제를 갖고 있다.[340] 개인적이며 육체적인 쾌락의 반대편에 공공선이 놓여 있는 까닭이다. 금욕적 태도가 공공선을 지향하고 이념의 실천을 가능하게 하는 것인 반면, 육체적 쾌락은 공적인 영역과는 반대되는 사적인 차원에 놓여 있다. 남성 인물들은 정도의 차이는 있지만 공적 영역의 가치를 끝내 버리지 못한다. 이광수 소설의 남성 지식인들은 합법적인 결혼을 포함한 모든 종류의 육체적 쾌락을 배제한다는 점에서 이러한 사적인 쾌락의 추구를 극단적으로 차단하고 있으며 이태준, 김남천, 유진오 등의 소설 속 남성 지식인들은 생계를 위해 직업을 가지고 결혼을 하는 등 공공선의 추구와는 다른 방향으로 삶을 진행시켜 나가면서도 사회적 이념에 대한 최초한의 부채의식을 버리지 못한다.

서구 역사를 볼 때 시민공화주의 전통의 입장에서 사적인 이익의 추구가 공동체의 와해를 의미하는 것이었듯이,[341] 식민지 조선의 근대소설 속 남성 지식인들 역시 경제적 이익이나 육체적 쾌락의 추구를 혐오하거나 껄끄럽게 여겼다. 소설들은 이들 지사형 남성들의 입장과

---

340 남성 지식인들의 경우는 이태준, 이광수 소설에서 보이는 지사적 인물들의 금욕성에서 이러한 특징을 읽어낼 수 있다. 여성 지식인들의 경우는 자신만의 사적인 영역인 '가정'을 포기하고 사회를 선택함으로써 공적 가치를 추구한다는 점에서 입증될 수 있다.

341 아리스토텔레스에서부터 근대 이전까지의 시민공화주의 전통에서 미덕은 공공선을 위한 헌신을 의미하고 이는 곧 정치 참여를 의미했다. 이러한 자격을 가진 '시민'이란 토지를 소유함으로써 육체노동으로부터 해방되고 나아가 공동체에 대해 시간을 많이 가질 수 있는 사람을 의미했다. 이후 17,18세기 시민공화주의는 고대 도시 국가 스파르타의 이미지를 본떠, 스파르타 사회의 여러 가치들—국가에 대한 헌신과 금욕주의, 상업에 대한 혐오 등을 중요시했다. Jerry, Z, Muller, *The Mind and The Market*(《자본주의의 매혹》), 서찬주, 김청환 옮김, Human & Books, 2006, pp.38~39.

욕망에 근거해서 육체적 쾌락을 좇아 돈으로 여성을 사거나 그녀들을 타락하게 만드는 부르주아들을 비판적으로 묘사한다. 소설 속에서 부르주아 사업가들이나 은행가들의 인격과 행위가 부정적이며 비도덕적으로 그려짐으로써 많은 장편소설들이 정신적이며 공적인 가치를 따르는 남성 지식인의 시선으로 구성되고 있음을 입증한다.

위험에 빠진 처녀들을 구원하거나 이미 타락한 여성들을 공적인 세계로 인도하는 남성 지식인의 행위에는 사적 이익보다 공공선이 우선하며 육체(물질)에 대한 정신이 우월하다는 사고가 깔려 있다. 부르주아 자본가들이 누리는 육체적 쾌락은 '돈'과 여성을 교환하는 자본주의적 교환 행위의 일부로 나타나는데 이러한 교환 행위는 이중적이다. 한편으로는 '가정'이 아닌 '개인'의 이름으로 추구하는 쾌락이기도 하면서[342] 댄스홀, 바, 카페, 기생집이라는 가정 외부의 소비 공간을 주축으로 삼아 이루어진다는 점은 사회에서의 교환활동이기 때문이다.

마지막 의미항인 '연애(사랑)'는 육체적 쾌락과는 모순적 관계에 놓여 있다. 쾌락의 추구가 자본주의적 교환에 의한 것이라면 '사랑'은 자본주의적 교환을 철저하게 배제한다. 돈이냐 사랑이냐 하는 양자택일적인 질문이 가능한 것은 근대적 연애(사랑)가 자본주의적 교환관계에 대항적인 것으로 인식되는 개념이기 때문이다. 장편소설에서 여성들이 사업가들이나 은행가들의 유혹으로부터 자신을 지켜내야만 '참사랑'을 성취할 수 있는 것으로 그려지는 것은 이러한 의미체계의 작

---

342 '스위트 홈' 역시 근대적 소비문화를 향유함으로써 이루어진다. 그러나 가정의 내부에서 이구어지는 소비의 향유는 '개인'이 아니라 '가정'의 이름으로 이루어지는 향유다. 즉 가정이기주의에 의해 정당화되는 소비의 향유인 것이다. 그러나 부르주아들과 그들의 자식들이 가정 밖에서 추구하는 쾌락은 이러한 가정 에고이즘에 의해 정당화되지 않는, '개인'의 자격으로 추구하는 쾌락이다. 이러한 개인을 위한 쾌락의 추구는 스위트 홈을 위협하는 유형의 쾌락이므로 스위트 홈의 이데올로기와는 대치되는 자리에 놓이게 된다.

동 덕분이다. 또한 '연애(사랑)'는 스위트 홈 이데올로기와 밀접한 관련을 가진 관념으로 이해되는데, 그것은 가정의 성립(결혼)에는 사랑이 매개되어야 한다는 자유연애 이데올로기 덕분이다. 사상운동, 계몽운동이라는 정치성을 지향하는 남성 주인공들이 여성들과 사랑에 빠지지만 결정적인 순간 그 사랑을 거부하는 데에는 연애가 곧 결혼으로 이어져 가족 에고이즘으로 귀결되는 두려움 때문이다. 즉 정치성을 지향하는 남성들이 연애에 실패함으로써 이념의 실현이라는 원래의 목표에 박차를 가하거나 연인과의 사랑을 동지적 사랑으로 변형시키는 것은[343] 바로 공공선의 추구가 가족 이기주의와 정면으로 배치된다는 인식에 기반하고 있는 플롯이다.

이상의 의미항들의 관계를 도식으로 만들면 다음과 같다.[344]

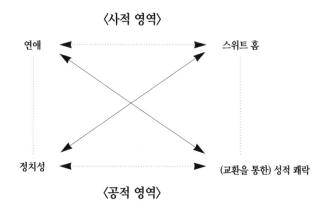

〈사적 영역〉

연애 ◄┈┈┈┈► 스위트 홈

정치성 ◄┈┈┈┈► (교환을 통한) 성적 쾌락

〈공적 영역〉

---

343 이태준의 남성 성장소설의 주인공들은 대개가 정치성을 지향하고 있는데 이들은 모두 연애에 있어서는 실패한다. 정치성을 지향하는 남성 주인공들이 정치적 지향성을 훼손시키지 않으면서 사랑을 유지하는 방법은 연인들과 동지적 관계를 맺는 것이다. 《직녀성》의 박세철과 윤봉희, 《청춘무성》의 원치원과 고은심, 《밀림》의 유동성과 주인애가 그러한 방식으로 정치성과 사랑 사이에서 타협점을 찾는다.

344 이 의미작용의 가본구조는 그레마스(A.J. Greimas)에 의해 고안된 의미의 사각형을 응용한

사적 영역을 구성하는 '연애'와 '스위트 홈'은 서로 상반항에 놓인다. 물론 자유연애 이데올로기에 의하면 사랑을 통해 결혼하고 스위트 홈을 이룬다는 점에서는 시간적 선후 관계에 있는 것이기는 하다. 그러나 연애가 미혼남녀의 관계를 나타내고 스위트 홈이 결혼 후에 성립된다는 점에서 이 둘은 상반항에 놓인다. 연애는 때때로 가정을 파괴할 수 있는 힘을 내장한다는 점 역시 상반항에 놓이는 근거가 될 수 있다.[345]

한편 '정치성'은 공공성을 지향한다는 점에서 자본주의적 교환 관계를 통한 '성적 쾌락'과는 상반항의 관계에 있지만 정치성과 성적 쾌락은 동시에 공적 영역을 구성하고 있다. 앞서 언급했듯이 적어도 1930년대 장편소설에서의 쾌락, 특히 부르주아에 의해 추구되는 육체적 쾌락은 자본주의적 교환에 기반한 것이라고 할 수 있다. 이러한 의미에서 정치성의 추구와 성적 쾌락의 추구는 공적 영역에서 행해진다고 할 수 있다. 다만 공공선을 도모하는 정치성과 개인적이며 육체적인 차원에 놓인 성적 쾌락은 모두 공적 영역에 있지만 목표에 있어서는 다른 방향성을 가진다.

사적 영역/공적 영역으로 크게 양분되는 이러한 구도 속에서 사적 영역의 '사랑'과 교환을 통한 '성적 쾌락'은 서로 모순적인 관계며[346]

것이다. A.J. Greimas,《의미에 관하여》, 김성도 옮김, 인간사랑, 1997, pp.180~181.

345 그 대표적인 예로서 매춘부나 여학생과 '사랑'에 빠져 가정을 버린 남성들의 경우를 들 수 있다.

346 여기에서 상반항과 모순항은 구별되어야 한다. 상반적 관계는 예컨대 백과 흑의 관계처럼 상호 배제적이기는 하지만 상호 말소적 관계는 아니다. 모순적 관계는 백과 비—백의 관계처럼 상호배제적이고 상호말소적이다. '연애'와 '스위트 홈'은 반대항이기는 하지만 모순항은 아니며 이는 '정치성'과 '교환에 의한 쾌락'의 관계도 모순항이 아닌 반대항이다. 그러나 '사랑'과 '교환에 의한 쾌락' 그리고 '정치성'과 '스위트 홈'의 관계는 모순항의 관계에 있다.

양자는 서로 양립할 수 없다. 부르주아들에 의해 추구되는 육체적 쾌락은 교환을 통해 성립되는데, 이러한 교환관계에 기반한 행위들은 '연애(사랑)'가 될 수 없다. 매춘이 혐오스럽게 그려지는 것은 사랑을 배제한 교환관계로써 성을 제공하기 때문이다. 즉 교환을 통한 '쾌락'과 '사랑'은 서로 말소적인 관계다. 여학생들을 노리는 부르주아들, 매춘부에게 돈을 지불하고 성관계를 맺는 남성들이 '사랑'의 주체 또는 대상에서 배제되는 것은 이러한 의미 관계 때문이다.

이와 유사하게 모순적인 관계는 바로 정치성과 스위트 홈의 관계다. '정치성'이 공공선을 추구함으로써 개방성을 추구한다면 '스위트 홈'은 가정 에고이즘이라는 사적인 폐쇄성을 바탕으로 한다는 점에서 서로를 배제하는 모순관계다. 1930년대 많은 장편소설 속 남성 주인공들이 가정에 편입되기를 거부하면서 공적 영역에서의 이념을 추구하거나 또는 이념을 포기하는 자리에서 가정으로 안착하는 행위들은 정치성과 스위트 홈 사이의 이러한 관계를 증명한다.

1930년대 장편소설에 나타난 여성 인물들은 이러한 체계 속에서 벌어지는 의미 작용을 근거로 표상된다. '유혹자', '희생양'이라는 표상들이 장편소설의 복잡한 플롯 속에서 그들의 행동방식을 결정하는 데 토대가 되는 의미 체계는 이렇듯 공적 영역/사적 영역이라는 범주 속에 놓여 있다. 이 중에서 '가정'이라는 사적 영역은 일반적으로 '여성'이 진입하고자 하는 또는 진입이 거부될까 두려운 문제적 영역이다. 가정에 무사히 진입하기를 바라지만 거부되거나 탈락한 여성들은 유혹자 또는 희생양으로 그려진다. 본래는 선량하지만 타의에 의해 육체적으로 훼손되어 가정에 진입할 수 없는 희생양들 또는 스스로의 육체적 욕망에 굴복해 타락하게 되는 유혹자들이 바로 그들이다.

소설 속 여성들은 '유혹자'나 '희생양'처럼 결락된 존재가 될 위기를 맞는다. 이 위기를 어떻게 극복하는가 하는 것이 일반적으로 여성 주인공에게 부과된 과제다. 위기를 성공적으로 넘기게 되면 행복한 가정, 즉 스위트 홈에 안착할 수 있지만 그렇지 않을 경우 유혹자가 되거나 희생양이 되고 만다. 스위트 홈을 자발적으로 거부하는 경우도 물론 있다. 《화관》의 여학생 '동옥'이 스위트 홈과 사회운동을 두고 고민하다가 사회운동을 택하는 경우가 그 대표적인 예다. 한편으로는 이미 사회적으로 타자가 된 '유혹자'나 '희생양'이 '변신'을 하는 경우도 있다. 《청춘무성》의 득주가 매춘부에서 사회운동가로 변신하거나 《직녀성》에서 봉건적인 결혼제도로 희생되었던 인숙이 '공동가정'이라는 새로운 유형의 가정을 이룩한 경우가 그것이다. 그러나 이러한 비교적 건전한 변신 역시 '유혹자'나 '희생양'의 처지를 극복하기 위한 필사적인 노력이라는 점에서 여전히 '유혹자'와 '희생양'의 표상은 소설의 플롯에 강력한 영향력을 행사하고 있다.

05

'유혹자'와 '희생양' 표상의 의미

이제 책의 결론을 내릴 시점이다. 당초 이 책의 출발점 또는 문제의식은 흔히 우리가 어떤 대상을 지칭할 때 사용한 '여성'이라는 기표가 고정적으로 또는 본질로서 존재하는 것이 아니라 역사적으로 끊임없이 변형되어 존재해 왔다는 것이었다. 그러면서 근대소설이 이러한 기표를 어떤 방식의 서사로써 구성해 내었는가 하는 문제의식도 있었다. 그 서사화의 패턴을 가리켜 이 책은 '표상'이라고 부르고 있다.

'여성'이 근대성과 마주치게 된 것은 20세기 초부터였다. 시작은 20세기 초였으나 가장 문제적으로 '여성'에 관한 담론이 요동치기 시작했던 것은 1910년대 말부터였다. 이 시기 '여성'이라는 기표의 성립은 상상적인 범주로서의 '여성' 일반을 탄생시켰다. 여기에는 1910년대 신지식층들이 가졌던 계몽주의적 이상 및 구세대와 차별되는 세대의식이 뒷받침되어 있다. 여성 지식인들뿐만 아니라 남성 지식인들도 여성 해방에 동조하였고, 그 사회적 당위에 대해 의심하지 않았다. 이러한 기표의 성립은 또한 여성/남성이라는 이성애적 구도를 바탕으

로 하는 젠더 정체성의 성립을 의미하는 것이기도 하다. 젠더적 주체
의 성립은 인간의 성性에 대한 관점을 변형시키면서 소설 형식에 큰 변
화를 주었다. 특히 1920년대 초반 소설의 남성 인물들이 보이는 여성
에 대한 내면의 집착은 인간의 성에 관한 관점의 변화를 배경으로 하
면서 '여학생'에 대한 사회적 욕망을 표출한 것이다.

1920년대 '여학생'은 새로운 여성성, 즉 여성 아비투스라 불릴 수
있는 사회적 관습을 요구받음과 동시에 사회의 관음적 시선에 노출되
었다. '여학생'의 수효가 급격히 늘어가는 1920년대 초반 이후 여학
생들의 패션이나 연애에 관련한 부정적인 시선이 많아지는 것은 여학
생들 자체가 타락했다기보다는 그녀들에게 여성성이라는 행동방식이
요구되었고, 또 이들을 성적으로 바라보는 사회적 시선이 성립되었음
을 의미하는 것이다.

1920년대 초반 소설의 남성 화자들은 자신을 배신한 여성에 대한
강한 증오심을 표출하는데, 이것은 새로운 사회적 현상인 '여학생'과
관련되어 있다. 1920년대 초반 소설은 남성/여성이라는 젠더적 주체
의 성립을 통해 연애와 사랑을 소설 형식의 풍부한 자양분으로 삼았
다는 특징이 있다. 특히 이 시기의 소설은 '남성'이라는 젠더적 주체
의 시각을 통해서 여학생, 매춘부들이라는 사회적 기표들에 '여학
생−유혹자', '여학생−희생양', '매춘부−유혹자', '매춘부−희생양'
이라는 소설적 표상을 부여한다.

1920년대 초반 소설의 남성 화자들은 자신들이 사랑한 여학생들이
다른 남성과도 사랑에 빠질 수 있다는 사실에 괴로워한다. 청년회 모
임이나 교회, 음악회, 공원 등 공간적으로 인접한 장소에서 남녀 학생
들이 서로 마주치곤 했기 때문에 이들의 연애는 쉽게 눈에 띌 수 있었
다. 이러한 공간적 인접성으로 인해 다른 남성에 대한 남성의 질투심

이 배가되었다. 남성 화자들은 상대방 여학생이 자신을 사랑한다고 상상하고 그녀들이 자신을 배반했을 때조차도 그 이유를 상상적으로 추측한다. 이러한 상상 속에서 여학생들은 '유혹자'로 묘사되고 남성 화자들은 이러한 유혹자들을 요부나 악마로 설정함으로써 그녀들에게 도덕적 징벌을 가한다. 1920년대 '유혹자' 표상에는 이렇듯 남성들의 질투가 투사되어 있다.

1920년대 초반의 소설들은 한편으로는 무능한 아버지로 인해, 매춘부로 팔려가는 '누이'를 '희생양'으로 묘사하기도 한다. 이러한 희생양 표상에는 '아들' 세대들이 갖는 오이디푸스적 갈등을 원동력으로 하고 있다. 자유연애 이데올로기를 이념적으로 신봉했던 신세대 젊은 이들이 아버지 세대를 향한 원망이 '매춘부-희생양' 표상의 기본 동력이다. 이러한 아버지 세대에 대한 거부감은 '누이'들과의 세대적 동질감이나 아버지의 무능으로 인해 팔려가는 '누이'들에 대한 동정심으로 드러난다. 비자발적으로 매춘부가 되는 이들 누이들을 오라비들이 구원함으로써 이들 신세대들은 적극적인 남성적 주체로 거듭나게 된다.

이 책의 3부에서는 1930년대의 소설들을 다루면서 이른바 사회적 타자들인 '매춘부'를 소재로 삼은 텍스트를 살펴보았다. 매춘부들은 자율적인 인간상으로서의 이상적 '여성' 범주에 속하지 않는 타자로서, 사회적 '유혹자'들의 전형이며 1920년대의 '여학생'들이 그러했던 것처럼 대중들로 하여금 관음증적 상상력을 불러일으키는 대상들이다. 매춘부의 범주에는 기생, 여급, 여배우들이 포함된다. '기생'은 척결되어야 할 구시대적 유물이자 근대적 위생 담론에 의한 성병의 온상지로 지목되었으며, '여급'은 근대적 소비문화의 퇴폐와 향락과 결부되었고, '여배우'들은 대중들의 성적 원망願望을 충족시키는 존재였다. 1930년대 소설들은 이 중에서 특히 기생과 여급을 표상함으로써 새로운 남성적 주체 구성방식을 보여준다.

박태원, 유진오의 소설들은 '관찰'이라는 중립적이고 객관적인 시선을 통해 '매춘부'들을 묘사한다. 박태원, 유진오 소설들의 경우 매춘부들을 묘사함으로써 도시적 삶에서의 반복적 일상을 드러내는 한편 매춘부들의 육체를 서사성의 원천으로 삼고 있다. 이들 소설들에서 보이는 객관적이고 중립적인 서술은 매춘부에 대한 냉철한 사디즘적인 남성 주체 구성의 단면을 암시한다. 사디즘적 주체 구성은 감정을 절제하고 욕망을 숨긴 채 '관찰'을 통해 스스로 능동적인 시선을 소유한다는 특징이 있다.

'관찰'은 소설에서뿐만 아니라 수필에서도 도시 문명을 비판적으로 바라보는 데 유용한 인식 방법이다. 김기림의 수필은 도시의 여성 산책자에게 매춘부 이미지를 씌우면서 나아가 도시 전체를 매춘부에 비유하고 있다. 이러한 매춘부의 비유는 소비 문명에 대한 모더니스트들의 이중적 태도(갈망과 혐오)를 동시에 보여준다고 할 수 있다.

이러한 사디즘적 주체 구성과 대조되는 구성방식은 마조히즘이다. 마조히즘적 주체 구성은 남성 주인공이 남성됨을 포기한 '무능한' 남성을 연기함으로써 이루어진다. 이 무능한 남성들은 매춘부들에게 기생함으로써 스스로의 남성성을 포기한다. 마조히즘적 주체를 가장 잘 드러내는 소설은 이상의 〈날개〉라고 할 수 있다. 이 소설에서 '나'는 '매춘부' 아내에게 기생하는 유아적인 존재로서, 남성성을 강요하는 초자아를 무력화하는 마조히즘적 주체 구성방식을 가장 뚜렷하게 보여주고 있다.

4부에서 다룬 소설들은 주로 1930년대 장편소설들로서 이 소설들은 여성 표상에 있어서 남성 주체의 집약된 욕망보다는 사회적 변화라는 외적 요소들의 영향을 강하게 받는다. 그 사회적 배치는 1930년대에 공고해진 공적 영역과 사적 영역의 경계다. 공적 영역과 사적 영역에 형성된 경계는 사회적 담론에서 스위트 홈이라는 근대적 가정의 모습이 강조되고 더불어 이 영역에서의 주부(가정부인)의 역할이 강조되었다는 사실을 통해 알 수 있다. 가정 내에서 '주부' 역할을 강조하는 글들은 개화기 이후부터 반복적으로 나타났지만 1930년대의 글들은 스위트 홈을 가시적으로 제시함으로써 스위트 홈에 대한 열망을 직접적으로 불러일으킨다는 점에서 이전의 글들과는 차이가 있다.

1930년대 장편소설들의 여성 인물들에게 스위트 홈이라는 사적 영역으로의 진입은 행위의 중요한 동기가 된다. 그들은 결과적으로 온갖 성적 위험을 극복하고 결혼함으로써 그 시련을 보상받는 여학생과, 성적 유혹에 굴복함으로써 가정으로 편입되지 못하는 매춘부들로 나뉜다. 이들 여성들의 정체성은 착하고 선한 여성과, 아름답지만 퇴폐적인 여성 간의 대조를 통해 제시된다. 또한 이들이 입는 '옷'은 정체성을 가시적으로 표상하는 약호가 된다. 결과적으로 여성 인물들이 사적 영역(가정)으로의 진입 가능성에 의해 평가되고 묘사된다면, 지사적인 남성 주인공들은 결혼과 연애를 거부하고 이념을 추구함으로써 공적 영역으로의 진출을 꿈꾼다. 이념적 지향이 강한 남성 주인공들과 대조되는 인물들은 '유혹자' 여성이거나 향락을 추구하는 '모던보이' 남성들이다. 이념적 남성 인물들은 자신들의 사회적 지향성을 위해 여성들과의 사랑을 포기하거나 타락한 '유혹자' 여성을 교화하는 윤리적 우월성을 보이고 있다.

이태준과 이광수의 장편소설들의 남성들이 이념 지향성과 윤리적 우월성을 갖고 있다면 김남천, 유진오, 박태원의 남성 주인공들은 매우 약화된 이념 지향성을 갖고 있다. 이들 남성 주인공들은 광산기사,

식물연구자, 문학연구자, 소설가 등의 직업을 가진 인물로 사회주의
나 민족주의 등의 이념에 대해 소극적인 동조 자세를 보일 뿐이다. 그
들이 결혼 상대자로 택하게 되는 '여학생' 출신의 부르주아 가정의 딸
들은 '희생양' 여성에 비해 미성숙하지만 지식인 남성들에 의해 적절
히 교정된다. 이들이 결혼의 대상으로 선택한 여성은 '유혹자'나 '희
생양' 여성이 아니라 부르주아 가정의 딸들이라는 점에서 이들 소설
들은 현실적 감각을 갖추고 있거나 부르주아적 이상에 가깝게 다가가
있다고 평가할 수 있다.

　1930년대의 소설 중에는 스위트 홈의 내부적 균열을 보여주는 소설
도 있다. 주로 외부의 '유혹자' 여성으로 인해 이 스위트 홈은 파괴되
거나 균열된다. 남편을 유혹할 가능성이 있는 타이피스트 등의 미혼
직업여성도 가정부인에게는 경쟁의 대상이다. 1930년대의 아내들은
1920년대의 조혼한 구식 아내들과 달리 가정을 지키기 위해 분투하는
모습을 보인다. 이러한 주부(아내)가 가정 내부의 여성이라면 가정 밖
의 여성들은 애초에 스위트 홈에 편입되지 못한 여성들이거나 이미
가정으로부터 탈락한 여성들이다. 이들 중에서 심훈의 《직녀성》이나
채만식의 《인형의 집을 나와서》 등의 가정부인들은 가정을 나와 사회
속에서 자신의 인생을 개척하는 가장 적극적인 유형의 인물들이다.
이들은 가정이라는 사적 영역을 벗어나 '사회운동가'가 됨으로써 공
적인 활동에 참여하게 된다.

　이 책의 주요한 주제 가운데 하나는 '여성'이라는 기표(여기에서는 상
상적 집합체로서의 '여성'은 물론 여학생, 가정부인, 기생, 직업여성 등등이 기표를
포함한다)의 생성과 그 서사적 표상에는 스스로를 '남성' 또는 '여성'
으로서 자신의 정체성을 구성하는 젠더적 주체가 개입되어 있다는 점
이다. 한국 근대소설의 경우 주로 '남성'이라는 젠더적 주체의 시각

294

을 통해 그 서사적 형식을 마련해 왔다. 이러한 결론은 이 책의 성과이기는 하지만 명백히 한계로 지목될 수 있다. 모든 행위의 동기를 젠더로 환원하는 이러한 시각은 연애와 결혼이 서사의 주요한 내용이 된 근대소설의 경우에는 매우 유용하지만 동시에 다른 한계를 내포하고 있음을 간과할 수 없다.

20세기에 들어서 '여성'이라는 상상의 공동체가 만들어졌지만 이러한 상상의 공동체는 많은 여성들의 다양성을 폐기하거나 없애버린 개념이었다. '여성'을 공론장에 소환하게 되면서 여성 해방이 제기되었지만 해방될 여성도 동시에 새롭게 구성되었던 것이다. 말하자면 여성을 해방시키기 위해 '여성'을 고안해 내었지만 이후 이러한 계몽성이 보수화되거나 희석되면서 '여성'은 사적 영역이라는 부르주아적 가족제도의 내부로 점점 얽혀 들어갔다.

이 책은 결국 근대소설이 갖고 있는 부르주아적 가족제도의 재생산 기능만을 강조함으로써 부르주아적 가족제도의 진정한 외부와 그 균열을 읽어내는 데는 실패했다고 볼 수 있다. '여성 표상'을 키워드로 한 이 연구가 표상의 주체로서 남성 그리고 표상의 대상으로서 여성이라는 도식으로 획일화된 한계도 있다고 본다. 이러한 도식은 성적 불평등을 폭로하는 듯하지만 결국은 그것을 재생산하는 데 일조했던 것이 아닌가. 이 책은 이러한 한계를 확인함으로써 딜레마 또는 모순과 싸우고 있는 것일지도 모른다.

참 고 문 헌

1. 기본 자료

《학지광》《청춘》《신민》《개벽》《창조》《영대》《폐허》《폐허이후》《신여성》《별건
곤》《백조》《조선문단》《사해공론》《여자계》《신여자》《여자시론》《조광》《삼천
리》《여성》《신동아》《인문평론》《문장》《동아일보》《조선일보》《조선중앙일보》
《신가정》《춘추》《양백화전집》《김동인전집》《염상섭전집》《현진건전집》《나도
향전집》《이상전집》《김기림전집》《이효석전집》《이태준전집》《이광수전집》《심
훈전집》《채만식 전집》《한국근대장편소설대계》등

2. 국내 문헌

강내희, 〈재현체계의 근대성-재현의 탈근대적 배치를 위하여〉, 《문화과학》2000
　　　년 겨울.

강영안, 《주체는 죽었는가―현대 철학의 포스트 모던 경향》, 문예출판사, 1996.

고미숙, 《한국의 근대성, 그 기원을 찾아서-민족 · 섹슈얼리티 · 병리학》, 책세
　　　상, 2001.

권명아, 〈총후부인, 신여성 그리고 스파이 ―전시 동원체제하 총후 부인 담론 연
　　　구〉, 《상허학보》12집, 2004. 2.

권보드래, 《한국근대소설의 기원》, 소명출판사, 2000.

──, 《연애의 시대》, 현실문화연구, 2003.

──, 〈 '문학' 범주의 형성 과정〉, 《민족문학사연구》, 1999 상반기호.

권희선, 〈중세 서사체의 계승 혹은 애도〉, 《민족문학사연구》 21, 2002.

김경일, 《여성의 근대, 근대의 여성》, 푸른역사, 2004.

──, 〈여배우 이월화 연구〉, 《어문논집》 50, 민족어문학회, 2004.

──, 《조선의 여배우들》, 새미, 2006.

김동식, 〈연애와 근대성―신소설과 계몽적 논설을 중심으로〉, 《민족문학사 연

구》, 2001년 상반기호.

김미현, 《한국여성소설과 페미니즘》, 신구문화사, 1996.

김민정, 〈일제시대 여성문학에 나타난 구여성의 정체성에 관한 연구〉, 《여성문학연구》14, 2005.12.

김복순, 《1910년대와 한국문학의 근대성》, 소명출판, 1999.

김성도, 《구조에서 감성으로―그레마스의 기호학 및 일반 의미론의 연구》, 고대출판부, 2002.

김수남, 〈조선영화 최초 여배우에 대한 논의〉, 《영화연구》17, 2005.

김수진, 〈'신여성', 열려 있는 과거, 멎어 있는 현재로서의 역사쓰기〉, 《여성과 사회》11호, 창작과비평사, 2000.

김양선, 〈식민지 시대 민족의 자기 구성 방식과 여성〉, 《한국근대문학연구》8집, 2003.

김왕배, 《도시, 공간, 생활세계―계급과 국가권력의 텍스트 해석》, 한울, 2000.

김은전, 〈구인회와 신감각파〉, 《선청어문》24집, 1996.

김윤식, 《염상섭 연구》, 서울대출판부, 1987.

김정자 외, 《한국현대문학의 성과 매춘 연구》, 태학사, 1996.

김진송, 《서울에 딴스홀을 許하라》, 현실문화연구, 1999.

김한식, 《현대소설과 일상성》, 월인, 2002.

김현, 《르네 지라르 혹은 폭력의 구조》, 나남, 1987.

노지승, 〈1930년대 작가적 자기인식과 그 문학적 생산력에 관한 고찰〉, 《현대문학연구》7, 1999.

───, 〈1920년대 초반, 편지 형식 소설의 의미〉, 《민족문학사연구》20호, 2002.6.

───, 〈1910년대 후반 소설 형식의 동인으로서 이상과 욕망의 의미〉, 《현대소설연구》32. 2006.12.

류리수, 〈한일근대서간체 소설을 통해 본 신여성의 자아연구〉, 《일본학보》50, 2002.3.

매일신보사, 《大京城》, 1929.

박경, 〈조선전기 처첩질서 확립에 대한 고찰〉, 《이대사학연구》vol. 27, 2000.

박소은, 〈새로운 여성상과 사랑의 이념―심훈의 《직녀성》〉, 《한국문학연구》24, 2002.

박용옥, 〈1920년대 신여성 연구〉, 《여성연구논총》2, 성신여대 한국여성연구소, 2001, 2.

박일용, 《조선시대의 애정소설—사실과 낭만의 소설사적 전개 양상》, 집문당, 2000.

박정애, 〈1910～1920년대 초반 여자일본유학생 연구〉, 숙명여대 석사논문, 1999.

박종성, 《기생과 백정》, 서울대학교출판부, 2003.

박찬승, 《한국근대정치사상사연구—민족주의 우파 실력양성론》, 역사비평사, 1991.

서동욱, 《차이와 타자-현대 철학과 비표상적 사유의 모험》, 문학과 지성사, 2000.

서영채, 《근대소설에 나타난 사랑의 양상과 의미에 관한 연구-이광수, 염상섭, 이상을 중심으로》, 서울대 박사, 2002.

서정자, 《한국근대여성소설연구》, 국학자료원, 1999.

손유경, 〈1930년대 茶房과 '文士' 자의식〉, 《현대문학연구》12, 2002.

손정목, 《일제강점기 도시사회상연구》, 일지사, 1996.

신범순, 《한국현대시의 퇴폐와 작은 주체》, 신구문화사, 1998.

신수정, 《한국 근대소설의 형성과 여성의 재현 양상 연구》, 서울대 박사, 2003.

심진경, 《1930년대 후반 장편 소설의 여성 섹슈얼리티 연구》, 서강대 박사, 2002.

오한진, 《독일교양소설연구》, 문학과 지성사, 1989.

안종화, 《한국영화측면비사》, 현대미학사, 1998.

이경훈, 〈오빠의 탄생—식민지 시대 청년의 궤적〉, 《한국근대문학과 일본》, 사에구사 도시카스 외 소명출판, 2003.

이능화, 《조선해어화사》, 동문선, 1992.

이명희, 〈이태준 소설의 여성주의적 층위〉, 《상허학보》6집, 2000.

이미향, 〈결혼제도와 연애지상주의와의 갈등—"방랑의 가인"을 중심으로〉, 대중문학연구회 편, 《연애소설이란 무엇인가》, 국학자료원, 1998.

이배용 외, 《우리나라 여성들은 어떻게 살았을까》, 청년사, 1999.

이상경, 《근대여성문학사론》, 소명출판사, 2002.

──, 〈신여성의 자화상〉, 문옥표 외 저, 《신여성》, 청년사, 2003.

─────, 〈근대소설과 구여성〉, 《민족문학사연구》, 2001년 하반기호.

이승복, 《妻妾葛藤을 통해 본 家庭小說과 家門小說의 關聯樣相》, 서울대 박사 논문, 1995.

이영일, 《이영일의 한국 영화사 강의록》, 소도, 2003.

이임하, 《계집은 어떻게 여성이 되었나》, 서해문집, 2004.

이진경, 《근대적 주거공간의 탄생》, 소명출판, 2000.

이혜령, 〈1920년대 동인지 문학의 성격과 여성인식의 관련성〉, 상허학회 편, 《1920년대 동일지 문학과 근대성 연구》, 깊은샘, 2000.

─────, 《한국 근대소설의 섹슈얼리티 연구》, 성균관대박사, 2001.

이화여자대학교 한국여성연구소 편, 《한국여성관계자료집─구한말여성지》, 이화 여자대학교출판부, 1981.

─────, 《한국여성관계자료집─근대편》, 이화여자대학교출판부, 1979.

이화형·유진월, 〈《신여자》와 근대 여성 담론의 형식〉, 《어문연구》2, 2003.

이종영, 《욕망에서 연대성으로》, 백의, 1998.

─────, 《내면성의 형식들》, 새물결, 2002.

─────, 《성적 지배와 그 양식들》, 새물결, 2001.

─────, 《지배와 그 양식들》, 새물결, 2001.

여성문화이론연구소 편, 《페미니즘과 정신분석》, 여이연, 2003.

장일구, 〈여성 성장 신화의 서사적 변주〉, 《한국어문학》2004.

전복희, 《사회진화론과 국가사상》, 한울 아카데미, 1996.

전은정, 《일제하 '신여성' 담론에 관한 분석》, 서강대 석사논문, 1999.

정연식, 《일상으로 본 조선 시대 이야기》, 청년사, 2001.

정혜영, 〈근대를 향한 왜곡된 시선─《장한》연구〉, 《한국현대문학연구》9, 한국 현대문학회, 2000.

조영복, 《한국모더니즘 문학의 근대성과 일상성》, 다운샘, 1996.

주은우, 《시각과 현대성》, 한나래, 2003.

태혜숙 편, 《한국 식민지 근대와 여성 공간》, 여이연, 2004.

천정환, 《한국근대소설독자와 소설 수용양상에 대한 연구》, 서울대 박사, 2002.

최종렬, 《타자들─근대 서구 주체성 개념에 대한 정신분석학적 탐구》, 백의, 1999.

최현희, 〈《창조》지에 나타난 자아와 사랑의 의미 연구〉, 《한국현대문학연구》15

집, 2004.6.

최혜실,《한국모더니즘소설연구》, 민지사, 1992.

———,《신여성들은 무엇을 꿈꾸었는가》, 생각의 나무, 2000.

한국여성연구회 여성사분과편,《한국여성사―근대편》, 풀빛, 1992.

한상규,《1930년대 모더니즘 소설의 미적 자율성 연구》, 서울대 박사, 1998.

황수진,《한국근대소설에 나타난 신여성상 연구》, 건대 박사학위논문, 1999.

홍선표,〈한국근대미술의 여성 표상―脫性化와 性化의 이미지〉,《한국근대미술사학》10, 2002.

홍혜원,〈이태준 소설과 식민지 근대성―여성인물을 중심으로〉,《비평문학》24, 2005.

3. 국외 문헌

Arendt, H., *The Human Condition* (《인간 조건》), 이진우·태정우 옮김, 한길사 1996.

Ariés, P., *L'enfant et la vie familiale sous l'Ancien Régime*(《아동의 탄생》), 문지영 옮김, 새물결, 2003.

Barash, D. and Lipton, J., *The Myth of Monogamy* (《일부일처제의 신화》), 이한음 옮김, 해냄, 2002.

Baudrillard, R., *Elements of semiology*, tr. A.lavers&C.Smith, *Hill and Wang*, 1994.

Berger, J., *De la Séduction*(《유혹에 대하여》), 배영달 옮김, 백의, 2003.

———, *Way of Seeing* (《이미지―시각과 미디어》), 동문선 편집부 옮김, 동문선, 2002.

Bourdieu, P., *La Domination Masculine*(《남성지배》), 김용숙 옮김, 동문선, 2003.

Braun, C.& Stephan, I.(ed.), *Gender-Studien*(《젠더연구》), 탁선미 외 옮김, 나남출판사, 2002.

———, *Nicht ich: Logik, Lüge, Libido*(《히스테리―논리 거짓말 리비도》), 엄양선·윤명숙 옮김, 여이연, 2003.

Brooks, P., *Reading for the Plot*, Harvard university press,1992.

──, *Body work*(《육체와 예술》), 이봉지 옮김, 문학과지성사, 2001.

Butler, J., *Gender Trouble*, Routledge, 1990.

Chatman, S., *Story and Discourse:narrative structure in fiction and film* (《영화와 소설의 서사구조》), 김경수 옮김, 민음사, 1990.

Coleman, A.D.,〈연출적인 양식〉,《사진의 의미와 사진의 구조》, 김철권 편역, 도서출판ONE&ONE, 2004.

Crary, J., *Techniques of the Observe*(《관찰자의 기술─19세기의 시각과 근대성》), 임동근·오성훈 옮김, 문화과학사, 2001.

Deleuze, J., *Foucault*(《들뢰즈의 푸코》), 권영숙·조형근 옮김, 새길, 1995.

──, *Masochism : an interpretation of coldness and cruelty* (《매저키즘》), 이강훈 옮김, 인간사랑, 1996.

Duby, D. and Perrot, M. *Storia delle donne in Occidente.*(《여성의 역사4─페미니즘의 등장: 프랑스 대혁명부터 제1차세계대전까지》), 권기돈·정나원 옮김, 새물결, 1998.

Evans, D., *An Introductory Dictionary of Lacaian Psychoanalysis*(《라깡 정신분석 사전》), 김종주 외 옮김, 인간사랑, 1998.

Felsky, R., *The Gender of Modernity*(《근대성과 페미니즘》), 김영찬·심진경 옮김, 거름, 1999.

Foucault, M., *Surveiller et punir*(《감시와 처벌》), 오생근 옮김, 나남출판사, 1994.

──, *Histoire de la sexualite*(《성의 역사1─앎의 의지》),이규현 옮김, 나남, 1993.

Freud, S.,《쾌락원칙을 넘어서─프로이트 전집14》, 박찬부 옮김, 열린책들, 1997.

──,《성욕에 관한 세 편의 에세이─프로이트 전집9》, 김정일 옮김, 열린책들, 1998.

──,《무의식에 관하여─프로이트 전집13》, 윤희기 옮김, 열린책들, 1997.

Giddens, A.,《현대 사회의 성·사랑·에로티시즘─친밀성의 구조변동》, 배은경·황정미 옮김, 새물결, 2000.

Girard, R.,《낭만적 거짓과 소설적 진실》, 김치수·송의경 옮김, 한길사, 2001.

Greimas, A.J.,《의미에 관하여》, 김성도 편역, 인간사랑, 1997.

Hamburger, K., *Die Logik der Literatur*(《문학의 논리》), 장영태 옮김, 홍익대 출판부, 2001.

Habermas, J., *Strukturwandel der Öffentlichkeit: untersuchungen zu einer Kategorie der bürgerlichen Geselschaft* (《공론장의 구조 변동》) 한승환 옮김, 나남 출판사, 2001.

Heinich, N., *Etats de femme: l'identite feminie dans le fiction*(《여성의 상태—서구소설에 나타난 여성상》), 서민원 옮김, 동문선, 1999.

Hunt, H., *The family romance of French Revolution*(《프랑스 혁명의 가족 로망스》) 조한욱 옮김, 새물결, 2000.

Mayne, J., *Private Novels, Public Films* (《사적소설 · 공적 영화》), 강수영 · 류제홍 옮김, 시각과 언어, 1994.

Mills, S., *Discourse*(《담론》), 김부용 옮김, 인간사랑, 2001.

Morin, E., *Les Stars*(《스타》), 이상률 옮김, 문예출판사, 1992.

Muller, Jerry, Z., *The mind and The Market*(《자본주의의 매혹》), 서찬주 · 김청환 옮김, Human&Books, 2006.

Nasio, J.D., *Enseignement de 7cocepts cruciaux le la psychanalyse*(《정신분석학의 7가지 개념》), 표원경 옮김, 백의, 2002

Nochlin, L.,《절단된 신체와 모더니티》, 정연심 옮김, 조형교육, 2001

Perrot, M. ed., *Histoire de la vie privée: de la Révolution á la Grande Guerre*(《사생활의 역사》), 전수연 옮김, 새물결, 2002.

Prince, G., *Narratology*(《서사론사전》), 이기우 · 김용재 옮김, 민지사, 1992.

Scott, J.W., "Gender:A Useful Category of Historical Analysis", *Feminism and History*, ed. by J.W.Scott, Oxford University Press, 1996.

───, "Some More Reflection on Gender and Politics" (《젠더와 정치에 관한 몇 가지 성찰》), 배은경 옮김,《여성과 사회》13호, 2001.

Savage, M., & Warde, A. *Urban Sociology, Capitalism and Modernity*(《자본주의 도시와 근대성》), 김왕배 · 박세훈 옮김, 한울, 1996.

Simmel, G.,《돈의 철학》, 안준섭 · 장영배 · 조희연 옮김, 한길사, 1983.

Sontag, S., *Illness as Metaphor*(《은유으로서의 질병》), 이재원 옮김, 이후,

2002.

Walby, S., *Theorizing Patriarch*(《가부장제 이론》), 유희정 옮김, 이대출판부, 1996.

Watt, I., *The Rise of the novel*(《소설의 발생》), 전철민 옮김, 열린책들, 1988.

Weber, M.,《프로테스탄티즘의 윤리와 자본주의 정신》, 박성수 옮김, 문예출판사, 1988.

Weeks, J.,《섹슈얼리티: 성의 정치》, 서동진 · 채규형 옮김, 현실문화연구, 1999.

Wright, E., *Feminism and Psychoanalysis-A Critical Dictionary* (《페미니즘과 정신분석학 사전》), 박찬부 외 옮김, 한신문화사, 1997.

Zima, P.,《텍스트사회학이란 무엇인가》, 허창운 · 김태환 옮김, 아르케, 2001.

Zizek, S.,*The sublime object of Ideology* (《이데올로기라는 숭고한 대상》), 이수련 옮김, 인간사랑, 2001.

──, *Enjoy your symptom!*(《당신의 징후를 즐겨라》), 주은우 옮김, 한나래, 1997.

미국정신분석학회 편,《정신분석용어사전》, 이재훈 외 옮김, 한국심리치료연구소, 2002.

田崎英明, *Gender/Sexuality*, 岩波書店, 2000.

李孝德,《표상공간의 근대》, 박성관 옮김, 소명출판, 2002.

吉見俊哉,〈帝都東京とモタンニテイの文化政治〉,《擴大するモタンニテイ》, 岩波書店, 2002.

石田英敬 · 小森陽一,《社會の言語態》, 東京大學出版會, 2002.

前野鶴子,《가부장제와 자본주의》, 이승희 옮김, 녹두, 1994.

今和次郎,〈考現學とは何か〉,《考現學入門》, 筑摩書房, 1987.

中村光夫,《일본의 현대소설》, 윤은경 옮김, 동인, 1995.

初田亨,《백화점―도시문화의 근대》, 이태문 옮김, 논형, 2003.

가와무라 미나토,《말하는 꽃―기생》, 유재순 옮김, 소담출판사, 2001.

米田佐代子 · 石岐昇子,〈《청탑》이후의 새로운 여자들―히라츠카 라이초우와 '신부인협회'의 운동을 중심으로〉, 문옥표 외,《신여성》, 청년사, 2003.

前田愛,《日本近代讀者の成立(일본근대독자의 성립)》, 유은경 · 이원희 옮김, 이룸, 2003.